阿拉伯安达卢斯文学与西班牙文学之初

宗笑飞 著

当代中国出版社
Contemporary China Publishing House
2017 年 · 北京

图书在版编目(CIP)数据

阿拉伯安达卢斯文学与西班牙文学之初 / 宗笑飞著
. -- 北京 : 当代中国出版社，2017. 4
ISBN 978-7-5154-0775-3

Ⅰ. ①阿… Ⅱ. ①宗… Ⅲ. ①文学史研究—阿拉伯半岛地区②文学史研究—西班牙 Ⅳ. ①I371.09
②I551.09

中国版本图书馆 CIP 数据核字(2017)第 061609 号

出 版 人　曹宏举
策划编辑　王延新
责任编辑　王延新
责任校对　康　莹
封面设计　信宏博·张红运
出版发行　当代中国出版社
地　　址　北京市地安门西大街旌勇里 8 号
网　　址　http://www.ddzg.net　邮箱:ddzgcbs@sina.com
邮政编码　100009
编 辑 部　(010)66572264　66572154　66572132　66572180
市 场 部　(010)66572281　66572161　66572157　83221785
印　　刷　北京润田金辉印刷有限公司
开　　本　787 毫米×1092 毫米　1/16
印　　张　19 印张　2 插页　361 千字
版　　次　2017 年 4 月第 1 版
印　　次　2017 年 4 月第 1 次印刷
定　　价　58.00 元

目　录

第二编　阿拉伯安达卢斯文学与西班牙文学之初

序　言

本著所说的安达卢斯，是指今天伊比利亚半岛的大部分地区。而阿拉伯人曾用它来指代包括西哥特王国和部分东哥特王国在内的广袤土地，即公元8世纪中叶的今西班牙大部、葡萄牙大部和北非马格里布地区（我国宋代《诸蕃志》译为“默伽猎”），从而使南欧与北非紧密相连。

关于安达卢斯此谓的来源，学界众说不一。通行的观点是，它源于“旺达尔”（Vandals）一词。“旺达尔人”在古罗马时期意为“流浪者”，原系北方日耳曼部族的一支。他们最初定居于波罗的海北端，公元前2世纪开始向南迁徙，曾于公元1世纪前后移居高卢，后被罗马人所逐。在此后的300年中，由于匈奴人的西进，旺达尔人不断被迫沿大西洋沿岸南迁，并于公元40年越过比利牛斯山，占领了伊比利亚半岛的西南部地区。西罗马帝国覆灭前后，迫于西哥特人的侵伐，旺达尔人于公元5世纪继续南下，从而占领了北非马格里布地区，并在数年后攻陷罗马人在北非的首府迦太基。旺达尔人对迦太基地区的统治长达近一个世纪，由于他们的残酷与暴戾，其统治不断遭到北非原住居民柏柏尔人的反抗。公元534年，旺达尔人被拜占庭所灭。阿拉伯人由此将北非马格里布地区与伊利比亚半岛统称为“安达卢斯”，即“旺达尔”的音译。西班牙语“Al-Andalus”中的“al”是阿拉伯语中冠词“ال”的拉丁拼法，后被西班牙语（或曰卡斯蒂利亚语）采用，是谓“el”（其阴性形式为“la”）。而今西班牙南部省份安达鲁西亚之名便是由安达卢斯演变而来的，它是阿拉伯人被逐出伊比利亚之前在欧洲的最后领地。

一

公元 711 年，阿拉伯北非总督穆萨（Musah Bn Naṣīr，640~716）派遣归顺阿拉伯帝国的柏柏尔名将塔利格（at-Talig Bn Ziyād，679 ？ ~719）率先跨越直布罗陀海峡，进攻西哥特王国。阿拉伯军队进而长驱直入，迅速占领了伊比利亚半岛的大部分地区，并于 713 年在塞维利亚建立总督府。此后，阿拉伯人征服的脚步并未停止。公元 732 年，阿拉伯人与法兰克人鏖战图尔，阿拉伯人兵败。有史书认为，这标志着阿拉伯人征服欧洲的梦想从此止步。而盛传于南欧的罗兰骑士的故事，便是由此次大战催生的。相传罗兰系查理大帝的外甥，曾亲率法兰克军队同阿拉伯人激战于比利牛斯山，并最终大获全胜。其实，战线过长过远，帝国内部局势复杂多变，这些已经导致阿拉伯人在伊比利亚半岛左支右绌、兵员匮乏，从而不得不止步于比利牛斯山南麓。公元 755 年末，伍麦叶王朝倾覆时的唯一后人阿卜杜·拉赫曼·伊本·穆阿威叶（后称阿卜杜·拉赫曼一世，Abd ar-Rahman I，731~788）登上伊比利亚半岛，最后入驻科尔多瓦，并于 756 年自称艾米尔，建立了以科尔多瓦为中心并独立于阿拔斯王朝的西方阿拉伯—伊斯兰政权。这就意味着公元 8 世纪中叶阿拔斯王朝的崛起并未宣告伍麦叶王朝的终结，阿卜杜·拉赫曼和他的后人（其中，阿卜杜·拉赫曼三世于公元 929 年始自称哈里发，正式建立后伍麦叶王朝，详情见后文）在这片西方土地上统治了近 8 个世纪之久，史称安达卢斯。然而，后伍麦叶王朝没有维持多久便四分五裂，分化成诸小王国（史称小王国时代）。小王国之间纷争不断，期间南有北非穆拉比兑人的干预和掣肘，北有基督教王国的“光复战争”，阿拉伯人的势力在伊比利亚半岛逐渐萎靡。1492 年，格拉纳达陷落，阿拉伯人在安达卢斯的最后一个王国——纳斯里德王朝宣告倾覆，阿拉伯人最终被迫撤出伊比利亚半岛，残留部分则被迫改宗。适值哥伦布受西班牙“天主教双王”资助发现美洲，西班牙全面中兴。

在这漫长的 8 个世纪的时间维度中，东部的阿拉伯阿拔斯王朝一直致力于振兴经济，复兴文化。他们引进东方各国的先进科学技术，其中就有对文明传播起到重大作用的造纸术。造纸术源自中国。据考古发现，纸的发明是中国对世界文化的重大贡献之一。早在公元前 2 世纪初，西汉就出现了土麻纸。现今新疆、敦煌出土的文物表明，公元 4 世纪初的西域地区已经开始使用古纸，特别是一些粟特文书可以见证其广泛存在。怛逻斯之役后，大批中国俘虏集中在撒马尔罕和库法两地，其中在撒马尔罕的中国战俘就曾将造纸术传到了阿拉伯世界，并由阿拉伯人于公元 8 世纪将其引入阿拔斯王朝。阿拉伯人随后在巴格达创建了中东的第一座造纸厂。穆斯林书商蜂拥而至，图书馆也相继涌现。这些都使得文化的迅速传播成为可能。

这种传播最集中的体现就是“百年翻译运动”（Ḥarakah at-Tarjamah）。其实自伍麦叶王朝起，阿拉伯人就已经开始着手翻译古波斯文、古叙利亚文和古希腊罗马典籍，但这种翻译尚未形成规模。阿拔斯王朝建立后，翻译活动渐成规模。哈里发曼苏尔（Al-Mansūr，754~775 年在位）、哈伦·拉希德（Hārūn ar-Rashīd，786~809 年在位）时期，巴格达当局更是投入大量财力、物力，组织学者翻译各国典籍，内容涉及语言、文学、星相学、宗教学、哲学、历史、艺术、数学、医学、几何学、天文学等人文和自然科学各个门类。著名的寓言故事集《卡里来和笛木乃》便是在这一时期由梵文移译和改编成阿拉伯语的。许多至今仍在沿用的技术词汇，也是阿拉伯人留给世界的宝贵遗产，如古印度人发明、由阿拉伯人传到欧洲后又传播于世界的阿拉伯数字，以及代数和零的概念。公元 9 世纪初，阿拔斯哈里发麦蒙（Ma'mūn，813~833 年在位）建立“智慧宫”，更是将翻译运动推向高潮。“智慧宫”类似中国古代大型的佛经翻译场，负责组织和领导全国的智者们进行翻译和学术研究。一时间，各方学者、翻译家辐辏云集，学术活动盛况空前。他们注重收集和翻译被征服民族的文化典籍，肩负起了拯救和传播古典文明的任务。古希腊哲学在欧洲中世纪几乎被人忘却、陷于荒芜；而柏拉图、亚里士多德等古希腊哲人的作品却被大马士革（伍麦叶王朝首都）和巴格达（阿拔斯王朝首都）等伊斯兰城市大量收藏，并被移译成阿拉伯语和拉丁文，使古希腊罗马文明得以传承，并被激活。同时，阿拉伯人的翻译不是简单的复制和传播，他们还加入了自己的哲学思考和宗教理法，进而为中世纪后半叶西方新柏拉图主义和新亚里士多德主义的发展奠定了基础，并且形成了独具一格的“巴格达学派”，以取代“亚历山大学派”。“巴格达学派”与科尔多瓦和开罗的学术活动形成互动，这些都使得阿拉伯—伊斯兰文明成为当时世界文明的翘楚。

二

伍麦叶王朝后人带到欧洲的，便是这一文化传播工程的赓续。自 8 世纪中叶开始，科尔多瓦的伊斯兰学者在阿卜杜·拉赫曼一世的率领下，也开始翻译传播古典学术。帝国在领土扩张的同时，同样肩负起了拯救和传播古典文明、发展和推进伊斯兰文明的任务。公元 9 至 10 世纪，科尔多瓦进入鼎盛时期，它仅次于君士坦丁堡，成为当时全世界最大的城市之一。929 年，阿卜杜·拉赫曼三世

（Abd ar-Rahman III，891~961）称王（912~929年在位），即废除“艾米尔”，改称“哈里发”。当时，科尔多瓦有图书馆七十座，而且每一座都藏品丰厚，仅哈里发的“御用”馆藏就拥有四十余万册手稿。穆斯林从各地收集图书，然后将它们翻译成阿拉伯语和拉丁语。这些图书为后来的文艺复兴运动和航海大发现奠定了基础。据说哥伦布开始他的航海探索时，就曾手持一卷阿拉伯人绘制的世界地图，并请一位阿拉伯人陪同他出航。伍麦叶王子阿卜杜·拉赫曼一世还在科尔多瓦修建了大清真寺，引来大批朝觐者和文人学士。短短两个多世纪，仅犹太人口就增加了三倍。那时，伊比利亚半岛的民族和宗教成分已然相当复杂，占人口大多数的是西哥特王国留下的基督徒，其次是穆斯林，再次是犹太教徒，最后是处于社会最底层的吉普赛人、斯拉夫奴隶和来源更为复杂的雇佣兵。当局对异教徒采取了宽容姿态，但仍有不少基督徒和犹太教徒因不堪额外税赋而改信了伊斯兰教。公元10世纪后期，统一的后伍麦叶王朝不复存在，伊比利亚半岛开始了诸侯割据、兵燹频仍的小王国时代，但伊斯兰文明一直在该地区处于领先地位。时至今日（虽然安达卢斯的历史已经翻过了十几个世纪），屹立至今的科尔多瓦大清真寺、鲜花城遗址，气势恢弘、雕琢旖旎的格拉纳达红宫等壮美犹在。镂刻在红宫墙体上的“除了真主，别无胜者”的字迹，仿佛仍在诉说阿拉伯伊斯兰文明昔日的辉煌。事实上，阿拉伯文化在西班牙乃至整个欧洲留下了难以磨灭的印迹。在谈到图尔战役时，英国历史学家爱德华·吉本（Edward Gibbon，1737~1794年）曾经这样说道：“假如阿拉伯人在此次战役中获胜，那么，你在巴黎和伦敦看到的，将是清真寺，而非大教堂；你在牛津和其他学术中心听到的，将是《古兰经》（*Koran*），而非《圣经》（*Bible*）……”[①]今天，当我们站在科尔多瓦大清真寺、格拉纳达红宫面前，就会深切地感受到，吉本此话非虚。

除了建筑和有形文化方面取得的成就外，伊比利亚半岛的穆斯林还推动了安达卢斯地区医学、哲学、天文学、数学等学科的发展。他们的天文学、数学和物理学成就令时人叹为观止。这些成就不仅吸收了西方文明成果，而且融入大量的东方智慧。他们建造了先进的天文台，并将中国罗盘运用到了天文观察；发展了印度的计数体系，开始使用阿拉伯数字和计数方法；而他们的许多种植技术、果蔬品种、关税理念、珠宝香料等等，无不为中世纪停滞不前的西方文化注入了发展的基因和动力。用美国学者格兰特（Edward Grande）的话说：“1125年至1200年之间，一个真正的翻译浪潮将希腊和阿拉伯科学的重要部分译成了拉丁文，13世纪译得更多（阿尔丰索十世时期的‘新翻译运动’——引者注）。自公元9世纪

① 参见 Edward Gibbon: *The Decline and Fall of the Roman Empire*, vol.5, Everyman's Library; Slp Rep, 2010，pp.445~447。

至10世纪早期大量希腊科学被译成阿拉伯文以来，古代科学史上没有任何事件可与之媲美。”[①]与此同时，安达卢斯地区的阿拉伯人在医学方面也卓有建树，他们已能成功地将麻醉剂用于白内障等眼科手术，并通过软管为病人补给营养液。[②]许多著名的医学家常常也是学识渊博的哲学家和数学家，甚至文学家。例如，伊本·巴哲（Ibn Bājjah，1080~1138，史称阿维帕森 Avempace）[③]就集哲学家、医学家、天文学家、数学家、音乐家和文学家为一身，被誉为当时的“天下奇才”。他不仅从雌雄性别角度对植物进行分类研究，还著有一部《诗集》，体现了精深的文学造诣；同时他精通亚里士多德的哲学体系，对后来的伊本·鲁世德（Ibn Rushd，1126~1198，史称阿威罗伊 Averroes）[④]产生了深远的影响。而后者同样才华横溢，集多种头衔于一身。他在伊本·巴哲的基础上仔细研究并解读了亚里士多德等古希腊哲学家的著作。这些著作自公元13世纪起，便被陆续翻译至拉丁文，成为中世纪欧洲研究亚里士多德思想的钥匙。有了这些大思想家，安达卢斯也一跃而成为欧洲哲学、医学和科学中心，并为欧洲各王国吸纳古希腊文明铺路搭桥。

伴随着科技、医学、哲学以及物质生活的繁荣，安达卢斯盛极一时，文学的繁荣昌盛自然而然。而文坛的繁荣昌盛首先表现在诗歌方面。阿拉伯人素来热爱诗歌，登上伊比利亚半岛后，他们把诗歌和诗性的生活带给了这片土地。相传阿卜杜·拉赫曼一世在登临欧陆时就曾以颂诗赞美安达卢斯自然风光。时隔不久，著名的大音乐家齐尔雅布（Ziryāb,?~约845/伊历230）从也门西迁，来到安达卢斯，他将优美的音乐配以隽永的歌词，所做曲目深受安达卢斯宫廷和普通百姓的喜爱，甚至直接影响和改变了安达卢斯诗歌的发展方向，使安达卢斯的阿拉伯人在继承传统长诗的基础上，开创了一种新的诗体——“彩诗”（Muwashshah）。除诗歌之外，韵律灵活多变、语言清新典雅的散文作品也是阿拉伯安达卢斯文学的一大特色，伊本·哈兹姆（Ibn Ḥazm，994~1064）的《鹁鸽项圈》（*Tawq al-Ḥamāmah*）以及拉比（Ibn ‘Abdi Rabbih, 860~940）的《罕世璎珞》（*al-‘Igd al-Farīd*）都是传世的优美韵文。后者甚至被认为是安达卢斯新兴诗体——彩诗——

① [美]爱德华·格兰特：《中世纪的物理科学思想》（剑桥科学史丛书），郝刘祥译，上海：复旦大学出版社，2000年版，第17页。

② 参见[波多黎各]洛佩斯–巴拉尔特：《西班牙文学中的伊斯兰元素》（*Huellas del Islam en la literatura española: de la Edad Media a Goytisolo*），宗笑飞译，北京：中国社会科学出版社，2014年版，第8页。

③ 伊本·巴哲，又称阿维帕森（Avempace，1080~1138），出生于今西班牙萨拉戈萨地区，对亚里士多德许多自然科学著作研究颇深，代表作有《告别论》《索居指南》《植物书》《诗集》等。

④ 伊本·鲁世德，又称阿威罗伊（Averroes，1126~1198），出生于西班牙科尔多瓦地区，是中世纪阿拉伯著名的哲学家、教法学家、医学家和科学家，在伊本·巴哲的研究基础上，伊本·鲁世德更深一步地推进了亚里士多德研究，并将其与阿拉伯哲学相融合，形成了自己独特的哲学体系，他的成果对阿拉伯哲学，乃至西方哲学，都具有深远的影响。著述超过100部，其中最重要的有《哲学与宗教联系论》（*Fasl al-Maqal fi ma bayn al-Hikma wa al-Shariah min Ittisal*）、《矛盾之矛盾》（*Tahafut al-Tahafut*）等。

的重要倡导者和实践者。与此同时，安达卢斯的阿拉伯人还继承了东部阿拉伯帝国的玛卡梅文体，并将其发展、丰富，使其无论内容还是语言形式都焕然一新。特别是在公元 10 至 12 世纪，安达卢斯的玛卡梅无论在内容上，还是语言上都已自成体系，与东部玛卡梅遥相呼应。即便是在阿拉伯人统治伊比利亚半岛的最后两个世纪，即公元 12 至 14 世纪，虽然政治和军事上已经衰微，各诸小国王如一盘散沙，且战事频仍，但其文学、哲学和伊斯兰神学却依然处于鼎盛状态，并产生了许多传世之作。

简而言之，阿拉伯人在伊比利亚半岛统治近 8 个世纪，阿拉伯帝国（无论是东部的阿拔斯王朝还是西部的后伍麦叶王朝）在文化、经济、科技等方面都走到了世界前列。阿拉伯人，在继承东部阿拉伯文学传统、翻译古希腊罗马哲学经典，以及糅合印度、波斯、犹太乃至中国文化的基础上，为伊比利亚半岛开创了一个繁花似锦的文坛盛况。而在此之前的伊比利亚半岛乃至整个欧洲，一直处在"黑暗"之中。"当巴格达的拉希德与麦蒙埋首苦读古希腊与波斯哲学典籍，并组织翻译之际，他们的西方同代查理曼大帝却在竭尽艰辛地学习书写自己的名号。"[①] 洛佩兹·巴拉尔特（Luce López-Baralt）此谓并不夸张。在西哥特人的统治下，伊比利亚半岛的文学，特别是世俗文学几近荒芜，行世的唯有枯燥而缺乏生活气息的拉丁神学作品。因此，伊比利亚半岛的阿拉伯语文学给出了迥异于之前及同时期拉丁文学的另一片风景。其丰富性和超前性（或现代性）仿佛生生抹去了十几个世纪：即使是在今天仍可令人击节赞叹、感同身受。而退守比利牛斯南麓的基督徒则在很长一个时期中延续了西哥特传统，及至"边境谣"的出现。后者正是在同"摩尔人"的战斗中逐渐形成的，并汲取了阿拉伯安达卢斯文学的诸多元素，尤其是以伊本·古兹曼（Ibn Quzmān，1086？~1160？）俚谣为代表的创作风格。可以说，西班牙早期世俗文学正是在阿拉伯文学的烛照下逐渐发生的。此外，阿拉伯人素以能歌善舞著称，他们的音乐舞蹈即使在当今弗拉门科中仍可见一斑。至于阿拉伯抒情诗、叙事诗和玛卡梅小说，则毫无水土不服的迹象，它们不仅在伊比利亚半岛落地开花，而且催生了具有东西方混血特色的西班牙文学，如近代欧洲最早的抒情诗哈尔恰，它比普罗旺斯民歌早一个多世纪（尽管后者同样受到了安达卢斯文学的影响）。反之，原生于安达卢斯的彩诗，固然主要是阿拉伯文学的变体，但这一变体的产生除了安达卢斯自然、社会和生活因素，也明显糅合了某些犹太和拉丁文学的元素。它不仅在安达卢斯广为流传，而且反过来影响了东方阿拉伯本土，并丰富了阿拉伯诗歌的表现方式。再如由玛卡梅衍生的叙事文学、《一千零一夜》（*Alf Laylah wa Laylah*）、《安塔拉传奇》（*Sīrah*

---

① 洛佩斯－巴拉尔特：《西班牙文学中的伊斯兰元素》，第 7 页。

'Antarah Bn Shaddād）、《卡里来和笛木乃》（*Kalilah wa Dimnah*）等阿拉伯文学作品，不仅为中世纪伊比利亚半岛的骑士文学带来了新生，而且还是西班牙流浪汉小说的摇篮。这些影响在文艺复兴运动时期还有进一步的体现，许多作品如《拉封丹寓言》（*Fablis de La Fontaine*）、《坎特伯雷故事集》（*Canterbury Tales*）、《十日谈》（*Decameron*）等均或多或少得益于阿拉伯文学。

阿拉伯语对西班牙语发展的影响，也是显而易见的。自米格尔·阿辛·帕拉西奥斯（Miguel Asín Palacios，1871~1944）发现但丁（Dante，1265~1321）与伊斯兰教的神秘关联以来，曾有学者统计，常用西班牙语中的名词至少有三分之一是来自阿拉伯语，几可信手拈来。名字涵盖内容广泛，涉及科技、经济、建筑、数学、天文学、医学、律法等，甚至日常生活的方方面面。如："alcoba"（卧室，住处，المقام），"alcohol"（酒精，الكحول），"arroz"（大米，الرز），"almohada"（枕头，المخدة），"algebra"或"algoritmo"（代数或算术，الجبر），"azúcar"（糖，السكر），"azafrán"（藏红花，الزعفراني），camisa（衬衫，قميص），"pato"（鸭子，بطّ），"sala"（大厅，صالون）"tarifa"（关税，تعريفة），"joya"（珠宝，جوهر），"azul"（蓝色，أزرق），"jazmín"（茉莉花，الياسمين），等等。此外，以"a"或"al"开头西班牙语大多源自阿拉伯语：如油橄榄、食用油、茄子、胡萝卜、水渠、水池、棋手、市长、假期、遗嘱执行人、地毯、靠垫、枕头、别针、窗台、首饰、柠檬花、百合、喧闹、叫嚷、老鸨、晦涩，等等。再如，衬衫、裤子等许多日常用品也是直接从阿拉伯语移植的。此外，西班牙语借用阿拉伯语的甚至还有一些形容词和动词，如 mezquino（可怜的、小气的，مسكين），achacar（抱怨、指控，أشكى）。最重要的是，它们不仅仅是简单的词汇，而且还是思想、学术、科技和生活乃至思维方式的体现。

正如波多黎各学者路丝·洛佩斯－巴拉尔特所断言的那样："正是闪族文化之线，织就了西班牙文化的锦缎。"[①] 我们甚至可以毫不夸张地说：没有阿拉伯文化烛照的西班牙，就难有近代西方的文艺复兴。一如没有两河流域和古埃及、古印度文明，也很难想象古希腊文化会达到如此灿烂辉煌的高度。总之，没有东方，又何来西方？反之亦然。这并非囿于辩证法的有无相生，更不是"后主义"对二元论的简单否定（如东西之谓和男女之别），而是因为西方文化自古以来就无法与东方的贡献划清界限，但东西方文化的差异也确实存在。

然而，长期以来，西方学者大抵视阿拉伯人和穆斯林为他者，甚至异端。因此，西方文史学界至今尚未完全正视阿拉伯人对欧洲的贡献，仅有极少数西方文史学家在涉及中世纪时提及一二。斯宾格勒（Oswald Spengler，1880~1936）是其中一位，他在《西方的没落》（*The Decling of the West*）第二卷中写道："阿拉伯

① 洛佩斯－巴拉尔特：《西班牙文学中的伊斯兰元素》，第 21 页。

文化是一种发现……但由于它完全为西方历史研究所遗漏，以至于我们甚至未能为它找到一个合适的名称。”[①]杰克逊·斯皮瓦格尔（Jackson Spielvogel）则更为客观，其在《西方文明简史》（*Western Civilization*）中认为，阿拉伯穆斯林显示了积极吸收被征服者文化的意愿。他由此断言：“阿拉伯人是罗马帝国残存的古希腊罗马文化的真正继承者。他们还欣然吸收了拜占庭文化和波斯文化。公元8、9世纪，不计其数的希腊、叙利亚和波斯的科学与哲学作品被译成阿拉伯语。”[②]时至今日，虽然越来越多的西方学者开始认识到阿拉伯安达卢斯文学的重要性，以及它与西班牙早期世俗文学的种种交融，但仍缺乏对这一时期文学的系统梳理和文本分析，无论是阿拉伯安达卢斯文学，还是西班牙早期世俗文学研究，都还是一大阙如。

本著第一编是对阿拉伯安达卢斯文学的一次较为系统的梳理，或可简称为史；第二编则是对安达卢斯文学与西班牙早期世俗文学的比较研究，侧重于论，二者互为因果。本书脚注出现的中文相同书名，为同一版本，第二次开始不作详细注解，只写明作者、书名与页码，特此说明。诚然，水平和时间所限，很多内容这里只能点到为止，不当和疏漏则在所难免，敬希专家、读者不吝指正。

2017年3月5日

①［德］奥斯瓦尔德·斯宾格勒：《西方的没落》，第二卷，吴琼译，上海：上海三联书店，第35页。
②［美］杰克逊·斯皮瓦格尔（Spielvogel，Jackson）：《西方文明简史》（*Western Civilization*），董仲瑜等译，北京：北京大学出版社，2010年版，第165~166页。

第一编
阿拉伯安达卢斯文学

第一章　公元8至9世纪

如前所述，公元8至9世纪，是阿拉伯伊斯兰政权在安达卢斯初创时期。这一时期，统治者们一方面着力于开疆扩土，继续征战；另一方面，他们在政治经济、生活习俗和宗教信仰等领域采取开放的怀柔政策。加之统治者励精图治，使被占领地整体上呈现出一片歌舞升平、国泰民安的和平景象。阿拉伯文学便在这片鲜花盛开、绿树成荫的广袤土地上，开启了另一个发展向度。这片土地，与东方阿拉伯广袤的沙漠不同，处处景致优美，气候宜人。生活在这片土地上的人，也不同于阿拉伯人，他们大都是凯尔特人和哥特人的后裔。酷爱诗歌的阿拉伯民族将奔放不羁的情感融入眼前变幻多姿的景致，因此，在延续传统情爱诗、吟诵诗的基础上，写景诗的盛行便成为这一时期安达卢斯诗坛的鲜明特色。

第一节　安达卢斯之初

一、阿卜杜·拉赫曼一世

首先值得一提的，当是阿卜杜·拉赫曼一世。他出生于伍麦叶宫廷，母亲为柏柏尔人女奴，作为伍麦叶的王子之一，他并未为自己是女奴之子而妄自菲薄。相反，他志存高远，骁勇善战，且具有良好的文学修养。755年，当伍麦叶王朝被阿拔斯推翻，众皇族惨遭屠戮之时，他却因母亲的血统因祸得福，受到北非柏柏尔人的帮助，得以在一片黑暗之中，乘舟而行，经休斯越直布罗陀海峡，登上了伊比利亚半岛。他以优美的诗章和科尔多瓦大清真寺的修建获得了安达卢斯“第一诗人”的美誉——这并非是说他的诗歌成就为安达卢斯诗人所无法比拟，而是从时间角度而言，他可以算作是创作阿拉伯安达卢斯诗歌的第一批诗人之一，且是非常重要的“之一”。由于语言和“光复战争”等方面的原因，早期安达卢斯文学作品流传至今的为数不多。而拉赫曼的传世则无疑归功于他的显赫地位。

在一首题为《狂欢中的美女》的诗歌中，他这样讴歌心仪的女子：

她就像沙丘上的树枝，
风摇曳、翩翩起舞，
我心结出火一样的果。
琥珀色鬈发轻抚面颊，
涂鸦出树林般的图案，
犹金丝在白银上游走。
风华正茂，光焰四射，
俨然春风装点了枝头。
白玉指尖簇拥着酒杯，
晨曦在天际露出端倪。
美酒从杯中荡漾溢出，
似一轮红日东升西落。
当佳酿遭遇她的嘴唇，
晚霞染红她洁白的面庞。①

大意如此。这里可以看出，王子心仪的美女是个金发碧眼的西方姑娘，而且还是个把酒狂欢、豪放不羁的姑娘。由此也说明，初来乍到的穆斯林较之中世纪西方基督徒开放包容得多。当然，从肤色的角度看，北非西非民族中固不乏金发碧眼者，但她们毕竟还是极少数；而在安达卢斯，由于凯尔特人和日耳曼人曾作为主体大量存在的缘故，金发碧眼的姑娘却可谓比比皆是。而阿卜杜·拉赫曼的诗篇不仅体现了阿拉伯人的包容，也是其扩展审美维度的鲜明印记。

另一方面，阿卜杜·拉赫曼的某些诗也表现出他王者的情愫，以及对权力变幻莫测、人世沧海桑田的感怀：

① Reina, Francisco: *Poesía Adalusí(ash-Sha'ar al-Andalusī)*,Madrid: Editorial Edaf (Arabic and Spanish bilingual edition) , 2007, pp.113~114.

没有人能对我说三道四：
“是我让这个人获得权力。”
我靠自己的勇气和运气、
利剑和长矛改变了命运。
古来帝王犹如天上繁星，
此消彼长那是自然规律。
伍麦叶子孙在西方弥补！
幸运之星伴随幸运之人！
只要种子在土地上扎根，
王权将继续牢固、永恒！[①]

相传诗人在初到科尔多瓦时，对故土充满了怀念和思恋。据说，他曾偶然看到一棵椰枣树遗世而独立，由此便吟诵道：

吾于卢萨法，偶见椰枣树，
孑然立西方，远离故乡土。
君身似吾身，别乡在异处，
何其久矣哉，吾离吾民臣。
君身为异客，寂然默成长，
如吾独伫立，洪荒偏远角。
唯愿于此地，朝霞悦君意，
唯愿甘霖降，与君永相伴。

这首诗如此脍炙人口，被选入几乎所有的西班牙—阿拉伯诗集。奈克尔（A.R.Nykl）曾在其（《西班牙—阿拉伯诗歌及其与行省古老行吟诗人的关系》（*Hispano-Arabic Poetry and its Relationes with the Old Provencial Toubadours*）中谈到此诗。[②]

他还翻译了此诗的另一版本：

---

① Reina, Francisco: *Poesía Adalusí(ash-Sha'ar al-Andalusī)*,Madrid: Editorial Edaf（Arabic and Spanish bilingual edition）, 2007, pp.113~114.

② A.R.Nykl：*Hispano-Arabic Poetry and its Relationes with the Old Provencial Toubadours*, Baltimore, 1946, p.18. 转引自《西班牙文学中的伊斯兰元素》，第 10 页。

嗟乎，椰枣树！你是独居的隐士，
恰似我，成长在远离故乡的土地。
枝叶呢喃婆娑，是你低声的抽泣。
幸你不是人类，无法用言呓倾诉；
倘你有思有志，怎能不哀伤追忆，
那幼发拉底河岸和那椰枣园故里？
然而你再无归期，一如我放逐此地。
只因阿拔斯的仇恨，使我哀伤别离。[①]

阿卜杜·拉赫曼一世作为后伍麦叶王朝的实际开创者，不仅在政治上功勋卓著，而且在诗歌创作上也取得了骄人的成绩。他酷爱文学，在四处征战、维护政局稳定的同时，注重文化的交融和传播，对不同宗教信仰的人采取包容、怀柔政策，特别是对犹太人。这使得当时受教育程度较高的犹太人在传播阿拉伯文学、文化进入伊比利亚半岛等方面，充分发挥了他们的积极作用，并在自己民族的诗歌创作领域开辟了独具特色的一片天地。在这种宽容的境地中，犹太文学在公元9—12世纪之时，进入了第一个黄金世纪，这在后文中会有详述。

二、阿布尔·马赫希

阿布尔·马赫希（Abu al-Majsi，？~796）是继拉赫曼之后安达卢斯出现的又一位重要诗人，而且与后者过从甚密。在有关学者看来，早期的安达卢斯穆斯林尚未完全摆脱游牧民族的某些习尚，因而长诗“盖绥达”（Qasīda）依然盛行。

长诗的历史可以追溯到公元6世纪，适值贾希利叶（Jahilia）时期（约公元475~622年），又称蒙昧或荒漠时期。那是伊斯兰教产生之前的阿拉伯时代。这一时期（公元5世纪至6世纪中期）出现的长诗，往往抒情和叙事并重。它们矜夸英雄、颂扬部落精神，具有鲜明的诗史色彩。长诗大多口口相传，由行吟诗人传播、承袭。其中有七到十首优美的长诗被悬挂在克尔白神庙内，故又名悬诗。

随着长诗的流行，谣曲类情歌应运而生。后者通常作为长诗的起兴部分，即“纳西布”（Nasīb）。公元6世纪时著名的悬诗诗人乌姆鲁勒·盖斯（Umru' al-Qais）同时也被称作阿拉伯“艳情诗祖”；而另一位著名的悬诗诗人安塔拉（Antarah bn Shaddad，525~608）则将艳情诗改造成了“贞情诗”（或曰“纯情诗”）。至伍麦叶王朝，情诗极盛。“艳情诗”以诗人欧麦尔·本·艾比·赖比阿（‘Umar bn

① A.R.Nykl: *Hispano-Arabic Poetry and its Relationes with the Old Provencial Toubadours*, Baltimore, 1946, p.18. 转引自《西班牙文学中的伊斯兰元素》，第10页。

Abī Rabī'ah，644~711）为代表；“贞情诗”则有盖斯·本·穆劳瓦哈（Gays bn al-Mulawwaḥ，？~约688）等重要传人。其中盖斯·本·穆劳瓦哈又被称为“莱伊拉的情痴”。他自幼爱上美丽的堂妹莱伊拉，并向叔父求亲，结果遭到拒绝。盖斯苦恋不舍，最后因情而痴，在荒漠中四处游荡，与野兽为伍，不停地喝酒吟诗、倾诉心中悲伤，最后葬身沙漠。其与堂妹的爱情悲剧颇似我国的《梁山伯与祝英台》、欧洲的《罗密欧与朱丽叶》（*Romeo and Juliet*），被后世衍化成传奇故事、长篇叙事诗，广为流传、弥久不衰。迄今为止，情诗一直受到广大阿拉伯读者的青睐。很多情诗被谱成歌曲，广为传唱；吟者如痴，听者如醉。而安塔拉则成了传奇人物，有《安塔拉传奇》为证。黑格尔曾把悬诗称为抒情而兼叙事的英雄歌集，谓所用语调时而大胆夸张，时而节制，平静柔媚，描述了阿拉伯人前伊斯兰教时期的原始情状，譬如部落的光荣、复仇的快意、爱情和冒险的热望以及其他喜怒哀乐。“这在东方原始生活中是一种真正的诗，其中没有妄诞的幻想，没有散文气息，没有神话，没有牛鬼蛇神之类的东方怪物，有的是真实的独立自足的形象，尽管在辞藻比喻方面偶尔有些怪诞和近乎游戏。”①

马赫希的作品就有不少属于长诗，保持了相当的长度和为了爱情而怀旧感伤、游历寻觅等重要内容，并经常提到沙漠或草原、骏马或骆驼，有诗章残句为证：

> 向着你的仁爱和光辉，
> 我策马扬鞭远道而来，
> 哪怕日头燃烧着衣衫，
> 只为了抚慰我的心碎……②

这些诗句保持了阿拉伯长诗的基本特征，虽然转合自由、结构松散，但通篇押韵合辙。全诗往往比兴丰富，明喻、暗喻、排比等交替出现。譬如将美女比作羚羊：妩媚的眼睛，修长的玉颈……

同时，马伊希热衷于表现灾难和疾病，他的题材和想象充满忧伤。在一首题为《失明》的作品中，诗人将自己描写成一位因故丧失视觉的盲人：

> 我的女神她充满哀伤，
> 真主的审判已经完成。
> 如今她忍受我的失明，

① 转引自仲跻昆：《阿拉伯文学通史》上卷，南京：译林出版社，2010年版，第69页。
② Ribiera Mata，M. J.：*Literatura hispanoárabe*，Alicante：Universidad de Alicante，2004，p.49.

在大地上盲目地行进。
她痛苦不堪呼天抢地，
令人心碎，令人流泪。
我的心房被彻底撕裂，
当她说出了肺腑之言：
世上没有比失明更惨！
自黑暗永远降临眼前，
我活着也是行尸走肉。
……
曾几何时我眼明似镜，
对人生命运了如指掌，
我指挥驮队穿越沙漠，
艰难险阻也不在话下；
骑着高大威猛的骆驼，
穿越迷雾、横扫敌阵，
……①

三、哈萨娜·塔米米亚

哈萨娜·塔米米亚（Hasana at-Tamimiyah）应是安达卢斯土生土长的第一位女诗人，生卒年月不详；但据其作品及乃父阿布尔·马伊希的情况，人们大致可以推断出她生活于公元8世纪末至9世纪初。在一首《质询诗》中，诗人为亡父质询哈克木一世（al-Hakam I）：

哦，我的心充满悲伤，
因为父亲离开了人世……
我曾富足、幸福无比，
现在却要请求哈克木
你的庇护和些许仁慈！
你的威名使天下归心，
令所有民族缴械称臣。

① Resano，Fernando：*El splendor de la poesía en la Taifa de Zaragoza*，Zaragoza: Mira，2007，pp.11~12.

是你使得我无所畏惧，
你的庇佑让恐惧远遁。
请你的伟大光耀四方，
让穆斯林和非穆斯林
永远对殿下心悦诚服！[①]

塔米米亚还创作了不少颂诗，其中多数献给了科尔多瓦的君主。她的作品除了采用长诗的某些方法，还借鉴了兴起于公元 8 世纪的轻歌体。

四、艾扎勒

艾扎勒（Al-Ghazzāl，772~864），原名叶哈亚·本·哈克姆（Yaḥyā bn al-Hakm），因才貌出众而被誉为"羚羊"（艾扎勒）。他出生在今西班牙哈恩，年轻时期风流倜傥、放荡不羁，晚年潜心修行。他的作品充满自由精神，深受时人及拉赫曼二世（Abd ar-Rahman II，792~852）的喜爱，曾任后者的星象师，并曾出使拜占庭和丹麦。在丹麦期间写下了如下诗行：

她[②]称赞我染发，为我祝福，
好似那样就使我青春回顾。
在我看来白发染黑就好比
在太阳外表罩上云雾一层，
可遮掩一时，但青春难敌，
因为掩藏的一切终将暴露。
不要否认满头华发的光彩，
那是内心理智之花的外露。[③]

他同时也是一位犀利的讽刺诗作者，因讽刺各色人等（如法官和太监）开罪了不少读者。由是，他固然深得拉赫曼二世的赏识，却难免获罪，甚至差点儿身陷囹圄。有一首讽刺诗写道：

……
本来不学无术却硬把官当。

---

① Reina，Francisco：*Poesía Adalusí(ash-Sha'ar al-Andalusī)*，pp.113~114.
② 指丹麦王后。
③ 转引自仲跻昆：《阿拉伯文学通史》上卷，第 466 页。

信奉真主也只是胡说八道，
似醉鬼摇头晃脑信口雌黄。
小小苍蝇焉能将巨石驮起，
你乌龟再大也难推动巨轮。[①]

诗人这样嘲讽科尔多瓦大法官，并对富人炫富大加鞭笞：

我看到富人们一旦死掉，
贵重的石头把陵墓修造。
他们即使躺进坟墓里面，
也要向穷人显摆、炫耀。
其实泥土食人不分彼此，
富人怎么就比穷人更好？[②]

这是诗人对贫富差异的感慨，充满了人生哲理，令人联想到杜甫的“朱门酒肉臭，路有冻死骨”的诗句，抑或《红楼梦》中的《好了歌》。

有钱人家金无数，一路扬洒到坟墓。
墓上筑起一座山，石砌砖垒不用土。
山高千尺接白云，楼高万丈连天路。
巍峨山峰摇首叹，岂是地下公平处？
贫富沧桑轮回事，大海昼夜成桑亩。
古人若知儿孙命，方晓人生如一梦。
富人穷人一时了，奴才主子轮几度。
男人女人为何物，今朝罗绮明日布。
黄土地下你挨我，尊卑高下同归宿。[③]

五、伊本·萨米尔

伊本·萨米尔（Ibn as-Sāmir）活跃于拉赫曼二世时期，曾任后者的星象师，

① Reina，Francisco：*Poesía Adalusí(ash-Sha'ar al-Andalusī)*，p.116.
② 参见仲跻昆：《阿拉伯文学通史》上卷，第 469 页。
③［埃及］艾赫迈德·艾敏：《阿拉伯—伊斯兰文化史》，史希同、张洪仪译，北京：商务印书馆，2007 年版，第 125 页。

主要作品为情诗，但也创作了不少颂歌，被认为是拉赫曼二世时期最重要的抒情诗人之一。以下是他脍炙人口的两首情诗：

自君忽别离，
夜夜自怜自。
再无爱之幸，
空有月邀日。
我思塔鲁布，
伊人美如画，
眼睛像羚羊。
世上最美丽，
音容驻我心，
我心在哭泣！
爱情摄我魂，
我魂在自焚！
既已爱上君，
怎能没有你……[①]

——《诗之一》

她是日月炼就的精华，
哪有宝石和珍珠可比？
她是安拉的开天辟地，
美轮美奂、无与伦比！
赞美她，安拉的创造，
胜过浩瀚海洋和大地！
……[②]

——《诗之三》

六、阿卜杜·拉赫曼二世

阿卜杜·拉赫曼二世于公元 792 年生于托莱多，852 年殁于科尔多瓦，822 至

① 艾赫迈德·艾敏：《阿拉伯—伊斯兰文化史》，第 117 页。
② Reina，Francisco：*Poesía Adalusí(ash-Sha'ar al-Andalusī)*，pp.117~118.

852 年在位。拉赫曼二世继承了乃父拉赫曼一世的衣钵，延续和扩大了安达卢斯的文化建设工程。但在位期间，他遭遇了第一次安达卢斯基督徒——莫斯阿拉伯（Mozárabes）的骚乱。

阿卜杜·拉赫曼同时也是一位才华横溢、风流倜傥的诗人。据传他曾疯狂地爱上了一个女奴，并与她生有一子。女奴为了让儿子继承大位，遂与太监勾结，欲加害于拉赫曼二世。后者在一首歌颂女奴特洛瓦（Trova）的情诗中写道：

正午太阳光芒万丈，
你昼夜在我心闪亮；
敌人剥夺我的守望，
我心带你亲征远方；
西蒙风吹裂了脸庞，
烈日欲将石头点燃。①

——《致特洛瓦》

阿卜杜勒·拉赫曼二世热爱文学，对星象学和奇闻轶事、方术和释梦也颇有兴趣。这在他的文学作品中体现为某种玄幻色彩。

科尔多瓦游荡着你的身影；
无人知晓，皆因暮色苍茫。
夤夜你张开双臂将我拥抱，
影影绰绰，欢迎大驾光临！②

——《致伊本·萨迈拉》

这是阿拉伯文学源远流长的拜诗，类似于我国的“对歌”或“对联”。它是诗人对一位故友的回敬或调侃；前两句是故友的上联，后两句是诗人的下联。

七、穆塔阿

穆塔阿（Mut‘a）是齐尔雅布的女奴，生卒年月及来历不详，就连名字也可能是随意冠给的。她能歌善舞，是科尔多瓦有名的才女。为了取悦拉赫曼二世，齐尔雅布忍痛割爱，将穆塔阿送进宫去。以下是穆塔阿暗恋拉赫曼二世时写下的一支短歌：

① Reina，Francisco：*Poesía Adalusí(ash-Sha‘ar al-Andalusī)*，pp.120.
② Ibid.

哦，你隐藏了情感，
就像天空遮蔽太阳？
心灵曾经寓居心房
我却因爱放飞了魂。
告诉我它何来何往？
爱上了伍麦叶一人，
因为他，忘却羞赧！①

这首情歌伴随着诗人的音容笑貌和天生丽质广为流传，自然也博得了拉赫曼的心。据称二人倾情相爱，度过了一段美好的时光。它连同穆塔阿的才貌被传为美谈。

第二节　早期安达卢斯情歌

情歌或轻歌体是发轫于公元 8 世纪的一种安达卢斯的诗体，大都为配乐歌词。它是源远流长的阿拉伯情诗在安达卢斯的变体。它的主题未必都是男女恋情、卿卿我我，反而常常是怀乡的忧思、怀旧的感伤。

一、伊本·希玛

伊本·希玛（Ibn as-Simma），生卒年月不详，大约于公元 8 世纪来自叙利亚。里维埃拉·马塔（María José Ribiera Mata）在《西班牙阿拉伯文学》（*Literatura hispanoárabe*）中援引过这位来自叙利亚的安达卢斯诗人，后者的一首古体情歌唱出了市民的百无聊赖：

有时，我因自恋自恃高甚；
青丝如云，扎成辫子盘起；
无忧无虑，生活无比烦闷；
早知今日，不如当个牧民。②

二、阿卜杜·拉赫曼一世

拉赫曼一世也有类似的感怀与忧伤，他思念草原，曾经这样唱道：

① Reina，Francisco：*Poesía Adalusí(ash-Sha'ar al-Andalusī)*，pp.121.
② Ribiera Mata，M. J.：*Literatura hispanoárabe*，p.48.

让我去追鹤猎影吧，
追逐时光是我心志，
无论上山巅入地下！
当日头烧焦了道路，
我却只把战旗高擎。
我无须花园和城堡，
只需沙漠帐篷一顶。
……[1]

三、其他情歌手

和马伊希的某些创作内容一致，情歌应当是由阿拉伯古典情诗和“悬诗”衍生的。到了公元 9 世纪，短小精悍的情歌大量涌现，并被配曲传唱。其中比较有名的情歌手还有伊本·纳希赫（Ibn Nasīha，生卒年不详）、伊本·阿卜迪·拉比（Ibn ‘Abdi Rabbih，860~940）、哈克木一世和赛义德·伊本·约迪（Said Ibn Yodi，生卒年不详）等。除如拉赫曼一世、哈克木一世等权力人物外，早期情歌手鲜有被详尽记载的，但其作品却代代吟唱，传之弥久。

伊本·纳希赫在一首情歌中肆意运用比喻之法：

拉赫曼，请她怜悯你的奴仆，
你的瞌睡正将我心活活掩埋；
哦，我的热情换来她的冷漠，
尽管玫瑰色罂粟花绽放脸庞。
请她温柔再温柔，犹如其臀；
柔美再柔美，仿佛那对酥胸。[2]

拉比在一首情歌中回忆起巴格达和齐尔雅布[3]：

是谁滋润鸟儿歌喉？
天籁婉转无人可及。

① Ribiera Mata，M. J.：*Literatura hispanoárabe*，p.49.

② Ibid. p.51.

③ 巴格达诗人、歌手，本名艾布·哈桑·阿里·伊本·纳菲（Abu al-Hasan Ali Ibn Nafi），833 年（一说 822 年）移居科尔多瓦。他与女诗人穆塔阿的主人可能是同一人。

无论何时何地何如，
美妙歌声不差分离。
让我倾听她的歌唱，
譬如心脏跳动心房。
齐尔雅布若活到今天，
定会极度嫉妒忧伤。①

他的另一首情歌更加玄妙：

我的爱她夤夜来访，
徘徊于美梦和清醒之间；
通宵达旦
彼此爱怜、抚摸，
我让她的面颊，
以我的胳膊为枕，
她也让我
枕在她的臂弯。
我不知她是否神仙，
似太阳、月亮或我的双眸，
牵引我那无尽的欲望，
仿佛我已死于其间。②

哈克木一世的情歌则表现了权力与爱情的关系：

柳枝在沙丘上起舞，
她轻盈地离我而去；
尽管我贵为哈里发，
爱情却毫不理睬权术，
哪怕我已低三下四。
谁能助我战胜欲望？
她们可不相信权力！③

① Ribiera Mata，M. J.：*Literatura hispanoárabe*，p.52.
② Ibid. pp.55~56.
③ Ibid. p.53.

萨伊德·伊本·约迪也有一些类似的情歌：

再无比这更令人愉悦：
把酒杯留在托盘上面，
亲吻瓶儿那优美脖颈，
然后是对方嗔怪娇滴，
还有奇妙的眉目传情。
我似骏马曾自由驰骋，
爱情她催我一往无前。
我的命运亦未曾改变，
疆场上死神离我远去，
唯爱情枷锁套牢我身。①

另一首：

听你，我心离开我身，
胸中充满苦涩和郁闷。
我魂已随亚伊罕而去，
尽管我和你再未见面。
我顾影自怜呼唤芳名，
含泪向天如修士祈祷。②

① Ribiera Mata，M. J.：*Literatura hispanoárabe*，p.55.
② Ibid.

第二章　公元 10 世纪

第一节　传统诗体

公元 10 世纪，安达卢斯诗坛始现繁荣景象，并于 11 世纪达到了高峰。其中，题材和风格的日益丰富是文学繁荣的重要表征；同时，文学思想进一步开放，这与沉闷而单调的拉丁文学形成了更加强烈的反差。

一、卡玛尔

卡玛尔（Qamar）是一位女诗人，生卒年不详，只知道她来自巴格达，并且是作为女奴被贩至安达卢斯的，亲历了经济文化繁荣的拉赫曼三世时代。她曾经是一名歌手，博闻强记，能吟唱冗长和“悬诗”和名目繁多的叙事诗，抵达安达卢斯后开始创作。其作品具有东方女性特有的细腻与婉约。然而，囿于社会地位，她的多数作品未能传世。

（一）

我为巴格达和伊拉克低泣，
它们的女子貌美犹如羚羊，
目光中燃烧着迷人的火焰，
身姿婀娜好像那幼发拉底。[①]

---

① 指幼发拉底河，与位于东面的底格里斯河共同界定美索不达米亚。它发源于土耳其境内的安纳托利亚山区，依赖雨雪补给；流经叙利亚和伊拉克；下游在库尔纳与底格里斯河合流为阿拉伯河，最终注入波斯湾。

珍珠项链簇拥着如月脸庞，
美艳动人，她们活得精彩，
就连天上星辰也自叹弗如；
音容笑貌带一丝温婉幽怨，
仿佛失恋人思念不归爱情。
哦，我以我心唤我的家乡！
我一切的一切都归属于她，
其光辉自永至远令我感念。[①]

（二）

全西方找不出这样的人，
他就是我恩人伊卜拉辛，[②]
化身宅心仁厚古道热肠，
我寓居于他的慷慨无比，
……[③]

二、阿布·马迈德

阿布·马迈德（Abu Ma'mād，？~977），本名库蒂亚（Kutiyya），西哥特改宗者，生于公元10世纪初，殁于977年。他生长在科尔多瓦，曾在拉赫曼三世朝中任法官，同时从事文学创作。他从阿拉伯文学汲取养分，却并未赋予阿拉伯文学以西方色彩。反之，同时代穆斯林诗人开始有意识借鉴西方文学和希伯来犹太文学。这种文化混杂也许是导致新的爱恋诗（Ghazal）诞生的基础。这种诗体改变了阿拉伯人的比兴方式，开始大量采用安达卢斯本地事物以表达情感：或显或隐、明指暗喻，时而将自然拟人化，时而借物言志、借物抒情。

阿布·马迈德在其诗作中这样描写日月：

品酒高傲的百合花旁，
等待玫瑰般黎明绽放。
苍穹给予其同样食物，

① Resano，Fernando：*El splendor de la poesía en la Taifa de Zaragoza*，pp.122~123.

② 伊卜拉辛（Ibrahim），塞维利亚穆斯林，出生年月不详，910年去世。他从巴格达买下卡玛尔，并将她带到了安达卢斯。

③ Resano，Fernando：*El splendor de la poesía en la Taifa de Zaragoza*，p.122.

一个是奶，一个是血。
若即若离的叛逆姐妹：
一个用洁白抗拒樟脑，
一个用嫣红匹敌榴石。

一个是行者的护身符，
一个是依依道别的娃。
或者，一个银丝飘洒，
另一个随风散播炭火。①

三、伊本·法拉伊

伊本·法拉伊（Ibn Faray）于公元 10 世纪生活于今西班牙哈恩，生卒年月不详。他在一首流传至今的诗作中将美人比作春天：

春天奉献美丽果园，
金丝银线装点它们。
闪电拖拽风的尾巴，
再用花瓣将其点缀，
飘飘洒洒色彩斑驳，
它们是爱情的字符：
一些犹如多情的郎，
一些恰似善感的妹。
一些是羞涩的红花，
一些因失恋而苍白，
二者都是多情种子。
情哥情妹不期而遇，
两串珍珠似的情雨，
对称地从面颊流落；
风在花园将其戏弄，
记下了他们的拥抱
和分别催生的泪滴。②

① Reina，Francisco：*Poesía Adalusí(ash-Sha'ar al-Andalusī)*，p.124.
② Ribiera Mata，M. J.：*Literatura hispanoárabe*，p.61.

四、伊本·哈尼

伊本·哈尼（Ibn Hānī' 937~972）生长于塞维利亚的书香门第。适逢安达卢斯后伍麦叶黄金时代，塞维利亚成为继科尔多瓦和西哥特古都托莱多之后崛起的又一个穆斯林重镇。这一方面体现了后伍麦叶时代的繁荣，另一方面则为后来的“诸藩时代”（安达卢斯分裂成若干小王国）埋下了伏笔。但是，伊本·哈尼从小接受什叶派信条，在逊尼派占主导地位的安达卢斯难以左右逢源。因此，在创作了不少歌颂曾未得到应有爵禄之后，27 岁的伊本·哈尼决定离开故乡，远赴埃及寻找机会，却最终滞留于马格里布并英年早逝。有关他的死因，学界说法不一：一曰遭人谋杀，因为他曾创作诗歌激烈地攻击逊尼派的教义及其政权；一曰某日他出门后，在路途中因酗酒而死。前一种说法应当更为可信。

在马格里布期间，伊本·哈尼创作了大量讴歌法蒂玛王朝诗作，这些颂歌使他名噪一时。法蒂玛王朝是伊斯兰什叶派在北非和中东建立的封建王朝。建立于公元 909 年，公元 1171 年灭亡。因其旗帜、服饰崇尚皆为绿色，故中国史书多称其为“绿衣大食”。王朝以先知穆罕默德之女法蒂玛之名命名。同时，他还作诗批判阿拔斯王朝统治的弊端，认为统治者权势微弱却又耽溺于享乐，使得罗马人掌握了实权，而在宗教教义方面又禁锢重重。

伊本·哈尼在其作品中将法蒂玛王朝的哈里发比作先知穆罕默德：

辅士就好像你的随从，
你就是传说的救世主，
……①

然而，伊本·哈尼的情诗似乎更值得称道。它们意象奇崛，比兴豪放。譬如他曾这样写道：

请拭去我未眠眼圈的痕迹，
再从我床铺拔掉根根荆棘！
不然取走你们给我的一切——
我不要被窃取了心的躯体。
你们何不放过我这个恋人，
将桎梏从俘虏的身上去除？

① 转引自仲跻昆：《阿拉伯文学通史》上卷，第 468~469 页。

难道你们已经忘记了分离，
然渴极之人焉能将水忘记？[①]

五、希雅里亚

希雅里亚（al-Hiyariyya）是安达卢斯的又一位著名女诗人。由于鲜有资料记载，对她的身世我们依然知之甚少。目前所能找到的唯一踪迹是法拉伊在《花园之书》（*El libro de jardines*）中记录——她的四首短诗：

（一）

仁者所谓生活可爱，
因其世界充满优惠，
丰衣足食人人幸福；
犹如美酒悠然杯中，
烛光杯影相映成趣。
没有比人更加幸福！
脸如太阳笑容灿烂，
光彩夺目令人陶醉，
紧随其后尊重敬爱。

（二）

我的情人讨厌怨艾，
与他分手使他傲慢：
女子如靴可穿可脱！
于是我才反唇相讥：
你又何曾庇我于荫？

（三）

没有朋友多么孤寂！
孑然一人孤而更寂！
夜幕降临告别友人，

① Ribiera Mata, M. J.: *Literatura hispanoárabe*, p.66；译文参考了仲跻昆：《阿拉伯文学通史》上卷，第 469 页。

漫漫时光何以解忧？

（四）

真主，奴仆使我烦躁，
他们个个刁钻而古怪，
愚昧无知，冥顽不化，
但又悻悻然狡黠无比。

由此可见，这是一名贵族女诗人，她不仅有鲜明的阶级偏见，而且显示了某种女权精神（至少是爱情面前的男女平等）。

六、安萨丽

安萨丽（Al-Ansari）生在突尼斯，公元10世纪末叶移居塞维利亚，并以其充满宗教情怀的作品闻名遐迩。

灿烂辉煌谁与争锋？
无须祈祷他就施惠。
我该如何表达感激？
看看项上戴满珠宝，
还有往日无数恩惠！
我因你而珠光宝气，
年轻美丽拜你所赐。
……①

安萨丽晚年被疾病所困，作品趋于悲观。在一首白描式作品中，她道出了老人的孤独与困苦：

七七春秋已矣，
妇人至此何如？
羸弱之躯摇曳，
仿佛蜘蛛网丝。
岁月使人变小，

① Reina，Francisco：*Poesía Adalusí(ash-Sha'ar al-Andalusī)*，pp.127~128.

四处寻找杖棒……[1]

七、萨里夫·塔利克

阿拉伯人名比较复杂，尤以名门望族为甚，往往是父亲、祖父、曾祖父……一连串名字的叠加。以萨里夫·塔利克（Al-Sarif at-Taliq，961~1009）为例，其本名马尔万·伊本·阿尔曼·伊本·马尔万·伊本·阿巴德·阿尔曼·纳希尔·阿布·阿巴德·马利克（Marwan ibn Abd al-Arman ibn Marwan ibn Abd al-Arman al-Nasir Abu Abd al-Maliq）译成中文长达30余字。他是伍麦叶王子，因乃父强占其所爱女子而不惜弑父，时年仅16岁。他因此被判16年监禁，出狱后又恰好生活了16年。三个16年，终其一生。

萨里夫·塔利克凭借良好的文学修养在狱中开始写诗。以下是他的两首“盖绥达”：

（一）

树枝在沙丘上摇晃，
犹我的心散发欲望。
美丽在她脸上滋生，
犹月亮在天上荡漾，
永不凋零无比洁净！
眼似羚羊黑白分明，
像利箭穿透我的心。
珍珠项链是其笑容，
从脖子滑进了嘴中。
鬓发金黄飘洒脸上，
恰似阳光洒满银盆。
她的身段如此美丽，
仿佛树枝浑然天成。
腰肢妩媚好比柳条，
婀娜多姿充满爱意。
臀部着意一摇一摆，
分明激情燃在心里。

① Reina，Francisco：*Poesía Adalusí(ash-Sha'ar al-Andalusī)*，p.128.

双手纤细巧垂两旁，
宛如我爱将她拥抱。
……

（二）

雷电使云层化作雨水，
花园中人有喜亦有悲。
大地就像无情的牢笼，
将植物紧紧锁于其中。
闪电使它们披上霓虹，
绸缎般色彩斑斓无比。
雨水栖息的朵朵乌云，
像骏马在闪电中奔腾。

群马似喜鹊四处逃窜，
然后在风中化为乌有。
这样的黑夜没有星星，
它们徒劳地寻找出路。
闪电最终点燃了黎明，
像一盏明灯照亮大地。

雷声变成天空的哭泣，
树叶似杯，任雨溢出。
黎明给花园穿上新衣，
妖娆分外，光彩夺目。
朝霞激活花园，就像
恋人们重新燃起激情。
……①

又是一个金发女郎！又是一个多情王子！又是一出爱情悲剧！塔利克王子的故事令人震颤，但他的诗作并未超越前述情歌。倒是一些传说不胫而走，谓曼苏尔之所以赦免他，完全是因为得到了穆罕默德的旨意。后者派了一只鸵鸟

① Reina，Francisco：*Poesía Adalusí(ash-Sha‘ar al-Andalusī)*，p.131.

钻进了前者的梦里，告诉他塔利克应当得到赦免。塔利克故而又被称为“鸵鸟诗人”。

八、伊本·法拉迪

伊本·法拉迪（Ibn al-Faradi，962~1013？）生于科尔多瓦。他不仅是诗人，而且也是著名的历史学家。关于他的死因至今众说纷纭，但多数学者认为是战乱之故。诗人晚年适逢穆拉比兑王朝来袭。这个王朝是11世纪初由来自撒哈拉的柏柏尔人在西非建立的。穆拉比兑（Almorávid）一名来自阿拉伯语“مرابط”，意为“守护军”。中国宋代古籍《岭外代答》《诸番志》和元代《异域志》等称其为“木兰皮国”，并视之为世界最西国度。王朝中兴之时正是阿拔斯朝的衰落之际，其势力范围在鼎盛时期包括了今北非、西非以及直布罗陀和伊比利亚半岛大部。

法拉迪主要生活在曼苏尔时代。后者的统治宣告了后伍麦叶艾米尔或哈里发时代的终结；而穆拉比兑入侵后不久，安达卢斯即分裂为若干小王国，它们分别以科尔多瓦、塞维利亚、瓦伦西亚、巴达霍斯、莱万特、托莱多等地为中心，各自为政，且争斗不断。加之北方基督徒武装力量的威胁，安达卢斯不再安宁。由是，法拉迪表达了他对真主的虔诚，从而间接地道出了他对俗世的失望和追悔：

我是充满罪孽的囚徒，
真主啊，来到你门前。
心中惊恐，浑身颤抖，
惶惶然等待你的审判。
我犯下了深重的罪孽，
早已被你洞穿和知悉。
因为你，我充满恐惧，
但心底仍有希望之光。
那希望便是你，真主！
我心恐惧却希望不灭？
是的，等待你的审判，
我既恐惧又充满希望。
每当我诵读你的著述，
就会历数我所犯之罪，
桩桩件件都历历在目，

犹如旧账本一笔一笔。
我欠你太多需要偿还，
这令我永远无颜以对。
指引我吧，给我光明，
帮我脱离漆黑的墓穴。
我将在那里被人遗忘，
连同我的所爱和所得，
还有恕无可恕的罪孽。
我若得不到你的原谅，
就会带着永远的遗憾
和歉疚在无如中消弥。[①]

九、拉马迪

拉马迪（ar-Ramadi，917~1012）是公元10世纪安达卢斯诗坛“三朝元老”，经历了从哈克木二世（al-Hakam II）到曼苏尔再到小王国“诸藩时代”[②]，凡九十余年（另说一百多年），可谓阅历丰富。也许正因为如此，他晚年多舛，不仅险些锒铛入狱，而且终究不免被处以“默刑”[③]。

爱神木虽香，却不能抵御烈火焚烧；
玫瑰花固凋，却依然暗香浮动水面；
百合花虽好，却只能用来陪伴墓葬；
茉莉花固贱，却释放出高贵的馨香；
紫罗兰卷曲，恰似晚祷蹑行的窃贼；
玫瑰啊玫瑰，花中王后，少女面颊。

这是诗人留下的一首赞美玫瑰的诗作。类似作品还见诸于他的彩诗。

十、什穆埃尔·哈纳吉德

据以色列学者哈维娃·伊莎伊（Haviva Ishay）考证，“近现代犹太文学”诞

---

① Reina，Francisco：*Poesía Adalusí(ash-Sha'ar al-Andalusī)*，p.134.

②“诸藩时代”指阿尔曼苏尔执政后期出现的诸侯时代。至此，科尔多瓦不再是安达卢斯的唯一的中心。塞维利亚、托莱多、萨拉戈萨、瓦伦西亚等分别成为相对独立的小王国，这总体上为来自北方的“光复战争”创造了有利条件，尽管西哥特的子孙们同样处在分分合合、战战和和的“诸侯”状态。

③ 禁止犯人说话的一种刑罚。

生于公元 10 世纪拉赫曼三世时期。拉赫曼三世时期被安达卢斯的穆斯林和犹太人称作“黄金时期”。当时，经济发展，社会稳定，宗教包容，文化繁荣。犹太人和基督徒不必改信伊斯兰教也能跻身上流社会。而安达卢斯犹太文学的发轫正是基于这样的环境。除后面将要涉及的犹太彩诗作家外，在犹太古典文学中相对阙如的战争叙事也应运而生。[①] 而作为犹太近现代颂歌的鼻祖本·拉布拉特（Ben Labrat）也生活在公元 10 世纪，犹太人至今传唱的婚餐感恩歌据说便是由他创作的。[②]

什穆埃尔·哈纳吉德（Shmuel ha-Nagid，993~1056）是安达卢斯犹太文学的奠基人之一。公元 9 世纪中叶，阿拉伯诗人艾布·泰玛姆（Abū Tammām，788~846）将贾希利叶时期的诗歌编纂成册，冠名《激情诗集》（*Diwan al-Ḥamāsah*）。这部诗集包括十扇诗门（Abwāb al-Ash‘ār），每一扇诗门都有不同的主题：爱、酒、矜夸、哀悼等。第一扇也即最重要的一扇门为激情之门（Bāb al-Ḥamāsah），其中选录的诗歌多具尚武精神，或可称之为战争诗、英雄诗。西班牙犹太人所主要借鉴的，正是这部阿拉伯诗集。而什穆埃尔·哈纳吉德及其儿子约瑟夫·哈纳吉德（Yehoseph ha-Nagid）无疑是犹太战争诗歌的开创者。父子二人曾在柏柏尔人统治的小王国亦戎亦笔，以至于最终官拜大臣、位高权重。这些在他们的诗歌中均有反映，譬如他们参加安达卢斯战争的亲身经历。不幸的是，流传至今的唯有父亲什穆埃尔所作的 40 首战争诗歌。这些作品反映了诗人活力四射而又矛盾重重的复杂品性；同时，也体现了他与阿拉伯战争诗歌和犹太传统的深切关联。

著名学者哈维娃·伊莎伊认为什穆埃尔·哈纳吉德的战争诗歌，“是当时安达卢斯绝无仅有的犹太战争诗歌，也是他所有作品中最引人入胜的诗章，阅读、研究这些诗歌，我们可以发现许多极为有趣的元素，其中之一便是阿拉伯激情诗（我称之为‘叙事诗’）与什穆埃尔·哈纳吉德文学世界中属于犹太肌理的宗教和民族传统的复杂交汇”[③]。

被他称为“叙事诗”的激情澎湃的战争诗歌，在阿拉伯诗歌中极为丰富，也备受穆斯林推崇。它源自贾希利叶时期，比伊斯兰教更为悠久。这类诗歌颂扬勇敢和机智，并以矜夸部落胜利和光荣为主旨。后来哈里发时期的诗人保持了这种风格，并以相同的方式描述伊斯兰战争。“什穆埃尔·哈纳吉德勇敢地借鉴了这种阿拉伯诗风，并将其格律和意象大量运用到自己的战争‘叙事’中。值得注意的

① ［以色列］哈维瓦·伊莎伊：《诗人什穆埃尔·哈纳吉德（993~1056）：犹太民族与阿拉伯叙事的奇特交汇》[*The Poetry of Shmuel haNagid (993~1056)—A Special Meeting between Jewish Nation and Arabic Narration*]，宗笑飞译，《犹太研究》，2016 年第 14 辑，第 56 页。

② ［英］吉尔伯特，马丁（Gilbert，Martin）：《五千年犹太文明史》（*Letters to Auntie Fori：The 5,000-Year History of the Jewish People and Their Faith*），蔡永良等译，上海：三联书店，2010 年版，第 116 页。

③ 同本页脚注 ①，第 57 页。

是，什穆埃尔·哈纳吉德的战争诗歌直接取材于真实的哈卡比、多兹、席尔曼[1]战役，举凡1038~1039年与阿尔梅里亚小国王祖希尔的战争；1039年攻打卡莫纳城的战役；同年10月4日的赫尼尔河战役；1041年进攻格拉纳达北部地区、与该地区的统治者雅达伊尔（Yaddayir）的战争。”[2]

为描述这些战役，什穆埃尔·哈纳吉德在其战争诗歌中以《圣经》的地名来指代真实的地名。由是，在描写阿尔梅里亚战役的序曲部分，什穆埃尔·哈纳吉德将曾经的敌人伊本·阿巴德（Ibn Abad）称为“亚甲”（Agag），即《圣经》中臭名昭著的国王，并将后者所代表的阿尔梅里亚州王国比作亚玛力，即以色列人的敌国。据《圣经》记载，这位国王被先知什穆埃尔打败并杀死，先知恰巧与我们的诗人什穆埃尔·哈纳吉德同名。

通过这种方式，什穆埃尔·哈纳吉德成功地用富于犹太民族主义色彩的笔触描绘了这场战役，这便是“民族颂”。其中的民族主义非常有利于宗教意识的生发。如此这般，真实的事件转化为犹太民族与其敌人的历史性战役，即上帝的选民与其敌人之间殊死搏斗。在作品中，诗人叙述了战争的混乱场景：怒号、流血、烟尘，而他借以表现的则是《圣经》的场景：上帝摧毁了所多玛和蛾摩拉。

通过这种类比，什穆埃尔·哈纳吉德得以因自而由地呼唤他的祖先和以色列的上帝。他呼唤上帝：“打击他们吧，如同你对西西拉（Sisra，《圣经》中以色列的敌人）”，“如同你为巴拉（Barak）和底波拉（Debora）”。他接着又说：“因应以撒，亚伯拉罕，莎拉，以及我的祖先雅各的功绩，请记得我——我祈求上帝护佑我，以及暗兰（意指摩西）的子孙——，在战争中庇护我……，以及那些生活在麦比拉洞中的人们（指代父系与母系先人）。在这样的日子里，你岂能入眠？”

这些祈求激发了来自犹太文化悠远传统的某些意象。它们与发生在安达卢斯的战役互相映照，并被融入了阿拉伯激情诗的结构之中，并以《圣经·出埃及记》中埃及大军在红海毁灭这一意象，来指涉阿尔梅里亚军队的溃败。什穆埃尔·哈纳吉德是这样描述这一胜利的（以下为作者引用）：“以此抹去亚玛力人[3]在西班牙的痕迹。”诗人因他的胜利对以色列的上帝充满感恩，有诗为证：

> 我已为他谱写了颂歌；
> 赞美之词如星辰闪烁……
> 我们民族的子孙与我

① 安达卢斯地名。

② 哈维瓦·伊莎伊：《诗人什穆埃尔·哈纳吉德（993~1056）：犹太民族与阿拉伯叙事的奇特交汇》，《犹太研究》，第56~57页。

③ 此处指阿尔梅里亚人。

一同吟唱，将它置于
所有伟大的颂诗之上。
无论老人，还是稚童，
都能准确无误地吟诵。
当孩子问起此诗何如，
尔等必将作如此回复：
“这是赞美上帝的颂词，
上帝挽救了他的伙伴，
伙伴于是谱写了诗章，
世代传颂救赎的上帝。
赞美之诗，伟大光荣；
因应万能上帝的荣耀，
及他卓绝无比的创造。”

关于发生在1047年9月8日的历史性战役，什穆埃尔·哈纳吉德同时创作了两首诗作，以表现格拉纳达军队的胜利。那是格拉纳达人对隆达、塞维利亚、马拉加军队的一场殊死搏斗。什穆埃尔·哈纳吉德一反他一诗一战役的习惯做法，连写两诗，一首79节，另一首64节。两首诗作对战争的描述细致入微。这是一个很好的例证，足见“民族—叙事”之间相辅相成、相反相成的关系：一方面是“我”作为勇士的傲慢，另一方面是他作为诗人在借鉴阿拉伯激情诗时所体现的谦逊。第一首是经典的战争诗歌，什穆埃尔·哈纳吉德称之为“叙事诗”。反之，第二首被他称作“民族诗”，它描述了“我”的虔信，以及上帝如何令人迂尊降贵、五体投地的法力。

问题是：在这些诗歌中，究竟谁是胜利者？有时，胜利者是“我”这位英雄，行进在胜利者的传统行列；有时，胜利者又变成了上帝，他以超自然的力量摧枯拉朽地消灭敌人。

尽管这两首诗对于“谁是胜利者”这个问题的处理方法迥然有别，但它们采用的都是传统的诗体（盖绥达）。并且我认为：两首诗都以颂扬上帝开篇，具有鲜明的宗教色彩；结尾也都因胜利而颂扬上帝，矜夸诗人这时妙语连珠、滔滔不绝。

作为战争诗歌，这两大作品在开篇和结尾之间，细节毕露、竭尽夸饰，描写战争场景。“两首诗的明显差异之一是比重。在民族颂中（前面曾经提及，胜利者是上帝），其布道诗般的尾声是叙事诗（胜利者是勇士）的四倍。差异之二是颂扬上帝的方式。在叙事诗中，颂扬上帝的方式具有明显的口传特征，仿佛礼拜中的唱词。居于舞台中心的是胜利者的故事。与此相反，民族颂将胜利者的故事有意延宕，最后轻描淡写，仿佛讲述某个普通事件。它所展示的是上帝的伟大和神力。后者大量使用富涵宗教色彩的词汇，如犹大、约瑟、锡安、锡安的子民、锡安山等。反之，这些词汇在叙事诗中是阙如的。如此，读者在阅读民族颂时，犹太情愫和宗教崇拜便会油然而生，仿佛身临其境。”

两首战争诗歌皆以同样的问题展开：谁是赢者？在叙事诗中，时空情景是清晰明确的，主体是“我们”——英勇的战士。而在民族颂中，主体却是“上帝”，事件的时间、地点以及敌人则故意延宕，及至人神转化。

在两大诗篇中，战争的描写撷取了传统的阿拉伯英雄激情诗风格，对阵双方的军人、武器、战马以及枪林剑海都被赋予了丰富多彩的比兴和真切。在这两大作品中，诗人按照历史脉络，将战事诉诸笔端，读者也依此了解战争经过，仿佛亲历了鲜活生动的旅行，而且知其然及所以然，最后设身处地，见证敌人溃败，并在尸横遍野的恐怖场景中结束旅程。

如此等等，见微知著，分析这两首诗当可足见它们对同一内容的不同表现方式，从而印证民族颂与叙事诗的本质区别。“其中的某些差异固然微不足道，却足以看出叙事诗中的‘我’作为勇士实现自我价值的强势存在，以及他在战争中的自我矜夸。此外，在叙事诗中，着力渲染和描述的是战争过程和凯旋之师，它们占全诗凡十八节之多，只有其中三节是颂扬上帝的。而这种以自我为中心的取法恰恰延续了传统激情诗歌的英雄主义和自我矜夸，与民族颂适成对照，盖因后者将赞颂上帝置于首要地位，对勇士的矜夸则明显弱化。二者的区别由此可见一斑。”

在民族颂中，胜利几乎不是勇士的战绩，而仅仅作为一个契机，以便歌颂上帝，并将一切荣耀归于后者。

胜利本身被看作是上帝授予这一代人抑或诗人的一个奇迹。事实上，作品甚至未及出现“我们”、勇士们之类的指称。由于上帝的直接介入，敌人的失败是早已注定并被预见了的。我们因而看到，在叙事诗中，胜利之师是战场上的英雄；而在民族颂中，一切光荣归于上帝。

这两首诗清晰地表明，诗人的内心充满矛盾：一方面，他虽成就卓著，却因宗教信仰而对上帝充满虔诚；另一方面，在叙事诗中，他又竭尽自我矜夸之能事，赞扬他战略战术和英武光荣。

综上所述，中世纪西班牙的犹太诗歌作为一种叙事，固然流传数量有限，却可以看出它们业已成为沟通时代社会各种文化的桥梁，其在展示冲突、表现犹太人生活方面凸显了他们渴望融合、成为大同社会一份子的愿景。同时，他们忠于祖先的遗产、土地、宗教和文化。

当然，这只是安达卢斯犹太民族的一个侧面，我们固可称之为主流，然因生活所迫或其他复杂因缘，也有一些犹太人选择了改宗，从而更为完全地融入了阿拉伯人的生活。①

第二节 安达卢斯彩诗

彩诗（Muwashshah，或“彩锦诗”）原生于安达卢斯，是阿拉伯古典情歌的一种变体。它早在公元 9 世纪初的安达卢斯情歌中就已露出端倪。譬如，在纳希赫和拉比等人的某些作品中，每小节开始尝试采用相对独立的押韵方式，彩诗呼之欲出。而西班牙拉丁俗语（方言）文学的最早表征便是从彩诗生发的，是谓缀诗，西班牙语将其音译为哈尔恰（Jarcha）。它依附在彩诗之后，作为全诗的概括或后缀，且大都为女性视角。由此可见，彩诗的主要受众当是女性，尤其是年轻女子。她们不仅是哈尔恰的创造者，而且极有可能也是西班牙早期歌谣（或“俚谣”）择吉尔（Zegel，即阿拉伯语 زجل 的音译）的主要缔造者。后者所使用的语言固然仍主要属于阿拉伯语，却混杂了更多的拉丁方言，直至演变为卡斯蒂利亚语民谣维良西科（Villancico）或歌谣（Canción）。

所谓彩诗，主要是指其押韵方式。一般阿拉伯古典情诗为全诗押韵合辙统一，而彩诗则采取双重押韵法，即全诗若干小节中，每一小节有相对独立的押韵合辙方式，每小节五至六行，但最后一节会呼应前面几节的韵脚，形成首尾呼应，是谓“双重押韵”或“彩带样循环押韵”。

公元 822 年（一说 833 年），著名歌唱家齐尔雅布一行从巴格达来到科尔多瓦，创办了音乐学校，并广受欢迎。能歌善舞的人们不再满足于古典诗韵，开始尝试更为丰富的韵律。彩诗应运而生。有关彩诗韵律特征的详尽分析，见本书第二编第二章内容。需要指出的是，彩诗虽是在安达卢斯繁盛起来的，但它的产生并非无根之萍，而是与东部古典阿拉伯诗歌有着千丝万缕的联系，仅以下表简述彩诗与其前身“混合韵诗”以及后来的“缀诗”“俚谣”等的传承关系。

由下表可以看出，彩诗是由阿拉伯本土诗歌混合韵诗发展而来的，在诗歌的结构和韵律上变化较大，且由于彩诗采用的格律并非传统阿拉伯诗歌的格律，因而为许多文学史家所轻视，正统的文学史或是诗歌集中很少收录，加上年代久远，流传下来的彩诗数量有限，它们大都出现在西班牙人收集的一些资料和《半岛诗人佳作撷珍》中，这里只能则择要攫取一二。

① 囿于语言障碍，本节较多地参考和援引了以色列专家哈维娃·伊莎伊的研究成果。特此说明，并对她表示感谢。笔者翻译的《诗人什穆埃尔·哈纳吉德（993~1056）：犹太民族与阿拉伯叙事的奇特交汇》正是她给 2015 年中以文学论坛提交的论文。

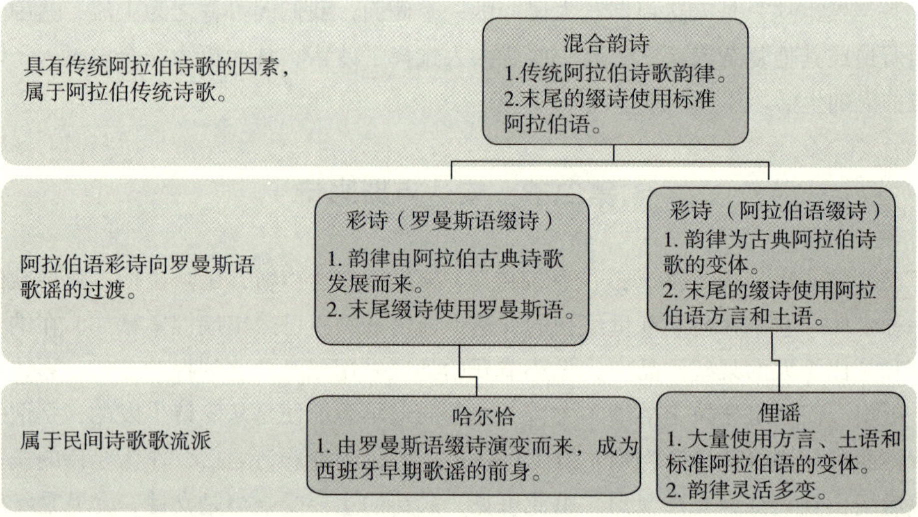

公元10世纪初，两位科尔多瓦诗人——穆卡丹·伊本·穆阿里夫（Muqaddan Ibn Mu'arif）和穆罕默德·伊本·迈哈穆德（Muhammad Ibn Mahmūd）等正式启用彩诗体。但也有学者认为当时创作此类作品的另有其人；而最为现实的问题是，除了伊本·穆阿里夫和伊本·迈赫姆德留下了少许诗篇外，其他同时期彩诗作者的作品皆被岁月带走，至今没有发现幸免者。这主要是因为彩诗属于阿拉伯古典格律诗的新生事物，在当时还常被视为不登大雅之堂的“小歌小调”，韵律相当自由、疏放。至于彩诗之名，则大抵要归功于阿卜迪·拉比。他在一首题为《璎珞》的长诗中率先将这种彩带样循环押韵方式名为“الموشح”，意为彩带或流苏。

一、伊本·穆阿里夫

伊本·穆阿里夫被认为是彩诗的真正“发明者”，生卒年月不详，且生平难以查考，但文史学界基本认为他生于公元9世纪末，卒于10世纪初。存世作品寥寥无几。以下是一首被西班牙学术网站归于他名下的彩诗，但押韵并不十分规范：

原野的鸽子，令我悲哀；
栖息于枝头，多么可爱！
自由自在，撒旦不惧；
无忧无虑，噩梦止步。
有朝一日，因故失心，
尔将似我，生不如死。

我心已死去，怎能不悲？
真主有知乎，能救我哉？
我心所爱，随爱而去！
病入膏肓，我身何愈？

我当何如，我当如何？
请别离去，我心所爱！①

二、伊本·迈哈穆德

伊本·迈哈穆德，又名卡布拉的盲人（El ciego de Cabra），被一些现代学者誉为“西班牙的荷马”。② 塞万提斯（Miguel de Cervantes）在其“流浪汉喜剧”《鬼点子佩德罗》（Pedro de Urdemalas）中提到了迈哈穆德，谓：

遇到一个盲人，
为他服务十月，
听到许多事情，
墨林甘拜下风。
学了一种语言，
句句引人入胜；
还可用来作诗，
行行绚丽多彩。
……③

公元10世纪，彩诗的创作还处在初级阶段，这一时期流传下来的诗作不多。而彩诗的繁盛大体要到公元11—12世纪，下文将会有详述。

第三节　安达卢斯玛卡梅

玛卡梅是一种兴起于公元10世纪阿拔斯王朝的散文文体。玛卡梅原为“集会”“聚会”之意，后引申为集会时寓教于乐的讲谈方式。自赫迈扎尼的《玛卡梅

① www.esacademic.com/muqaddan ibn muafa
② Díaz，Joaquín：*El ciego y sus coplas*，Madrid：Editorial Escuela Libre，1996，p.7.
③ Cervantes：*Obras completas*，XVI，Madrid：Alianza Editorial，1998，p.77.

集》问世后，玛卡梅逐渐成为这种特殊文体的专有名词。之所以说玛卡梅是一种特殊文体，是因为它有一定的程式，“它往往有一个‘传讲人’，讲述主人公的种种趣闻轶事，而主人公则往往是一个聪明机智、能诗善文、浪迹江湖的乞丐”。① 每一玛卡梅都是一次“如是我闻”似的传述。乞丐且行且述，讲述他的所见所闻，以及他依靠三寸不烂之舌和诡计骗取钱财，从而形成一个个故事。而玛卡梅集便是这些故事的集合，它们因由同一主人公（叙述者）串联，所以既连贯，又独立成篇。由于玛卡梅产生于崇尚华丽辞藻的阿拔斯朝后期，大多具有竞华丽、炫文采的特点。它们甚至词不惊人死不休，故而旁征博引，将冷僻词语、大量典故及《古兰经》和古诗文段落嵌入其中。

在仲跻昆先生看来，玛卡梅颇似我国古代“话本”和现代“鼓词”“评书”，又像某些韵体小说。“它并不重视故事情节、悬念，也没有心理刻画”，“而把更多的注意力放在显示文字技巧、语法、修辞上。”“这是因为最初编写玛卡梅的目的是用以教学，故事形式只是为了使这种‘教材’生动有趣、引人入胜罢了。但作者通过贯穿全书的主人公流浪文丐的种种趣闻轶事，往往有意无意地反映了当时社会的种种风情，揭露了某些社会弊端。因而，这种玛卡梅也就有了反映现实、批判现实的文学价值。”②

最早的玛卡梅产生于公元 10 世纪末，由赫迈扎尼（Al-Hamadhani，969~1007）和哈里里（Al-Hariri，1054~1122）始创。二者先后于公元 10 世纪末和 11 世纪分别创作了《玛卡梅集》（*Maqāmāh*）。

据学者费尔南多·德·拉·格兰哈（Fernando de la Granja）考察，受赫迈扎尼影响，玛卡梅来到安达卢斯几乎也是在公元 10 世纪末或 11 世纪初。它的第一位安达卢斯作者是阿赫迈德·伊本·阿斯加尔（Ahmad ibn al-Asgar）。有关此人的生平情况罕有确凿记载，但伊本·巴萨姆（Ibn Bassām，1058~1147）、伊本·雅康（Ibn Jakan）和伊本·萨义德（Ibn Said）三位安达卢斯学者均提到了他。罗哈遴选了他的两个玛卡梅体故事③，它们可谓安达卢斯最早的原创小说。

前面说过，我们对伊本·阿斯加尔的生平知之甚少。格兰哈编选的两个玛卡梅体故事分别是《剑与笛》（*Epístola de Espada y Cálamo*）和《椰枣》（*Epístola de la Palmera*）。原文中的“Epístola”（Risāla）即“书信”，保留了玛卡梅的书信体形态。其中，《剑与笛》写剑笛之争，也即文武之争。著名阿拉伯文学研究家加西亚·戈麦斯（Emilio García Gómez）曾在《穆斯林五诗人》（*Cinco poetas*

①《阿拉伯文学通史》上卷，第 446 页。
② 同上。
③ Granja，Fernando de la：*Maqamas y risalas andaluzas*，Madrid：Instituto Hispano-Arabe de Cultura，1976，pp.2~53.

musulmanes）中援引阿拉伯本土诗人的名句：

当我远行归来，笛子这样诉说：
"光荣属于利剑，而非悠扬笛声"。①

斯宾格勒曾经用（"诗"、"矛"和"剑"）"三字经"② 概括阿拉伯骑士。同样，格兰哈也在序言中援引了类似的诗行：

宝剑胜过美诗文，
其利可断霸王棕。③

由此可见，剑笛之争在阿拉伯世界源远流长。然而，伊本·阿斯加尔颠覆了上述观点。在他看来，笛子和利剑各有千秋。前者是人与人对话的介质，后者是战争的象征，但无论前者还是后者，归根结底都应是和平的使者。作品与其说是书信体，毋宁说是对话体。作品辞藻绚丽，妙语连珠，体现了这类作品所追求的文采与雄辩。

一如两名骑手在跑马场角逐，两株杨柳在同一片土地斗艳，两颗晨星在地平线闪烁，两支利箭同时离弦，两朵鲜花竞相开放，抑或两片云彩在黑夜撞出雷电……凡此种种，皆为妒嫉所至，值得夸耀，却必留后患。甲骑手一步之先夺得冠军，杨柳之因一寸之长赢得对手，利箭总有偏差，星星有明暗之分，鲜花有贵贱之别，云彩的闪电也有强有弱。

落后者必伺机超越，勇气变成戾气，火药味儿由此产生，即便旁观者指指戳戳、议论纷纷，也难消妒嫉者的阴暗心理。

且说宝剑和笛子犹如漫漫长夜的两盏明灯，引导人们走向荣耀，甚至登上最崇高的天庭去摘取星星……④

如此这般，作者描写了二者如何在虚荣的驱使下相互诋毁、彼此伤害：

笛子说："哦，伟大的真主！……最好的语言莫过于理智，而诚信是最

① García Gómez，Emilio：*Cinco poetas musulmanes*，Madrid：Editorial Espasa-Calpe，1944，p.47.
② 斯宾格勒：《西方的没落》第二卷，第 176 页。
③ Granja，Fernando de la：*Maqamas y risales andaluzas*，p.19.
④ Granja，Fernando de la：*Maqamas y risales andaluzas*，pp.32~33；省略号系引者所加。下同。

可宝贵的品质……”

利剑说：“别跟我讲什么规律，别跟我讲自然法则，以及宗教和世道人心……我的雄辩是让强大的对手闭嘴，我的微笑建立在敌方的呜呼哀哉……”

笛子说：“真主教我们看轻财物！炫耀不公（此初应为武力——引者注）是多么可悲！暴力玷污纯洁的友爱……使战争泛滥、欲望之箭穿梭……”

利剑说：“你吃不到葡萄说葡萄酸，好比那乌云只打雷不下雨……”

笛子说：“不会倾听的人总爱胡说八道……你的无礼说明了你的本质、你的阙如，同时恰好反证了我的价值。真金来自泥土，烈火采自顽石，人类不可或缺之水是最廉价元素。宝贵来自谦逊……就像珍珠来自贝壳，金枣来自棕榈，黎明来自长夜。难道不是这样吗？……”

利剑说：“……眼睛是心灵的镜子，而你的眼神充满虚伪，你的身体羸弱无力，你的影子残缺不全①……你的眼泪像脏水。”②

笛子说：“正所谓山外有山，天外有天；你是风，自有台风比你强。有道是，闪光的不一定是金子，你像冻结的水，拒人进入、无益旱地。你的热血之躯冷酷无情……睁开你的眼睛，承认你的无知，你会懂得自己是一柄没有灵魂的象牙剑把或一支镀金的木质利箭、插在雏菊丛中的一支水仙……”③

相形之下，《椰枣》更像小说。它是复数叙述者“我们”的所见所闻。“我们”遇到一个男孩，男孩搭讪说：“真主保佑你们远离晦气。我看你们不是迷路了，便是在寻找宝贵失物。也许我能帮助一二。俗话说，询问是打开了然之门的钥匙。”原来，“我们”（原文应为地主）为椰枣而来，但男孩谎称来者晚到一步，因为自家的枣全被鸟儿吃了个精光。于是，矛盾出现了。“我们”以雄辩的言辞循循善诱；男孩引经据典，有古诗文为证：

萨尔玛将我呵斥：
“你不能断我活路！”
我说椰枣本有限，
荒年此物更稀罕。
……

① 意为残疾（缺胳膊少腿）。
② 指多愁善感、容易落泪。
③ Granja，Fernando de la：*Maqamas y risales andaluzas*，pp.34~40.

"我们"将信将疑，终不免软硬兼施，一会儿指真主起誓，一会儿拿诚信说事，逼迫男孩从实招来，无奈后者巧舌如簧、不为所动。

玛卡梅在传入安达卢斯地区之后，与当地的风俗人情相融合，其创作内容和语言风格也发生了一些变化，并进一步影响了当地的犹太文学。公元 11—12 世纪，除了阿拉伯语玛卡梅深受人们喜爱之外，也有许多希伯来语玛卡梅在民间广为流传（详见下一章）。

第四节　其他散文

公元 10 世纪的安达卢斯文坛繁花似锦，诗歌、散文相得益彰。其中，阿卜迪·拉比的《璎珞》（又被称为《罕世璎珞》，*Al-'Igd al-Farīd*）是这一时期最具原创性和影响力的作品，成书于 10 世纪初。作品凡二十五章，每章犹如一串宝石。譬如第一串为珍珠，第二串为祖母绿……处于中间位置的第十三串是"独一无二的宝石"，然后周而复始：珍珠、祖母绿，等等。作品的具体内容涵盖了阿拉伯世界政治、经济、历史、文化等诸多方面，其中有一章是专门论述诗歌和有关韵律的。

据有关资料记载，拉比的祖先是后伍麦叶君主的释奴，父辈方获自由。诗人从小在经塾接受启蒙教育；志学之年进入科尔多瓦大清真寺，师从著名学者诵读伊斯兰教经典以及文史和科学著作。因才华横溢、机敏过人，为拉赫曼二世所赏识。然而，拉比少年得志，多少有些桀骜不驯、轻佻放纵。这有其早期诗作为证：

> 她用手心斟上美酒，
> 粉掌映衬玫瑰玉液。
> ……①

诚然，随着年轮的增长，他越来越有感于世道炎凉和人间沧桑，感喟人生无常的作品遂时有产生。譬如以下这首短诗，充分体现了诗人的怨世之情：

> 希望远比云彩渺茫，
> 许诺恰似蜃景闪光。
> 奴隶开始当家做主，

① Ribiera Mata，M. J.：*Literatura hispanoárabe*，p.62.

四处横行皆是豺狼。
一拖再拖令人憋气，
一延再延遥遥无期。
有年无月光阴荏苒，
群狗抢食是谓现世。[①]

《罕世璎珞》是拉比成熟时期的作品，因此风格沉稳而富有哲理。作者在编撰此书时旁征博引，许多思想来自希腊、波斯、印度等文明古国，被认为是一部百科全书式的作品。它题材广泛，叙述风趣，涵括了时人所能掌握的几乎所有知识，如天文、医学、历史、政治、文学艺术、音乐舞蹈，等等。其中还包含了大量宗教经文和诗歌名篇、格言警句乃至奇闻轶事。当然，文学是其主线，犹如串联璎珞的经线，将无数美妙素材和知识汇聚在一起，同时关涉圣战、血统、女人等诸多话题，可谓层层叠叠，然疏密有致。唯一的缺憾是作品基本没有涉及安达卢斯，因此是前安达卢斯的阿拉伯和“东方文化”的集大成之作。[②]

---

① García Gómez，Emilio：*Poemas de Abd Rabbih*，Salamanca：Universidad de Salamanca，1945，p.17；译文参考了仲跻昆：《阿拉伯文学通史》上卷，第 502~503 页。

② 当它传至北非时，有阿拉伯本土学者发出了“浪子回来”之喟。仲跻昆：《阿拉伯文学通史》上卷，第 503 页。

第三章　公元11世纪

公元11世纪是安达卢斯文学的鼎盛时期。虽然几经内讧和战火洗劫的西方穆斯林王国开始盛极而衰，但这一时期却涌现出了一批蜚声海内外的大诗人、大作家。无论玛卡梅体韵散文故事还是彩诗，都依然流行，而且产生了集大成的代表性人物。文学题材更为丰富，风格更为多样，显示了强大的艺术创造力。

第一节　彩诗的繁盛

这一时期，彩诗逐渐成为安达卢斯诗歌的标志性体裁，其韵律特色已经臻于成熟，内容也日益丰富，形成叙事诗、情爱诗、饮酒诗、颂赞诗、哀悼诗等几大流派，这一点与东部阿拉伯传统诗歌大致相同。所不同的是，饮酒诗在彩诗中很少独立出现，它大多是作为情爱彩诗或是叙事彩诗中的穿插内容。并且，这一时期出现了具有苏非思想的宗教彩诗，诗人借彩诗这种载体宣扬苏非思想，但非彩诗的主流思想。

这一时期彩诗的代表诗人有伊本·巴亚（Ibn Bayya）、伊本·巴齐（Ibn Baqi）等。

一、伊本·巴亚

伊本·巴亚（？~1139），生平不详，但归于其名下的彩诗却流传了下来：

你裙摆拖地翩翩而来，
掉进酒坛醉了我的爱。

你点燃了银色的欲望，
金色缠绕着熊熊火光。
牙齿如珍珠排列嘴上，
石榴籽般，粒粒甘甜。

欲喝美酒就举起酒杯，
杯中的玉液水样荡开。

播撒霞光，黎明降临，
花园苏醒，遍洒晨金。
请不要吹灭的你灯芯，
让它燃烧，与酒互映。

让雨水不停地落下来，
花儿快乐，笑开了怀。

王国的花园处处是景，
恰似项链由珠宝串成。
造物偏爱，月色如银；
美轮美奂，馨香怡人。

如雨，如晨，又如海；
有阿里[①]、欧麦尔[②]之才。

像狮子一样骁勇无比！
冲锋陷阵，所向披靡！
利剑和长矛谁人能敌？
战无不胜，堪称奇迹！

利剑沾上敌人的血液，

① 阿里（Ali ibn-Abi-Talib，600~661），穆罕默德的堂弟，伊斯兰教最早的信徒之一。

② 欧麦尔（Umar ibn al-Khttab，592~644），与穆罕默德先敌后友，最终成为穆罕默德的得力助手。穆罕默德去世后，欧麦尔协助阿布·伯克尔执政；后者去世后，成为第二任哈里发。因此，称阿布·伯克尔为“爱弥尔”当是根据安达卢斯习惯。

长矛用对手发辫点缀。

真容隐藏，戴着面纱，
仿佛月亮罩上了云霞。
旌旗历历，尽显潇洒；
世人竖起拇指将他夸。

真主保佑阿布·伯克尔[①]，
艾米尔至尊人到福来！[②]

二、伊本·巴齐

伊本·巴齐（？~1145），公元11世纪中后期出生在科尔多瓦，生平不详，但一些彩诗被归于其名下。其中，《爱情游戏我心》曾广为流传，且迄今仍是人们言说和研究彩诗的重要依据之一。

爱情游戏我的心，
她因哀怨哭不停。

人啊，我心何堪？
她使我充满渴望，
我却将她来欺瞒。

他如何对你负心？
目光如剑可杀狮。

满月之夜色着漆，
漆上结出石榴籽；
脸如重枣腰如枝。

过来啊，我的亲，

① 阿布·伯克尔（Abu Bukr，573~634），穆罕默德的岳父，伊斯兰教最早的信徒之一。
② Díaz，Joaquín：*El ciego y sus coplas*，pp.165~166.

不要逃避我的情。

他说我脸似毒花，
目光若剑闪光华。
爱我岂不危险大？

我却不惜追得紧，
哪怕失败必无情。

我心失恋化作泪，
滴入黑夜变闪雷，
双手握紧热血脉。

万言难慰我寸心，
唯有洒泪浇痴情。①

此诗因倾诉对象徘徊于阴性和阳性之间，有学者疑其出自某同性恋者之手。诚然，倘使作者有意从女性视角倾诉爱情，那么“同性恋”之说就难以成立了。以此类推，衍生于彩诗的缀诗（哈尔恰）也完全有可能（至少部分地）出自男性诗人之手，尽管它们均采用女性口吻。有关情况还见诸于拉马迪等（“双性恋者”）的表演，而安达卢斯的开放程度则由此可见一斑：

那些漫漫长夜，我将名声出卖；
皆因心魄以醉，
酒童歌女相随，
……②

酒童歌女性别不同，但都因爱恃宠：

夜夜把酒作乐，但求平衡尚在；
激情使之苗条，

① Díaz，Joaquín：*El ciego y sus coplas*，p.150.
② Ribiera Mata，M.：*Literatura hispanoárabe*，p.58.

左拥右揽相邀，
床上翻滚如潮，
恰似项链缠腰。①

第二节　其他重要诗人及其诗作

11 世纪，安达卢斯诗坛群星璀璨。据目前所掌握的资料，重要诗人凡数十人之多。在这些诗人当中，有伊本·舒海德（Ibn Shuhayd，992~1034）、阿布·穆希拉·伊本·哈兹姆（Abu al-Mugira Ibn Hazm，？~1046）、伊本·哈兹姆、加萨尼亚（Al-Gassaniyya，生卒年不详）、婉拉黛·穆斯泰克菲（Wallada Al-Mustakfi）、伊本·宰敦（Ibn Zaydun）、穆塔迪德（Al-Mutadid）、阿巴迪亚（Al-Abbadiyya）、所罗门·伊本·加比罗尔（Salomón Ibn Gabirol）、摩西·伊本·埃兹拉（Moseh Ibn Ezra）、伊本·阿玛尔（Ibn Ammar）、穆阿台米德（Al-Mu'tamid），等等。

一、伊本·舒海德

伊本·舒海德出生于科尔多瓦的贵族家庭，从小就显示出过人的诗歌创作禀赋，且自幼受到良好教育，博闻强记、才华横溢。因在王公贵胄中成长，耳濡目染，沾染了不少达官贵人和纨绔子弟的放浪习性，早期诗作免不了充斥着风花雪月和美女佳酿。后期因官场失意，被迫流亡马拉加，其诗作开始感喟世道炎凉。晚年更是身陷囹圄，最终瘫痪，及至死亡。

他的作品已大都散佚，流传下来的诗歌主要收在伊本·巴萨姆的《半岛诗人佳作撷珍》（*Az-Zaḥīrah fī Muhāsin Ahli al-Jazīrah*）中，其诗歌语言优美流畅、情感细腻敏锐，并将蒙昧时期诗歌、阿拔斯诗歌的艺术风格与安达卢斯诗歌融为一体，对当时文坛影响很大，为众多诗人效仿。舒海德的诗歌风格随其生活境遇的变化，可明显分为两个阶段：早期风格轻松明快，多以描写情爱为主；晚年由于流亡生涯、身陷囹圄，诗风变得凝重、沉痛，哲学思想浓厚，常常体现出他对人生充满哲理的感悟。例如，他有一首情爱诗歌是这样描写心仪的女子的：

天地之间，羚羊成群过身边，
明月皎洁，露出宛然笑靥；
星辰点点，似真珠装饰天穹，
沙丘绵绵，在脚下蜿蜒；

① Ribiera Mata，M.：*Literatura hispanoárabe*，p.59.

英姿勃发，青春曾使我自命不凡，
悠悠愁绪，又令我隐于悄然；
我心彷徨，愿向她臣服，
而她却弃我不顾。①

而晚年时，身陷囹圄的他，又写下了《自狱中》这样的诗歌，道出了他对生命的体悟和艺术的追求：

除了激情赋予的诗章，
我此生可谓一无所有。
它独一无二激情铸就，
自口中溢出美丽流淌。
审美的夸张无与伦比，
一如我之名放荡不羁。
其实我是个不幸之人，
一生中唯有诗行相陪。
曾拥有无数羚羊美女，
我是这世上第一至情？
她们的面颊以及眼睛，
见证的只有生离死别
和饥渴、耻辱、狱规。
过去的朋友有谁来过？
唯有残暴的狱卒为伍，
脚下燃烧着死亡炭火。
……②

伊本·舒海德同时还是一位散文家，善于用韵体散文讲述寓言故事。他的散文代表作是《魔鬼与精灵》(*Risālha at-Tawābi' wa az-Zwabi'*)，其艺术成就甚至胜过他的诗歌，也被认为是安达卢斯地区出色的玛卡梅代表作。作品影射了使他身陷囹圄的谄媚之人。他们因妒生恨，对他恶意中伤。在阿拉伯的古老信仰中，每个诗人都有精灵或魔鬼附身。作者想象自己在精灵的带领下前往冥界，与贾希

① Dr. Muhammad Mahamūd al-Mandal ā vi: *Mukhtārāt min Sha'ar al-Hubbu wa al-Ghazal fī al-Adab al-Andalusī*, Dār al-Ma'ārif, Beirut, Lebanon, 2008, p.135.

② Reina，Francisco：*Poesía Adalusí(ash-Sha'ar al-Andalusī)*，p.137.

利叶时期名流的精灵在一起，并与之品诗论文。作者借此含沙射影，指点文坛，攻击同时代文人骚客。最后，诸精灵一直认为他足以跻身于历代名家之列。伊本·舒海德的《魔鬼与精灵》问世于安达卢斯地区，比东部阿拔斯王朝大文人麦阿里的《宽恕书》早问世八年，且二者的形式与内容都与赫迈扎尼的玛卡梅《魔鬼篇》非常相似，这其中或许会有一脉相承的联系。西班牙学者阿辛·帕拉西奥斯曾认为，但丁的《神曲》(*Divina Commedia*)受到了这类作品，特别是《宽恕书》的影响。[①] 同理，中世纪基督教神学的“炼狱”说的兴盛也多少得益于阿拉伯和安达卢斯伊斯兰教思想。

二、阿布·伊本·哈兹姆

阿布·伊本·哈兹姆是伊本·哈兹姆的堂兄，因参与反对曼苏尔的政治运动而遭到迫害，坐过牢，并被短暂流放，晚年同女努库卢卜完婚。后者也是一位诗人。他一生创作文学作品无数，但留存者极其罕见。以下是一首归于其名下的短歌：

如何以黑矛和白剑
飞上苍穹与月为伴？
倘我能预见你的爱，
就当毕生迎候报复。
尊者不惜以身试法，
冒险生命又算什么？[②]

三、加萨尼亚

加萨尼亚，生平不详。根据有关史料记载，他曾是阿尔梅里亚地区的著名诗人。作品主要为颂诗和情歌。其中大部分颂歌是献给阿米儿(al-Amiri)王子的，而其情歌则哀婉动人，尽管以难询所指。

---

① Asín Palacios：*La escatologia musulmana en la Divina comedia*, Madrid：E. Maestre, 1919（Madrid：Instituto Hispano-Arabe de Cultura，1961）。公元9世纪时，阿拉伯人借着征服西班牙的余波，也顺道占领了西西里岛，并在此统治了近两百年，直至11世纪末。在这两百年当中，阿拉伯文化迅速传播，因而无论在建筑、医学、科技等实用学科，还是在文学、哲学等人文学科，都对西西里岛及后来的意大利文化产生了深远影响。但丁的《神曲》问世于14世纪初，此书的结构框架和叙事模式都与11世纪初的《宽恕书》以及《魔鬼与精灵》非常相似，具体受到哪本书的影响也许无法确定，但其对后二者的借鉴是毋庸置疑的，阿辛·帕拉西奥斯对此有过考证。当然这是另外一个研究题目，不在本书范围之内。

② Reina，Francisco：*Poesía Adalusí(ash-Sha'ar al-Andalusī)*，p.140.

当有人说起离别。
哦，我情何以堪？
离别意味着死亡，
将痛苦留给生者。
曾几何时，你我
花前月下总相依，
人生之园美如斯，
馨香迷人花竞开；
夜色朦胧无忧患，
何愁那生死离别？
我们相依又相拥，
似树枝风中缠绕。
哦，但愿你知道，
你我虽别情未了。
无论东西远相隔，
此情此意不能忘。[①]

四、库尔图比亚

库尔图比亚（al-Kurtūbiyah）生活于公元 10 世纪和 11 世纪之交，生平不详，但有不少讽刺诗被归入其名下，其中一些具有明显的厌女及反基督教倾向：

（一）

婉拉黛生了孩子，
却没有嫁过男人，
仿佛玛利亚受孕。
即使棕榈叶抖动，
也被她视作阳物。

（二）

你送给情人两只甜瓜，
甘甜怡人，没人不夸！

① Reina，Francisco：*Poesía Adalusí(ash-Sha'ar al-Andalusī)*，p.143.

那浑圆恰似少女乳房，
无视阳物，高傲如她。

诗中嘲讽的婉拉黛极有可能是穆斯泰克菲公主。至于其中的反基督教倾向，则不由得让人想起公元 8 世纪西歌特拉丁文坛围绕“圣灵”之说的“选择主义”思想。富有讽刺意味的是，安达卢斯的穆斯林诗人似乎对此记忆犹新。

五、婉拉黛·穆斯泰克菲

婉拉黛·穆斯泰克菲（Wallādah bintu al-Mustakfī，？~1091）是哈里发穆斯泰克菲的女儿。这位伍麦叶公主才貌双全、兰质慧心，且又桀骜不驯。其父昏庸无能，在位期间不得民心，对后伍麦叶时代的终结负有一定责任。婉拉黛主要生活在父亲离世（1025 年）后的“诸藩时代”，但毕竟瘦死骆驼比马大，一生养尊处优、以文会友，其住所俨然成了文学沙龙，免不了诗人云集，夜夜歌舞升平。据传她每天都会将自己的新作写在纱巾或衣服上供文友欣赏，及至在与众不同的长裙右侧绣上自我赞赏：

感念真主兮，赐吾尊贵，
心怀骄矜兮，吾行吾路！

而在左侧，这位美女诗人则公然挑逗她的爱慕者：

君其信吾兮，愿吾爱抚抚吾颊，
赠君吾吻兮，辗转寤寐寐之求。

著名诗人伊本·宰敦是沙龙的常客，而且两人一来二往产生了爱慕，以至于共浴爱河。有诗为证：

当黑暗降临，请将我等候！
我看黑夜最能将秘密保守。
同你在一起，我觉察不到，
放光的日月和满天的星斗。[①]

① 转引自仲跻昆：《阿拉伯文学通史》上卷，第 489 页。

但她同时也是一位醋意十足的情人。据说因为宰敦青睐某歌女的琴艺，婉拉黛醋意大发，并从此与大诗人反目，尽管事实恐远比这复杂得多。

你若能公正对待我们的爱情，
就不至于青睐婢女不知重轻。
你抛弃鲜花盛开的甜美大树，
竟把那永不结果的枯枝来拥。
你明知我是苍穹高悬的月亮，
却迷上木星，哦，我的不幸。[①]

随后两人反目成仇，渐行渐远。婉拉黛不仅投入了他人的怀抱，而且对宰敦竭尽挖苦、讥嘲之能事：

（一）

“六艺大师”是你封号，
本性如此，难以改掉：
终生公子哥、鸡奸者、
通奸犯、王八蛋以及
色狼淫棍外加强盗坯。

（二）

伊本·宰敦何德何能，
竟敢诬蔑本人编罪名。
每当我与之不期而遇，
他就像阉驴躲闪不逮。

（三）

伊本·宰敦声名远播，
却只爱他人裤中阳物。
但见有男生进入椰林，
他就像那偷窥的淫鸟。[②]

① Reina，Francisco：*Poesía Adalusí(ash-Sha'ar al-Andalusī)*，p.213.
② Ibid. pp.212~213.

婉拉黛的辛辣由此可见一斑。而且，文如其人，她对自己的概括也完全可以用她的“拜联”（联句）一语道破：

真主使我生来荣耀，
我行我素质本骄傲。

我凭情人吻我面颊，
亦可赐吻所需之人。①

据说她曾将这“拜联”书于左右肩膀，这又从一个侧面折射出安达卢斯的开放。

六、伊本·宰敦

伊本·宰敦（1003~1071）出生于科尔多瓦名门望族，其祖先来自伊斯兰圣城麦加。父亲是教授学家和诗人，外祖父当过科尔多瓦大法官。宰敦自小聪慧，热爱诗文，弱冠之年声名鹊起，从而有机会结识婉拉黛公主并与之产生爱恋。通过公主，宰敦跻身政坛。因此，婉拉黛同他反目不尽是因为怀疑他移情别恋，也多少还有对其功利主义的不屑。但爱情本身是甜蜜的，即便它未必长久。

你的一声问候，
你的回眸一望，
都会令我销魂，
让我终生难忘。
我不过是追求，
追求心中的希望，
我不过是想要，
想要对你偷偷张望。
我会保护你，
不让人说短道长，
我会尊敬你，
绝不会做非分之想。
我会小心谨慎，

① Reina，Francisco：*Poesía Adalusí(ash-Sha‘ar al-Andalusī)*，p.212.

警惕监视者的目光，
也许由于谨慎，
爱情会更地久天长。[1]

或者：

情人依依惜别，
却将耐心留下，
向你倾诉秘密，
还有绵绵衷肠，
希望归路非长。
哦，月光妹妹，
真主赋予时间！
别后黄夜漫漫，
相聚光阴太快，
使我由衷慨叹！

又或者：

我的目光生出花朵，
花茎弯弯挂满露珠，
仿佛因我睡眼朦胧，
她才晶莹热泪婆娑。
阳光照耀玫瑰灿烂，
太阳因她攀上空中，
大地苏醒睡莲馨香，
空气因你清新晨风。[2]

西班牙学者雷伊纳（Francisco Reina）认为婉拉黛同他反目的根本原因是他的世故和谨小慎微。二人因诗结合，也因诗分手。[3] 这未免有些言过其实。从婉拉黛的作品看，她是由妒生恨；而宰敦则依然对她心存爱恋：

① 转引自仲跻昆：《阿拉伯文学通史》上卷，第 470 页。
② Reina，Francisco：*Poesía Adalusí(ash-Sha'ar al-Andalusī)*，p.219.
③ Ibid. p.217.

曾经多么亲近，
如今相隔天渊！
生离终已来临，
晨昏间着光明。
死亡随之临近，
哀悼我的哭丧。
……
谁能告诉我们，
美妙时光不真，
而今天涯咫尺？
只能眼泪相问。[①]

在另首作品中，诗人对情敌进行了攻讦：

婉拉黛多么高贵！
她是座丰富宝藏，
可资人未来享用。
但愿她在艾米尔[②]
和收藏家间从容！
人说她与艾米尔，
我说也许或也许，
蝴蝶总是爱扑火。
你们或许不相信，
她的爱情我知道：
就像一桌好宴席，
可惜是我吃剩的，
留给老鼠打牙祭，
盖因美味我吃尽。[③]

由此可见，宰敦痴情未泯，倒是婉拉黛不依不饶。是她生性刁蛮、醋意太

① Reina，Francisco：*Poesía Adalusí(ash-Sha'ar al-Andalusī)*，pp.219~220.

② 据有关史料记载，此艾米尔非彼艾米尔，而是科尔多瓦王麾下重臣伊本·阿卜杜斯（Ibn Abdus）。

③ Reina，Francisco：*Poesía Adalusí(ash-Sha'ar al-Andalusī)*，pp.223~224.

浓；还是他负心在先，甚而背信弃义？真实原因恐怕只有他们二人知晓，也许连他们自己也未必完全清楚。所谓“不识庐山真面目，只缘身在此山中”，许多爱情悲剧恰恰是误会所致。这其中自然少不了情敌如科尔多瓦王麾下重臣伊本·阿卜杜斯（Ibn Abdus）的影响。但愿他们地下有知，可以释然了。

作为著名诗人，宰敦的作品远不止于此。他的不少颂歌得到了塞维利亚王穆阿台迪德（Al-Mu'tadid）和穆阿台米德父子的青睐，他甚而因此官运亨通，位及宰相，以至于个别诗句被写进了《一千零一夜》。

药到病除皆因功德，
恢复了神勇和精神。
一如黎明出于黑暗，
宝剑出鞘闪亮无比。
祝您吾王万寿无疆！
……

——《塞维利亚王穆阿台迪德颂》[①]

瞧，早春已然来临，
光芒万丈寰宇清新。
我起誓，悲伤过后，
新王吾主诸事胜意。
……

——《塞维利亚王储穆阿台米德颂》[②]

看得出来，这是穆阿台迪德驾崩之际宰敦献给储君的颂诗，固不乏阿谀之意，却也体现了臣子本分。对其诠释可浅可深，浅谓人常；深则由此及彼，从而直抵宰敦世故庸俗一面，并据此佐证婉拉黛之攻讦。

逝者已矣，生者如斯。生亦悻然，死亦悻然，人类概莫如此。哀哉呜呼！

七、阿巴迪亚

阿巴迪亚身为下贱，却才高八斗。没人知道她来自何方，只知她曾是莱万特王的女奴，后被赠与塞维利亚王穆阿台迪德。生卒年月不详，却创作了不少诗作

① Reina，Francisco：*Poesía Adalusí(ash-Sha'ar al-Andalusī)*，p.224.
② Ibid. p.225.

和哲学述评。穆阿台迪德曾这样写道：

睡吧，有人却因你而无眠，
在漫漫长夜徒等死神来临。
没有人可以将你置之度外，
你却用无暇天真将人遗忘。①

遗憾的是她的作品已散佚殆尽，唯有两行诗句留存于世：

你若爱我，如斯感情，
必因情亡，爱似忘川。②

八、所罗门·伊本·加比罗尔

11 至 12 世纪，犹太—阿拉伯文学进入繁荣期，之所以说犹太—阿拉伯文学，乃是因为这一时期的犹太文学受阿拉伯文学影响颇深，并且犹太人在翻译、介绍阿拉伯乃至希腊、罗马文化的活动中，发挥了重要的作用。所罗门·伊本·加比罗尔（Solomon ibn Gabirol，1020 ？ ~1058 ？ ），本名阿维塞布隆（Avicebrón）是犹太改宗诗人，生长于马拉加，后移居瓦伦西亚。因父母早亡，所罗门·伊本·加比罗尔有过艰辛的童年。后因早熟和聪慧好学，得到了萨拉戈萨重臣伊本·哈楠（Ibn Hanan）的呵护，并接受了苏非神秘主义思想。由是，他被认为是安达卢斯神秘主义的代表，其作品兼有喀巴拉神秘主义和苏非神秘主义色彩。

喀巴拉（又译卡巴拉）是古老的犹太神秘主义派别。喀巴拉（Kabala 或 Cabalá）源自希伯来文“קַבָּלָה”，字面意思为“接受”，它是一套隐密的教材，用来解释永恒神秘的造物主与短暂有限的宇宙之间的关系。虽然它被许多教派所引证，但因主张秘传和感悟而并未形成一个真正的宗派。在其核心思想中，有用数字和字母命理来解释《圣经·旧约》的信息。这在所罗门的作品即有所表现。喀巴拉还有意将犹太神秘主义的注意力引向神本主义，如神性本质、创造与灵魂的起源、生命和命运的终极意义，以及人类在世界和宇宙的位置等各种本体论问题。它因而被看作是犹太教的密宗分支，靠少数精英秘密传授，并通过冥想得到感悟和超拔。

① Reina，Francisco：*Poesía Adalusí(ash-Sha'ar al-Andalusī)*，p.236.
② Ibid.

苏非是（aṣ-Ṣufiyyah）伊斯兰神秘主义派别的总称，又称苏非神秘主义。“苏非”（Ṣufi）一词系阿拉伯语“صوفي”的音译，其词源有多种说法。一说谓“羊毛”，表示信仰之虔诚、生活之质朴；又谓“赛法”（Ṣāfin），意曰“心灵洁静、行为纯正”；另谓“赛夫”（Ṣaff），亦即“面对真主品高位前”；甚或还有“苏法”（Suffah）之说，意为苏非派的品质和修持似先知穆罕默德从出的古老部族，故名。苏非派赋予伊斯兰教神秘奥义，主张苦行禁欲、虔诚礼拜、与世隔绝。中国伊斯兰学者曾将其译为“苏非行知”。苏非派于公元 7 世纪末、8 世纪初产生于伍麦叶王朝统治时期的库法和巴士拉等地，是穆斯林虔诚信仰与宗教修行（包括精神炼金）的产物。早期苏非派反对伍麦叶王朝和阿拔斯王朝的腐败奢靡，主张虔诚、节俭、守贫、苦行、冥思和禁欲。他们严格遵奉经训、教法和教规，效法先知穆罕默德及其弟子的简朴生活，常以粗砺的羊毛裹身。公元 8 世纪以降，随着翻译运动的兴起，苏非派由苦行禁欲主义逐渐转向神秘主义，并吸纳借鉴了古希腊、波斯和印度的哲学、宗教思想，提出了以爱安拉为核心的神智论、泛神论和人主合一论等，形成一套杂而不乱的苏非主义体系。及至公元 11 世纪，伊斯兰权威教义学家安萨里（Al-Ghazzālī，1058~1111）对苏非思想进行了综合归纳，并将神秘主义的纯爱、直觉和人主合一思想纳入伊斯兰教正统信仰，从而为正统伊斯兰教，尤其是逊尼派和官方所接受。公元 12 世纪末、13 世纪初，安达卢斯神秘主义哲学家伊本·阿拉比（Ibn al-Arabī，1076~1148）将苏非神秘主义发展成以“万有单一论”为核心的泛神论哲学思想体系，赋予神秘主义以哲理和思辨性质，从而进一步擢升了这一思想体系的影响力。

作为集喀巴拉与苏非思想于一身的所罗门·伊本·加比罗尔显示了非凡的混杂与神秘。《盖绥达》（“Qasida”）是他早期作品之一，就彰显了他的自信：

我是诗，是诗的主人，
是诗人和歌手的竖琴。
我的诗句似王冠璀璨，
是王者额头上的光环。
我生活了十六个春秋，
却有八十长者的头脑。
……

《喀巴拉》（*La Kabala*），又名《王国之冠》（*La Corona del Reino*）则是他的代表作之一，作品凡一千三百余行，表现了他的天人浑一观：

你是一，宇宙之本；
你是一，万物之源。

你是一，神秘之和；
智理至理混沌苍白，
皆因大你遥不可及。

你是一，不亏不盈，
你是一，不多不少。

你是一，却非常一，
你是数，却非常数。
你永恒，不增不减。

你是你，不可转喻；
你是一，不可界定。
你不接受任何外物。

于是乎，我在冥思，
自观没有言语错误。

你是一，超然物外，
又无不在万物之中。
……

你存在于万物之中，
却既无形，也无声，

你无须回答为什么，
也没有怎么和哪里。
你在，只因为你在，

你在，于时间之先，
你在，于空间之前。

你在，却充满神秘，
你在，又无适无莫；
无始无终谁能企及？
……①

这颇有些老子的味道，作品的长度也与《道德经》相仿，尽管所指不尽相同。老子谓“道生一,一生二,二生三,三生万物。万物负阴而抱阳，冲气以为和”（《道德经》第四十二章）。而加比罗尔的大写的“你”何尝不是苏非意义上的“道”？况且，倘使将宗教当作哲学来考量，那么它们本质上都带有探询宇宙以及生命规律、本源和终极意义的诉求。只不过苏非神秘主义将这一诉求推向了极致，从而一方面夸大了人类认知的局限性，另一方面又将个人的灵性绝对化了。至于其中的天人浑一观，则与我国古代的天人合一观颇为相似，二者有异曲同工之妙。倘使二者之间没有影响和被影响关系，那么“人同此心，心同此理”的说法也就完全成立了。

九、摩西·伊本·埃兹拉

随着彩诗的流行，不少受阿拉伯文学影响较深的犹太诗人也涉足其间。摩西·伊本·埃兹拉（Moses Ibn Ezra，1055/1057~1138？）便是其中之一。摩西·伊本·埃兹拉出生于格拉纳达的一个犹太家庭，家境显赫，祖辈曾出过什穆埃尔·伊本·纳格里耶（Samuel Ibn Nagrila，993~1056）——阿拉伯名为艾布·伊斯哈格·易司马仪·本·纳格里耶（أبو إسحاق إسماعيل بن النغريلة）、优素福·伊本·纳格里耶（Joseph Ibn Nagrila）等这样的大文人，而埃兹拉本人亦是成就斐然，堪称公元11世纪最负盛名的犹太诗人之一，其诗歌造诣甚至超过了同时代许多阿拉伯诗人。他的前半生生活优渥，在格拉纳达宫廷里担任要职，后由于北非穆拉比兑王朝的入侵，伊本·埃兹拉被迫流亡，在北方基督徒领地寄居，颠沛流离，最终客死异乡。

伊本·埃兹拉早期曾著有诗集《璎珞之书》（*Book of the Necklace*，其阿拉伯语原名为《繁盛的花园》），共收录希伯来语短诗573首，多为两行至四行诗，诗歌的韵律结构明显受阿拉伯诗歌影响，诗歌主题多轻松明快，以爱情诗歌、颂赞诗为主，堪称犹太黄金时期文学时期诗歌的百科全书，甚至有人认为他的这本诗集是阿卜杜·拉比《罕世璎珞》的微缩版，体现了彩诗的诸多特征。但遗憾的是，

① Reina，Francisco：*Poesía Adalusí(ash-Sha‘ar al-Andalusī)*，pp.247~248.

他的诗歌只有16首流传至今，且看以下一首作品[①]：

爱人你为何向左，而不是右行至我？
回来吧，亲爱的，回到我温柔怀抱！
伊人言语已经蜕变，不再温柔不再甜美；
海誓山盟一去不返，锦书难托悔之太晚。

心破碎，泪湿襟，肝肠寸断未了情。
倘使决意要离开，且请听我来说清：
日短夜长无以为眠，倾诉衷肠聊作小诗；
伊人秀发如墨乌黑，伊人脸庞清秀似碧。

倘若有人问起我，容貌如何人何如；
皆因面纱遮脸形，还有黑袍不离身。
伊人容貌无可挑剔，伊人美德无与伦比；
德似处子完美无瑕，貌若朝阳人见人爱。

男人因之乱了心，丧失理智无主意；
放浪形骸失分寸，自惭形秽总是情。
难道爱情本该残忍，不由分说就要分离？
难道人心如同人脸，要红就红说变就变？

夜阑人静说分别，噩梦丛中心惊骇；
旭日东升梦未央，酒杯在手话衷肠。
爱情奴仆痴情未了，或生或死不能自已；
伊人眼睛窃去我心，万能真主视而不见。

我心固碎，却还我来：
你不怜我，我又如何？
真主在上，无所不晓！[②]

① 此诗存有不同版本，这可能因传抄，也可能因翻译之故。

② Sáenz-Badillos, Angel: *Literatura andalusa*, Madrid: Universidad Complutense, 1977, pp.113~115.

这首彩诗除了出自犹太诗人之手而外，本身并无特殊之处。但重要的是后面的缀句，它用阿拉伯语而非希伯来语写就。这从另一个角度印证了缀诗的流行。前面说过，它在安达卢斯基督徒笔下被称为哈尔恰，是西班牙拉丁俗语最早的抒情诗和文学形态，有关其韵律特点，后文详述。

流亡生涯开始后，埃兹拉的诗风产生了很大变化：他常常写诗向哥哥寻求经济援助，这成为他这一时期诗歌的主题之一；此外，他还在诗歌中表达了种种哀思——妻离子散、亲友离世、身体健康每况愈下、流亡生活仿佛囚笼一般不得自由，无人重视，这些都在他的诗歌中有所呈现，这一时期的长诗很少，也多为短诗。例如：

我的双足，
徘徊已久，
在无尽的流浪中，
不停地游走……①

十、伊本·阿玛尔

伊本·阿玛尔生卒年月不详（一曰 1031~1084），却是一位传奇人物。他曾在塞维利亚王穆阿台迪德父子宫中为官，系两朝元老，官拜宰相。但是，据有关史料记载，他的官运来自与穆阿台米德的暧昧关系。早在穆阿台米德还是王子时，伊本·阿玛尔就与他交情甚笃，乃至常有风流韵事传出。虽说同性恋或双性恋在安达卢斯的穆斯林中间并非禁忌，但发生在王子、储君身上多少有伤风化之嫌。年轻王子因之而受到穆阿台迪德的责罚，伊本·阿玛尔也被贬至穆尔西亚为官。穆阿台迪德驾崩之后，穆阿台米德继位。不久，伊本·宰敦谢世，伊本·阿玛尔出任宰相。但正所谓太亲易疏，伊本·阿玛尔好景不长，并终因“不忠”、“忤逆”和“谋反”获罪，并被处以极刑。

他的诗作比兴丰富，风格雕琢，被誉为安达卢斯的“巴罗克”：

请斟满圆圆佳酿，
风醒来，晨未远；
启明星风中摇曳，
退却了琥珀夜色，

① Sáenz-Badillos，Angel：*Literatura andalusa*，Madrid：Universidad Complutense，1977，p.253.

樟脑白黎明累眼。
花园似姬好锦簇，
金箔银丝纺织成。
珍珠般串串霜露，
爱神木昂首挺立；
或如那英俊少年，
被羞涩玫瑰装点。
臂膀似河流洁白，
从绿色长袍探出；
风儿吹，人声喧，
阿巴德[①]利剑出鞘，
令敌人闻风丧胆。
……

——《穆阿台迪德颂》[②]

第三节　哈兹姆及其《鹁鸽项圈》

之所以要将伊本·哈兹姆单列出来，一是因为他的重要，二是因为他的代表作《鹁鸽项圈》既是诗也是文，很难归类。哈兹姆堪称安达卢斯最重要的诗人之一，他的世俗化倾向集成了安达卢斯的世俗文学，不少思想几乎游离于伊斯兰教教义。

众所周知，伊斯兰教作为一种信仰体系，旨在通过笃尊唯一的真主达到规训人生的目的。它以信奉者个体（造化物）与真主（造物主）的关系为最高关系，据以确定人与他者、与自然的关系。但哈兹姆的爱情哲学打破了这种关系，他的爱情观超越时空，至今没有过时，故而不仅是系统论述世俗爱情的真正《爱经》，而且以较为中性，甚至特殊的女权倾向超越了奥维德。

哈兹姆出生在科尔多瓦的一个穆斯林家庭，但从小博览群书，且性格叛逆。青年时代和堂兄参与政治，并多次身陷囹圄或被驱逐、流放。据哈兹姆研究家加西亚·戈麦斯猜测，这位性情特别、著述颇丰的穆斯林作家可能来自安达卢斯土著家庭。祖先皆为贫穷农民，后随社会地位缓慢攀升，及至父辈在科尔多瓦宫廷谋得一官半职，方跻身于上流社会。但有关其祖先的非阿拉伯身世仅为西方学者

① 指穆阿台迪德，谓其姓。
② Reina，Francisco：*Poesía Adalusí(ash-Sha'ar al-Andalusī)*，p.287.

的一面之词或一种推测，尚无真凭实据。而这种推测本身有意无意间蕴涵的文化思想或价值取向值得另文探究，但其中较为有趣的一件事情是哈兹姆的祖父或曾祖父也曾有志于文学创作。这一信息隐约出现于《鸫鸽项圈》自传部分。尽管史料并未验证哈兹姆是否精通古希腊语和拉丁语，但奥尔特加·伊·加塞特（José Ortega y Gasset）却认为哈兹姆明显继承了希腊—拉丁传统，并在其文学代表作《鸫鸽项圈》中同时表现出新柏拉图主义和新亚里士多德主义双重倾向。[①]

《鸫鸽项圈》创作于1023年，发表时间不详。前者有哈兹姆本人提及，而后者却只能归咎于时空烟尘。作者同时提到原著卷帙浩繁，而面世的只是屡次删减后所剩部分。至于缘何删减，他却只字未提。于是，类似于曹雪芹"披阅十载，增删五次"却终未给出结果的难题出现了。好在《鸫鸽项圈》的爱情主题十分明确，谜底在于爱的不同形态、不同理解和不同因缘。而这些正是哈兹姆试图展示，并借以继承和突破传统的重要努力。

作品凡三十章，外加一个序和一个跋。哈兹姆在《序言》中发出一连串祈求："愿真主保佑你我不再对正确的道路感到迷惘！愿他别再对我们的努力加大负荷！愿他以上佳的方式支持我们的虔信之旅！愿他阻止我们作出离经叛道的选择！愿他勿弃我们于无知、放弃、懦弱、固执、怪癖、盲目与堕落！"[②]这显然不是虔信者的祷词。首先，作者在《作品说明》中迫不及待地告诉读者，作品由三十章组成，前十章阐述什么是爱：一谓爱的本质，二谓爱的表征，三谓爱的梦幻，四谓爱的画像，五谓一见钟情，六谓日久生情，七谓爱的语言，八谓爱的表情，九谓爱的呼应，十谓爱的使者；中十二章描写爱的状态，譬如爱的冒险、爱的因果。从本质上说，爱是一系列冒险和偶然，它们有好有坏，有因有果；因有善因恶因，抑或非善非恶，果亦然哉，很难一概而论：一曰友爱，二曰情爱，三曰隐秘的爱，四曰张扬的爱，五曰顺从的爱，六曰矛盾的爱，七曰偏执的爱，八曰妥协的爱，九曰忠贞的爱，十曰水性杨花，十一曰疾病，十二曰死亡。后六章讲爱的问题，一讲过错，二讲嫉妒，三讲误会，四讲裂痕，五讲分手，六讲忘却。作为尾声，再特设外二章：第一章为罪过，第二章为禁欲。凡此种种，皆为说明爱有真假、善恶之分，而爱真主才是至真至善之爱。"赞美真主，真主万能"。[③]和卷首语一样，后者似乎完全是虚晃一枪，只为掩人耳目。

诗人认为爱的本质或真谛只可意会，不可言传；而且这意会还需要足够的爱

① Ortega y Gasset："Prólogo a *El collar de paloma*"，Ibn Hazm：*El collar de paloma*，García Gómez ed.，Madrid：Alianza Editorial，2012，pp.26~27.

② Ibn Hazm：*El collar de paloma*，García Gómez ed.，Madrid：Alianza Editorial，2012，pp.117~118.

③ Ibid. pp.123~125.

的时间和空间。此外，诗人一方面口口声声谓爱需要信仰，即对真主的虔诚；另一方面又列举安达卢斯历史上诸多男欢女爱，甚至道听途说的世俗恋情，譬如某某王子爱上花匠的女儿，某某国王爱上他的女奴，并谓遥远的埃及也是如此。反之，有穆斯林达官贵人娶妻纳妾，外加情人无数，可谓多多益善。在哈兹姆看来，爱是灵魂的结合。它们分别来到世上，机缘巧合，相遇相吸；真爱必合，错爱必分：即使不合，爱不能忘；即使不分，同床异梦。这也是世界万物的运行法则：同“性”相吸，异“性”相斥。至此，诗人居然不惜“冒穆斯林之大不韪”[①]：援引了《圣经·创世记》关于亚当和夏娃本属一体的说法（其异端倾向可见一斑！）。[②]学者玛丽亚·罗莎·莫内加尔（María Rosa Monegal）等在《剑桥阿拉伯文学史——安达卢斯文学》（*The Cambridge History of Arabic Literature—The Literature of Al-Andalus*）专章评述了哈兹姆的“双重性”，即他游走于伊斯兰教和基督教文化之间的诗性表达。[③]

诗人同时认为爱不能只是单向的和单薄的。所谓单向是指单恋；而单薄则是吸引一方或双方的“优点”过于偏狭，一旦某个“优点”消失或不再成其为优点，那么爱也就随之荡然了。后者常见于单纯的外貌吸引。有诗为证：

吾爱汝兮，只因爱汝；
爱不移兮，无何无如。
情诚笃兮，不多不少；
真主知兮，虔心永驻！

万物生兮，所以不灭，
因其本兮，如是者也；
倘质易兮，本乃不同，
其陨者兮，必其然也。[④]

在之后的二十九个章节中，诗人夹叙夹议，亦诗亦文。关于“爱的表征”，诗人展示了他的东方式含蓄。他说，为了保守爱的秘密或者因为彼此思恋，恋人

① 奥尔特加·伊·加塞特认为哈兹姆的爱情观几可与文艺复兴运动初萌时期的某些新柏拉图主义思想互为映照。

② 尽管事实上安达卢斯的穆斯林一直相当开放、包容，其与古典希伯来文化的关系非常密切。这其中既有丰富伊斯兰神学的现实需要，也有与犹太人和西方基督徒和平共处的诉求。Ibn Hazm: *El collar de paloma*, p.129.

③ Monegal, María Rosa etc.:*The Cambridge History of Arabic Literature—The Literature of Al-Andalus*, Cambridge: Cambridge University Press,2006,pp.237~251.

④ Ibid. pp. 129~130.

经常以泪洗面。有诗为证：

吾眼云霓阅，
流下无尽泪。
皆因汝之故，
未眠夜连夜。[①]

有时，恋人咫尺天涯，相思之苦绵绵不绝，令人绝望：

我遥望着她家每时每刻，
她却隐身其中踪影全无。
咫尺天涯，望尽天涯路，
或许它知道我将其窥探。
我听到屋中传来的脚步，
她却形同中国远得无辜。
一如渴极之人遇到水井，
却奈何无法将井水何如。
心中的人儿她仿佛已去，
就像生死两隔冰冷之墓。[②]

此外，哈兹姆认为爱的思念与爱一样重要。在“爱的妥协”（或“爱的满足”）一章里，诗人甚至这样描写真爱之后的爱，显示了爱的无求、爱的宽容：

当无法再拥有我的主人，
当他不再爱我转身而去，
我满足于他的区区衣物，
以及他曾经用过的东西；
诚如父亲雅各痛失约瑟[③]，

① Monegal, María Rosa etc.:*The Cambridge History of Arabic Literature—The Literature of Al-Andalus*, Cambridge: Cambridge University Press,2006,p.144.

② Ibid. p.275.

③ 此掌故来自《圣经·旧约》，谓雅各生有十二子，约瑟行十一。小约瑟最受父亲宠爱，结果引发兄长们的嫉妒。一天，约瑟随兄长们外出放牧，被弃于遥远的井中。但是，他命大福大，不仅没死，反被商人带至埃及。后来，他竟然飞黄腾达，官至宰相，反过来施救于父亲和兄弟们。约瑟一百一十岁献世，安厝于埃及境内。这里所说的雅各并非《圣经·新约》中的使徒，约瑟亦非玛利亚之夫。

并因后者之死感到哀伤，
捡起后者衣衫视若珍宝，
结果治愈眼疾不再失明。①

在此，诗人援引了《圣经》，足见其对犹太经典和基督教掌故了然于心，也再次证明安达卢斯穆斯林当局对异教是包容的。诗人在此突然启用了女性口吻。尽管现实生活中他才是个重情重义、对逝去爱人念念不忘的好男人；但从概率上看，无论出于战争还是其他原因，男人一去不返的情况较之女人似更为常见。

反之，诗人在第六章中对那些好色之徒和三妻四妾的现象进行了批判。他认为没有人能同时爱上两个男人或女人，除非他（她）爱得不够深、不够真。有诗为证：

一人爱俩山盟海誓，
合二为一恰似摩尼②；
怎知心房不容水火，
真主也是无二独一。③

在另一个章节，诗人讲到真爱的忠诚和排他。有诗为证：

伊人尽入吾思，
血脉穿越躯体；
但见伊④之表情，
无视象之迁徙。⑤

同时，诗人不相信爱情可以分享。他给出的故事是某王子门下的一个贵族朋友的背信弃义：王子爱上了一个女奴，但又苦于无法与之朝夕相处，便差友人代劳，传递消息和信笺。这样鱼雁往来，年复一年，好不易等到女奴被其主人拍卖，王子遂差他的朋友前去救赎，怎知那朋友近水楼台先得月，兀自悄悄买了那女奴并将其纳为小妾。有一天，女奴闲来无事，翻检丈夫书房，无意间发现了王子给她的最后一封信笺，于是真相大白。

此外，关于怎样的女人可娶，诗人没有正面回答。所谓各有所爱，或者见仁

① Ibn Hazm：*El collar de paloma*，p.296.
② 摩尼（？~274），摩尼教创始人，主张取基督教和佛教之所长，兼容并包，合二为一。
③ Ibn Hazm：*El collar de paloma*，p.166.
④ 原文为“蚁”，比喻真情之精微与专注。
⑤ Ibn Hazm：*El collar de paloma*，p.270.

见智，这正是他的高明之处。因此，他顾左右而言他：

蛇蜥有色彩斑斓的外表，
但血液之中充满了毒素；
利剑之光多么璀璨夺目，
剑刃之下多少冤魂哭鬼？！
……
真主的造化物万千不同，
没有最好，且爱你所有；
当世上没有唯一的甘泉，
爱你所爱是最好的选择。
哦，千万别再见异思迁，
饮鸩止渴不如忍受饥渴。[①]

诗人的回答显然是随遇而安、宁缺毋滥，这与他现实生活中刻骨铭心的爱情相吻合。据说他豆蔻年华就爱上了自己的侍女努阿姆（Nuam）。待她长大成人后，二人结为夫妻。只可惜天不假年，努阿姆英年早逝，给哈兹姆留下了无尽的思念。当然，哈兹姆有自己的偏见，比如他不屑于黑种人，却对金发碧眼的白种人褒奖有加。这多少也是时代的安达卢斯审美观。

同时，他还是一位爱国主义者，其名言是："宁要西班牙石[②]，不要大中华珠。"他创作的散文著作多达四百部，但大多散佚。

第四节　穆阿台米德

穆阿台米德（1040~1095），又称塞维利亚的穆阿台米德。作为塞维利亚王穆阿台迪德的法定继承人，穆阿台米德从小养尊处优，及至与诗人伊本·阿玛尔产生暧昧关系。青年时代，穆阿台米德风流倜傥，文武双全，沉溺于声色犬马。1068 年，穆阿台迪德驾崩，穆阿台米德继位，塞维利亚从此成为安达卢斯名副其实的文学中心。穆阿台米德招贤纳士，广交文友；无数文人骚客自安达卢斯及北非、西西里岛等地慕名而至，云集于斯。在位期间，国运大好，科尔多瓦、瓦伦西亚等地先后归顺于他。但好景不长，北方基督徒大兵压境。阿尔丰索六世

① Ibn Hazm：*El collar de paloma*，p.245.
② 原文为"rubí"，即产自安达卢斯的一种红宝石。

（Alfonso VI）于 1085 年率部夺回西哥特故都托莱多，并自称“两宗之王”[①]，继续挥师南下，迫使穆阿台米德于 1091 年向穆拉比兑王朝的开创者摩洛哥拉维王朝的伊本·塔什芬（Ibn Tashfin）求助，结果引狼入室，不仅丢了王位，还被流放至北非。晚年贫病交加，抑郁而终。

作为传奇人物，穆阿台米德留下了无数令人击节慨叹的奇闻轶事，其中不少被传为佳话。譬如青年时代携文友伊本·阿玛尔游历四方，某日在河边诗兴大发，大声吟出半联诗句：

风织涟漪一环环

伊本·阿玛尔未及对上下联，忽听河边一浣衣女子应声答道：

绳穿铠甲半片片[②]

穆阿台米德抬眼望去，但见她亭亭玉立，煞是可爱，随即上前搭讪，方知其身为女奴，却才貌双全。穆阿台米德对她一见钟情，将其高价买下，不久纳为妃子。他的早期诗歌不少应她而作。她就是伊阿蒂玛德（Ytimad），本名鲁梅齐娅（Rumaykiyya）。

我的眼睛看不到你，
你却分明在我心里。
多少相思多少眼泪，
彻夜无眠表达爱意。
我自以为意志坚定，
爱上你却那么轻易。
我的愿望非常简单：
从今和你永不分离！
若我远离这片土地，
你也定要矢志不渝。
我将你名嵌入诗行：

① “Emir de las dos religiones”。转引自 Monroe，James (ed.)：*Hispano-Arabic Poetry*，Berkeley，Los Angeles，London：University of California Press，1974，p.47.

② Al-Mu'tamid：*Poesía completa*，trad. de Miguel Hagerry，Granada：Comares，2006，pp.13~14；译文参考了仲跻昆：《阿拉伯文学通史》上卷，第 475 页。

我的爱伊阿蒂玛德。①

这是一首藏头诗，原文每个联句的第一个字母串联起伊阿蒂玛德，并在最后予以说明。据说诗人对这位妃子宠爱有加。一次，她无意间看到有人在踩踏泥浆，竟也挽起裙摆前去玩耍。穆阿台米德得知后命人用上好麝香和琥珀粉制成“泥浆”，和以大量玫瑰花瓣，供爱妃玩耍。

你乘轻风入梦来，
仿佛玉臂枕颈椎，
仿佛因爱又无眠，
仿佛吻遍你酥身，
仿佛我已遂我心。
倘使你未入梦来，
这些何以太实在：
我因爱你识云霭。②

然而，作为王子，穆阿台米德并未满足于伊阿蒂玛德。他把他的情和诗献给了许多有名无名的女子，从而留下了大量哈兹姆所批评的“滥情”诗篇。在一首献给情人“雅乌哈拉”（“Yawhara”）的艳情诗：

雅乌哈拉，
你为何将真名来藏匿？
你知道我爱你又敬你。
也许以为我是在骗你：
先用花言巧语使你信，
再拥你入怀、衔嘴里，
哪怕最终如斯被你欺。③

或者献给一名唤作维达德（Widad）的女子：

我为爱情干杯，

---

① Al-Mu'tamid：*Poesía completa*，p.64；译文参考了仲跻昆：《阿拉伯文学通史》上卷，第 476 页。
② Al-Mu'tamid：*Poesía completa*，p.65.
③ Gil，Pedro：*Al-Mu'tamid，un rey de leyenda*（*Malik al-Austūrah*），Sevilla：Alfar，2013，p.117.

迷失在失恋中……
唯有记忆安慰，
那是你的倩影。
你已离开月光，
但它依然照我；
你似梦境远去，
我心仍在梦你。[①]

在或献给希赫尔（Sihr）的情诗：

我今恳求真主，
让我继续病重，
躺在床上受罚；
皆因羚羊来访，
她是多么甜美，
情意绵绵无边。
我愿为爱痴狂，
不要让我痊愈。
希妹化作修辞，
是祥是光是爱。
我今恳求真主，
虽已病入膏肓，
却仍不求痊愈；
我愿永远忍受，
直至心死身亡。[②]

据说，穆阿台米德明令要求宫廷的一切器皿、用具均应饰以"相应"的华美情诗（公元17世纪的西班牙贵族几乎不折不扣地因袭了他们的习俗，这在贡戈拉的巴罗克主义风格中可见一斑）：

它深夜降临，身披白昼之光

① Gil，Pedro：*Al-Mu'tamid*，*un rey de leyenda*（*Malik al-Austụrah*），Sevilla：Alfar，2013，p.119.
② Ibid. p.121.

光芒四射，如水晶缀满长袍，
宛如丘比特裹着战神的火焰，
将熊熊之火与流水融为一体。
恰似明镜哦，将其合而为一，
因为本质上二者已密不可分。

观赏者莫名所以：莫衷一是？
难道她就是水？是星辰闪烁？[①]

然而，穆拉比兑王朝在安达卢斯建立伊始，穆阿台米德即沦为阶下囚，不久又被流放至马格里布。惯以锦衣玉食、享尽荣华富贵的君主，成了含垢忍辱、不能自主的可怜虫。风烛残年，他的诗作见证了亡国之君的切肤之痛和彻骨之恨：

明知我是穆斯林，
竟不肯慈悲怜悯！
你喝我血食我肉，
只差将我骨头啃！
王儿见我陷囹圄，
痛彻肺腑碎了心。
可怜可怜我王儿！
他竟迂尊去乞怜。
……

——《镣铐》[②]

女儿们衣不蔽身，
我知其饥饿滋味。
她们已一无所有，
只能替人去纺织。
每次她们来看我，
满是羞辱和倦怠；
曾经锦衣和玉食，

① 转引自洛佩斯－巴拉尔特：《西班牙文学中的伊斯兰元素》，第25页。
② 同上，第174页。

如今赤脚陷泥淖。
稚嫩脸上无血色，
饥馑写遍幼小身；
目光滞呆尽是哀，
化作热泪天人悲。
……

——《我的女儿们》[1]

诗人对自己的下场和家人的悲苦，以及过去的岁月追悔莫及；但偶尔也会想入非非，期待有朝一日东山再起：

我知道塞维利亚在哭泣，
晨曦哭醒它的雄伟宫殿，
用充满馨香的洁白露水。
那馨香来自花园的花朵，
露水是广场上空的蓝泪。
……
塞维利亚切莫太过悲哀，
有朝一日迎回宫殿主人——
君王酷爱诗歌不会忘记，
王国臣民对他充满情意。

——《塞维利亚王》[2]

或者绝望和自暴自弃：

太久人生对我言：
可怜囚徒是何感？
我的回答很简单：
……
生命对我已无益，
生不如死情何堪？

---

① 转引自洛佩斯－巴拉尔特：《西班牙文学中的伊斯兰元素》，第169页。
② 同上，第170页。

……

逝者如斯不复返，
一切皆有终结时。

——《太久人生》[1]

第五节　其他诗人

乱世出英雄，乱世亦可出诗人。公元 11 世纪确是安达卢斯诗坛的鼎盛时期，人才辈出。除前述诗人外，较为著名的还有布阿蒂娜·穆阿台米德（Buatyna al-Mu'tamid）、阿伊莎·库尔图比亚（A'isa al-Qurtubiyya）、马拉齐亚（Al-Malaqiyya，？~1077）、乌姆·凯莱姆（Umm al-Karam）、拉伊（Ar-Rayyi）、乌姆·巴尔巴里亚（Umm al-Barbariyya）、乌姆·舒玛迪（Umm Sumādih）、卡斯姆娜·雅乌迪（Qasmuna al-Yahudi）、伊本·哈姆迪斯（Ibn Hamdis，1058？~1132）、伊本·阿卜顿（Ibn Abdun）、加萨尔（Al-Gazzar）、塔米娜·塔斯芬（Tamina Tasfin）、伊本·侯萨因（Ibn Husain）、西尔维娅（Silbiyya）、伊本·海法捷（Ibn Khafajah,）[2] 等，其中不少为女诗人，足见安达卢斯诗坛之繁盛气象。

一、布阿蒂娜·穆阿台米德

布阿蒂娜·穆阿台米德是穆阿台米德的长公主，生卒年月不详，坊间谓其才识过人、“貌若羚羊”。但是，归入她名下的只有一首凄美的短歌：

请听我言，字字珠玑；
高贵身份，言行判定。
别忘了我曾身陷囹圄，
也勿忘阿巴德是我姓。
……
真主决意将我们分开，
父女永别，天各一方。
悲从中来，危机四伏。
阴谋和恐怖笼罩王国。
……

① 转引自洛佩斯－巴拉尔特：《西班牙文学中的伊斯兰元素》，第 182 页。
② 也作 Ibn Jafaya。

我四处逃遁遁无可遁，
落入男人之手，犹如
羊落虎口，不能自已。
他的卑劣，我的噩梦。
成为奴隶，任人摆布，
我哭我命，情何以堪。
……①

她现身说法，道出了穆拉比兑王朝颠覆安达卢斯诸王国后引发的惨状。正所谓东边日出西边雨，几家欢喜几家愁，这是重新洗牌之后的景象。

二、阿伊莎·库尔图比亚

阿伊莎·库尔图比亚生于名门望族，在科尔多瓦接受教育，从小机敏过人，素有“天才美少女”之称；但她红颜薄命，英年早逝。学者伊本·哈彦（Ibn Hayyan）谓她在伊斯兰教神学和哲学方面有很深的造诣，而且精通修辞学。② 以下是她的两首短歌，其形态颇似绝句：

挥泪又怕人知情，
无泪不能抵汝心。③

或者：

母狮不甘居人穴，
倘须找谁作伴侣，
端非犬类或狼豺；
吾思郎君郎不如。④

三、马拉齐亚

马拉齐亚生于马拉加，擅长寓言诗。她的一首《乌鸦与青丝》见证了光阴荏

① Reina，Francisco：*Poesía Adalusí(ash-Sha‘ar al-Andalusī)*，pp.354~355.
② Ibid. p.356.
③ Ibid. p.357.
④ Ibid. p.358.

苒、物是人非的感喟：

一只乌鸦飞过眼前，
翩翩起伏群山之巅。
我对它说，欢迎你，
让我想起昔年青丝。①

四、乌姆·凯莱姆

乌姆·凯莱姆（1051~1091），阿尔梅里亚公主，生平不详。根据有关资料推测，其经历颇似布阿蒂娜·穆阿台米德，但残留诗篇多为情歌。这再一次印证了安达卢斯的非凡风俗。

哦，多想和你幽会！
没有监视没有耳目。
多神奇呀！
我渴望幽会的人
虽辞犹在是我心！②

据称，公主年少，情窦初开，爱上了宫中的一位男侍，结果受到阻挠。男侍失踪，并不知所终。类似的情况发生也曾发生在另一位女诗人身上，她便是哈姆黛·宾特·齐亚德（Hamdah Bint Ziyad）。

五、哈姆黛·宾特·齐亚德

哈姆黛·宾特·齐亚德出生在书香门第，从小钟爱诗书。她的作品婉约并略带哀怨，为11世纪安达卢斯诗坛平添了一抹异样的风景。

泪水在河谷将我的隐秘揭穿，
在那里俊美将它的迹象展现。
于是它顺着河流向每座花园，
又从园中引起每条河谷抖颤。

---

① Reina，Francisco：*Poesía Adalusí(ash-Sha'ar al-Andalusī)*，p.359.
② 同本页脚注①文献，第365页。译文参考了仲跻昆：《阿拉伯文学通史》上卷，第494页。

羚羊群中有一只美丽的母羊，
令人神魂颠倒让人为之眷恋。
她低头凝眸沉思只为一件事，
那事让我辗转反侧难以安眠。
一旦她的长发垂下披在肩上，
你就会看到明月在黑夜天边，
就好像是晨光因为兄弟死了，
穿上黑色的衣服以服丧悼念。[①]

此诗道出了美少女喜爱顾影自怜的心态，而她的性取向也因此而受到怀疑。关于女诗人后来的境况，现存史料无有记载，我们只能从她的些许诗章和残编揣测一二。

六、拉伊

拉伊于1027年出生在马拉加，她也是一位美女诗人。留传诗章不多，但可喜的是后人在其故乡发现了她的手迹。那是她的一首短诗，或可见证她的典雅风格：

诗友为我指出瑕疵，
她的指责太过尖刻！
何不睁眼欣赏珠玑？
我恳求我一丝不苟，
字里行间也不放过。
纸张、墨水和古笛，
在我手上化作诗行：
瞧，它们就在这里，
珍珠项链由我串起！[②]

由此可见，诗话和批评在安达卢斯蔚然成风，人们在批评中如切如磋，如琢如磨，既有挑剔，也有自卫。

---

① Reina，Francisco：*Poesía Adalusí(ash-Sha'ar al-Andalusī)*，p.495.
② Reina，Francisco：*Poesía Adalusí(ash-Sha'ar al-Andalusī)*，pp.362~363.

七、乌姆·巴尔巴里亚

乌姆·巴尔巴里亚来自马格里布，生卒年月不详，但大多数文史学家认为她是公元 11 世纪安达卢斯诗人，其作品在瓜达拉哈拉广为人知。迄今为止，其现世作品仅有五首。

（一）

你是完美化身，
高雅开了风气。
美丽众望所归，
无人可以企及。
你的声名远播，
无你生而无益。

（二）

请读懂我的处境，
不要再无端指责。
原谅比挑剔重要，
……
倘我无意犯下错，
因你仁厚化作美。

（三）

黎明啊，请慢些来，
夜晚和白昼不同在。
白发不能骗取我爱，
且听我在此如是言：
别再如此冥顽不化，
岁月不是愚之资本。

（四）

如果不是因为这美酒
是音乐和激情的情敌，
我会将它同爱情和诗

串起一副美妙的项链，
让它们见证欲望火焰。

（五）
花园竹影婆娑，
露珠纷纷凋落。
仿佛风之巧手，
吹拂旌旗招展。[1]

这些作品题材广泛，遣词造韵却颇为自然、流畅，仿佛围炉夜话或内心独白。

八、卡斯姆娜·雅乌迪

卡斯姆娜·雅乌迪，生卒年月不详。据有关史料记载，她出生在马格里布的一个犹太人家庭，后改宗并辗转至安达卢斯，曾在格拉纳达生活。她的作品也罕有留存。

（一）
太阳光芒万丈，
月亮因它闪亮；
但它也会被遮，
日食时常出现。

（二）
我见田野一片，
已是收割时节，
未见农夫现身，
不知是何原因。
青春匆匆逝去，
往事不堪回首。

（三）
羚羊徘徊花园，

① Reina，Francisco：*Poesía Adalusí(ash-Sha'ar al-Andalusī)*，pp.362~363.

恰似我的身影。
孤寂与我眼睛，
黑色相伴而生。
忍受此等生活，
这是命运安排！①

诗由心生，这些作品无不体现了诗人的心境。穆拉比兑王朝伊始，犹太人在安达卢斯的处境有所恶化，这导致一些改宗者逃往北方、投入基督徒的怀抱，譬如佩德罗·阿尔丰索（详见第二编）。

九、塔米娜·塔斯芬

塔米娜·塔斯芬，生卒年月不详，却被证实为安达卢斯第一位穆拉比兑哈里发约苏夫·塔斯芬（Yusuf b. Tasifin）的公主，第二任穆拉比兑哈里发阿里·约苏夫（Ali b. Yusuf）的胞妹。她先后在阿拉伯本土和安达卢斯接受教育，学识渊博，才思敏捷。她的诗作罕有留存，目前归于其名下的仅有一首短歌：

她是太阳，寓居天庭，
雍容华贵，不慌不忙。
你无法企及她之所在，
她也难以降至你面前。②

十、西尔维娅

西尔维娅生活于11世纪晚期，曾因不堪社会动荡，间或参与政治。有关史料对此偶有涉及，但主要依据仍是归于其名下的这首直谏诗：

已经到了非常时期，
最顽固的眼在落泪，
滴在地上与地同悲。
你，是人们的期待，
倘真主打了个瞌睡，

① Reina，Francisco：*Poesía Adalusí(ash-Sha'ar al-Andalusī)*，pp.372~373.
② Ibid. p.378.

你有责任大呼其名，
“主啊，牧场已经干涸，
辽阔大地寸草不生。
民不聊生野兽肆虐，
翠绿之林不再绿色[①]，
无论它曾多么慷慨，
天堂变成火样地狱。
忘乎所以为所欲为，
难道不怕真主降临，
秘密仁慈化作惩治？”

十一、加萨尔

加萨尔出生在萨拉戈萨，人们对其生平的了解大抵来自他的诗作。迄今仍有十余篇什留存，且大都气势不凡、充满讥嘲。以下是他的一首长诗残编：

你若接近某位国王，
向他展示你的诗才，
无格无韵尽是珠玑，
智者见之无不称奇，
却是王者眼中之钉，
不遭驱逐才是怪事。
……[②]

同样，他批评人们的排己式批评，谓朝廷之过往往也是众人之过：

别一味地谴责朝廷，
熟视无睹自身言行。
朝廷之故世人之故，
没有土壤哪有其果？
倘使真主改变主意，

① 原文同其名，有森林之意，双关语。
② Reina，Francisco：*Poesía Adalusí(ash-Sha'ar al-Andalusī)*，p.366.

让你当个国王试试，
焉知可有片刻公心。[①]

这种批判有力，并看两面的精神并不多见。这也许正是加萨尔成功的“秘诀”之一。他在这些作品中有意无意地将自己纳入批判对象，令人感佩之余，又不能不有深长思之。

十二、伊本·哈姆迪斯

有关伊本·哈姆迪斯的生平少有记载，但他同塞维利亚王穆阿台米德的友谊却广为人知。诗人博览群书，是有名的才子，其诗作则因不拘形式而成为安达卢斯罕见的“自由诗人”。以下是他的一首“自由诗”，不仅形式自由，而且大胆引证了《圣经·旧约》：

哦，王宫，向你致敬！
你是安拉授意的创造，
美丽随岁月增长，
被口碑不断激活；
摩西固曾直面上帝，
却也得脱鞋光脚，
否则不能进入。
……
即使古波斯的宫殿，
库思老[②]遍布足迹，
也一定会相形见绌。
你辉煌灿烂尽显神圣，
非所罗门亲临而不能。
……[③]

---

① Reina，Francisco：*Poesía Adalusí(ash-Sha'ar al-Andalusī)*，p.369.

② 库思老（Cosroes），古波斯安息国高僧安世高（Parthamasiris，约二世纪）之王叔。安世高本名清，字世高，曾是安息国的王太子。其父谢世后继承王位，但一年之后就把王位让给了叔叔，并出家为僧。究其原因，除因父王去世痛感人生虚妄外，可能还有政治斗争等方面的因素。他曾遍游西域诸国，弘传佛法，后来又到中国，是小乘佛经汉译的第一人。事实上，印度佛教最初传入我国，是仗西域僧人所译。安世高可以说是佛经汉译的创始人，他首先译介了印度小乘佛教禅类的经典。库思老继位后曾大兴土木，建造豪华宫殿。

③ Reina，Francisco：*Poesía Adalusí(ash-Sha'ar al-Andalusī)*，pp.375~376.

十三、伊本·阿卜顿

伊本·阿卜顿生于11世纪中叶，生平不详，但其作品将他锁定在反犹太主义阵营。由于战乱和政权更迭，哀鸿遍野、人心惶惶在所难免。于是，犹太人与穆斯林相安无事的局面再一次被打破。这在穆拉比兑王朝可谓仅次于基督徒“光复战争”的种族倾轧。伊本·阿卜顿见证并参与了这场势力悬殊的反犹运动。

是非的慰藉留下印记；
缘何哭悼幻影与梦想？
我告诫你，不停告诫，
切勿轻信狮子的爪牙！

是非的妥协是场战争，
真正的赢者唯有矛剑。

和平从未被握在剑柄，
而是靠矛锋利刃挣得。
切勿浑浑噩噩被欺骗，
眼睛用来观察和明辨。
真主原谅我的座右铭：
命运也要防患或然率。

我们身上满是旧创伤，
它们常被无视被忽略，
或者自欺欺人地忘却，
譬如采花人无视毒蛇。
勿忘记，即使有真主，
多少王国转眼成往昔！①

这是何等警醒的反犹精神，殊不知冤冤相报何时了。

① Reina，Francisco：*Poesía Adalusí(ash-Sha'ar al-Andalusī)*，p.377.

十四、伊本·侯赛因

伊本·侯赛因生于马拉加，是位著名的经学家、史学家和文学家。晚年移居塞维利亚，主张与基督徒媾和，甚至认为反基督教是有害的短见。他的诗作具有鲜明的神秘主义倾向。

哦你，洞穿最隐秘的心！
哦你，给痛苦者以慰藉，
使他重新燃起希望之光，
让罪人得到救赎的机会！
你，使神奇充满了惬意。
对，我用虔心将你呼唤：
我的安拉，请听我倾诉，
我并不敬惜卑微的身躯，
尽管它是我甜蜜的支撑！
你，才是我真正的唯一！
我自我放逐，只为信你，
来到你的门前将你呼唤：
你，倘若不把门来开启，
痛苦终将使我瘫痪在地。
你，我不停地将你呼唤：
可怜的奴仆充满了虔诚，
请求真主你仁慈的安慰。
请看看罪人羸弱的躯体，
及渴望你无边仁慈的心！①

十五、伊本·海法捷

伊本·海法捷（Ibn Khafaja，1058~1138）生于瓦伦西亚的舒格尔岛，他的幼年适逢阿拔斯巴格达政权落入塞尔柱人之手，而安达卢斯后伍麦叶统一的哈里发政权被废弃，半岛陷入分散的诸王国时期，但他的童年，并非受到纷乱战争的影响。相反，他生活的舒格尔岛位于西地中海，四季常青，风景怡人。因此，海法

① Reina，Francisco：*Poesía Adalusí(ash-Sha'ar al-Andalusī)*，pp.379~380.

捷从小受到伊斯兰文化传统与地中海自然风景的陶冶，养成了优雅、安逸的心性，他对当时所处的时局采取逃避态度，看似并不关心，反而注重抒发内心的情感。其诗歌文风夸饰，辞藻清丽，内容多描述优美的家乡风景，男女间风花雪月的爱恋，他也创作少量挽诗或是内容诙谐幽默的打油诗。

且看一首描写安达卢斯美景的诗歌：

安达卢斯人啊，你们真是好运！
处处泉水叮咚，还有江河森林。
永恒的天堂，就在你们的家园。
如果让我选择，这里最称我心。
你们，不必担心地狱之火熊熊；
你们身在天堂，怎会再进地狱？①

而描写心仪的姑娘时，他更是不吝惜笔墨、充满溢美之词：

青春使伊人绽放玫瑰般的笑颜，
但恐惧仿佛利刃侵蚀她的心灵。
她的脖颈犹如洁白秀丽的百合，
双颊着色，被绯红的云霞浸染；
纯净的面庞，似清水平和透彻。
黛眉下明眸如珠，闪烁着光芒；
酥胸间佩戴着项链，灼灼生辉。②

同时，天灾可免，人祸难逃，这里也曾遭受劫难，诗人无法再心性安逸，也难免会感受到战争的残酷：

锋利的剑刃所向披靡，
似狂飙横扫这片土地。
哦，我的故乡，战火
吞噬了你曾经的美丽！

① Hamdan Hayyayi：*Vida y obra de Ibn Jafaya, poeta andalusí*，trad. de Paz Lecea，Madrid：Hiperión，1992，p.46.

② Dr. Muhammad Mahamūd al-Mandalāvi: *Mukhtārāt min Sha'ar al-Ḥubbu wa al-Ghazal fī al-Adab al-Andalusī*, p.143.

多少人在此流连忘返，
如今却唯有目瞪口呆、
欲哭无泪，可怜故乡！
家破人亡，妻离子散，
问命运，迢迢天涯路！
……①

即便如此，海法捷的多数诗篇依然是用来讴歌家园的。家乡的日月、花园、植被、飞鸟，乃至乌云和阴影皆入化境。与此同时，家乡的父老乡亲，上至达官贵人，下到黎民百姓，也是他描绘的对象。所谓一方水土养一方人，在海法捷看来瓦伦西亚小伙儿个个英俊，姑娘个个靓丽。他还创造了许多充满哲理的意象，如“爱情的秘密，是将液体倒进渗漏的容器”；“睡吧，大地是我们身体的唯一墓穴和穹顶”；或者诗情画意，如“夜是天空的集市，集市上满是星星”；“喝一杯美酒，吸吮了朝霞”；诸如此类，不一而足。当然，他针砭时弊、讥嘲时人，谓“但见君主走来，惯于发号施令的脸上堆着笑颜，人们的希望随着他的脚步远去”；或者“禁欲是自由男人的品德”，等等。②

第六节　玛卡梅的繁盛

产生于公元 10 世纪、源自东方阿拉伯世界的玛卡梅体叙述作品在 11 世纪风行一时。因方便记事，它也得到了不少安达卢斯作家的青睐，尽管并未发展成真正的小说。

一、艾布·穆塔里夫

艾布·穆塔里夫（Abu Mutarrif）是公元 11 世纪安达卢斯的玛卡梅作家和诗人，生卒年月不详，其生平也罕有记载。据埃及学者伊本·巴萨姆统计，穆塔里夫名下有数篇玛卡梅。其中，《关于时代诗人的玛卡梅》（*Maqama de los poetas de su tiempo*）是一部类似于我国诗话的长篇散文。作品这样开篇：

1039 年 5 月的一天夜里，我在阿尔梅里亚大清真寺附近边走边想，迎面走来一位青年，他恭敬的问候使我心生愉悦……

① Hamdan Hayyayi：*Vida y obra de Ibn Jafaya, poeta andalusí*，trad. de Paz Lecea，Madrid：Hiperión，1992，p.39.

② Ibid. pp. 65~142.

二者互致问候，随即就诗坛展开讨论。年轻人对“我”的一首短歌提出质疑，认为它俗不可耐。此诗如下：

最美恋爱时光，
是你害怕分离。
爱情若无纠纷，
哪来信札往来？

费尔南多·德·拉·格兰哈遍索所有，一直没有找到这首短歌。但无论如何，玛卡梅作者借此展开话题，从而对时代诗人进行了“诗话”式评点。其中，相当一部分诗人的作品已经散佚。

作者谈到了伊本·哈夫斯（Ibn Hafs），谓其作品精致、典雅；他也谈到了伊本·舒海德，谓其作品热情似火。他对宰敦的评价是“激情澎湃、恬美无比”。如此等等。[①]

二、伊本·萨义德

伊本·萨义德（Ibn Said）是穆塔里夫的同代人，生平不详。他的玛卡梅显示了不同的风格。其中，《致友人的信》（*Epístola a un amigo*）是一部游记，记叙作者在某山区的“遭遇”。叙述者且走且停，将一个个故事串联起来，譬如第一个故事讲他在农村受到的礼遇。主人公不仅擅长吟诗，而且款待客人的方式也很奇特。他先是吟诗招待，然后招呼孩子们抓鸡。于是，一群孩子在房前屋后展开了人鸡追逐，最后母鸡筋疲力尽、摊在地上，孩子们一哄而上将它逮住。接下来是宰鸡退毛，最后是烹饪和布菜。布菜已毕，主人照例口吐莲花，念念有词。总之，这是一幅颇具牧歌色彩的理想主义画卷。美虽美矣，却显然是作者的一厢情愿，并不真实。

作者一路走去，真真假假，所见所闻颇多，且每每赋予了道德说教，间或也夹杂着动物寓言，甚至不乏充满嘲讽的嬉笑怒骂，譬如在说到一位偏僻之地的教士时，称其穷极无聊，为了挽留客人，不惜冒犯教规，竟以参观身段迷人的窈窕淑女为诱。[②]

① Granja，Fernando de la：*Maqamas y risalas andaluzas*，pp. 74~77.
② Ibid. pp. 101~113.

第四章　公元 12 世纪

公元 12 世纪，随着北方基督徒王国“光复战争”的节节胜利，安达卢斯的穆斯林开始进入战略防守，加之内部纷争频仍，穆拉比兑王朝岌岌可危。但文学依然兴盛，尽管“危机感”在慢慢升温。

就体裁而论，占统治地位的依旧是诗。其中，彩诗迎来了晚霞似的最后辉煌，催生了以伊本·祖赫尔（Ibn Zuhr，1113~1199）为代表的一代翘楚。艳情诗和其他短歌也依然流行。玛卡梅却明显衰微，取而代之的是来自东方的大量虚构类小说，如《卡里来和笛木乃》《辛德巴》（*Sendebar*）[①]，甚至《一千零一夜》[②]。值得关注的玛卡梅也许仅有伊本·图菲勒（Ibn Tufayl）的《哈伊·本·耶格赞的故事》（*Qiṣṣah Ḥayyī bn Yagẓān*）。该作写一个被放进木箱的弃婴顺水漂至一个草木丰盛的小岛，一只失去幼崽的母羚羊哺育了他。他和羚羊生活在一起，也便学会了羚羊的生活习性。长大后，他用树叶和羽毛遮羞，用木棍防身。母羚羊死后，他开始独自探询生存的奥秘，于是剖开母羊的尸体，从而发现了主宰生命的心脏。后来，他还发现了火的功用，学会了纺织和建筑，并且独自狩猎和驯养禽兽。一晃过去了数十年，他甚至学会了思考，并由浅入深、由表及里，领悟了万物的由来——神。这个故事被认为是苏非神秘主义寓言。[③]

第一节　彩诗及其衍生诗体

经过两个世纪的发展，彩诗臻于圆熟。大量彩诗被集成出版并广为流播。同

① 又译《辛迪巴德》。
② 又译《天方夜谭》。
③ 参见仲跻昆：《阿拉伯文学通史》上卷，第 507 页。

时，由彩诗衍生的缀诗哈尔恰也颇为流行，尽管目前发现的仅有六十余首。

一、伊本·祖赫尔

伊本·祖赫尔固为公元12世纪诗人，但其作品被认为是彩诗的典范，譬如以下这首：

我掩面长叹，沉重倾诉（a）欢情多么痛苦（b）

我心失去了她的启蒙（c）
她拒绝倾听我的哭声（d）
我如何埋藏无尽的痛（c）
逃避爱情，何堪此生（d）

“哦，心啊！”我在哭诉（a）情敌笑我悲苦（b）

泪珠簌簌，对景难诉（e）
哀情吟唱，残壁断垣（f）
情敌窃喜，因我倾吐（e）
“我发誓不再看你一眼”（f）

任凭春心哦，如火如荼（a）泪流双颊如注（b）

千般风流，凝眸历数（g）
如今向谁，轻吐衷情（h）
回首往事，满心痛楚（g）
暗自呜咽，热泪如倾（h）

我心悲怆哦，彷徨无主（a）旧情如今何处（b）

泪水涟涟，无悔无怨（i）
悲哉苦哉，是我心境（j）
身心疲惫，无眠辗转（i）
仰望银汉，沧波万顷（j）

仰天悲叹哦，星星无数（a）寒光闪闪如诉（b）

我心飞翔，约会羚羊（k）
羚羊虽小，比狮矫健（l）
我来赴约，她却怏怏（k）
惊鸿一瞥，倩影不见（l）[①]

二、图蒂利

图蒂利（Al-Tutili）是与祖赫尔同时代的另一位著名彩诗作者，出生年月不详，死于1126年。他的作品见证了拉丁俗语文学（哈尔恰）在安达卢斯的发生与发展：

泪如雨下，心在燃烧；
水火不融，除非爱情。

叹息将火一样的情感燃旺，
泪如雨注，导致洪水泛滥。
哦，我的生活，饱受指摘！
人生何其短，痛苦何其长。

见也无期，梦也无望；
身欲飞翔，心何以宁？

哦，卡拉巴，你窃取人的心，
使它们充满渴望、不能自已。
你仁慈呼唤让懊悔的人回头，
而我就在这里，无言地等候。

让我忏悔，别再逃跑；
我心似龛，泪是贡品。

① Abu al-Abbas Ahmad Ben Addullah：*Las moaxajas*，Navarra：Editorial Gobierno de Navarra Prensa Pública，2001，p.56，译文参考了仲跻昆：《阿拉伯文学通史》上卷，第498~499页。

来吧爱情，哪怕我为你而死。
你浑圆的臀部、忧伤的眼神，
爱你固然痛苦，但虽苦犹甜，
哪怕这爱让我犯错使我变坏。

夜多么短，爱在逃亡；
泪水涟涟，利剑伤心。

我禁不住投入了某人的怀抱，
她的名字我必不想对人言说。
因爱受伤我有理由保持缄默，
不信你们问她如何背信弃义。

我使感动，进我怀抱；
曾经沧海，再无真情。

你也曾信誓旦旦，却又放弃；
留给我的唯有这无尽的折磨。
你也曾山盟海誓，却又逃离；
说什么爱情永存，比唱好听：

我因爱使爱染病。
此情既然无结果，
让我如何不得病？①

后三行为典型的缀诗哈尔恰：语气哀怨，而且是女性视角。

第二节　女诗人

安达卢斯诗坛繁花似锦。其女诗人不仅较之于男性诗人毫不逊色，而且每每风骚独领。正是因为她们的存在，安达卢斯文坛才格外灿烂迷人、风景独好。相形之下，若非拉丁俗语文学的兴起，同时期的拉丁文坛完全可以用苍白二字来形容。

① Reina，Francisco：*Poesía Adalusí(ash-Sha'ar al-Andalusī)*，pp.503~504.

一、哈芙莎

哈芙莎（Hafsah ar–Rakuniyah，1135？~1190）生于格拉纳达，出身名门，是大家闺秀。她貌若天仙，才高八斗，故成名颇早。年方二八，情窦初开，爱上了达官艾布·加法尔（Abu Yafar），二人鱼雁往返，孕育了一段佳话。

哈芙莎大胆开放，全然无视年龄差别，向加法尔倾诉衷肠，演绎了一曲经典的凰求凤：

我对你是那么钟情，
竟至嫉妒别人眼睛，
我甚至嫉妒你本人，
以及你的时间空间。
若能将你收入眼帘，
直至世界末日来临，
我仍觉得不够过瘾，
因为这样并非永恒。[①]

哈芙莎主要生活在穆瓦希德王朝（Muwahhidun,1147~1269），它是12世纪中叶至13世纪中叶由柏柏尔在北非及安达卢斯建立的伊斯兰教王朝，西班牙语称“阿尔摩哈德王朝”（Almohade）。12世纪初，摩洛哥阿特拉斯山区的柏柏尔神学家伊本·图迈尔特（Ibn Tumald）自称救世主、受天命掀起推翻穆拉比兑王朝，提出了针对穆拉比兑王朝的伊斯兰信条：穆瓦希德，意为“信仰独一的真主”。这一行动得到了当地广大穆斯林的支持。1121年，穆瓦希德王朝宣布成立，并展开推翻穆拉比兑王朝的圣战。1128年，图迈尔特病故，他的继承者经过艰苦卓绝的战斗，终于建立了一个庞大的帝国，其领土包括安达卢斯和整个北非。帝国设若干总督区，依据范围大小分别称哈里发或艾米尔，并确立了王朝世袭原则。

正在哈芙莎和加法尔的爱情走向婚姻殿堂的门槛之际，格拉纳达哈里发的王子艾布·萨义德也如痴似狂地爱上了哈芙莎。于是三人上演了经典的三角恋爱。结果可想而知，王子凭借权力剥夺了情敌的官爵，乃至性命。

哈芙莎曾经非常享受两个恋人的争风吃醋，但悲剧发生后她急流勇退，不仅终身未嫁，而且从此封笔。在她创作旺盛时期，格拉纳达的达官贵人以拥有她

① Reina，Francisco：*Poesía Adalusí(ash-Sha'ar al-Andalusī)*，p.449，译文参考了仲跻昆：《阿拉伯文学通史》上卷，第490~491页。

的签名作品为荣，一时间纸比金贵。正是因为大量手抄诗作的流传，哈芙莎是极少数几近完整保存作品的安达卢斯穆斯林作家之一。以下是哈芙莎初恋加法尔的诗篇：

我去看你，还是你来探询？
你之所爱，也是我之倾心。
我的嘴是清澈甘甜的泉源，
我的发是清新浓密的绿荫。
有朝一日你我在梦中邂逅，
我会希望你在烈日下干渴。
哲米勒，快答应布赛娜吧！
何必推三阻四、如此骄矜！[①]

哲米勒即指伍麦叶朝时期的贞情诗诗人哲米勒（Jamīl bn Ma‘mar，？~701），也有“美男子”之意。布赛娜则是前者钟情的美女。哈芙莎的表白可谓直率；加法尔对她的进攻又惊又喜，遂作诗回敬：

岂敢劳您大驾，
花园不可移步；
登门须是鄙人，
微风拜见芳菲。[②]

女诗人于是又作诗自荐：

访客其人，颈如羚羊；
发似黑夜，簇拥新月。
目光如炬，炯炯有神；
津胜美酒，无比香甜。
面颊霞染，黎明含羞；
芳唇露珠，银光闪闪。
等待相见，情意切切。

① Reina，Francisco：*Poesía Adalusí(ash-Sha‘ar al-Andalusī)*，p.449，译文参考了仲跻昆：《阿拉伯文学通史》上卷，第491页。

② Reina，Francisco：*Poesía Adalusí(ash-Sha‘ar al-Andalusī)*，pp.441~442.

请问阁下，意下何如？[①]

然而，激情与爱情未必相等，尽管爱情往往催生激情。果不其然，艾布·萨义德王子的进攻扰乱了哈芙莎的芳心。她于是开始“脚踩两只船”，摇摆于二人之间。有诗为证：

哦，哈里发的王子，
高贵迷人犹如磁石。
我为呼唤盛大节日，
愿你可以为所欲为。
带着你的所恋所爱，
还有你无比的智慧。
你的光临驱散幽怨，
恰似白昼取代黑夜。[②]

与此同时，她继续保持着与加法尔的恋情：

派诗行把你探望，
化作你耳伴珠链。
花园虽不能移步，
却送给了你芳香。

或者：

你是人中豪杰，
只要命运愿意。
……[③]

在这一过程中，两位情人步步紧逼，且相互中伤。哈芙莎陷入了矛盾和痛苦，直至悲剧发生、一代才女在孤寂和悔恨中等待香消玉殒。

① Reina，Francisco：*Poesía Adalusí(ash-Sha'ar al-Andalusī)*，p.449.
② Ibid. p.445.
③ Ibid. pp.447~449.

二、宰伊娜·马利亚

关于宰伊娜·马利亚（Zayna al-Mariyya）这位女诗人的生平仅伊本·阿巴德·马利克（Ibn Abd al-Malik ）偶有提及。后者在说到宰伊娜·马利亚时，也只能证明她是阿尔梅里亚人，却并未涉及其生卒年月。她名下仅一首短歌留存了下来：

你快马加鞭追逐欲望，
且听我向你倾诉衷肠。
男人不为爱争风吃醋，
却因为惝恍将爱遗忘。
我对他们是真心实意，
但有夫君在心的中央。
为了他的所爱和所想，
我会竭尽全力地拼抢。

这样的表白在安达卢斯女诗人的笔下并不多见。不少女诗人将美好年华和聪明才智献给了虚无缥缈的恋情，结果却多以悲剧告终，难免令人唏嘘叹惋。相形之下，宰伊娜·马利亚的夫妻之情反而朴素得让人感动，或许也更能引发读者的共鸣。

三、阿斯玛·阿米里亚

阿斯玛·阿米里亚（Asma al-Amiriyya）生于塞维利亚，是曼苏尔的亲戚，生卒年不详。由于安达卢斯被穆瓦希德（阿尔摩哈德）王朝占领，女诗人一家的财产被没收了。为争取新王的宽宥，女诗人写了不少赞美诗。其中一首留下了这样几行诗句：

我们心知肚明，
倘无真主庇佑
和新君的虔信，
王子无法获胜。
我们称颂新君，
膜拜他的光辉。
……[1]

① Reina，Francisco：*Poesía Adalusí(ash-Sha'ar al-Andalusī)*，p.545.

四、宾特·齐亚特姐妹

宾特·齐亚特姐妹指哈姆达·宾特·齐亚特（Hamda Bint Ziyad）和宰伊娜·宾特·齐亚特（Zaynab Bint Ziyad），生卒年不详。姐妹俩出生在瓜迪斯的一个教师家庭。家学渊源使姐妹俩自幼爱上了文学，出落成闭月羞花的美女后还联名作诗，被传为文坛佳话。以下是她们的两首短歌：

（一）

泪水泄露隐私；
恰似眼前河水，
映出美丽轨迹：
清流环绕花园，
鲜花装点水面。
羚羊中的公羊，
使我情不自禁。
合上阴郁双眼，
夺走我的梦幻。
秀发飘洒散落，
露出一轮明月，
驱散黢黢黑暗。
……

（二）

阴谋欲将你我摧，
复仇却非你我揆。
诽谤袭来名誉损，
亲朋好友今安在？
……①

五、萨义德姐妹

穆赫娅·萨义德（Muhya as–Said）和妹妹乌姆·萨义德（Umm as–Said）也是公

① Reina，Francisco：*Poesía Adalusí(ash-Sha'ar al-Andalusī)*，pp.546~547.

元12世纪末、13世纪初安达卢斯诗坛的另一对姐妹花。遗憾的是，姐姐穆赫娅的作品均已散佚，乌姆也只有极少数诗作留存于世。然而，在乌姆硕果仅存的几首短诗中，有一首弥足珍贵的神秘诗。由于安达卢斯女诗人大多擅长抒情诗，尤以情歌为后人所称道，乌姆的神秘诗便自然而然地成了稀罕的标本：

你许有幸亲吻草鞋，
在真主的天堂花园，
优美安宁充满和谐。
美酒佳酿令人陶醉，
来自天堂神圣醴泉，
我将用以沐浴心灵
——或可冷却其中欲火——
那是天下情之欲壑，
由情人们践踏所至。①

同时，她也写下了一些堪称经典的规劝诗歌和哲理诗，譬如：

亲近你的朋友，
他们是你选择。
远离你的亲戚，
注定不如蛇蝎。②

六、扎伊娜·宾特·伊萨克

扎伊娜·宾特·伊萨克（Zaynab Bint Ishaq）是公元12世纪安达卢斯基督徒的代表。她作为“莫扎拉伯”（穆斯林统治下的基督徒），并不忌讳自己心有所属：

基督徒和穆斯林有何不同？
他们各有千秋、一样聪敏。
要说基督徒究竟好在哪里，
看他们既爱人类也爱动物，

① Reina，Francisco：*Poesía Adalusí(ash-Sha'ar al-Andalusī)*，pp.637~638.
② Ibid. p.638.

便可有所感悟、略知一二。①

七、巴利西娅

据说巴利西娅（Al-Ballisiya）是安达卢斯的一位文盲女诗人。既谓文盲，何为诗人？存疑是免不了的。但若我们想想荷马既为盲人，又如何将史诗收入囊中？而且，更为奇妙的是，他口中的诗章分明是色彩斑斓、迤逦多姿的画卷。总之，存疑归存疑，业已归入巴利西娅名下的诗篇的确不像出自文盲之手：

情人的脸庞，
犹如玫瑰绽放。
是愠怒之色，
对无礼之人；
是温存之色，
对心之所爱。
我该如何面对，
这爱情的暴君？！②

八、阿玛特·阿西斯

阿玛特·阿西斯（Amat al-Asis，1153~1235？）生平不详，名下诗篇的归属也不无争议。以下是一首据传为其早年所作的情歌：

你的目光刺伤我魂，
我的眼神使你脸红。
创伤背后还是创伤，
难道傲慢胜过爱情？
先生吾君且听我言，
真情写在你的脸上，
何必逃遁不辞而别？
原告被告伤在心里！③

① Reina，Francisco：*Poesía Adalusí(ash-Sha'ar al-Andalusī)*，p.561.
② Ibid. p.560.
③ Ibid. p.559.

第三节　其他诗人

一、伊本·宰嘎格

伊本·宰嘎格（Ibn az-zaqqāq al-Balansī，1096~1134）原名阿里·本·阿蒂耶·拉赫·本·穆塔里夫·本·萨利马·拉赫米，出生于安达卢斯瓦伦西亚，常被人以其父之名呼之，久而久之，真名反而被人忘记，于是便被称为伊本·宰嘎格（意味宰嘎格之子，即皮囊匠之子）。他自幼酷爱读书，尤其喜欢写诗，曾师从当时著名的语言学家穆罕穆德·本·萨义德（Muhammad Ben Said）。在诗歌创作方面，伊本·宰嘎格效法他的舅舅伊本·海法捷，风格清新淳朴。他崇尚“为艺术而艺术”，不以诗歌为谋取利益的途径，更不屑于阿谀奉承，因而他的作品受到安达卢斯及其他阿拉伯文学史家和批评家的高度赞赏。

伊本·宰嘎格的诗歌大体可以分为三类：叙述诗、颂赞诗（多为歌颂先哲、师长或好友），以及爱情诗。作品多描写真挚、纯洁的精神之爱，被视为瓦伦西亚诗派的代表和安达卢斯诗坛和乐坛不可或缺的天才艺术家。他促进了安达卢斯诗歌的繁荣。

伊本·宰嘎格的爱情诗语言清新质朴、感情纯洁真挚，例如：

我等待着，等待着爱的步伐款款而来；
笑靥明媚，宛若羚羊生机勃勃；
相思的少年令她煎熬，
而我则因爱恋骨立形销；
她知道我的泪中藏着嫉妒，
因为泪水已将她的面纱浸透；
希望就像雾中的太阳，
即使雨水倾盆，阳光也终将露出容颜。①

在宰嘎格的眼中，能够与心爱的姑娘相守，是一件无比幸福的事情，漫长的夜晚也因此而显得甜蜜无比，让人流连忘返：

① Dr. Muhammad Mahamūd al-Mandalāvi: *Mukhtārāt min Sha'ar al-Ḥubbu wa al-Ghazal fī al-Adab al-Andalusī*, p.68.

她婀娜多姿
腰肢柔软，体态丰腴
夜色愉悦地张开双翅
它的流逝令人惆怅
那个甜美的夜晚
直至晨曦将我拥抱
她的双臂挽着
我披挂着剑带的双肩
我的双臂搂着
她流苏低垂的纤腰①

和他的舅舅伊本·海法捷一样，伊本·宰嘎格也非常热爱瓦伦西亚美丽的自然风光，由于瓦伦西亚那时远离诸藩割据，保持着相对安宁和谐的生活环境，这也使得伊本·宰嘎格和他的舅舅一样能够超然物外、恬淡怡然。正是这种心境使他对自然景物、山川花草格外钟情。他将瓦伦西亚誉为最美丽的国度：

瓦伦西亚，每当你想到它，
风景如画，那是最美丽的国度；

又将罂粟花誉为美女的腮红：

罂粟满园花红似火，
风儿匆匆蹒跚越过，
乌云阵阵来势汹汹，
倾轧美酒似的花朵。
若问花儿何罪之有，
我说它是窈美腮红！②

诗人有时也会感慨人生无常，而且死亡的宿命终究难以避免。但是，大部分情况下，诗人对自己的人生历程充满了自豪：

① Dr. Muhammad Mahamūd al-Mandalāvi: *Mukhtārāt min Sha'ar al-Hubbu wa al-Ghazal fī al-Adab al-Andalusī*, p.67.

② Reina，Francisco：*Poesía Adalusí(ash-Sha'ar al-Andalusī)*，p.541.

死亡从身边将你窃去，
它是人类共同的归宿。
我也难免有那么一天，
在某个地方和你团聚。

请来我梦中回答问题：
我们的生命是否精彩？
当后人经过我们墓地，
会向我们的友谊敬礼。[①]

而描写美酒佳人相伴的生活时，诗人也流露出他风流倜傥、享乐人生的一面：

我一生中最美时刻，
美酒佳酿千杯不醉。
她的美丽灿烂辉煌，
用完杯盏再用小嘴。
舌头嘴唇忙个不停
（珍珠水晶护送仙食），
腮上嫣红赛过胭脂，
亲吻犹如黎明添霞。
微熏渐渐变成大醉，
风吹柳枝左右摇晃；
我用双臂将她拥抱，
抱住了黎明的风光。[②]

加西亚·戈麦斯也认为伊本·宰嘎格标志着安达卢斯诗坛的又一次辉煌。他的比喻新颖夺目、不拘一格，为诗坛带来了新的气象。[③] 在他的作品中，玫瑰不再独领风骚，罂粟花反因其娇艳有毒而占据重要地位。至于“我用双臂将她拥抱，/抱住了黎明的风光”则极具意象魅力，令人过目不忘。

① Reina，Francisco：*Poesía Adalusí(ash-Sha'ar al-Andalusī)*，p.543.
② Ibid. p.540.
③ Ribiera Mata，M. J.：*Literatura hispanoárabe*，p.98.

二、萨夫万·伊本·伊德里斯

萨夫万·伊本·伊德里斯（Safwan Ibn Idris，1165~1202）生于穆尔西亚，作品精致而富有张力。他的一首短歌曾使加西亚·洛尔卡入迷，并模仿如下：

阿娇行至路旁，
驻足采撷柠檬，
将其扔进河中，
河中黄金流淌。①

萨夫万原诗如下：

羚羊婀娜多姿，
温婉惊艳并置。
采撷如血橙子，
扔进水池无数，
染出殷红一片，
仿佛可怜情人
抛下多少痴心，
染红一汪泪池。②

三、伊本·阿拉比

伊本·阿拉比（Ibn al-Arabi，1165~1240?）无疑是公元 12 世纪安达卢斯的文坛泰斗。他生于穆尔西亚，故人称穆尔西亚的阿拉比（Al-Arabi de Murcia）。童年时期迁居塞维利亚，在当地清真寺接受启蒙教育。少年时期在两位苏非神秘主义“女神”的影响下走上玄思之路。她们分别是来自马切纳和科尔多瓦的雅斯米娜（Yasmina）和法蒂玛（Fatima）。弱冠之年，阿拉比在安达卢斯诗坛和伊斯兰教神学等领域脱颖而出。从此，他开始负笈远游，拜师求学，足迹遍布了大半个伊斯兰世界：先到马格里布，后至摩洛哥、突尼斯等地，1201 年到麦加朝觐，两年后取道埃及，1204 年抵达巴格达，1207 年再回麦加。在旅行和迁徙中，阿拉比博闻

① Ribiera Mata，M. J.：*Literatura hispanoárabe*，p.99.
② Ibid.

强记、广采众家之长，逐步形成了自己的风格，并声名鹊起。1214年，他应大马士革苏丹之邀来到伊斯兰文化发祥地。至此，他的作品已超过了四百余部（集），博采众长，创立了伊斯兰神秘主义“一元”论和真主“独一”说。最后，阿拉比永远地留在了伍麦叶王朝的古都。

阿拉比在麦加结识了禁寺教长阿里·马肯丁（Ali Makin ad-Din），并爱上了后者女儿尼扎姆（Niẓām），写下了大量以世俗之爱表达神圣之爱（反之亦然）的作品。这些作品后结集为《情思集》（*Turjamān al-ashwāq*），并广为流布。其他重要作品有《圣爱集》（*Qasidas de Amor Divino*）、《麦加启示录》（*al-Futūḥāt al-Makkīyah*），等等。

（一）《情思集》

阿拉比的《情思集》堪称阿拉伯古典诗歌的集成与变异，它打破了阿拉伯语诗歌的传统格律和押韵方式，超前地表现出了现代自由诗的某些特征与取法。

我的心充满痛苦！
痛苦！
我的魂满是欢愉！
欢愉！
激情在我心中燃烧。
阴云在我魂魄萦绕。
哦，麝香！
哦，月亮！
哦，沙漠！
哦，绿色！
如此辉煌！
如此馨香！
哦，湿润的嘴，我喜欢！
哦，多么甘甜，我尝过！
月亮出来了，
晚霞是脸庞！
揭去了盖头，
是痛苦惊艳！
早晨的太阳爬上天空，
沙漠的植物移至花园。
我将其窥探，

用甘霖浇灌。
升是辉煌灿烂，
降是我的末日。
当美丽洒满了额头，
金冠童贞是我所爱；
……①

有些作品貌似普通，实则暗藏深意，譬如：

远在天边近在眼前，
我梦无法将你企及。

又譬如：

心中升起爱的太阳，
人间生活充满光亮。
无论智者如何言说，
爱情始终最吸引人。

神圣之爱不离不弃，
否则人生黯淡无比。
距离之爱难以长久，
除非真爱在你身边。

再譬如：

玫瑰花开人见人爱，
将其滋润天雨慷慨。
满园鲜花向她致敬，
悻悻妒意不期而来。

你若真爱世间至美，

① Reina，Francisco：*Poesía Adalusí(ash-Sha'ar al-Andalusī)*，pp.552~553.

必将世间真爱追随。[1]

除了后一个“真爱”是大写之外，其他与一般情歌无异。而正因为这个大写的真爱，诗人的宗教情怀也便表露无遗矣。

（二）《圣爱集》

《圣爱集》被认为是苏非主义的最高表征之一，它不仅体现了阿拉比作为诗人的睿智，也同时反映了他作为智者的诗兴：

废墟营房在我心中，
……
还有美女丰满酥胸，
靓丽恰似太阳当空，
皆为神圣崇高形容。
人们知道我心虔诚，
摈弃表象立场坚定，
寻求内涵才是真谛。[2]

或者：

吾心至大，
能容所达，
羚羊草场，
修士禅屋，
信徒天房，
拜物教堂，
圣经旧约，
经典启示，
皆至爱哉；
无论何方，
爱即宗教；
不管何如，

① Reina，Francisco：*Poesía Adalusí(ash-Sha'ar al-Andalusī)*，pp.552~554.
② Ribiera Mata，M. J.：*Literatura hispanoárabe*，pp.104~105.

爱即信仰。[①]

再或者用彩诗表现的苏非精神：

倘能瞥见，毫不稀奇：
质本隐秘，人性闪现；
就像恋人，都有醋意，
莫名其妙，其妙莫名。

来是激情，去非别离。
独一真主，决定运程；
热恋失恋、聚散有期，
来时美妙，去多要命。

不论庸常，还是秘密；
两个世界，我来裁定。
爱情奴隶，虔信真知；
你却吝啬，不予置评。

普通人等，难免失意；
皆因真知，藏而不显。
哪个少年，不曾热烈？
以为主佑，实系滥情。

已是曾经，追悔莫及。
仁慈真主，可怜可怜！
因为别离，我心悲戚；
你既离去，我情何堪？

真主弃我，我心憔悴；
但见人们，如此欢欣。
你在哪里？缘何别离？

① Reina，Francisco：*Poesía Adalusí(ash-Sha'ar al-Andalusī)*，p.554.

“不知别理，真是可怜！

“来者犹有，先人[①]已矣。
爱自长存，何必沮丧？
真爱万能，随时随地。
一旦虔信，主在你心！”[②]

西班牙学者阿辛·帕拉西奥斯在其《穆斯林末世说与〈神曲〉》（*La escatología musulmana en la Divina Comedia*）中洞见肺腑，并就阿拉比对但丁的神秘影响进行了细致入微的辨识。譬如，但丁在《神曲》中所描写的九层地狱、九重天与阿拉比所描绘的七层地狱十三殿堂非常相似，尤其是其中的惩罚和奖励方式几乎如出一辙。而我们在但丁之前的西方基督教神学著作和民间传说中未曾发现类似描写。又譬如但丁笔下灵魂抵达天堂的光辉耀目也曾出现在阿拉比的作品当中，那是穆罕默德升入灿烂天堂的情景。而后者夤夜逃离麦加也让人联想到但丁的地狱之行：

在人生的中途，我发现我已经迷失了正路，走进了一座幽暗的森林，啊！要说明这座森林多么荒野、艰险、难行，是一件多么苦难的事啊！……

我说不清我是怎样走进这座森林的，因为我在离弃真理之路的时刻，充满了强烈的睡意……[③]

此外，只要读过阿拉比的《麦加启示录》和《夜行至仁慈真主》（*El viaje nocturno hacia la Majestad Generoso*），那么我们对《神曲》中天使与魔鬼争夺灵魂一幕也就不啻是似曾相识了，因为它们几乎完全一样。[④]同样，阿拉比关于天堂和地狱之间的描写（基督教神学称之为“Limbo”——“炼狱”）固然源自伊斯兰教，且与穆罕默德逃亡时期的遭遇颇有几分相似，却也转而影响了但丁。如此等等，都是阿辛·帕拉西奥斯所阐发的。这些比照曾引发意大利“民族主义学者”的一片嘘声和西方中心主义的猛烈反诘。他们不是指责阿辛·帕拉西奥斯“牵强附会、望文生义”；便是顾左右而言他，甚至谓其血统中的“阿拉伯基因”决定了他的“偏见”。但论证激发了更大的热情，几年以后，阿辛·帕拉西奥斯发现了

---

① 指乌姆鲁勒·盖斯等古典诗人。
② Ribiera Mata，M. J.：*Literatura hispanoárabe*，p.106~107.
③［意］但丁：《神曲·地狱篇》，田德望译，北京：人民文学出版社，2002年版，第1页。
④ Asín Palacios，Miguel：*La escatología musulmana en la Divina Comedia*，Madrid：Real Academia，1919.

更多的证据。他在1927年的《但丁与伊斯兰》(*Dante y el Islam*)一书中钩沉索隐、探颐析微，且事实胜于雄辩，终究令人服膺地论证了但丁与安达卢斯阿拉伯文学的关系。[①] 当然，西方早期人文主义作家同样引起了安达卢斯穆斯林的关注（详见第二编）。

第四节　伊本·古兹曼及安达卢斯俚谣

伊本·古兹曼生于科尔多瓦，自1881年在圣彼得堡发现他的《歌集》(*ad-Dīwān*)以来，颇为学术界所关注。在该《歌集》中，古兹曼为西班牙语及其文学的发轫与发展提供了不可多得的佐证。他作为西班牙语俗语的最早使用者之一，同时还是阿尔哈米亚语（Aljamiado）的重要实验者。所谓阿尔哈米亚语是用阿拉伯字母拼写的安达卢斯拉丁俗语。古兹曼用这种语言化合了阿拉伯语和拉丁俗语。这在16世纪西班牙基督徒当局迫害穆斯林期间，成了他们纪录悲惨遭际的秘密文字。这是后话，但从中可见古兹曼等12世纪安达卢斯诗人曾经的努力——通过这种奇妙的混合语言使两种文化得以融合。当然，那只是文人的一厢情愿。据古兹曼在《歌集》中的自传性描写，人们不难猜测其西方血统：金发碧眼；尽管迄今为止仍没有确凿的资料可以证明他的改宗身份。

古兹曼也是择吉尔诗体[②]的重要推动者。这种诗体节奏明快、叙事性强，是中世纪晚期西班牙谣曲的重要源头，同时也是安达卢斯阿拉伯文学向拉丁俗语转化的重要介质。他固然留下了不少悬诗类长歌，但其歌谣显然更为重要。后者由彩诗演变而来，但韵律更为自由，因而也更利于吟唱和叙事。

《致傲慢女》是他的一首择吉尔体情歌，每行由（六加六）十二音节组成，后半句押韵。这正是中世纪晚期西班牙语谣曲的主要特征：

理性丧失殆尽，巨大声望所致；
觊觎伊人美貌，施展手段有技。

你是麦加之幸，我正为你而疾！
使出浑身解数，吟出无数颂诗。
你却离我而去，牵手欢愉已毕？

---

① Asín Palacios, Miguel: *Historia y crítica de una polémica*, Madrid: Libros Hiperión, 1924; Dante y el Islam, prólogo de Miguel Cruz Hernández, Pamplona y Navarra: Urgoiti Editores, 2007, pp.1~159.

② Zejel，即俚谣，其特点是诗体短小、押韵灵活，多使用阿拉伯方言，古典阿拉伯语的变体、罗曼斯语以及阿尔哈米亚语等。

亲爱的人儿哦，本人罪不至此！

遥想昔年如昨，相逢何必相识，
亦歌亦舞尽兴，但见幸福无际。
我愿为伊而生，尽管身世卑微；
经过不懈努力，总能出人头地。

惜我青春年少，远别乡亲故里；
千里万里行程，朝着圣地迁移。
千难万难何惧！朝朝沐浴更衣，
夜夜美梦似真，痴心日复一日。

那是美妙时光，我心紧随我意，
今天爱上娇娥，明天更有佳丽。
……①

诗人并不以见异思迁、朝三暮四为耻，他的诗绪道出了阿拉伯贵族沉溺于声色犬马的放荡不羁。倘使遭遇矜持姑娘，他们便以傲慢斥之。阿拉伯文学研究家雷伊纳认为此类风俗今犹未绝。

在另一诗作《致白女郎》中，诗人继续以感伤调记叙“失恋”，且对象是一位金发碧眼的西方美女：

我的小乖乖呀，你伤透我的心。
我心已破碎呀，你是否会知情？

……

我的小宝贝呀，那日三生有幸，
得睹芳容若锦，胜于明月初升。

恰似春光满园，你是美丽化身，
鲜花权作地毯，在你脚下延伸，

① Reina，Francisco：*Poesía Adalusí(ash-Sha'ar al-Andalusī)*，pp.503~504.

……

美轮美奂之身，真主赋予卿卿，
姣妍无与伦比，而且永远白净。[①]

另有一些十六音节以八加八形式出现，偶句押韵。这也是西班牙早期拉丁俗语谣曲的常见形态。譬如这首《爱情火焰》：

爱情分明似那重负，没人能够肩负长久！
英俊小伙奋勇向前，美名可用性命换取。

当知有否爱情秘诀，相爱之人眉目倾诉。
明眸难藏内心感悟，巴别通天之塔仿佛；
骄傲矜持逃遁一空，爱情来时理智全无。
绵绵乡思了无尽头，你可知道我心如缚？

……

伊人似水难以相拥，你却张开双臂奈何？
你的身体颤抖不止，你的四肢如火如荼。
你若为爱寻找河水，水浇油火火更肆虐；
那火来自她的傲慢，将爱燃旺如啸如呼。[②]

① Reina，Francisco：*Poesía Adalusí(ash-Sha'ar al-Andalusī)*，pp.507~509.
② Ibid. pp.509~510.

第五章　公元13世纪

1212年，基督徒发动了纳瓦斯德托洛萨战役，并大获全胜。这一战役被认为是基督徒和穆斯林在伊比利亚旷日持久的拉锯战的终结。此后，北方基督教王国开始战略反攻，“光复战争”进入尾声。

随着基督徒“光复战争”的节节推进，穆斯林知识阶层以及文人骚客大批迁至格拉纳达以寻求庇护。在那儿，来自摩洛哥的王子穆罕默德·伊本·优素福·纳斯里德（Muhammad Ibn Yusuf Naṣrid）很快建立起了纳斯里德王朝（Naṣrid Dynasty，1232~1492）。这座西班牙伊斯兰文化的政治堡垒固然很快风雨飘摇、大厦将倾，却神奇地结出了丰硕的文艺、科技之果。1492年格拉纳达陷落后，如今被贬称为“摩尔人”（摩里斯科）的穆斯林，有些改宗信奉了基督教，有些则回到了伊斯兰故土，有些甚至隐姓埋名。正是后者，在极其艰难的环境里创作出了举世震惊的神秘主义文学，亦称为阿尔哈米亚语文学，它用阿拉伯字母标音卡斯蒂利亚语（或其他罗曼司语）文本，因而他们的阿拉伯语音中夹杂着卡斯蒂利亚语语音。（直至20世纪，这种描述西班牙—阿拉伯毁灭的最后文字，才得以被研究、重视。）历史在1509年给西班牙的阿拉伯王国画了个句号：西方伊斯兰文化从此灰飞烟灭——令许多西班牙人愕然震惊的是（甚至还有非西班牙欧洲人士，如红衣主教黎塞留），菲利普三世下令驱逐了西班牙境内的最后一批穆斯林。

几乎与此同时，1258年巴格达城沦为一片废墟，城中一切被蒙古人洗劫殆尽。在哈里发统治的最后数年中，帝国经济摇摇欲坠。尽管中央集权做过多次尝试以加强统治，但各行省管理机构已然拥兵自重。哈里发的尝试之一是建立庞杂的邮政体系，总部设在首府。邮政统领（或谓“邮政及情报服务大臣”）实则为间谍首脑，雇佣了大批从事秘密活动的各色间谍。后者不拘性别，不限职业——游客、商人、游方郎中，应有尽有。据说，大约有1700多名老妪也充当了线人，从事地下间谍活动。然而，帝国终究无可奈何花落去，其崩塌无法避免；维齐尔们的权势日益强盛，他们大多数为外籍人士。较之于他们的强大，日渐衰微的哈里发完全陷入左支右绌的被动局面。后期的征战，由于帝国缺乏行之有效的战略战术，其胜利亦变得有名无实、自欺欺人。帝国所采取的种种举措，非但未能推动社会改良，反使民怨日盛。即使像增设医院、鼓励教育等等，从中渔利的也是贪官污吏。手工业、农业完全被忽视。总之，如前所说，蒙古人摧毁了巴格达后，这座城市已无力自保，哈里发宝座最终落入奥斯曼土耳其人之手。[①]

上述两个时间节点使安达卢斯文化的天平迅速倾斜，尽管以“三宗之王”自诩的阿尔丰索十世（Alfonso X）在托莱多开始了“新百年翻译运动”。在此不妨对犹太西法底文化的盛衰稍作回顾。有史可鉴，自迦太基王国时代起就居住在半岛的西班牙犹太人便将自己的勤劳和智慧奉献给了这片土地。在穆斯林帝国的统治下，他们人丁兴旺，文化昌盛。有些历史学家，如亚伯拉罕·莱昂·萨查尔（Abraham Leon Sachar）[②]甚至作过这样的臆测：他们或许是公元711年阿拉伯入侵者的同谋。在西哥特人的统治下，犹太人饱受迫害；而在穆斯林的统治下，他们的境况却大为改善。最为重要的是，他们的宗教信仰得到了应有的尊重。很快，犹太人便占据了社会生活的重要领域（他们纷纷从事医疗、银行、文艺创作，甚至政务参事等工作），并扮演了阿拉伯文化与基督教文化的中介。不唯如此，西法底[③]的犹太人，也即西班牙犹太人，还凭借自身的智慧创造了璀璨夺目的文明。以色列·辛贝格（Israel Zinberg）[④]，米利亚斯·巴利克洛萨（Millás Ballicrosa）[⑤]，达维德·贡萨罗·马埃索（David Gonzalo Maeso）[⑥]，福瑞德兰德尔（M.Friendländer），以及巴格布（Bargebuhr）都曾斩钉截铁地断言：那是真正的希伯来“文艺复兴”和“黄金时期”。在巴格布看来，西班牙犹太人对阿拉伯文化的繁荣起到了极富创造性的积极影响（尽管他们不曾如波斯人那般改宗伊斯兰教）。[⑦]正如我们所知，数

---

① López-Baralt：*Huellas del Islam en la literature española*，Madrid：Hiperión，1985，pp.20~21.

② 萨查尔：《犹太人历史》（*A History of Jews*，New York：Knoff，1965）。转引自 López-Baralt：*Huellas del Islam en la literature española*，p.27。

③ 西班牙犹太文化的统称。

④ 辛贝格：《犹太文学史》（*A History of the Jews Literature*，Philadelphia，The Jewish Publication Society of America，1972）。转引自 López-Baralt：*Huellas del Islam en la literature española*，p.27.

⑤ 巴里克洛萨：《西班牙犹太文学》(*Literatura hebraicoespañola*，Barcelona：Nueva Colección Labor，1967)。

⑥ 马埃索：《犹太文学史手册》（*Manual de historia de la literature hebrea*，Madrid：Editorial Gredos，1960）。

⑦ 巴格布：《阿尔罕伯拉宫：11世纪西班牙摩尔人研究系列》（*The Alhambra：A Cycle of Studies on the Eleventh Century in Moorish. Spain*，Berlin：Walter de Gruyter，1968）。转引自 López-Baralt:：*Huellas del Islam en la literatura española*，p.27.

百年以来阿拉伯人曾经将神圣的《古兰经》语言转化为艺术，而犹太人却从未曾将“希伯来语”——他们的神圣语言化入艺术（尽管它本身也是艺术，尽管如今它早已纡尊降贵，变得相当实用，甚至出现在许多集会当中）——转化为包括文学在内的任何世俗用语。然而，他们却竭尽全力，使圣经语言在阿拉伯诗歌中获得再生并富有灵性。换言之，他们不惜用圣经语言模仿精美尔雅的阿拉伯诗歌，并最终创造了新的语言：西法底语脱颖而出，并催生了许多诗人。这使得西班牙犹太文化成为犹太历史上自远古至1948年成立以色列国以来最为辉煌璀璨的文化。几乎每一位阿拉伯诗人都有犹太人效仿，西班牙犹太人从新找回了圣经传统，引发了一场特殊的文艺复兴和异教运动。不过，我们还是听听一位西班牙犹太诗人的言辞吧，它见证了犹太民族所抵达的艺术成就。公元13世纪，哈里兹（Al-Harīzī）在其《玛卡梅之三》（*Tercer maqāma*）中写下了以下诗句：

如君所知，
最美诗章，
珍珠镶嵌；
俄斐黄金，
怎与媲美？
生于西国，
享誉普天。
遒劲悦耳，
灼热雄浑，
阳刚气慨，
他者不及。[①]

这些诗人当中，最博学、最具声望的当数所罗门·伊本·加比罗尔，海涅将其誉为“中世纪野蛮暗夜中歌唱的夜莺”[②]。他的《凯特玛库特》（*Keter Malkut*，或译《圣神王冠》）令人迁思西班牙后世诗人路易斯·德·莱昂修士（Fray Luis de León）[③]的宗教诗歌。诗作犹如一神论的盛大庆典，让人依稀得见柏拉图、普罗克洛斯、波菲利、普罗提诺，以及亚里士多德的印迹。赫胡达·哈－莱维（Jehudá Ha-Leví）在献给恋人的诗行中，把《雅歌》中的一些简短艳情诗融入了自己的六言诗，并在晚年的著名诗歌《西奥尼达》（*Sionida*）中哀悼以色列的陷落。如前

---

① 诗中指其他诗作相形见绌，甚至显得羸弱和女性化。
② López-Baralt：*Huellas del Islam en la literature española*，p.27.
③ 莱昂修士（1527~1591），西班牙诗人、奥古斯丁会修士，生于格拉纳达。

文所述，另一同时代作家摩西·伊本·埃兹拉则不仅是一位诗人，同时也是一位著名学者——他通过分析几代作家及他们的生活时代来研究西班牙犹太史，并展示了娴熟的文学批评技巧。适值稚嫩的卡斯蒂利亚语史诗才刚刚结结巴巴地尝试着颂出第一节。伊本·埃兹拉面对流放，面对卡斯蒂利亚的文化荒漠，他毫不掩饰地表达了哀婉之情。在《我被迫来到这里》（*Vine forzado*）中他说：

> 在一群文盲之间，真理与知识之路茫茫。当我听到他们野蛮的语言，心中不免羞惭。我只好三缄其口。哦，世界为何变得如此不堪？它像紧缩的衣领，令我窒息！①

诚如人们期待的那样，这次西班牙犹太文艺复兴发生在多重领域：在哲学中，“人文鼻祖”② 伊本·加比罗尔为其赢得了“犹太柏拉图”的称号。但是，真正登上思辨哲学巅峰的是摩西·迈蒙尼德（Moses Maimonides，生于公元 1135 年）③。毫无疑问，他也是最具影响力的西班牙犹太思想家，曾编撰犹太教律法，其《解惑导言》（*Guide of the Perplexed*）是一部思想深刻的亚里士多德派杰作。他试图为信仰树立起理性的丰碑；斯宾诺莎（Spinoza）、阿尔伯特（Albertus Magnus）以及圣托马斯·阿奎那（St Thomas Aquinas）等文人都曾拜读过此书。那个时期，圣经研究也在两方面取得了长足的进展：首先，犹太神秘主义（Cabala）得到了发展。请别忘记摩西·德·莱昂的《光明之书》（*Zohar*）。其次是卡雷特学校（Caraite School）的创立，它致力于从哲学、历史和科学的角度研究大写的《圣经》。身处这所学校的亚伯拉罕·伊本·埃兹拉（Abraham Ibn ‘Ezra）是公元 13 世纪圣经注疏方面的巨擘。据亚历山大·哈比卜·阿尔金（A. Ḥabib Arkin）所言④，路易斯·德·莱昂修士或许是其关门弟子。

洛佩斯－巴拉尔特认为，“当犹太复兴在西班牙这片土地上似繁花盛开之时，欧洲其他国家的西班牙犹太兄弟姐妹正惨遭迫害，处在水深火热之中。他们被迫聚集在贫民区，也因之没有可能从事任何文化活动。像《圣经》评析家，法兰克犹太人拉什（Rashī）是硕果仅存者之一。由于与阿拉伯文化的联系，以及与半岛居民的长期和谐共存，西班牙犹太人才得以实现文化繁荣。然而，美景不长，机遇转瞬即逝。三民族和平共处的相对均衡发生倾斜，反犹太主义势力逐渐猖獗。

① See López-Baralt: *Huellas del Islam en la literature española*, pp.27~29.

② 原文为拉丁文（fons vitae），本意为生命之源。

③ 迈蒙尼德（1135 ~ 1204），西班牙犹太哲学家、法学家、科学家、神学家和医学家。

④ 迪埃斯·马乔（Alejandro Díez Macho）:《作为诗人和学者的摩西·伊本·埃兹拉》（*Mose Ibn ‘Ezra como poeta y preceptista*, Madrid-Barcelona: Instituto Arias Montano, 1953）。转引自 López-Baralt: *Huellas del Islam en la literature española*, p.28.

1478 年宗教法庭的建立，以及 1492 年逐犹浪潮的兴起，将西方的反犹主义推向极端。”①

且看这一时期著名的诗人、诗作。

一、阿布尔贝卡·德·隆达

阿布尔贝卡·德·隆达（Abulbeca de Ronda），原名艾布·巴噶·萨拉赫·隆迪（Abu–l–Baqa Salah al–Rondi），公元 13 世纪安达卢斯女诗人，生于今西班牙隆达，因所作悲歌——《悼安达卢斯》（*Elegía a la caída de al-Andalus*）或谓《科尔多瓦和塞维利亚陷落》（*Elegía a la caída de Córdoba y Sevilla*）闻名遐迩。

作为公元 13 世纪安达卢斯最具盛名的诗人之一，她的作品见证了西方伊斯兰王国无可奈何花落去悲惨结局。以下是其悲歌片段：

世上本无十全十美，
莫被安逸蒙住双眼
诸朝列国皆是明证，
欢乐之后必有苦难。

……

科学之都科尔多瓦
今安在？曾几何时，
多少学人攀登高峰！
塞维利亚今又何在？
山水曾是多么优美！
大厦已倾旦夕之见，
国已不国王寇颠倒；
清真寺哦变成教堂，
钟声刺耳十字高耸！②

同时，阿布尔贝卡还创作了一些玛卡梅体小说，《奴隶市场》（*El mercado de esclavos*）是其中比较有名的一篇。它叙述了安达卢斯一个奴隶市场的情况：

① 本节相关内容参考 López–Baralt：*Huellas del Islam en la literature española*，p.28.
② Granja，Fernando de la：*Maqamas y risalas andaluzas*，pp.161~162.

有一天，我怀着沉重的心情来到奴隶交易市场，看见一个金发女郎几乎衣不蔽体地被人拍卖。她五官俊俏，身材姣好，双乳坚挺，目光诱人；嘴唇犹如切开的果肉，晶莹剔透、吹弹得破；牙齿像两串珍珠，洁白无暇。见了她，你才知道什么叫美妙与和谐。剪切般整齐的鬓发紧贴着太阳穴，脖子比初生树枝还要修长、挺直，腰身细得可用双手围住，臀部恰似浑圆的沙丘。纤纤手指防佛专门用来抚摸；双脚似玉可供亲吻……

人们踮脚翘首，争先恐后，竞价声浪一阵高似一阵。标底一再突破，达官贵人皆志在必得。这时，有位少年匆匆而至，他倾其所有，无人可与匹敌。他为爱情而来……[①]

那少年交了赎金就晕厥过去，叙述者“我”伸出援手。原来他是“我”的朋友。有诗为证：

我把她送给你，
犹如一枚奇珠；
我要请你笑纳，
嫣然可供把玩。
请勿将其示人，
世上识者寥寥！[②]

二、易卜拉欣·伊本·萨希尔

易卜拉欣·伊本·萨希尔（Ibrahim Ibn Sahl，1212~1251）生于塞维利亚的一个犹太家庭。出生后不久，塞维利亚陷落。襁褓中的伊本·萨希尔随父母前往安达卢斯穆斯林的最后堡垒格拉纳达，不幸被袭（一说在逃往突尼斯途中遭海盗袭击），后辗转多地，最终回到塞维利亚境内。

伊本·萨希尔颠沛流离、命途多舛，但这并未妨碍他成为一代诗人。当然，其鲜明的同性恋取向也曾引起其他诗人们、甚至犹太族群的广泛争议和诟病。

人们不断指责我对他的爱，
却不能不服膺于我的诗篇。

① Granja，Fernando de la：*Maqamas y risalas andaluzas*，p.162.
② Ibid. p.163.

它们受到缪斯的格外青睐，
既已邂逅，怎能视而不见？

倘月亮有幸见到他的脸庞，
也会黯然神伤、自叹弗如。

倘初升旭日有幸把他来见，
也会含羞忍辱、满脸通红。

……①

在一首彩诗中，萨希尔不仅有意改变了韵律，而且将缀句反转成了引子，显示了不甘墨守成规的率性：

一声叹息，使我心碎；
自你不再现身，
我眼见证无眠。

我滚滚的热泪，见证我心；
你既离我而去，我死何惜？
多少次，我也曾决意放弃，
却又期许，
时有我待，
再会。

乐于梦中相见，我的月亮；
横亘你我之间，唯有失眠。
自你离我而去，我心失丧；
魂随你去，
发誓不再回来。

① Reina，Francisco：*Poesía Adalusí(ash-Sha'ar al-Andalusī)*，p.567.

让生命重新回到我的身体，
用你的回归填充我的心扉，
即使代价是缩短我的性命！
愿为你死。
我用命换，
然否？

爱上他，我承认病得不轻！
他双目勾魂哦，面如满月，
英俊无比；月亮自愧弗如。
旭日见之，
满脸通红，
含羞！

……①

在另一首彩诗中，他依然故我：

一早就来，喝个痛快！
爱人相聚，禁忌何惧！

……

起来吧，请喝一杯美酒陈酿；
玉杯殷红，映照着琼浆荡漾，
在你羚羊般美妙高洁的手中。
纤腰若柳，脸庞如月，
心在诉说，爱在燃烧，
美哉！
……②

① Reina，Francisco：*Poesía Adalusí(ash-Sha'ar al-Andalusī)*，pp. 619~620.
② Reina，Francisco：*Poesía Adalusí(ash-Sha'ar al-Andalusī)*，p.603.

三、苏斯塔里

苏斯塔里（Al-Sustari，1212~1269）生于纳瓦斯德托洛萨战事正酣之际，卒于前往麦加朝觐途中。他是公元 13 世纪最著名的苏非神秘主义诗人之一。其作品多采用择吉尔体，因此也是古兹曼之后最负盛名的俚谣诗人之一。

我爱将我造访，时间充满欢愉，
我爱善于倾听，将我过错饶恕。
即使不被监视，精神战胜肉欲。

……

有个声音呼喊：赶快忏悔罪过！
不必惊慌失措，当我行在正途。
生命何其短暂，即使充满欢娱！
我知过往今来，有病皆从心入；
作为时代导师，我爱我之所爱，
倘有凡心私欲，艺术也难存在。
满月黄夜来访，无人得见其美，
照亮我的寓所，还有空空井台。
……①

四、乌姆·萨义德

乌姆·萨义德（Umm as-Said，1220 ~?）被认为是安达卢斯唯一的苏非主义女诗人，只可惜其作品罕有存世。以下是她的两首短歌：

一

将吻其影兮，先知草鞋；
难觅影踪兮，心领神会。
也许有幸亲吻之，
在天国花园一隅。
那是崇高的恬适，

① Reina，Francisco：*Poesía Adalusí(ash-Sha'ar al-Andalusī)*，pp. 562~563.

神影庇佑着永恒。
和谐中杯觥交错，
品味圣泉的玉液。
我却用它来洗心，
并使其欲火泯灭。
古今多少痴情人，
用爱的背影疗伤！

二

亲戚似蛇蝎，
心思难猜测，
宁信陌生人，
远离亲和戚。①

这些作品显然是作者对人情世故的看破、对世态炎凉的矜夸。她固然大胆率真，却很难得到世俗社会的认可。

五、伊本·穆拉比

伊本·穆拉比（Ibn al-Murabi），公元 13 世纪安达卢斯作家，生卒年月不详。他出身卑微，却颇有抱负，曾因讽刺上司、秉直谏言引起格拉纳达纳斯里德王朝穆罕默德四世（Allah Muhammad IV）的关注，但也同时受到了佞臣的攻击。他在一首致亡友的哀歌中唱出了人生的虚妄和孤独：

时辰已到，死神降临；
无比珍贵，金鸡日尽。
我曾以为，彼人命长；
谁知噩耗，突然来袭，
剥我希望，夺我憧憬。
逝者已矣，我泪流泻。
……
除非同归，难有慰藉。②

① Reina，Francisco：*Poesía Adalusí(ash-Sha'ar al-Andalusī)*，pp. 637~638.
② Granja，Fernando de la：*Maqamas y risalas andaluzas*，pp.181~182.

诚然，最为世人称道的是其《节日玛卡梅》(*Maqama de la fiesta*)。这个故事具有明显的反讽色彩，是安达卢斯阿拉伯语文学中的一个有趣的例子。它写一个普通穆斯林家庭的矛盾纠葛，但角度非常特别。其中的女主人公是一个泼辣的“悍妇”，这在穆斯林世界已属罕见，而男主人公则颇有几分我国清末民初“八旗弟子”的风范。两口子在某重大节日期间发生分歧，妻子抱怨丈夫终日游手好闲、无所事事，又曰邻家男人如何勤劳能干。于是，丈夫被迫无奈，应妻子之嘱到集市买羊。他根本不知道什么样的羊可以用来宰杀烹饪，就专拣大个的、凶猛的去买。结果当然不妙，他挑了一只正在发情的公羊，花了不少冤枉银子不说，却根本牵不动那劲头十足的公羊。终于，公羊挣脱了绳索，像脱缰的野马，一个劲儿地在集市上横冲直撞，直撞得人仰马翻。不少摊贩遭了殃，便逮住那男主人公要赔偿。这一闹不要紧，引来了警察和法官。法官判男主人公有过，并令其照单赔偿。

由于作品是以第一人称叙述的，就平添了几分幽默。借孔子的话说，这是个典型的四肢不勤、粟麦不分的家伙。但他从一个角度体现了源远流长的厌女主义，同阿拉伯笑谈中的那个温柔贤惠、无论丈夫做什么都觉得有理的妻子适成反差。这种厌女主义将在公元14世纪的安达卢斯寓言中更加充分地体现出来。

第六章　公元 14 至 15 世纪

公元 14 世纪，《卡里来和笛木乃》、《辛德巴》和《一千零一夜》的流行填补了安达卢斯社会和文学衰微所带来的阙如。其中《辛德巴》（*Sendebar*）又名《骗术或厌女之书》（*Libro de los engaños e los asayamientos de las mugeres*），它对西班牙文学的影响当不亚于《一千零一夜》或《卡里来和笛木乃》。《辛德巴》与《卡里来和笛木乃》不同，寓言色彩减少了许多，但叙事手法更为成熟。作品凡 23 章（也即 23 个故事），围绕王子及其继母的种种纠葛展开故事。王子拒绝了一名宫女的爱情，宫女由爱而恨，诬告王子非礼。王子的继母（王后）利用此事排斥异己，欲置王子于死地。终于，昏庸的国王下达了处决令，从而以更为残酷的方式演绎了一出类似于大乘宗关于净饭王幽禁佛陀母子的故事。王子的老师为王子预请七日哀悼，国王允奏。几位智者依次为国王讲述稀奇古怪的传说，这些传说皆具厌女色彩。王后为了坚定国王的杀子之心，也使出浑身解数。最后，国王终于改变初衷，下令杀死了王后。

《辛德巴》和《一千零一夜》有异曲同工之妙，但成书时间更早。它和《卡里来和笛木乃》等东方故事在伊比利亚风靡一时，以至于圣彼得·帕斯瓜尔（Saint Peter Pascual）大主教不得不公开提醒基督徒对诸如此类的作品保持警惕。“朋友们，别再把宝贵的时间浪费在这些劳什子上。难道你们真的相信这些胡说八道吗？什么女人有害啦，小鸟说话啦……小鸟现在不会说话，过去也从来不曾说过话……这些谎言有害身心啊！”[①] 的确，这些作品的天真背后充满了诡辩和狡黠，与基督教神学的正统教义并不一致。但它们的思想、情感和叙事方法却润物无

---

① 转引自何塞·阿莱马尼（Alemani，J.）编译的《五卷书故事集》《寓教于乐·序》（*Prólogo a Hitopadesa o provechosa enseñanza: colección de fábulas, cuentos y apólogos*，traducida del sánscrito por José Alemany y Bolufer，Granada：Vda. Sabatel，1895），第 4 页。

声地浇灌了中世纪末叶至文艺复兴运动初期的西班牙文学，催生了《动物之书》（*Libro de las bestias*）、《真爱之书》（*Libro de buen amor*）、《卢卡诺尔伯爵》（*El conde Lucanor*）等重要作品。这是后话。

先说纳斯里德王朝。1212 年穆瓦希德王朝在纳瓦斯德托洛萨战役中败北，基督徒节节胜利，收复了安达卢斯的大片领土。且说公元 13 世纪 30 年代，麦地那海兹拉吉部落的后裔穆罕默德·伊本·优素福·纳斯里德与安达卢斯若干小王国结盟，重新组合力量，集编军队，以期阻止基督徒的前进步伐，同时着手在哈恩周围建立新伊斯兰王朝。1232 年，他率军攻占格拉纳达，并定都于斯，自称苏丹，又称哈里发或“贾利伯”（Al-Ghalib，即胜利者），纳斯里德王朝就此诞生。王朝辖有格拉纳达周边地区，成为西班牙穆斯林反抗基督教势力的最后堡垒。他创新了行政管理和法律体系，推行强军政治，致力于发展生产、奖掖学术。外交政策也颇为灵活，王朝甚至不惜向卡斯蒂利亚王国称臣纳贡，同时利用基督教小王国的内部矛盾及其同其他穆斯林小王朝的斗争，发展、壮大自己。到了公元 14 世纪，在优素福四世（Yusuf IV）和穆罕默德五世（Muhammad V）统治时期，朝廷励精图治，朝纲清明、经济发展，格拉纳达呈现出一派繁荣景象，成为继科尔多瓦、塞维利亚之后穆斯林安达卢斯的政治、经济和文化中心。尤其是阿罕布拉宫的建成，一定程度上复兴了西阿拉伯帝国的荣耀。但是，好景不长，穆罕默德五世驾崩后，王室成员争权夺利、内讧加剧。15 世纪初，瘟疫肆虐，加之朝廷与基督徒之间战争频仍，终不免国力大衰。1469 年，随着卡斯蒂利亚王位继任者伊萨贝尔（史伊萨贝尔一世）和阿拉贡王储费尔南多（史称斐迪南二世）联姻，两个强大的基督徒王国在“天主教双王”的领导下使“光复战争”节节胜利。公元 15 世纪末，他们先后夺取穆斯林占领区马拉加、穆尔西亚等地，使格拉纳达陷入重重包围。及至 1492 年，艾布·阿卜杜拉（Abu Abdulla）被迫投降，与费尔南多签订了和约。后者保证不侵犯穆斯林的宗教信仰和生活习俗，并效仿“特奥多米洛和约”，承诺给予格拉纳达穆斯林以一定的自治权。格拉纳达纳斯里德王朝宣告覆灭。

这一时期，伊比利亚的阿拉伯语文学逐渐衰微，但仍有许多阿拉伯人或是阿拉伯改宗者创作的文学作品出现。

第一节 小说的产生

一、卢利

公元 14 世纪初，卢利（Llull，Ramon，1229？~1315）的《动物之书》（*Libro de las bestias*）出版。该书原本只是《费利克斯或奇迹之书》（*Félix o Libro de las maravillas*）的一部分，但后来经常独立行印，成为伊比利亚地区最早的原创性动物寓言。作者拉蒙·卢利是极少数掌握阿拉伯语并改信伊斯兰教的西哥特贵族后裔之一。他的阿拉伯语名字叫 ليول رامون，也是目前所知唯一用阿拉伯语写作的“西班牙作家”，其中上述作品便是用阿拉伯语创作的（可惜目前已经散佚，仅留下时人移译的西班牙语版了）。

迄今为止，西班牙文学史家很少提及他，遑论我国寥若晨星的西语文学研究家。虽然他的《骑士团之书》（*Libro del Orden de Caballería*）因广泛借鉴阿拉伯骑士思想而为西班牙骑士文学确定了独特的维度，但是他的《动物之书》却明显撷取了另一种向度：世俗化。而这在西哥特拉丁文学中几乎是完全阙如的。用基佐（F.P. Guizot）的话说，西哥特时期的西班牙遵从的是“神权政治的原则”。[1]

《动物之书》之所以被剥离原著，大抵是因为它的寓言性和世俗化倾向，即一定程度上是对西方伊索类寓言传统的扩充和对西哥特拉丁文学的反讽。首先，它那冗长的故事往往具有更为复杂的寓意。其次，它居高临下、指点江山的特点多少改变了古希腊寓言那种鲜明的自下而上、以弱制强的特点。众所周知，古希腊罗马寓言源自民间，来自社会底层，大多具有以小见大，甚至“以下犯上”的特点，因而必得藉动物以寓言人事。[2]《动物寓言》则反其道而行之。主人公费利克斯假借两位来自使徒教团的长者引出故事，由人类问题观照动物世界，比如说人类争权夺利，由此引出动物大选。公牛不服狮子，说王者必须体魄强健而且心地善良，并说狮子根本不具备这些美德。公牛于是指责狮子蛮横无理，且残害并吞噬其他动物。因此，公牛提议让温良恭俭的老马来继任王位。这得到了包括牛、马、羊、兔等所有食草动物的支持；但狐狸不以为然，它振振有词，说上帝造物不是为了让大家彼此热爱的；上帝只需要大家爱他、尊他、崇拜他，却并没有禁止彼此为食。见双方争持不下，同样觊觎大王宝座的虎和豹发话了，说既然大家对候选存有异议，不如暂缓投票。这样，选举被耽搁下来，两天后，饥肠辘辘的狮、虎、豹、熊等不耐烦了，准备单方面推举狮子为王，而狮子最关心的却是如何填饱肚子，于是向狐狸和狼索要食物。狐狸灵机一动，说旁边就有一头小牛、一匹小马，足够几位大王美餐一顿了。狮子及其同僚不管三七二十一，三下五除二就分吃了小牛和马驹儿。公牛和老马气急败坏，找人理论，结果遇到一位农夫，农夫正好需要牲口，就拿老马当了坐骑，径直赶着公牛耕地去了。这时，主教的选举也在紧锣密鼓地进行，有选张三的，也有力推李四的，各方据理力争、彼此互不相让。且说老马和公牛被农夫使

① [法]基佐（Guizot，F.P.）：《西方文明史》（*History of Civilization in Europe*），程洪逵、阮芷译，北京：商务印书馆，2005 年版，第 62 页。

② 罗马寓言家费德鲁斯（Phaedrus）在总结希腊罗马寓言时说，受压迫的奴隶由于对许多事情不敢直言，便采用寓言形式来表达、借各种调笑来避免非难。转引自王焕生《欧洲寓言选·前言》，北京：人民文学出版社，2001 年版，第 4 页。

唤得疲惫不堪，说既有今日，何必当初，还不如老老实实地做狮子的臣民。正说着，农夫带来了屠夫，公牛自知来日无多，不禁涕泪交加，对老马说，早知如此，还不如和兄弟们在一起，至少彼此有个照应，也不至于任人宰割。与此同时，狮子终于如愿当选大王。鉴于人类至高无上的基督有十二使徒，狮子在动物中同样遴选了一批近臣负责传达它的旨意。狐狸奉命招安食草动物，它花言巧语，使食草动物信以为真。结果，食肉动物因权利问题产生分歧，引发内讧；食草动物受狐狸蛊惑，也不再团结。由是，动物世界不再平静。狮王向人类打听什么动物最恶毒，结果被指是诱惑夏娃犯罪的蛇。狮王下令杀死了不少大蛇小蛇。结果老鼠繁衍成灾，话说一只老鼠为了躲避灾难，来到人间，被一位无聊的修士逮着；修士希望得到的不是老鼠，而是美女。结果老鼠变成了美女。修士试探着，问美女想不想成为太阳、月亮或者大山的妻子，美女说不，并一一说出了理由。最后，修士问她愿不愿意成为人妻，美女依然说不，理由是人类从不善待异类。最后，美女祈求上帝，把她变回了老鼠。同时，狐狸不满狮子的残暴，欲借大象之力锄之而后快，便向后者猛进谗言，并讲述了一个故事，说有只小鹿为了避免成为狮子的盘中餐，谎称另一只狮子要自立为王，狮王听后大为恼怒，遂决定披挂亲征，结果看到河中倒影，误以为那就是敌人，竟一头撞进湍急的河流，被冲得无影无踪。小鹿尚且可以以弱胜强，况乎大象？可大象体大胆小，它反唇相讥，说某国王有两个骑士，他们各怀私心，因此总想在国王面前耀忠。一天，骑士甲捉住了国王身上的一只跳蚤，国王大喜，赏金百两。骑士乙闷闷不悦，便计上心来，故意将一只虱子放进国王的餐巾，当他捉虱子准备领赏时，国王勃然大怒，骂他如此不干不净，并下令鞭笞一百。

凡此种种，人类和动物的故事相辅相成，相得益彰。这其中的异教倾向自不待言，它关乎人类和动物世界互为镜鉴并断言人性不善、人间一片漆黑的观念则几可与但丁的《神曲》遥相呼应，而《神曲》与阿拉伯文学的关系已经得到了有关学者的论证[①]，在此恕不赘言。

二、马拉加的乌玛尔

我们对这个乌玛尔（Umar de Málaga）的生平所知甚少，只知道他是马拉加人。他的作品最早见诸于公元15世纪初的一份阿罕布拉宫廷纪要，其中有一封乌玛尔致格拉纳达苏丹穆罕默德九世（Muhammad IX）的谏书。在谏书中，乌玛尔建议迁都至马拉加，理由是瘟疫正在格拉纳达附近肆虐。由此人们推断他应该生活在公元15世纪初叶。稍后，开罗的一个玛卡梅选本辑录了他的《瘟疫》(*Maqama de la peste*)。

---

① 阿辛·帕拉西奥斯甚至雄辩地证明了但丁《神曲》与阿拉伯文学的关系。Asin Palacios：*La Escatología musulmana en la Divina Comedia*，Madrod：Editorial Maestre，1961（《〈神曲〉中的穆斯林脏话》，马德里：经典出版社，1961年版）。

《瘟疫》记叙了公元15世纪初叶肆虐于安达卢斯的一场瘟疫。它或许是致穆罕默德九世谏书的一个副产品。作品将阿罕布拉宫称为“女主人”，阐释了作者对瘟疫和迁都的看法。他首先援引先知的话：“你要逃离狮子。”继而用寓言的方式倾诉衷肠，谓：风暴将至，谁都会未雨绸缪、找个地方躲避，就连动物也是如此。敌人大兵压境，和平的牧人能不赶着羊群逃之夭夭？即使来不及带走羊群，丢羊保命亦是上策。还有，地震来时天崩地裂，大人不能不带着孩子离开房屋。作者由是旁征博引，历数古来诗人有关“舍羊保命”的诗句，这不由得让人想起“丢卒保车”“丢车保帅”的做法。此外，作者竭尽文采，描写马拉加的人文和自然，称它是人间天堂：山峦像翠屏，河海如碧玉，满目鲜花，遍地牛羊。各种果实挂满枝头；人们安居乐业，勤劳和平。他最后充满自豪地说：“太阳可以证明！”与此同时，作者终不忘以蚂蚁和麻雀的寓言结束劝谏：

> 蚂蚁说：“我为自己的收藏感到骄傲。”
> 麻雀说：“我只相信真主的万能。”
> 蚂蚁说：“只有自己拥有，才最安心踏实。”
> 麻雀说：“相信真主就是拥有。”
> 它们正这么你一句我一言地说着，天上忽然阴云密布，霎时间大雨倾盆。蚂蚁来不及将贮备搬离地洞，结果食物被水溢出地面，成了麻雀的点心。①

三、伊本·阿西姆

伊本·阿西姆（Ibn ‘Asim，1354~1426）于公元15世纪初编辑出版了一部安达卢斯《杂集》（*Libro de los jardines de flores acerca de bellas respuestas*，*chistes*，*sentencias*，*proverbios*，*cuentos y rarezas*），它包括故事、笑话、警句和奇闻轶事。其中有些故事堪称小小说，譬如《两个无花果》（*Las dos brevas*），讲的是从前有个农夫，一天他看见了两个无花果，因未见无花果树开花便结出了果子，以为它们是反季节奇果，于是采了准备献给国王。他信誓旦旦地驮着儿子前往王宫，而两个无花果就装在儿子头顶的小篮子里。爷儿俩一路走去，儿子悄悄从头顶的篮子里取一个吃了。农夫到王宫，见了国王，便命儿子献上奇果，这才发现篮子里只剩下一个果子。于是，他问儿子：“另一个怎么没有了？”儿子于是拿起仅剩的无花果三口两口吞进了肚子，说：“是这样没有的。”又譬如《为了让人光顾》（*Para que me vean*），故事发生在某集市，商贩们应接不暇，唯独阿斯梅家门可罗

① Granja，Fernando de la：*Maqamas y risalas andaluzas*，pp.215~229.

雀。阿斯梅于是点亮油灯，并将它挂在门口。路人觉得大惑不解，遂问他大白天点灯所为何来。他回答说："别的商铺生意兴隆，而我家却如此冷清，一定是因为顾客对我家视而不见，我要用油灯照亮他们的眼睛，让他们看见这里。"再譬如《吝啬的父亲》（*El padre avaro*），话说有个富翁非常吝啬，一天儿子望着一个梨摊央求父亲给买几个。父亲犹豫片刻，最后挑了一个最小的，并对儿子说："尝尝就可以了，吃再多的梨也是这个味。"

这类作品传承了阿拉伯文学的幽默传统，并一定程度上影响了文艺复兴运动初期的广义的喜剧复兴。

第二节　诗歌

一、伊本·贾蒂玛

伊本·贾蒂玛（Ibn Jatima，1337~1338）关注到了《十日谈》（*Decameron*），[①] 这说明文艺复兴运动早期的拉丁俗语作家开始回馈安达卢斯。他在一首"游戏诗"中将诗人比作无用的镜子：

一群妇人列队从面前走过，
她们头顶盛满豆角的篮子。
鸟儿围着她们翻飞、嬉闹，
直至她们不住地用手蒙眼。
但是
她们
在你
面前
挪开
手掌
玉手纤细缀起珍珠一串、一串、一串。
夏日炎炎，诗人一文不值！
这就是炎日对我等的忠告。

——《弄镜》[②]

① Granja，Fernando de la：*Maqamas y risalas andaluzas*，p.178.
② Reina，Francisco：*Poesía Adalusí(ash-Sha'ar al-Andalusī)*，p.643.

二、伊本·贾蒂布

伊本·贾蒂布（Ibn al–Jātib，1313～?）无疑是纳斯里德王朝最重要的诗人之一。他生长在格拉纳达，适值穆斯林安达卢斯最后的辉煌。在灿若云锦的格拉纳达红宫的辉映下，诗人几乎演绎了安达卢斯数百年令人击节赞叹的诗体与文质，其中既有古老的“盖绥达”和情歌，也有众多的颂歌、哀歌和彩诗。他甚至对某些传统诗体进行了改造，譬如取消了彩诗的“回旋”（犹如彩带环绕）部分，并将其由五至六节增加至十六节。

诗人悉知时势艰难，基督徒自纳瓦斯德托洛萨决战之后逐渐将穆斯林逼至半岛东南一隅。而纳斯里德王朝只不过是强弩之末。因此，他在一首“盖绥达”中许下宏愿：

真主的哈里发，愿你增辉！
愿你像明月照亮漫漫长夜！
愿真主让你远离一切危难，
它们不再是人力可以驱散！①

在另一作品中，诗人将男女之爱与宗教之爱合二为一，于是俗爱和圣爱不再泾渭分明：

在你和我各自孤独的时空，
相逢赛蜜，更胜山盟海誓。
请你驻足，哪怕片刻于斯，
园中有疼痛的心将你注视。
多少次我向风儿呼唤着你，
而它却充耳不闻步履匆匆！②

三、伊本·扎姆拉克

伊本·扎姆拉克（Ibn Zamrak），生卒年月不详，却是穆罕默德五世时期的当红诗人，否则他的众多诗作不会出现在宫墙上。后人据此无比艳羡，称他是世上

① Reina，Francisco：*Poesía Adalusí(ash-Sha'ar al-Andalusī)*，p.647.
② Ibid. p.648.

最“昂贵的诗人”，其作品不仅写在纸上，而且镌刻在红宫，即阿罕布拉宫。

在一首“盖绥达”中，诗人先于马拉加的乌玛尔，不但将格拉纳达比作“贵妇人”和“女主人”，而且将城市脚下的三山比作“丈夫”的怀抱：

圣城女主人，端坐丈夫山；
绿色像彩带环绕在她腰间。
还有潺潺流水从脚下流过，
滋润着葱茏的树木和水渠。
……
萨比卡山上镶嵌着的皇冠，
是格拉纳达的颜面和荣耀。
所有星星皆欲下凡来装点
（真主的造化）阿罕布拉——
皇冠上最璀璨夺目的宝石。[①]

四、伊本·盖斯

伊本·盖斯（Ibn Qaysi），生卒年月不详，但据其作品大致可以断定他生活于公元15世纪的格拉纳达。当时，格拉纳达已是一座危城。周边城池接连陷落，诗人在作品中不停地痛悼：

我们被迫放弃家乡，
夜不能寐眼帘垂垂。
哀鸿遍野村落荒芜……

——《巴扎陷落》

醒来吧，别再做梦！
听我来把真情诉说：
你们曾经涕泪横流，
要知道那不算什么，
现在我们开始泣血！

——《阿齐多纳失守》

① Reina，Francisco：*Poesía Adalusí(ash-Sha‘ar al-Andalusī)*，p.658.

时间结束，人民失去荣耀。
再没人知道安拉是否知道
这方水土，已是满目疮痍。
……

——《洛尔卡陷落》[1]

五、无名氏

公元 15 世纪末叶，随着“天主教双王”的步步紧逼，格拉纳达危在旦夕，安达卢斯的无名诗人记下了最后一批穆斯林的悲恸。其中最负盛名的是长诗《为安达卢斯哭泣》（*Llanto por al-Andaluz*）。该诗凡 286 行，是迄今为止保存最完好的安达卢斯挽歌。

她的太阳在地平线上消失是真的吗？
她的月亮从此不再发光也是真的吗？
坚如磐石的雄伟宫殿在恐惧中颤抖，
令人向往的美丽庭院充满死亡之气。

我的朋友，家国顷刻坍塌是真的吗？
高贵的人们被赶出西班牙是真的吗？
家园惨遭蹂躏，房舍夷为平地是真；
哈里发们及其王冠威风扫地也是真！

怎么可能？她神圣的面纱不可侵犯，
高耸入云的巍峨宫殿雄鹰难以企及。
哦，我的祖国，她是多么辉煌灿烂！
一朝倾覆却是满目疮痍、遍野哀鸿！

我的祖国，像一串巧夺天工的项链，
一粒粒珍珠璀璨夺目而今风光不再。
哦，安达卢斯，正被熊熊烈焰焚烧；
她的光荣和臣民被北方的肃杀扫荡！

① Reina，Francisco：*Poesía Adalusí(ash-Sha'ar al-Andalusī)*，pp. 670~671.

哦，十字架的队伍占领了这片土地，
她曾经多么自由、多么丰饶和强大！
她的宗教和信徒如今安在？难道说
他们已经无所适从、从人间蒸发？

伊斯兰被人从这片丰饶的沃土拔除，
连同真理及其根脉被异教清扫干净。
十字架受到尊敬，其上帝无处不在。
虚伪的教士、神像和信仰充斥半岛。

清真寺变成了教堂，钟声响彻霄壤。
……[1]

与此同时，对犹太人的迫害也已在伊比利亚半岛如火如荼地展开。据匿名犹太作家记载，自 1475 年伊萨贝尔统治卡斯蒂利亚以后，对犹太人的剥夺和迫害就被提到了日程。[2] 其中最著名的是 1490 年至 1491 年间的婴儿虐杀事件，史称“圣婴事件”。事件是由一起子虚乌有的犹太人虐杀基督教婴儿引发的，这一莫须有罪名使一大批安居托莱多附近的犹太人惨遭逼供和驱逐。从此，反犹开始常态化。重要的是，西班牙天主教军队在联合法兰西屡战英国并获得胜利的同时，开始觊觎耶路撒冷和更为遥远的东方。这显然是伊萨贝尔资助哥伦布探险的重要历史根由之一。至此，最迟至公元 16 世纪，阿拉伯安达卢斯文学基本完成了它的历史进程，西班牙早期世俗文学在它的土壤上开始生发并渐至繁荣。

① Reina，Francisco：*Poesía Adalusí(ash-Sha'ar al-Andalusī)*，pp. 672~673.
②［西班牙］卡尔，雷蒙德（Carr，Raymond）：《西班牙史》（*Spain*：*A History*），潘诚译，上海：东方出版中心，2009 年版，第 103~107 页。

第二编
阿拉伯安达卢斯文学与西班牙文学之初

第一章　被忽略的影响

长期以来，西方文化中心论一直主导着人文社会科学研究。所谓“言必称希腊”，学界在习惯于将世界文明置于二元对立（即东方和西方）的同时，往往有所偏废，甚至仅仅将注意力集中在希腊—罗马传统，从而有意无意地忽略了东方文明的贡献。即使是在后现代之后，西方主流话语（包括解构风潮）也并未真正放弃西方中心主义。而马丁·贝尔纳（Martin Bernal）的《黑色雅典娜》（*Black Athena*：*The Afroasiatic Roots of Classical Civilization*）正是对西方中心论的反省与批评。它发表于非常时期：以美国为首的西方阵营对伊拉克等伊斯兰“极权主义”国家重拳出击，致使生灵涂炭、哀鸿遍野。这是自“十字军东征”以来最为猛力的一次“文明冲突”，尽管本质上依然是利益之争。

贝尔纳在其著作中毫不隐讳地指出，几个世纪以来，基于文化偏见、种族主义和利益纠纷等原因，西方文明的东方因缘被有意地忽视和否定了。[①]同样，约翰·霍布森（John Atkinson Hobson）也认为，随着西方的崛起和西方中心主义的盛行，西方文明中的东方影响、东方元素被人为地忽略和抹煞了。[②]这些观点显然适用于西班牙与阿拉伯世界的关系。

众所周知，在西班牙这方水土上，历史的源头可以追溯至公元前数千年，甚至更为遥远的旧石器时代——如阿尔塔米拉（Altamira）岩画时期。但相形之下，其文学却并不那么悠久，这大抵与种族、民族、语言的变迁、更迭和形形色色的战乱、劫难有关。后者使可能产生的初民文学难以留传。同样，世事迁流，先于文学的原始音乐舞蹈也未能幸免于天灾人祸。就目前可以查考的资料看，伊比利

① [美] 马丁·贝尔纳：《黑色雅典娜：古典文明的亚非之根》，郝田虎、程英译，长春：吉林出版集团2011年版。

② [英] 约翰·霍布森：《西方文明的东方起源》，孙建党译，济南：山东画报出版社，2009年版。

亚（Iberia）人至少早在印欧人到来之前（约公元前4000年左右）就已在这里繁衍生息了。虽然自公元前两千多年古希腊时期至公元前一两百年罗马人入侵，这一带便出现了青铜时代文化——如阿尔加尔（Argar）文化等，但其文学遗产几乎为零。在古希腊罗马时期，及至西哥特人占领时期，伊比利亚（今西班牙、葡萄牙）的天主教会成为独一无二的精神存在[①]。它虽未像后来的“天主教双王”伊萨贝尔（Isabel I，1451~1504）和费尔南多（Fernando II，1452~1516）[②]那样形成政教合一的有效秩序，却催生了极端宗教化的僧侣文学。这一时期的文学几乎完全游离于西哥特人或苏维汇人的宫廷争斗和普通民众的日常生活。可以说，公元5世纪中叶至8世纪初，西班牙文学充其量是宗教文学，或谓天主教神学的文学阐释。

而自公元8世纪起，阿拉伯人进入伊比利亚半岛，并且在这片土地上统治了近八百年的时间。在此期间，阿拉伯文明在经济、政治、文化、科技、医学、数学、天文学、几何学、哲学、文学等各个领域均臻于成熟，达到了一个新的高度。这对西班牙文明以及早期世俗文学的发展起到了至关重要的推动作用，使得西班牙文化在诞生之初就不可避免地具有浓厚的阿拉伯色彩。关于这一点，第一编开篇已有简略陈述。然而，囿于语言、历史等因素，对阿拉伯文化与西班牙文化交互影响的研究，还远远不够。本编拟在梳理前人研究成果的基础上，力求通过平行比较和实证研究的方法，尽可能全面的陈述二者之间的传承与影响关系。

第一节　学术史综述

马丁·贝尔纳在《黑色雅典娜》中认为，我们不仅有必要重新思考“西方文明”究竟是什么，而且有必要认识到种族主义和“欧陆沙文主义”对我们所有史学或曰历史写作和哲学的渗透。[③]这种渗透在文学书写领域亦复如是。从公元19世纪初至20世纪中叶，西方一直在忽视或无法接受整个欧洲文明，甚至希腊罗马文明中的东方因素。因此，在一定程度上，《黑色雅典娜》和约翰·霍布森的《西方文明的东方起源》（*The Eastern Origins of Western Civilization*）都可算作是对西方文明的某些古典债务的一次大写意式的扫描与清算，但这种清算自其发轫至今也不过一个半世纪，且有关问题远未引起各方关注，遑论重视！

最近半个多世纪以来，情况略有改善。越来越多的学者开始重视东学西渐这

---

①［美］杰克逊·斯皮瓦格尔：《西方文明简史》，董仲瑜等译，北京：北京大学出版社，2010年版，第165~166页。

② 史称斐迪南二世任王储期间与卡斯蒂利亚女王伊萨贝尔结婚，后继任阿拉贡国王，夫妻联合完成“光复战争”的“临门一脚”。

③ 马丁·贝尔纳：《黑色雅典娜：古典文明的亚非之根》，第2页。

一话题，但所论述的多为文化、科技、经济等领域的东西方交融。这方面较为突出的，除了上述两部著作以外，还有英国学者杰克·古迪（Jack Goody）的《西方中的东方》（*The East in the West*）。该书着重分析了西方最初是如何在商业、工业、经济和劳动力等领域借鉴和师法印度、中国等东方国家，并在上述领域实现了革命性的突破，进而又反过来超越东方的。在附录部分，古迪还耙梳了自青铜时代以来，东方与西方之间的可能关联。美国学者乔纳森·莱昂斯（Jonathan Lyons）的《智慧宫》（*The House of Wisdom——How the Arabs Transformed Western Civilization*）则集中探讨了阿拉伯医学、数学、天文学、哲学对西方世界的影响。他还特别提到了智慧宫的建立以及翻译运动对文化传播的贡献。英国学者威廉·雷姆塞（Williarm Mitchell Ramsay）所著的《希腊文明中的亚洲因素》（*Asianic Elements in Greek Civilisation*）从社会群体的游移、文化的交融等角度，梳理了希腊文明中可能存在的亚洲因素。其他类似著作还有不少，如阿齐兹·艾兹迈赫·与艾菲·福卡斯（Aziz Al-Azmeh and Effie Fokas）所著的《伊斯兰在欧洲》（*Islam in Europe*）、莱因哈特·杜兹（Reinhart Dozy）所著的《西班牙的伊斯兰—西班牙穆斯林史》（*Spanish Islam-a History of the Moslems in Spain*）等，但主要是针对文化、经济、科技等多种范畴的泛泛而谈或是史学梳理，故此不再一一列举。

迄今为止，关于阿拉伯与西班牙文学关系的专著或专题论述屈指可数。比较重要的有以下几部，其作者大多为西班牙阿拉伯裔学者。鉴于其重要性，且由于国内学界对其几无了解，故在此稍作介绍：

一、米格尔·阿辛·帕拉西奥斯的《〈神曲〉中的穆斯林末世观》（*La Escatología musulmana en la "Divina Comedia"*）与《但丁与伊斯兰》（*Dante y el Islam*）

米格尔·阿辛·帕拉西奥斯是西班牙著名的阿拉伯文学研究家。1919 年元月，他在西班牙皇家语言学院院士就任仪式上公布了自己对但丁和有关伊斯兰思想的平行研究成果。这是近现代西方学者第一次直面阿拉伯文化对西方文艺复兴运动的积极影响。它从微观的角度与几乎同时发表的斯宾格勒（Oswald Spengler, 1880~1936）之《西方的没落》（*The Decline of the West*）在某些阿拉伯文化问题的宏观界定上遥相呼应。其共同的背景则是使欧陆满目疮痍、民不聊生的第一次世界大战。所不同的是斯宾格勒是从大处着眼以扫描文明的相互倾轧和此消彼长，而阿辛·帕拉西奥斯则是条分缕析，致力于文本细读和平行比照。

阿辛·帕拉西奥斯在其发表于 1919 年冬季的《〈神曲〉中的穆斯林末世观》中洞见肺腑，就伊本·阿拉比对但丁的神秘影响进行了探赜和辨识。譬如，但丁在《神曲》中所描写的九层地狱、九重天与阿拉比所描绘的七层地狱和十三殿堂非常相似，尤其是其中的惩罚和奖励方式几乎如出一辙。而我们在但丁之前的西方基督教神学著作和民间传说中未曾发现类似细节。又譬如但丁笔下灵魂抵达天堂的耀目光辉也曾出现在阿拉比的作品当中，那是穆罕默德升入灿烂天堂的“登霄”情景。而后者夤夜逃离麦加的经过也颇让人联想但丁的地狱之行：

在人生的中途，我发现我已经迷失了正路，走进了一座幽暗的森林，啊！要说明这座森林多么荒野、艰险、难行，是一件多么苦难的事啊！……

我说不清我是怎样走进这座森林的，因为我在离弃真理之路的时刻，充满了强烈的睡意……[①]

阿辛认为，只要读过阿拉比的《麦加启示录》，那么我们对《神曲》中天使与魔鬼争夺灵魂的一幕也就不啻是似曾相识了，因为它们几乎完全一样。[②] 同样，阿拉比关于天堂和地狱之间的描写（中世纪基督教神学称之为“Limbus”——“炼狱”，又译“灵簿狱”）也显然源自伊斯兰教，且与穆罕默德逃亡时期的境遇颇为相似，这些皆转而影响了但丁、进入了《神曲》。阿辛·帕拉西奥斯强调，在此之前，西方基督教神学没有这个被称之为炼狱的“中间环节”，[③] 如此等等，都是阿辛·帕拉西奥斯所着力钩沉和阐发的。这些比照曾引发意大利“民族主义学者”的一片嘘声和西方中心主义的猛烈反诘。他们不是指责阿辛·帕拉西奥斯“牵强附会、望文生义”，便是顾左右而言他，甚至谓其血统中的“阿拉伯基因”决定了他的“偏见”。但论证和嘘声激发了他更大的热情，几年以后，阿辛·帕拉西奥斯发现了更多毋庸置疑的证据。譬如，他在1927年的《但丁与伊斯兰》一书中探赜索隐、见微知著，雄辩而令人服膺地论证了但丁与安达卢斯阿拉伯文学的关系，即《神曲》与伊斯兰神秘主义诗人的诸多意象的“不谋而合”。[④] 譬如有关天国的描写，但丁的一圈一圈或一层一层的“磨盘”[⑤] 意象完全来自伊斯兰文化：“我觉得好像一层发亮的、浓厚的、细密的、光滑的、如同日光照射下的金刚、石一般的云裹住了我们。这颗永恒的宝石容纳我们，如同水容纳光线……而自身并不裂开。”[⑥] 这在特雷莎的笔下成了水晶和宝石铸就的城堡，共七重。“上帝居住在最

---

① 但丁：《神曲·地狱篇》，第1页。

② Asín Palacios：*La escatología musulmana en la Divina Comedia*，Madrid：Real Academia，1919.

③ Ibid. pp.99~160.

④ Asín Palacios：*Historia y crítica de una polémica*，Madrid：Libros Hiperión，1924；*Dante y el Islam*，prólogo de Miguel Cruz Hernández，Pamplona y Navarra：Urgoiti Editores，2007，pp.1~159.

⑤［意］但丁：《神曲·天国篇》，田德望译，北京：人民文学出版社，2002年版，第78页。

⑥ 同上。

中心的一环；谁能抵达那里，就会与他合为一体；灵魂从而得以远离恶魔、免于伤害。”[①] 在但丁和特雷莎之前，这样的意象在西方宗教神学和基督教神秘主义中是阙如的。但丁在进入基督教天国的第二重（层）之前，用大量的笔墨描写了七重天，并在接近尾声处总结道：“我用目光逐一回顾走过的七个天体，看到这个地球那样小，不禁对它那副可怜相微微一笑；我赞同那种把它看得最轻的意见是最好的意见……”[②] 早有西方学者认为天国的圆形（球形）或同心意象来自东方，例如佛教的曼陀罗。“著名宗教学者埃利亚德（Mircea Eliade，1907~1986）则坚信天国的同心圆意念来自曼陀罗，象征灵魂的寓所，初涉者需要一层层攀登，而中心也即灵魂。在他看来，这类意念或意象的最佳实例便是印尼爪哇岛的婆罗浮屠，它呈同心结构，必得一层层、一圈圈向内绕行，方能抵达圆心，那也是灵魂所在的地方。”[③] 这又会让我们联想到遍布中华大地的诸多佛塔和天坛、地坛那颇具归化色彩的内圆外方（或多边形）及其内置的螺旋形阶梯。这也为文明的互鉴性、同源性或相似性提供了进一步探讨的依据。

不过，还是阿辛·帕拉西奥斯给出了令人信服的推断。他在《伊斯兰神秘主义的灵魂居所及城堡图形与圣特雷莎》（*El símil de los caslillos y moradas del alma en la mística islámica y en Santa Teresa*）一文中再次将七重天意象同但丁所从出的伊斯兰神秘主义联系在一起，认为类似意象在穆斯林作家笔下颇为常见，尤其是在阿拉比和一大批公元 12 世纪安达卢斯伊斯兰神秘主义诗人如安萨里的作品中可以找到美妙的“耦合”。[④]

波多黎各学者路丝·洛佩斯 – 巴拉尔特认为：“米格尔·阿辛·帕拉西奥斯首先在西班牙—阿拉伯文学比较研究领域迈出了开创性的辉煌步伐。”[⑤] 她还说：“假设所有西班牙文学都将散佚，却容许留存其中十部，那么我必定会保留一部阿辛·帕拉西奥斯的作品。”[⑥] 阿辛·帕拉西奥斯的研究，的确为探讨阿拉伯文学与西班牙文学的联系打开了一扇散发智慧之光的门窗。遗憾的是，他的研究成果迄今未被引入意大利文学史，自然也未进入西方主流文史学界的视阈。

① Lopez–Barallt: *Islam in Spanish Literature*, trans. by Andrew Hurley, Leiden–New York–Koln: Brill, 1992, p.73.

② 但丁：《神曲·天国篇》，第 141 页。

③ Mircea Eliade：*Traite d'histoire des religions*，转引自 López–Baralt：*Islam in Spanish Literature*, trans. by Hardcover, Leiden: Brill Academic Publishers Edition,1997, pp.75~87.

④ Asín Palacios：“El símil de los caslillos y moradas del alma en la mística islámica y en Santa Teresa”，*Al-Andalus*，转引自 López–Baralt: *Islam in Spanish Literature*, pp. 75~87.

⑤ 洛佩斯 – 巴拉尔特：《西班牙文学中的伊斯兰元素》，序言第 1 页。

⑥ 同上。

二、洛佩斯－巴拉尔特的《西班牙文学中的伊斯兰元素》（*Huellas del Islam en la literatura espaňla*）

继帕拉西奥斯之后，承其衣钵的是波多黎各学者路丝·洛佩斯－巴拉尔特。近半个世纪以来，她出版了几部有关阿拉伯文学与西班牙文学的作品。其中比较重要的有《西班牙文学中的伊斯兰元素——自中世纪至当代》（*Huellas del Islam en la literatura Española*，1985）、《圣胡安·德·拉·克鲁斯与伊斯兰》（*San Juan de la Cruz y el Islam*，1990）、《苏非与西班牙神秘主义》（*The Sufi Trobar Clus And Spanish Mysticism*，2012）、《西班牙末代穆斯林的秘密文学》（*La literatura secreta de los últimos musulmanes de España*，2009）等。由于后几部作品多为神学、哲学等领域的内容，与文学关系不甚紧密，即或有关系（如《圣胡安·德·拉·克鲁斯与伊斯兰》）也只是对《西班牙文学中的伊斯兰元素》的细化。因此，文献综述中只介绍其代表作《西班牙文学中的伊斯兰元素》，其他从略。

1985 年，洛佩斯－巴拉尔特在博士论文的基础上出版了《西班牙文学中的伊斯兰元素》。该书由序言和一至八章组成，通过细致入微的分析，为我们揭示了西班牙文明的两个面向：即西班牙曾经是如何接受阿拉伯和东方文明成果，同时又如何将它的播种者（或谓传播者）一脚踢开的。在序言中，洛佩斯－巴拉尔特便开宗明义，认为整个伊斯兰文化对伊比利亚半岛的影响是巨大而持久的，而我们的研究还仅仅停留在起步和尝试阶段。对于这两种古老文明及相关文学的比较研究，尚有许多未竟之作、许多亟待破题之问。因此，在这本书的第一章中，洛佩斯－巴拉尔特从西班牙的“西方属性”这一质疑开始，全面回顾了伊斯兰文化对西班牙影响的方方面面，包括工业、手工业等经济领域，以及天文学、占星术、地理学、数学、医药学等自然科学领域和神学、法律审判体系等人文科学领域。在人文领域，后伍麦叶时代和阿拔斯王朝先后投入了大量人力物力，开启了史上有名的“百年翻译运动”。该翻译运动使大量被中世纪埋没的古希腊经典得以重现和传承，从而为西方人文的发展，乃至文艺复兴运动奠定了最初的基石。如上所述，阿拉伯人素以能歌善舞著称，他们的音乐舞蹈开启了西班牙文艺的新纪元，某些元素（包括乐器和旋律）至今仍能在弗拉门科舞蹈中寻见痕迹。阿拉伯的抒情诗、叙事诗和玛卡梅，不仅在伊比利亚半岛落地开花，而且在当时文化包容的环境中迅速地发展、成熟、兴盛，催生了具有东西方混血特色的西班牙文学：近代欧洲最早的抒情诗哈尔恰便是一例，它比同样受到安达卢斯文学影响的普罗旺斯民歌早一个多世纪。此外，原生于安达卢斯的彩诗，既传承了阿拉伯古典诗歌的某些基因，是阿拉伯古典诗体在安达卢斯的变种，同时还因天时地利，明显糅合了当地的犹太和拉丁文学元素（尤其是拉丁俗语文学元素）。它不仅在安达卢斯流行一时，而且反过来影响到了东方阿拉伯本土，并丰富和发展了阿拉伯诗歌的表现方式。再就是由寓言和玛卡梅等衍生的叙事文学，不仅为中世纪沉闷的伊比利亚半岛带来了新的气象，而且一定程度上推动了西班牙流浪汉小说产生和西班牙骑士小说的发展。时至今日，西班牙语中的名词还有近 30% 是来自阿拉伯语，这在前文已有列举。作者对这些内容进行了较为细致的梳理和陈述。

《西班牙文学中的伊斯兰元素》接下来的六章所着力阐发的，顾名思义，是伊斯兰神秘主义对西班牙宗教文学的影响。例如西班牙神秘主义诗人圣特雷莎和圣胡安·德·拉·克鲁斯圣特雷莎对苏非神秘主义的借鉴，以及西班牙文艺复兴运动初期或前文艺复兴运动时期有关佚名诗与伊斯兰思想的关系。洛佩斯 – 巴拉尔特指出，圣胡安·德·拉·克鲁斯（San Juan de la Cruz，1542~1591）的“孤鸟”意象和圣特雷莎（Santa Teresa de Jesús，1515~1582）的“七重堡”意象，没有阿拉伯文化底蕴的读者是无法窥见其神秘的伊斯兰精神的。圣胡安的“孤鸟”意象并非原创，而且颇具神秘色彩，而这种神秘色彩是以往西方基督教神秘主义文学所阙如的。显然，它是受惠于苏非神秘主义文学，因为伊斯兰神秘主义文人曾对复杂的灵魂象征手法做过相当明确的阐释，他们所创造的意象被圣胡安完整地继承了下来，并且加入了独具个性特色的再创造。如同世界上所有宗教，伊斯兰教借助象征以自明。而灵魂之鸟这一普遍意象，无疑是其重要象征。整个中世纪，穆斯林对神秘之鸟的描述不断发展完善，阿维森纳在《飞鸟书信》（*Risālat aṭ-Ṭāyir*）①中提出了“鸟周期”这一概念。这部作品用阿拉伯语写成，被多次译成波斯语和其他语言，注疏本更是不胜枚举。《飞鸟书信》是他的神秘主义三部曲之一，他以鸟为隐喻，象征神秘主义修行者翱翔苍穹，直抵“鸟王”栖息之处——神秘主义者的终极归宿。换言之，鸟类必须经历艰难的旅程，翻越高山，跨过深渊，飞越人迹罕至的疮痍蛮荒之地，直至抵达天堂。这种意象在圣胡安·德·拉·克鲁斯那里得到再现，作者据分析和源流考证得出，其无疑受到了伊斯兰神秘主义文学的影响。

作者还列举大量的例证表明，圣特雷莎的“城堡”意象也或多或少与伊斯兰文学的城堡想象有关——当然它们的背后或许有更为遥远、悠久的犹太血统，或者二者是平行发生与发展的。然而，问题是在公元 16 世纪中叶的西班牙，宗教法庭不可一世，圣特雷莎又是如何得到阿拉伯读本的呢？更大的疑点还在于，圣特雷莎不懂拉丁文，遑论古典阿拉伯语，那么她又是如何接近这些意象的呢？米格尔·阿辛·帕拉西奥斯在一篇题为《圣胡安·德·拉·克鲁斯的西班牙 – 穆斯林先

①《飞鸟书信》与《哈伊·本·耶格赞》（*Qiṣṣah Ḥayyī Bn Yagẓān*，12 世纪伊本·图菲勒（Ibn Ṭufail，1105~1185）的同名故事集便是在这本书的基础上完成的）、《萨拉曼和阿布萨尔》（*Salāman wa Ȧbṣāl*，意为平安者与抵达者）并称为阿维森纳神秘主义三部曲。

贤》(*Un precursor hispano musulmán de San Juan de la Cruz*)的文章中指出，公元 16 世纪有不少穆斯林迫于政治压力，有意隐瞒了真实身份，且他们通晓西班牙语，极有可能是伊斯兰文化的秘密传播者。[①] 为了证明阿辛的推测，洛佩斯 - 巴拉尔特经过多年探求，终于挖掘出西班牙摩尔改宗者（摩里斯科，moriscos）的一批秘密文献。这些人——在宗教法庭的压迫下——饱受艰辛，但他们却用阿拉伯字母拼写的罗曼司语创作了许多富有阿拉伯伊斯兰精神的重要匿名文献。遗憾的是，阿辛未及看到这些文字——摩里斯科—阿尔哈米亚文学（morisco-aljamiado）。那些匿名伊斯兰文本充斥着（隐喻灵魂的）城堡意象。

西班牙阿拉伯—“摩尔”文学、文艺复兴运动时期西班牙文学“黄金世纪”中的“摩尔人”形象——这其中牵涉到塞万提斯、洛佩·德·维加（Lópe de Vega，1562~1635）等重要作家——以及当代西班牙作家的“穆斯林倾向”等尚从未被纳入西方主流学术视野的文本，在洛佩斯 - 巴拉尔特的著作中也得到了展示。作者对它们进行了鞭辟入里的探究，认为西班牙文学自始至终都浸染了浓重的阿拉伯色彩和伊斯兰精神。在这些文本中，长期处于地下状态的阿尔哈米亚语文学是在公元 16 世纪形成的，直至 18 世纪才被首次发现。阿尔哈米亚语是指用阿拉伯字母拼写的包括西班牙语（卡斯蒂利亚语）在内的罗曼司语。它的解读困难重重，要求研究者不仅熟识阿拉伯语，还要精通卡斯蒂利亚语，且由于年代久远，许多手稿还存在缺失或拼写错误的情况。洛佩斯 - 巴拉尔特通过多年的努力，在解读这些手稿上取得了重大成果。她通过文本细读，细致入微地分析了一些阿尔哈米亚语作品，如《阿本赛拉赫》(بنو السراج, *Abencerraje*)[②] 和《格拉纳达内战》(*La Guerra de Granada*)[③]。这两部作品反映了在大驱逐和宗教禁令时期，尚未离开伊比利亚半岛的地下穆斯林们悲惨凄凉的生活。他们一方面寄希望于统治当局，推行包容性较强的怀柔政策；另一方面，也在竭尽全力用自己的方式——即用阿拉伯字母拼写罗曼司语的书写手段——来保存阿拉伯语最后的痕迹。这一事实令人唏嘘慨叹。更令人扼腕惋惜的是，它们本该成为西班牙黄金世纪文学的组成部分，却长期处于地下状态。公元 19 世纪，阿尔哈米亚语研究才得以起步。20 世纪，哈维（Leonard P. Harvey）援引 1848 年塞拉芬·埃斯特万内斯·卡尔德隆（Serafín Estébanez Calderón，1799~1867）就任马德里学院阿拉伯语系主任时的话说：“它（阿尔哈米亚语文学）是西班牙文学中的新大陆，几乎完全被岁月埋没。对它的挖掘

---

① *Al-Andalus I*，Escuela de Estudios Arabes de Granada，1933，pp. 7~79.

② 阿本赛拉赫是格拉纳达诸小王国时期，特别是在穆罕默德七世（Muhammad VII，1370~1408）统治时期兴起的一个家族。该家族的创始人据称是本·优素福·萨拉基（Banū Yūsuf as-Sarāj）。整个家族曾在阿拉伯人对抗西班牙的战争中浴血奋战，直至没落。《阿本赛拉赫》即是阿拉伯人以阿尔哈米亚语记述的该家族的经历。

③ 其阿尔哈米亚语本散佚。

和了解犹如哥伦布发现美洲，并被它的丰饶所慑服。”[①] 如此等等。

总之，《西班牙文学中的伊斯兰元素》是20世纪末出现的一部阿拉伯—西班牙比较文学研究的学术力著。它以小见大，用雄辩的例证（也许偶有夸张或臆测，这多少与作者的阿拉伯—西班牙混血身份有关）论述了东学西渐的一个至为重要的环节：西班牙—阿拉伯文学和文化之交。它不仅善意地批评了西方中心主义的掩耳盗铃、自欺欺人，而且为重写欧洲文学史，乃至世界文学史提供了可资借鉴的方法与维度。有所局限的是，作者集中探讨的多为伊斯兰苏非神秘主义对西班牙神秘主义文学的影响，但对相对成熟、丰富的阿拉伯文学与西班牙世俗文学发轫时期的关系研究多有忽略。而令人欣慰的是，较之阿辛·帕拉西奥斯，洛佩斯-巴拉尔特可谓运气不错。适逢“文明冲突”、中东动荡、萨义德的东方主义融入西方主流话语体系（至少为西方解构主义等学术话语所接纳）之时，《西班牙文学中的伊斯兰元素》问世之后，被先后翻译成多种语言，并逐渐受到关注。

三、艾布·海达尔（J. A. Abu-Hardar）的《西班牙—阿拉伯文学与早期普罗旺斯诗歌》（*Hispano-Arabic Literature and the Early Provençal Lyrics*）

出版于2001年的《西班牙—阿拉伯文学与早期普罗旺斯诗歌》这部著作也是艾布·海达尔在其博士论文的基础上修订出版的，一定程度上弥补了洛佩斯-巴拉尔特的某些缺失。该著集中探讨了阿拉伯彩诗、俚谣与普罗旺斯诗歌之间的关系。

作品的第一和第二部分主要分析了彩诗和作为其缀诗的哈尔恰以及俚谣的语言特点及其所产生的社会背景。尽管兴盛于安达卢斯地区，但它们无论从语言、韵律还是诙谐幽默的风格而言，都与东部阿拉伯有着千丝万缕的联系。作者以伊本·古兹曼的俚谣为例，更正了长期以来学界对彩诗，特别是俚谣的偏见。他认为俚谣并不像多数学者认为的那样，是纯粹的安达卢斯方言甚至罗曼司土语，它的语言基础仍是经典阿拉伯语的变体。从这个角度看，作者否定了欧洲学界曾流行的观点，即认为彩诗和俚谣皆起源于罗曼司语。该书的第三部分则在此基础上，探讨了安达卢斯诗歌与普罗旺斯早期游吟诗歌的关联。无论从词汇的使用，还是格律和布局，安达卢斯阿拉伯诗歌无疑对普罗旺斯诗歌起到了至关重要的影响。该书的尾声还简要地分析了伊本·哈兹姆的《鸽鸽项圈》与当时流行的宫廷情歌的某些相似之处。

海达尔的这部作品，聚焦于安达卢斯的阿拉伯诗歌——彩诗与俚谣，并将其

① 转引自洛佩斯-巴拉尔特：《西班牙文学中的伊斯兰元素》，第151页。

与早期普罗旺斯游吟诗歌进行对比、分析，其精深与细致程度在阿拉伯—欧洲文学比较研究领域尚属少见。尽管其比较的客体为法国普罗旺斯游吟诗歌，并非针对西班牙早期诗歌，但它对本书的写作，提供了一些可资借鉴的思路和材料。

四、其他阿拉伯—西班牙比较文学领域的相关著述

除上述专著之外，针对阿拉伯—西班牙文学领域的专著还有大卫·A·威克斯（David A. Wacks）的《伊比利亚框架叙事——中世纪西班牙玛卡梅和框架故事叙事》（*Framing Iberia-Maqāmāt and Frametale Narratives in Medieval Spain*，2007）。这部作品分析了作为叙事小说雏形的玛卡梅（以哈里里玛卡梅为例）以及阿拉伯寓言故事集《卡里来和笛木乃》等所具有的特殊的框架叙事模式，并聚焦于这种叙事模式对西班牙乃至欧洲小说等叙事文学的影响。他认为，框架叙事模式的源头是阿拉伯玛卡梅等叙事文学，欧洲并没有这种叙事传统，并由此推断，玛卡梅对《真爱之书》（*El libro de buen amor*）等西班牙作品均产生了一定影响。乔叟（Chaucer，1343~1400）的《坎特伯雷故事集》、薄伽丘（Boccacio，1313~1375）的《十日谈》等欧洲其他国家的作品之所以采用诸如此类的框架结构，也是受到了阿拉伯文学的影响，而其媒介则是伊比利亚半岛的安达卢斯文学。1998年，摩洛哥学者穆罕默德·阿卡赖（Muhammad Akalay）在其博士论文的基础上完成了《玛卡梅与流浪汉小说》（*Las Maqamat y la Picaresca*）一书。该书从内容、主旨等方面尝试对玛卡梅与流浪汉小说的种种相似性进行对比、分析。巴格达学者阿德南·海达尔也在其著述《玛卡梅与西班牙流浪汉小说》（*Adab al-Magāmāt wa ar-Riwayāt at-Tashridiiyh al-Isbāniyi*）中探讨了二者影响与借鉴的渊源。

当然，从文化角度对比阿拉伯与西班牙关系的著述，就相对丰富一些，如学者赛阿里德·汉克（Sigrid Hunke，1913~1999）所著的《阿拉伯的太阳照亮西方》（*Allah's Sun Over the Occident*）、古斯塔维·勒邦（Gustave Le Bon，1841~1931）的《伊斯兰文明》（*The World of Islamic Civilizaiton*）等，但由于这些著述中有关文学比较的只占极少部分，此处不赘。

第二节　阿尔哈米亚语文献

阿尔哈米亚语（Aljamiado）固然产生于古兹曼时代，但真正受到穆斯林的重视却是在西班牙基督徒的“光复战争”胜利之后。有关情况前文已略有提及。阿尔哈米亚语是用阿拉伯字母拼注罗曼司语的一种书写方式。需要强调的是，阿尔哈米亚语一词本身即是一个悖论：它表征为阿拉伯语“عجمي”，却意为“非阿拉伯语”。它是阿拉伯语和拉丁俗语（尤其是卡斯蒂利亚语）结合的产物，是中世

纪末叶至文艺复兴运动初期出现于安达卢斯地区的一种奇异的语言、文化景观，标志着阿拉伯文学文化在西班牙的全面衰落。

如果说哈尔恰开启了西班牙文学的先河，那么广义的阿尔哈米亚文学便是安达卢斯阿拉伯文学的终结。尽管阿拉伯文学已然进入了西班牙文学的血脉，成为其不可剔除的基因之一，然而，鉴于阿尔哈米亚文学至今犹如一座被大海淹没的孤岛，尚未浮出水面，本著只能在此就前人相关成果略加评述。

除却由宗教裁判所等官方机构归类并收藏于马德里国家图书馆的那些夹杂在阿拉伯语资料中的阿尔哈米亚语文献外，绝大多数阿尔哈米亚语文献来自非常偶然的发现。它们大都被有意藏匿于私人住宅，显而易见是西班牙穆斯林在被迫改宗后书写的。迄今为止，最早的一次发现是在 1719 年。是年，人们在萨拉戈萨的一座住宅中发现了一批内容不详的“阿拉伯语”手稿。它们被藏在住宅的石柱之上，瓦和良好的防水处理使它们完好无损。但由于语言障碍，学者对此手稿的解读一直茫然无措。直至 1878 年，著名学者埃德华多·萨维德拉（Eduardo Saavedra，1829~1912）在其就任西班牙皇家语言学院院士的演说中炫示了有关文献，并就它们的主要内容进行了辨析。1889 年，当他正式公开发表这些信息时，还增加了托莱多阿尔莫纳西德和马德里国家图书馆发现的阿尔哈米亚语藏品。但是，这些信息并未引起学界的重视，直至 1958 年牛津大学的哈维以博士论文的形式对阿尔哈米亚语文献进行钩沉探赜。他在前人的基础上增加了战后由西班牙国家高科委收集的有关文献影印件和在萨拉戈萨发现的新文献信息。他所给出的散落在西班牙和英、法图书馆的阿尔哈米亚语文献数量为 114 份[①]，不包括那些用阿尔哈米亚语标注的阿拉伯语文献。

1988 年，安瓦尔·切恩（Anwar Cheyne）对已知阿尔哈米亚语文献进行了历时性梳理。与此同时，安东尼奥·维斯佩尔蒂诺·罗德里格斯（Antonio Verspertino Rodríguez）又对这些文献进行了分门别类。这时，阿尔哈米亚语文献的数量已增加至 221 份。1998，孔苏埃罗·洛佩斯－莫里亚斯（Consuelo López–Molilla）又在维斯佩尔蒂诺的基础上进行了扩充，增加了新的发现，使文献数量增加到 235 份。[②]

随着时间的推移，解读阿尔哈米亚语手稿取得了越来越多的成就。专门刊登此类文章的杂志《阿尔哈米亚》（*Aljamía*）则承担了整理和研究阿尔哈米亚语文献的主要任务。该刊自 20 世纪 90 年代初创办以来，结集、发表了大量有关阿尔哈米亚语文献的资料和信息。同时，波多黎各大学的洛佩斯－巴拉尔特教授对有关文献的文学元素进行了耙梳。在她看来，其中最为突出的，当属《阿本赛拉

---

① Harvey：*The Literary Culture of the Moriscos 1492~1609*，Oxford：Magdalen college，1958.

② López–Morillas：“Los manuscritos aljamiados”，*Al-Qantara*，XIX（1998），Madrid，pp.425~444.

赫》和《格拉纳达内战》这两部作品。通过对这两部作品的解读，洛佩斯－巴拉尔特发现，在经历了大屠杀和大驱逐之后，阿拉伯文学在伊比利亚半岛已走向末路。作品的文学性已大为减弱，甚至语言上也是错误百出。它们试图抓住的，只是文化认同的最后一根稻草——语言和信仰，并以这种方式来守护那时已被禁用的阿拉伯语和禁止信仰的伊斯兰教。

沿着她的思路，近年来陆续有学者对这些手稿进行了进一步的整理与分析，这些成果大多刊登在《阿尔哈米亚》杂志上。此外，阿尔瓦罗·加尔梅斯·德·富恩特斯（Alvaro Galmés de Fuentes）主编的《西班牙摩尔人及阿尔哈米亚语文学选集》（*Colección de Literatura Española Aljamiada y Morisca*，1988），1989 年奥维耶多大学出版的《〈阿尔哈米亚语 I〉文献目录手册》（*Indice de textos de Aljamiado* I）都为推动该项研究提供了良好的平台。同样，突尼斯的阿尔哈米亚语研究成果也颇为丰硕，《西班牙最后的穆斯林语言》（*La lengue des derniers musulmans de l'Espagne*）于 1987 年出版，并先后刊出了数十篇相关论文。

通过对这些手稿的研究，综合上述业已取得的学术成果，笔者认为，现如今已发现的阿尔哈米亚语手稿内容大致可分为三类：

第一类为《古兰经》的再叙述、再阐释。这部分手稿内容通常是《古兰经》部分章节的拉长和转述。公元 15、16 世纪，西班牙当局明令禁止使用阿拉伯语，导致西班牙境内的阿拉伯语急速衰退，以至于阿拉伯后裔已无法准确地诵读《古兰经》。针对这种情况，当时的地下穆斯林便用阿尔哈米亚语来转述《古兰经》中的内容，以期保存这一神圣的宗教经典。在洛佩斯－巴拉尔特看来，最重要的几份手稿出自一位名叫曼塞沃·德·阿雷瓦罗（Mancebo de Ar é valo，意为阿雷瓦罗的年轻人）之手。后者据称“接受过良好的教育”，“精通阿拉伯语、希伯来语、希腊语和拉丁文，并熟练掌握卡斯蒂利亚语”。[①] 他在作品中指出，伊斯兰文化正在西班牙无可奈何地衰亡，因此必须拼力抢救。他认为，许多同胞们已经无法理解《古兰经》的基本含义，更遑论正确地使用阿拉伯语。

如今，查阅西班牙国家高科委所上传的所有阿尔哈米亚语手稿的 PDF 版本，我们当可发现，阿尔哈米亚语的一个共同特点还在于，几乎所有手稿都会开篇援引《古兰经》：“以仁慈的真主之名。”但恰恰是这句引言，使我们看到了阿拉伯语在伊比利亚半岛的急速衰退，盖因它已错误百出。这反倒成了阿尔哈米亚语手稿的语言特征。在此，姑且转引洛佩兹－巴拉尔特所举之例：

---

① Arévalo：*Sumario de la relacion y ejercicio spiritual*, Res.245, Biblioteca Nacional de Madrid，fols. 88r–89v.；Harvey：“Un manuscrito aljamiado de la Universidad de Cambridge”, *Al-Andalus*, XXIII（1958），Madrid，pp. 49~74.

普罗旺斯图书馆存放的第 1223 号手稿的匿名作者（或抄录者）按照语音规则转录了《古兰经》第一章《开端章》的第一节。这节经文对伊斯兰教而言，犹如基督徒的祷文一样重要。尽管其变体已不那么具有神圣性，但它还是揭示出了这种神圣语言的通俗化趋势。它被辑录于通俗文本之中，在手稿的第一页上赫然写着：

بسم الله الرحمان الرحيم

以替换

بسمالله الرحمن الرحيم

同样的情形在马德里国家图书馆的第 3236 号手稿残篇中也明显存在。这里我们可以看出它错误地少了字母 ي（y）：

الحمد لله ربالعالمن

以替换

الحمد لله ربالعالمين

（下划线系引者所加）

而文森特·巴勒塔（Vincent Barletta）在其文章《〈古兰经〉的拉长——阿尔哈米亚语叙事：关于易司马仪献祭的圣训》（*Aljamiado-Morisco Narrative as Qur'anic Amplification: The Alhadith sobre el sacrificio de Ismail*）[1] 中，则以皇家历史学院的 ms.11/9409 和洪达图书馆的 ms.25 这两份手稿为例，对其叙述手法进行了分析。这两份手稿讲述的是易司马仪 [2] 受梦境启示，决定向真主献祭自己最心爱儿子的典故。它与《古兰经》第 37 章 101 节至 113 节的内容完全相同，但叙述方式有别，前者显然有所铺张。在手稿中，梦境延续了四个晚上：易卜拉欣在第一晚接受梦境启示后，为真主献祭了一匹骆驼。但到了第二晚，使者仍然在梦境中降示，要求他继续献祭，他于是献祭了一头牛。第三晚，梦境依旧，他于是又献祭了一只羊。直至第四晚，使者才托梦易卜拉欣，要求他将自己的儿子易司马仪献祭给真主。而在有关《古兰经》第 37 章第 103 节："他们俩既已顺服真主，他使他的儿子侧卧着。" [3] 这句经文的内容里，阿尔哈米亚语手稿版则又添加了易司马仪与母亲之间一段感人至深的对话：儿子问母亲为什么用枣树叶和樟脑给他洗头，母亲回答说："这是你父亲的命令。"易司马仪便说："既然是父命，你就有足够的理由这么做。"这段对话明显蕴涵着伦理思想。至于献祭途中易司马仪

① Vincent Barletta: *Aljamiado-Morisco Narrative as Qur'anic Amplification: The Alhadith sobre el sacrificio de Ismail*, in *Mediterranean Studies*, Vol. 13, (2004), pp. 57~75, published by Penn State University Press.

② Ismail，易卜拉欣之子，也即《圣经》中的以实玛利。

③ 译文选自马坚译本《古兰经》，北京：中国社会科学出版社，2013 年版，第 228 页。

与魔鬼的对话，也丰富和饱满了许多：魔鬼先后变成老人、鸟和大山，来阻止献祭。而在每次扫除障碍、反驳成功之后，易司马仪又会反复诵念“真主至大”这句箴言。至此，手稿将散乱的故事与反复的诵念糅合到了一起。在《古兰经》中，有关内容不过百字，而阿尔哈米亚语手稿则将其扩充到千余字。这也反映了当时地下穆斯林守护《古兰经》的心志，从而使人物形象更为生动、故事内容更加丰富，其中的伦理思想和教化功能不言而喻。

手稿第二类主要内容是记述穆斯林亡命天涯的悲惨境遇，及其幻想与憧憬。在洛佩兹－巴拉尔特列举的阿雷瓦罗的手稿中，那些富有传奇色彩的文字同公元16、17世纪因世俗文化和新教的崛起而退守一隅或“负隅顽抗”的某些天主教僧侣的想象如出一辙。譬如阿雷瓦罗写到自己在前往麦加的路上遇到一位穆斯林老妪，老人对他说：

> 我的孩子，你要坚信——因为《古兰经》正是这样昭示的——：哭泣是一切悲剧的诱因，过去的（哭泣者）注定要让今天的（哭泣者）来承受苦难……我还要告诉你，我的孩子，所有人都害怕被抛弃：因为易卜拉欣（Ibrahim，原文如此）害怕，路加（Lut，原文如此）惊惧，雅各（Yacub，原文如此）颤抖，缪斯（Muça）不安，托比亚（Tobiat）隐忍，于是安拉帮助他们，所罗门和以撒关心他们……①

这些手稿除了表达悲愤之情，还以玄妙的手法勾勒了一种希望：认为穆斯林在经历漫长的流放后，终有一日会再次回到伊比利亚半岛，重新统治这个地区，将基督教的统领踩在脚下。

公元15、16世纪，西班牙基督教当局在驱逐穆斯林以及犹太人的同时，急于抹去这两种文化在半岛的最后一丝痕迹，因而将伊斯兰教视为邪教，下令烧毁《古兰经》等所有伊斯兰教文本。而地下穆斯林便用阿尔哈米亚语创作了大量手稿，以守护传统、诋毁异教。有关辨证对《圣经》（*Bible*）进行了深入研究，其程度之深之广甚至超过其对《古兰经》的认知，许多人堪称基督教神学大家。

手稿的第三类主要为一些阿尔哈米亚语诗歌。一般认为，较之此前丰富多彩的安达卢斯文学，这些诗歌不啻是相形见绌，甚至被贬斥为“缺乏审美价值”。篇幅所限，本节从略，在此仅举一例。它是匿名莫里斯科嘲讽天主教高级僧侣的，韵律比较自由，修辞也较为简单，但诗风相当犀利，而且一定程度上顺应

① Arévalo: *Tafcira*, ed. por Ribera, Julián y Asín Palacios, Biblioteca de la Junta, Madrid, Centro de Estudios Históricos, fol. 225.

了文艺复兴运动的“主旋律”。尽管立场和角度固有不同，甚而创作者厄运难逃，但他或他们不尽如洛佩斯－巴拉尔特所说的那么“可怜兮兮”[①]。无如之下，他们还有血气和尊严。因此，他们的作品仿佛一抹如血的残阳，批判的笔触也不可谓不酣畅淋漓：

他们颁布此等律令
教士修女不得嫁娶
这与已婚上帝相悖
先知圣徒神圣高洁
亚当受命来到人世
人类繁衍生生不息
主说“繁殖吧你们”
走兽、飞禽和鱼类。

如此等等皆非所愿
神甫、修女和修士
任何时候不准有欲
拥有财产更加不可
唯有禁欲幽闭生活
忏悔斋戒自我鞭笞
悔罪祈祷直至死亡
以便得到永恒生命。

命令皆为别人而设
他们决定别人罪孽
自己竭尽卑鄙淫乱
整个罗马皆是情妇：
凡貌秀丽身材姣好
不能逃脱他们手掌
私生子哦，充斥圣城
结婚有罪，此乃善举。

① 洛佩斯－巴拉尔特：《西班牙文学中的伊斯兰元素》，第 159~183 页。

虚伪教律，满纸谎言
腐败荒谬，比比皆是
如此这般罪孽非深？
且看奥古斯丁评说
亚大纳西是其榜样
此乃真正异端迷途
保罗朝令，格列高利夕改
西克图斯和奥诺里斯彼此矛盾！[①]

诚然，据有关史料记载，最早的阿尔哈米亚语诗歌可以追溯到公元 12 世纪安达卢斯诗人伊本·古兹曼。他的《歌谣集》（见第二编第二章第二节）为西班牙语及其文学的发轫与发展提供了不可多得的佐证。而他作为西班牙语俗语的最早使用者之一，同时还是阿尔哈米亚语的重要实验者：通过奇妙的阿拉伯—西班牙混合语言使两种文化得以融合。这就是说，早在公元 11、12 世纪，阿尔哈米亚语及其文学就已产生，尽管迄今为止人们对这一语言文学的了解还只是冰山一角。许多难题亟待破解，研究才刚刚开始。但可以想见，在业已取得的研究成果基础上，我们将有望全方位地审视这朵带血的奇葩。

第三节 其他文献资料

一、《安达卢斯》（*Al Andalus*）杂志

作为安达卢斯文学的专业期刊，《安达卢斯》杂志由位于马德里和格拉纳达的阿拉伯研究学院创办于 1933 年，西班牙内战期间停刊，1939 年复刊。至 1979 年因经费等原因最终画上句号，杂志每年发表一到两期，共刊发论文五百余篇。

按内容分类，《安达卢斯》主要集中在阿拉伯安达卢斯文学与文化研究。其中，有关苏非神秘主义及其对西班牙文学影响的论文占 30% 以上，如第一期第一篇便是阿辛·帕拉西奥斯的《圣胡安·德·拉·克鲁斯——西班牙伊斯兰文学先驱》（*Un precursor hispano-musulmán de San Juan de la Cruz*）。另有 50% 左右为安达卢斯作家、作品研究，其余为中世纪科学、语言和安达卢斯文化习俗研究等。阿尔丰索十世等基督教历史文化名人也在不同类别占有一席之地。

按体裁分类，有关诗歌评述的文章占 50% 以上，安达卢斯诗坛的繁荣和重要

① 洛佩斯－巴拉尔特：《西班牙文学中的伊斯兰元素》，第 168~169 页。译文稍有改动。

性由此可见一斑。伊本·阿拉比、伊本·古兹曼等文人出现频率最高。有关散文的著述约占40%，其中尤以伊本·哈兹姆及其代表作《鹁鸽项圈》为主要研究对象。其他如寓言故事、玛卡梅小说等方面研究所占比例较小。

二、我国有关阿拉伯文学与西班牙文学关系的研究

如前所述，近半个世纪以来，"东学西渐"已逐渐成为一门显学。东西方学者越来越重视科技、宗教、哲学、文学等文化领域西方文明的东方起源。亨廷顿（Samul P. Huntington）在《文明的冲突与世界秩序的重建》（*The Clash of Civlizations and the Remaking of World Order*）中所提出的某些观点，固然不无偏颇，但终究引起了人们对不同文明的关注和反思。更为重要的是，文明冲突背后的利益不断凸显，以至于纷争不断、战事频仍。这使得人们更加珍惜和平、呼唤和谐，相关成果越来越多。如何减少冲突、增进了解和互信，成为全球面临的共同课题。如是，我国从事阿拉伯文学研究的前辈、同行，也开始将目光转向了西方文学的阿拉伯渊源。盖因今天永远是昨天的延续。

1988年，中国学者李振中在《国外文学》上刊出《但丁的〈神曲〉与伊本·阿拉比的〈登宵记〉》一文。他赞同西班牙学者阿辛·帕拉西奥斯的观点，认为《神曲》与公元11世纪阿拉伯文人麦阿里的《宽恕书》、13世纪安达卢斯时期阿拉伯著名哲学家伊本·阿拉比的《登宵记》的描述十分相近，并通过文本细读、比照的方式，分析了《神曲》与二者的传承关系。仲跻昆教授在《阿拉伯中古文学与西欧的骑士传奇文学》（1995）一文中，从骑士文学产生的社会背景、作品主题、叙事手法等方面，结合阿拉伯文学作品《安塔拉传奇》、《一千零一夜》、阿拉伯贞情诗歌和苏非思想等进行比较，分析西班牙骑士小说可能受到的阿拉伯文学的影响。此外，他还以法国安德烈·勒夏普兰的《纯真爱情的艺术》以及西班牙早期骑士小说《西法尔骑士》等作品为例，进一步探讨了它们对阿拉伯文学作品的借鉴痕迹。王晓云在其硕士论文《论流浪汉小说的历史嬗变与艺术特征》（2004）中，提到了阿拉伯玛卡梅作品可能对《小癞子》等流浪汉小说产生了影响，尽管只是点到为止。2005年，孔令涛在《试论几种阿拉伯文学形式对欧洲文学的影响》一文中，简要分析了彩诗、俚谣等阿拉伯文体对欧洲文学作品的启发，并在其所著的《文化大背景中的阿拉伯文学和欧洲文学影响研究》（2014）中用前半部分着重论述了阿拉伯文化进入伊比利亚半岛后对欧洲文艺复兴运动所产生的作用，并简要分析了彩诗与欧洲骑士抒情诗、但丁《神曲》与伊斯兰、玛卡梅与欧洲流浪汉小说，以及拉封丹寓言与《卡里来和笛木乃》之间的传承关系。

此外，概述阿拉伯安达卢斯文学与西班牙文学关系的相关论文还有周钦的《论西班牙文学中的阿拉伯渊源》（2009）、冯维娜的《试分析阿拉伯文化对

西班牙文学的影响》（2013）、卢红玉的《阿拉伯文化对西班牙文学的影响思考》（2015）、周放的《试论阿拉伯文学对西方文学的影响》（2015）等。笔者在2011年至2015年间，也先后就阿拉伯寓言《卡里来和笛木乃》、玛卡梅文体、《鹁鸽项圈》等作品对西班牙文学的影响发表了5篇论文。目前，国内相关研究成果凡20余篇。

值得一提的是，安达卢斯时期对西班牙文学产生深远影响的，除了阿拉伯文学外，还有犹太文学，且犹太人在阿拉伯文学的传播过程中，也起到了至关重要的作用。但囿于语言和精力的限制，本著并未将其纳入研究范围，相关研究著述从略。

第四节　研究方法

除了学术史梳理，文本细读是本著作前期准备的重中之重。然而，无论是阿拉伯世界还是西班牙本土，均尚未将安达卢斯文学史排上议事日程，在我国也只是极少数前辈学者和同行偶有涉及。为了尽可能全面掌握安达卢斯文学的面目，我花了近两年时间对其进行了历时性梳理，并选译了大量诗文（见第一编）。同时，为公允地评价安达卢斯文学与西班牙早期世俗文学的关系，我选择了较为客观的平行比较方法。

都说比较文学是一门新兴学科，但自从文学有了批评（文学一词原本就是偏正结构，既有文，又有学）之后，它几乎也就应运而生了。而且从实践论的角度看，文学研究鲜有不涉及比较的，无论平行比较、影响比较或接受研究，哪怕作品与作家的关系，以及作家作品与时代社会、历史文化因缘及同时代文人的风云际会，都属于广义比较文学的研究范畴，因此，其历史非常悠久。然而，20世纪以降，比较文学理论日益丰富庞杂。从以本体论、认识论、方法论为不同立足点或指向的义理、辞章、考据、阐释方法到比较诗学和文体比较（如诗歌、小说、戏剧、散文）、风格比较（如婉约、狂放、戏谑、反讽等），再到跨文化研究等，可谓五花八门。另一方面，从社会历史批评到“后现代之后”，20世纪被誉为“批评的世纪”，文学批评理论和方法呈现出发散性态势。从形式主义到社会主义现实主义，从女性批评到后殖民主义，叙事学、符号学、现象学、阐释学、心理学等形形色色的结构主义、后结构主义批评和意识形态批评、文化研究，以及延宕、互文、身体、身份、空间、流散、变易、伦理等诸多研究热点和方法此起彼伏，早已是杂然纷呈。它们在拓展视野、深化认知方面或有可取之处，但本书不拘泥于任何一种理论或方法，而是努力基于历史唯物主义和辩证思想，摆事实、忌偏误，尽可能点面结合，即文本细读和整体把握、实证方法和平行比较并重，力戒生搬硬套和牵强附会。

鲁迅说过，“倘要论文，最好是顾及全篇，并且顾及作者的全人，以及他所处的社会状态……”[①]诚哉斯言。本著亦当如此，即尽可能系统、全面地梳理和分析阿拉伯安达卢斯文学与西班牙早期文学的关系，尤其是前者对后西哥特时期西班牙世俗文学发生所产生的作用。但是，囿于历史原因，中世纪西班牙作家对安达卢斯及广义的阿拉伯文学的借鉴完全采取用则取之，不用弃之的“实用主义”方式，而且从不说明因缘与由来。这给我们的比较平添了难度，同时也是本著的最大难点和意义所在。为避免主观臆断，本书尽量本着客观公允的态度，呈现两种文学在特定历史环境和文化语境中的交互关系。总之，从历史和辩证的角度，并鉴于西哥特拉丁文学唯宗教形态，揭示西班牙文学之初的世俗化倾向与阿拉伯安达卢斯的关系是本著的主旨。本着既不夸大，也不避讳的原则，本著有可能将阿辛·帕拉西奥斯和洛佩斯－巴拉尔特等人开创的事业推向新的维度。

由于所涉范围宏阔，本著必须有所规约。首先，基于西班牙宗教文学与伊斯兰教的关系已有前辈学人进行了较为系统的耙梳，本书的研究重点则基本指向阿拉伯安达卢斯对西班牙早期世俗文学的影响，个别段落或与阿辛·帕拉西奥斯、洛佩斯－巴拉尔特等前辈所关注的伊斯兰元素耦合（除非难免，否则尽量规避）。其次，本人将充分利用博研备考和在读期间的相关前期成果，以期对有关论题分门别类、取精用宏；但时间和水平所限，疏漏和欠缺在所难免，敬请各位方家批评指正。

①《鲁迅全集》第六卷，北京：人民文学出版社，1981 年版，第 430 页。

第二章　安达卢斯诗歌与西班牙早期谣曲

阿拉伯人具有悠久诗歌传统。早在伊斯兰教产生之前的贾希利叶时期[①]，诗歌就已经问世了。它最初源自占卜师的韵文，后来形成了有格律的短诗。随着格律的发展与成熟，阿拉伯伊斯兰教之前成就最高的诗歌形式——长诗“盖绥达”开始出现。如今流传下来的长诗中，最为著名的有七到十首，它们因曾被悬挂在克尔白神庙上而得悬诗之名。自悬诗以降，阿拉伯诗歌迅速发展并兴盛起来，成为上自王公贵胄，下至黎民百姓最喜闻乐见的文学形式。人们可以用诗歌矜夸部族、抒发感情。其所特有的“起兴”形式，与我国的《诗经》颇为相似。及至伍麦叶王朝和之后的阿拔斯王朝，阿拉伯讲求格律对仗的长诗达到鼎盛。一方面，它在格律的严格方面近乎苛刻；另一方面，它在语言的使用上极尽旖旎、雕琢之能事，各种文字游戏式的诗歌层出不穷，其繁茂不亚于我国的唐诗（二者产生的时间也有趣的接近）。这当然说明了诗歌发展的进步与兴盛。但物极必反，从另一个角度看，这种严格的格律、雕琢的语言也使诗歌发展渐渐进入瓶颈，因此导致后期文人们多卖弄文辞，甚至无病呻吟，真正精美、优良、富有文学和精神内涵的诗歌越来越少。在这种情形下，阿拉伯诗坛也亟待出现一股新生力量，来改变诗歌奢靡浮华之态。公元8世纪初，这个时刻到来了。阿拉伯人进入伊比利亚半岛后，由于闯入了一片迥然不同的天地，看到了前所未见的风俗人事，他们寓诗于歌，改革诗歌的韵律、语言，彩诗与俚谣便应运而生了。更为巧合的是，这种诗歌形式酷似我国的宋词，其产生和兴盛时间也惊人地相近。当然，这是题外话。本章试分析这两种诗歌形式的特点，以及它与西班牙早期诗歌发展千丝

① 阿拉伯文学史将公元5世纪至伊斯兰教产生之前的这一时期统称为蒙昧时期，认为这一时期的文学作品均未受到伊斯兰宗教精神的烛照。

万缕的联系。

第一节 彩诗与哈尔恰

彩诗（Muwashshhāt）是公元 9~13 世纪产生并流行于阿拉伯国家，特别是安达卢斯地区的一种新型诗体。“彩诗”一词，据说来源于阿拉伯语词汇 وشاح，意为饰带、绶带、流苏等。盖因彩诗不同于传统阿拉伯长诗，在韵律等方面有较大变化，每节的诗韵仿佛流苏或是彩带装饰着诗歌，故名为“الموشحات、التوشيح、الموشح”，统译为彩诗。关于它的具体发轫地点与时间，阿拉伯学界普遍存在着几种不同的观点。

一种观点认为，彩诗最早产生于阿拔斯时期的东部阿拉伯地区，首创彩诗的是大诗人阿卜杜拉·本·穆阿台兹（‘Abu Allh al-Muatzz，861~909）①，谈到彩诗，人们就会想起他的著名诗句：

أيها الساقي إليك المشتكى
قد دعوناك و إن لم تسمع
（大意为：
诉离忧兮与吾魂，
独唤汝兮不吾顾。）②

持这一观点的学者认为，这是阿拉伯文学中出现得最早的彩诗。如萨法阿·赫鲁绥（Ṣffā‘a Khlūṣī，1917~1995）在他的著作《诗歌与韵律的划分》（*Fannu at-Tagṭī‘a ash-Sha‘arīi wa al-Gāfīyh*）中曾说：“我们相信彩诗是产生于东部阿拉伯地区，但是是在西部地区得到发展，并在伊历 7~8 世纪（公元 13~14 世纪）达到鼎盛的。阿拉伯文学史上的第一首彩诗应当是‘诉离忧兮于吾魂，独唤汝兮不吾顾’那句诗句。”③

另一种观点虽然认为上述诗句并非一定出自阿卜杜拉·本·穆阿台兹之手，但也同意彩诗最早发轫于阿拔斯时期的东部阿拉伯地区，其时间上限为伊历 3 世纪，即公元 9 世纪，略早于西部安达卢斯地区。持这种观点的学者将阿拔斯时期著名的诗人艾布·努瓦斯（Abu Nuwās，约 757~814）的某些诗句也归于彩诗。但

① 阿卜杜拉·本·穆阿台兹（Abdu Allah Bn al-Muataz，861-908），出身于哈里发王族世家，擅长写各种诗歌，据说他所著《藻饰修辞》（*al-Badī‘a*）是阿拉伯最早的一部论述修辞学的专著。

② Muhammad Zakriyā ‘Ananiī, *al-Muwashshahāt al-Andalusī*, ‘Alim al-Mu‘arifah, Kuwait, 1980, p.14.

③ Mustafa ash-Shak‘ah, *al-Adab al-Andalusī: Maudū‘ātuhu wa Funūnuhu*, Dār al-‘Ilm lil-Malāyīn, Beirut, 1979, p.302.

也有学者认为，艾布·努瓦斯的许多诗句其实并非彩诗，而是五韵诗，并且这些五韵诗很有可能并非出自艾布·努瓦斯之手。

第三种观点认为，彩诗最早产生于西部阿拉伯安达卢斯地区，是阿拉伯人在伊比利亚的原创诗体。其时间上限为公元9世纪，10至13世纪达到成熟和鼎盛。这也是目前越来越为学界所普遍认可的观点。

当然，也曾有西班牙学者认为，彩诗的产生更多是受到了西班牙本土语言、文学、文化的影响，而不是相反。尽管如此，他们也都一致承认，彩诗具有明显的阿拉伯本土特色，它更像是一种混合韵诗或五韵诗。

虽然上述几种观点对彩诗的最初发轫情况持不同意见，但它们一致认为彩诗的兴盛和成熟无疑是在西部阿拉伯安达卢斯地区，是阿拉伯人与伊比利亚原住民、犹太人共同生活的产物。因而，毋庸置疑的是，彩诗体现了东西方文化的杂交和融合，是阿拉伯语、罗曼司语和希伯来语的“混血儿”。它的出现满足了世俗和宗教的双重需求，同时也是自由意象在中世纪西方文学中的最先体现。

从传承的角度看，彩诗是古典长诗盖绥达的“异化”，是阿拉伯人入主安达卢斯以后由文化包容和语言会通所催生的通俗化和拉丁化成果。而罗曼司语学者则认为，彩诗基本上可以视作罗曼司诗歌的源头，从安达卢斯文学脱胎而出，因而具有鲜明的伊比利亚色彩。[①]

一、彩诗的由来、形式以及韵律

笔者认为，上述第三种观点较为成熟可信。这要从彩诗产生时的社会、文化背景；首先创作彩诗的诗人群体；彩诗的结构、韵律等多方面来进行分析。

（一）彩诗产生时的社会文化背景

所谓“诗言志，歌永言，声依永，律和声”[②]，一种诗体的产生，必然适应人们生活和感情表达的需要。因而中国古典诗歌最初的形式为以四言诗为主的《诗经》，而阿拉伯诗歌最初成熟的形式则为悬诗。二者同样以起兴手法开篇，在征战的沿途吟咏、歌颂部族的战绩。到公元8世纪中期，伍麦叶王朝的后人登上伊比利亚半岛并建立了统治政权，新兴的阿拉伯统治者延续了热爱诗歌的传统。相传阿卜杜·拉赫曼一世（731~788）本人就是位诗人，他曾有脍炙人口的诗句流传：

吾于卢萨法，偶见椰枣树，
孑然立西方，远离故乡土。

① María Rosa Monecal：*The Literature of al-Andalus*, Cambridge University Press，2006，p.168.
②《尚书·舜典》，陈戍国点校，长沙：岳麓书社，1991年版，第218页。

君身似吾身，别乡在异处，
何其久矣哉，吾离吾民臣。
君身为异客，寂然默成长，
如吾独伫立，洪荒偏远角。
唯愿于此地，朝霞悦君意，
唯愿甘霖降，与君永相伴。①

阿卜杜·拉赫曼一世的这首诗，就已经体现出与传统长诗不同的特点，例如韵律松散等（详见下文）。然而。学界一般认为对彩诗的产生起到更大作用的，是巴格达的著名音乐家齐尔雅布。第一编中曾谈及，公元9世纪初，齐尔雅布一行从巴格达来到科尔多瓦，创办了音乐学校，并广受欢迎。能歌善舞的人们不再满足于古典诗韵，开始尝试更为丰富的韵律，彩诗便应运而生。因此可以说，彩诗从开始就仿佛我国的宋词，是为了吟歌入舞而生的，因而具有语言通俗流畅、韵律灵活多变的特点。

（二）早期彩诗诗人

关于彩诗诗体的正式确立，学界也有不同观点。阿拉伯文学批评家伊本·巴萨姆在他的《半岛名人佳作撷珍》（*aẓ-Ẓakhīrah fi Muḥāsin Ahli al-Jazīrah*）中说："首先创造了彩诗韵律的，是大诗人穆罕默德·本·古布里·陶里里（Muhammad al-Gubrīi aḍ-Ḍarīri，生卒年不详），他根据古典诗歌的半行诗句（通常为不太常用的诗歌韵律）②创造了彩诗的韵律，语言多使用方言甚至是'外来语'，并将其称为'中心'（al-markaz）。彩诗内容简单，很少引经据典。"③

而历史学家伊本·赫勒敦（Ibn Khldūn，1332~1406）则有不同看法。他在《绪论》（*al-Mugaddamah*）中说："安达卢斯地区诗歌原本并不兴盛，后来才出现了彩诗，而《罕世瓔珞》（*al-'Agdu al-Farīd*）的作者伊本·阿卜杜·拉比（Ibn Abu Rabih，860~939），则是首创彩诗的诗人之一。"④伊本·沙克里·凯特比（Ibn Shākri al-Katbī，1287~1362）在其《逝者如斯》（*Fawāt al-Wafayāt*）中也说："据说，创造彩诗的是《罕世瓔珞》的作者伊本·阿卜杜·拉比，其后才是优素福·本·哈鲁尼·鲁麦迪（Yūsuf Bn Hārūn ar-Rimādī）、阿拜德·本·阿卜杜拉（'Ibādah Bn 'Abu

---

① 转引自路丝·洛佩斯－巴拉尔特：《西班牙文学中的伊斯兰元素》，第10页。
② 阿拉伯古典诗歌一句通常由上下两片（البيت）组成，此处所指的为上片诗句末尾的韵律。
③ Ibn Basām, *aẓ-Ẓakhīrah fi Muḥasin Ahli al-Jazīrah*, pubulished by Lajnah min al-'ulamāa, Cairo, 1975, p.2.
④ Ibn khaldūn, *al-Mugaddamah*, edited by 'alī 'abdu al-wāḥid wāfī, Cario, Maktabah al-khānjī, 1973, p.391.

allah）等。”[①]

也有学者认为，公元10世纪初的两位科尔多瓦诗人——穆格丹·伊本·穆阿里夫和穆罕默德·伊本·迈哈穆德是真正确立彩诗体的诗人。这或许是因为，除了伊本·穆阿里夫和伊本·迈哈穆德留下了少许诗篇外，其他同时期安达卢斯彩诗作者的大部分作品皆被岁月带走，少有作品留存下来。而且从年代上来看，似乎这二人最早。这些和同时期或稍后的文学家们对彩诗的鄙薄不无关系，他们视其为不登大雅之堂的“艳歌小调”，常常不屑于将其收到自己的文学史中。

伊本·穆阿里夫在第一编中已有提及，他被认为是彩诗的真正“发明者”。之前所选的那首彩诗，其押韵并不十分规范，大体遵循的是aa，bb，aa，bb，aa的押韵方式：

原野的鸽子，令我悲哀；（a）
栖息于枝头，多么可爱！（a）

自由自在，撒旦不惧；（b）
无忧无虑，噩梦止步。（b）
有朝一日，因故心失，（b）
尔将似我，生如炼狱。（b）

我心已死去，怎能不悲？（a）
真主有知乎，能救我哉？（a）

我心所爱，随爱而去！（b）
病入膏肓，我身何愈？（b）

我当何如，我当如何？（a）
请别离去，我心所爱！[②]（a）

从以上所述来看，彩诗究竟始自哪位诗人可谓众说纷纭，莫衷一是。而笔者认为，彩诗的形成，很可能是逐渐形成的，并非某一位诗人独造，而是在阿拉

① Ibn shākir al-Katbī, *Wafātu al-Wafayāt*, Dār Ṣādir, Beirut, 1974, p.149.
② See www.esacademic.com/muqaddan ibn muafa/.

伯人与伊比利亚半岛原住民的生活、文化交融中应运而生的。但较为可靠的观点是，在《罕世璎珞》之后，彩诗确实迅速发展、成熟起来，并为许多安达卢斯诗人所喜爱。许多诗人在创作古典诗歌的同时，也涉足彩诗。因此，可以说，《罕世璎珞》的问世是彩诗兴盛的肇始。甚至于“彩诗”一词的由来，也与其作者阿卜杜·拉比密不可分。他在一首题为《璎珞》的长诗中，率先将这种彩带样循环押韵方式比喻为“项圈”或“项链”（详见上文所引彩诗），而彩带正是阿拉伯语“الموشح”的音译。

因此，从现存资料看，首先创作彩诗的都是具有深厚阿拉伯古典文学功底的安达卢斯诗人，如伊本·阿卜杜·拉比。这些诗人既创作古典阿拉伯诗歌，也创作彩诗。他们在创作过程中，逐渐将古典阿拉伯诗歌的格律加以改良，采用更为通俗的阿拉伯语，并吸纳伊比利亚本地的“外来语”，最终为这种诗歌形式注入了新鲜血液，并使其广为流传。

（三）彩诗的结构与韵律

彩诗的结构不同于传统的阿拉伯古典诗歌。前面提到，自“悬诗”以来，阿拉伯古典诗歌多采用长诗盖绥达的形式，每首“盖绥达”大多由七至十个以上的诗句“拜特”（al-Bait）组成。每个诗句又分为上下两联（ash-shaṭr），称为联句。每联句由二到四个音步组成，下联要压尾韵，全诗每句下联的尾韵不变，一韵到底。这使得“盖绥达”具有形式工整，韵脚整齐，吟诵起来朗朗上口的特点。这种诗歌形式一直为阿拉伯人所推崇、发扬，在阿拔斯时期更是达到了鼎盛，类似于我国的七律唐诗。

而彩诗则不同。它采取变韵的形式，因而也要复杂得多。根据其变韵的规律特点，它被分为“全彩诗”（al-muwashshah at-tāmm）和“秃头诗”（al-muwashshah al-agra‘a）两大类。“全彩诗”以锁韵诗节（al-gafl）开头，全诗共由锁韵诗节及拜特诗节穿插组成（此处的“拜特”与传统长诗中两联句的“拜特”不同，而是指由二至五个诗句不等组成的诗节），构成“锁韵诗节—拜特诗节—锁韵诗节—拜特诗节……锁韵诗节”的形式。也就是说，“全彩诗”尽管长短变化不一，但其开头和结尾一定是锁韵诗节。上文所引伊本·穆阿里夫的那首彩诗亦可算作一首“全彩诗”。“秃头诗”则不同，它不以锁韵诗节开头，但亦由拜特诗节和锁韵诗节穿插组成，构成“拜特诗节—锁韵诗节—拜特诗节……锁韵诗节”的形式。每首彩诗的锁韵要统一，诗节的韵律则可以变化。锁韵诗节的长短不一，有由两联句组成的，也有由四联句或是八联句、十联句等组成的。“全彩诗”中，一旦开头的锁韵诗节确定后，全诗都要重复相同的锁韵，包括形式和韵律。拜特诗节由单句或是联句组成，每一拜特诗节包含二至五个诗句（单句或联句）不等。同样，全诗的拜特诗节需保持统一形式（有的诗中略有不同），韵律则可变化。为便于理解，再举一位安达卢斯诗人艾阿迈·塔蒂里（A'ma at-Tṭīlī，生卒年不详）的一首“全彩诗”为例（节译）：

苍穹繁星闪闪（a）
是多么明亮澄澈（b）
本质清湛昭彰（a）
好似诉说我的贞烈（b）

无论你用借口与否（c）
我忧郁的魂灵（d）
只能默默承受（c）
我心销蚀殆尽（d）
也许只能噤口（c）
美梦惨遭年轮侵凌（d）

一切皆烟消云散（a）
我仍不肯后撤（b）
漫无目的地游荡（a）
无如何言急切（b）

你若要将我抛弃（e）
我又能有何怨艾（f）
真爱无法抵挡（e）
哪怕斥责与污蔑（f）
我在爱中徘徊（e）
只有它能让我歌唱（f）

你仍在我的心眼（a）
然而那感情却已不再（b）
岁月駸駸无限（a）
你终究把我忘却（b）[1]

① Muhammad Zakriyā 'Ananī, *al-Muwashshahāt al-Andalusī*, pp.19~21.

在上述这首节译的全彩诗中，锁韵诗节为两联句诗节，均押 a、b 韵；拜特诗节则为由三联句组成的诗节，每个诗节押韵不同。当然，并非所有彩诗都严格遵循上述模式，也并非所有彩诗都可以简单被划分为“全彩诗”和“秃头诗”。特别是到了后期，彩诗的变化愈发多样，有些彩诗甚至不分诗节，一气呵成，只是在韵律上有一定规律的变化。

这种变化使它有别于长诗，形成了复杂多变的韵律形式。一般来说，彩诗的韵律主要有双重韵，多重韵这两大类，且形成彩带样循环，但同样也并不局限于此，有些变化甚至更加复杂，难以简单归类总结。例如，在“全彩诗”中，其韵律大体为“abab，cdcd，abab，efefef，abab，ghghgh，abab，ijijij，abab，klklkl，abab”[①]；“秃头诗”中，则为“cdcd，abab，efefef，abab，ghghgh，abab，ijijij，abab，klklkl，abab……”；而在有些彩诗中，也会有“aa，bbbaa，cccaa，dddaa”、“abccc，abddd，ab”等押韵形式，不一而足。试再举两首彩诗为例：

江河抽出利剑（a）砍在垂柳枝上（b）
微风吹来习习（c）
满园春色浓郁（c）
一片绿荫匝地（c）
天籁声声不断（a）催得百花开放（b）
君看群鸟齐鸣（d）
大地出现黎明（d）
园中花香正浓（d）
云被闪电驱赶（a）泪水不断流淌（b）[②]

又如：

高声呼唤叫酒家（a），请听客官把话拉（a）。
酒醉看人一个样（b），
酒水顺着指头洒（a），
醉来方知闹笑话（a）。

拉过酒坛凭桌坐（c），四碗四碗喝连着（c）。

① 仲跻昆：《阿拉伯文学通史》上卷，第 497 页。
② 同上，第 498 页。

眼前恍惚分不清（d），
太阳月亮竟认错（c），
想听故事且随我（c）。

眼疾皆为常流涕（e），泪水涟涟苦自己。（e）
自幼青梅伴竹马，（f）
两小无猜不分离，（e）
人随爱长盼婚期。（e）

……[1]

英国学者汉密尔顿·阿·基布在《阿拉伯文学简史》中还选取了一首彩诗，被学者公认为能够较好地体现彩诗的韵律特点：

掩面长叹，我沉重地倾诉（a）爱情的欢乐多痛苦（b）
我的心失去了她的启蒙（c）
她拒绝我悲伤的哭声（d）
却求来了自身的苦痛（c）
若逃避了爱情，我岂能复生（d）

"啊，心呀！"我哭诉（a）情敌嘲笑我的悲苦（b）
泪珠簌簌，对景难诉（e）
哀情吟唱残壁断垣（f）
情敌希望我倾吐（e）
"我再也不投你一眼"（f）

任凭春心如火如荼（a）泪洗双颊如注（b）
凝眸处，数尽千般风流事（g）
轻吐钟情（h）
想想自身伤心事（g）
又暗自呜咽泪如倾（h）
我的心彷徨无主（a）昔日恩情不知在何处（b）

① 艾哈迈德·艾敏：《阿拉伯—伊斯兰文化史》，第183页。

我的泪水焉能受埋怨（j）
我的心分担了痛苦的心境（k）
身心疲乏辗转不成眠（j）
仰首探索这寥廓银汉，沧波万顷（k）

屈指想把星儿数（a）点点寒星不计其数（b）
我与羚羊约会（l）
羚羊远比狮子矫健（m）
我来赴约，她却执意要“明天”相会（l）
但见惊鸿一瞥，倩影不见（m）

乡亲们！这种戏谑可曾听说（a）佳人芳址又在何处（b）[1]

这种灵活多变的韵律产生的主要原因，是来到安达卢斯的阿拉伯人为了适应歌曲吟诵的需要，对古典诗歌进行改良，所以形成了鲜活灵动的诗歌形式。正如有的学者曾经质疑彩诗的格律究竟是来自阿拉伯古典诗歌还是罗曼司语歌谣一样，关于这一点，笔者同样认为，彩诗格律最主要的源头，无疑是来自阿拉伯古典诗歌，但与当地文化的融合密不可分。传统的阿拉伯长诗格律非常严谨，大致分为十六种，例如长律（al-Baḥr aṭ-Ṭawīl），乃每个联句八个音步；延律（al-Baḥr al-Madīd），乃每个联句六个音步；另有简律（al-Baḥr al-Basīṭ）、繁律（al-Baḥr al-Wāfir）等等。彩诗的格律大体延续了古典长诗的格律，但更简易灵活。除了一部分由两联句诗句组成诗节的彩诗外，大部分彩诗为单联句诗句组成的诗节，因而每个诗句多为三或四个音步，句式更短，更加便于记忆和吟诵。

二、彩诗的韵律与哈尔恰

彩诗的韵律特点大体如上文所述。前文亦曾谈到，每个彩诗的末尾均有一个锁韵诗节，而这个末尾的锁韵诗节又被称为“缀句”（al-Ḥarjah）。它颇似我国古诗中的“外一首”，内容竟可偏离“中心”（al-Markaz），并且大多采用阿拉伯安达卢斯方言、希伯来语或莫斯阿拉伯（阿尔哈米亚）语写成。后者系安达卢斯基督徒方言，即用阿拉伯字母（或希伯来字母）拼写的拉丁俗语——罗曼司语。在已知的六百多首彩诗中，近三百首用古典阿拉伯语或阿拉伯方言写成，二百多首用希伯来语写成，五十首用阿尔哈米亚语写成，其余兼有上述不同语言。正因为

① 转引自仲跻昆：《阿拉伯文学通史》上卷，第498~499页。

语言的混杂，这些彩诗的缀句也极富抒情性[①]，恰似后来的弗拉门戈歌舞曲。更为重要的是，由这些彩诗衍生的缀句竟无心插柳地开启了西方罗曼司语文学之先河。

西班牙拉丁俗语（方言）文学的最早表征便是从彩诗生发的。换个更为严谨的说法，它是由除阿拉伯语、希伯来语彩诗缀句之外，以阿拉伯或希伯来字母拼注的罗曼司语（或半罗曼司语）缀句，也即前文所说的阿尔哈米亚语彩诗“哈尔恰”衍生而来的。哈尔恰是 الخرجة 的音译，依附在彩诗之后，作为全诗的概括或后缀，大都为女性视角、女性口吻。由此可见，彩诗的主要受众当是女性，尤其是年轻女子。她们极有可能也是西班牙早期歌谣（或“俚谣”）的主要受众。后者所使用的语言固然多以阿拉伯语为主，却有意无意间混杂了更多的拉丁方言，直至逐渐演化为卡斯蒂利亚语民谣维良西科（Villancico）或歌谣（Canción）。

哈尔恰的主题与彩诗相仿，大体分为两类：歌颂爱情或英雄。颂歌类哈尔恰大都用古典阿拉伯语或希伯来语写成，并且大体延续了诗歌主题或主体内容，而且在哈尔恰中往往还会出现被称颂者的名号。情爱类哈尔恰则不拘泥于诗歌的主题或主体内容，而是每每别出心裁，故而既可能画龙点睛，也可能画蛇添足，与主旨不相匹配。它们的共同特点是风格简朴，不尚修饰，时而带有强烈的感伤色彩。孤立地看，我们很难确定哈尔恰的作者，有些哈尔恰甚至同时出现在两首以上不同的彩诗之后。这就更使人怀疑它们与彩诗作者的从属关系了。因此，哈尔恰的出现也许是时尚使然，也许是诗人信手拈来的民歌民谣，甚至读者或传抄者（如行吟诗人）的牵强附会，总之迄今为止难有定论。

哈尔恰由学者斯特恩（Samuel Milkos Stern）于 20 世纪 40 年代首次发现，1948 年他提供了缀于阿拉伯—犹太彩诗之后的 20 篇早期罗曼司语“断章”。之后，加西亚·戈麦斯（García Gómez）、梅嫩德斯·皮达尔（Menéndez Pidal）、赫格尔（Klaus Heger）、索拉－索勒（Sola-Solé）、达马索·阿隆索（Dámaso Alonso）、拉佩萨（Rafael Lapesa）、弗兰克（Marguit Frenk）、加尔梅斯·德·富恩特斯等迅速参与发掘和研究。及至 1965 年，加西亚·戈麦斯发表了著名的《阿拉伯文学中的罗曼司哈尔恰》（*Las jarchas romances en la serie árabe en su marco*），将他及有关同行发现的 56 首缀诗公诸于世，并对其进行了初步分析。迄今为止，学术界已发现 60 余首缀诗，它们大都以女性口吻示人，或哀愁，或幽怨，从一个侧面展现了阿拉伯占领时期基督徒或改宗者莫斯阿拉伯（Mozárabe，即 مستعرب 的音译，指改信伊斯兰教的原住民）的生存状态。

如上所述，彩诗产生于公元 9 世纪末、10 世纪初的安达卢斯，但目前所发现

① 转引自仲跻昆：《阿拉伯文学通史》上卷，第 168 页。

的哈尔恰（主要是指罗曼司语或是阿尔哈米亚语哈尔恰）最早始现于公元10世纪。这就使得西班牙俗语文学的发轫期较之1948年前所公认的时间提前了整整一个多世纪，从而超过了普罗旺斯民歌，成为近代西方最早的罗曼司抒情诗，[①]并且改变了学术界的某些传统观念。譬如近代罗曼司文学出自基督教民间歌谣、传说或行吟诗人的说法[②]。也许，囿于语言障碍，并基于罗马教廷曾一直明令禁止教士、修女染指世俗文学，[③]基督教当局并未觉察到缀于阿拉伯—犹太诗歌之后的哈尔恰。而哈尔恰的产生一方面是由于罗马教廷对阿拉伯占领区的基督徒鞭长莫及；另一方面或许还在于后者渐渐偏离了天主教道统，并耳濡目染，对阿拉伯—犹太文学生发了某种认同感。

此外，斯特恩发现的哈尔恰是一系列缀于犹太彩诗的早期罗曼司语作品，它们相对于阿拉伯语彩诗的罗曼司语缀诗略晚一些。但是，这些生成于公元11至12世纪的西班牙犹太彩诗的罗曼司语哈尔恰很快启发了加西亚·戈麦斯，后者于4年之后的1952年发现了24首阿拉伯语彩诗缀句，其时间可以追溯到公元10世纪初。1960年，德国学者赫格尔的发现将缀诗增加至53首。1965年，加西亚·戈麦斯将这个数字翻新至56首。后来，发现的步伐开始减缓。除去个别重复或雷同样本，目前已确定的罗曼司语哈尔恰有60余首。其中40余首缀于阿拉伯语彩诗，20余首缀于希伯来语彩诗，其他个别为阿拉伯语或希伯来语缀诗。由于这些缀诗是用阿拉伯语和希伯来语字母拼写的罗曼司语诗句，因此在传抄过程中变体较多，有些甚至已经明显损耗。弗兰克教授以第11号哈尔恰为例，说明了这一情况：

Kn kyr tn'd y'mm'
Kn kyr tn'd mmh
Kn kyr t'gr'l'qd y'mm
Kn tn'r'l'qd y'mmh

这是同一诗句的四种版本（或变体），加西亚·戈麦斯将其译为："No quiere el mercader de collares，madre…（妈呀，商人不把项链贯……）。"[④]

① 比如庞德在《罗曼司精神》(1910)中高度赞扬罗曼司文学并将欧洲"抒情诗源头"普罗旺斯民歌与"叙事诗源头"荷马史诗相提并论。然而，古希腊并非没有抒情诗，西班牙的抒情诗"哈尔恰"又比普罗旺斯早一个世纪。

② Frenk：*Las jarchas mozarabes y los comienzos de la lírica románica*，México：Editorial de El Colegio de México，1975，pp.9~41.

③ Ibid. pp.46~48.

④ Ibid. p.107.

同时，有关案例表明，早期西班牙境内的罗曼司语大都没有古典拉丁文或现代西班牙语的动词。后者由“弱动词”或动词化副词、名词、形容词替代。更为重要的是，不少诗句甚至缺乏元音，这更加印证了它们与阿拉伯语的亲缘关系。如：

Gryd bs’y yrmn’ls（依汝所愿，姐妹们哦！）
Km kntnyr ‘mwm’ly（我如何才能免灾祛难？）
Sn ‘lhbyb nn bbr’yw（没有情哥我不活：）
’dbl’ry dmnd’ry（他的踪迹何处觅？）

——第 4 号

Kfr’ m’mh（我的妈呀，我当何如？）
Myw ‘lhbyb ‘st’dy’nh（情哥哥已在家门口。）

——第 14 号

’Isb’h bwnw g’r（美丽朝阳）
my dwn b’ns（来自何方？）
Y’ lys k’wtry ’ms（温暖别人，）
’myby tn q’rys（冷却我心。）

——第 17 号

Sk’rs km bwn myb（若是好男悦我，）
Byym’ d’ ’lnzm dwk（亲吻两串珍珠，）
Bk’lh d’hb ’lmlwk（在我樱桃嘴中。）

——第 31 号①

此外，形式方面，哈尔恰延续了彩诗的韵律，譬如以下几首的尾韵：

Non quere tayir al-‘iqd，ya mamma，（妈呀，商人真小气，）
Amana hula li.（不把珠宝贯。）
Coli’albo verad for a mew sidi：（我颈白如雪，）

① Frenk：*Las jarchas mozarabes y los comienzos de la lírica románica*，México：Editorial de El Colegio de México，1975，p.108.

Non verad al-huli.（我爱难见饰。）

——第 11 号

Mamma，ay habibi！（妈呀，好个亲亲！）
Sua al-yummella saqrella，（眼碧发金，）
E el collo albo，（颈白如雪，）
e boquella hamrella.（唇红似血。）

——第 33 号（XIV：14 号）

Boquella al-'iqdi，（珍珠口衔，）
Dolye com'as-suhdi，（津似蜜甜，）
Ven，beyame.（来吻我吧！）
Habibi，yi 'indi，（入我怀抱，）
Adunam'，amande，（和我一体，）
como yawmi.（恰如昨昔。）

——第 XXXV（35）号[①]

Albo diya este diyah，（面对灿烂阳光，）
diya de l-'ansara haqqa！（适逢圣约翰日！）
Vestirey meu l-mudabbay（穿上美丽盛装，）
wa nasauqqu r-rumha saqqa.（放下一切杂事。）

——第 51 号

Amma ana habibi，（亲亲，如是我在，）
yatis meu corasoni，（心已陶醉；）
Si m'giyan risa-ha，（汝目似箭，）
ala no queras manuni.（饶我不死！）

——第 61 号

如上所见，哈尔恰的主题多为爱情：幽怨和期待是其主要内容，且主人公或叙事者皆为女性，甚或怨妇。这显然与战争有关，从而使类似主题在后来的西班

① 弗兰克用阿拉伯数字表示弗兰克版和索拉－索勒版序号，用罗马数字表示加西亚·戈麦斯版序号。转引自 Frenk：*Las jarchas mozarabes y los comienzos de la lírica románica*，第 112 页。

牙语谣曲中得到了发展（详见后文）。然而，清一色的女性口吻也让人不得不寻思其与安达卢斯穆斯林生活方式的某种关系。其中，母亲的形象非常显眼，而父亲却是完全阙如的。女主人公或叙述者也大多体现出童贞心怀，唯有少数案例给出了不同的倾向：它们不仅语调欢乐明快，而且态度积极主动（譬如加西亚·戈麦斯版第 35 号缀诗）。

哈尔恰的另一个重要特征是内倾性。一切皆在人物内心：情感、梦想、悲喜、怨尤、哀愁、失望、拒绝……除了倾诉对象（母亲或情人）外，没有任何外在物事，就连时间（年份）和空间（地点）也是模糊的。斯皮策由此认为作者应为城市歌手（而非一般行吟诗人）。① 而梅嫩德斯·皮达尔则将女性口吻和幽怨腔调阐释为“风尚使然”的“有意为之”。② 也有学者故此认为它们属于某个未知的特定诗群或流派（即使是在彩诗范畴当中）。③

在弗兰克看来，哈尔恰是典型的抒情诗，其中的矜夸和感喟（包括大量惊叹号的使用）更增添了抒情效果。譬如：第 26 首中的“Amanu，amanu ！ ya l'malih!”（“慈悲啊，发发慈悲！哦，我的美男子！”或者第 58 首中的“Laita non lo amase ！”（“不爱你该有多好！”）。其中“Laita”是阿拉伯语标音，意为“但愿”。④

哈尔恰所表现出的大胆和直接是又一个令人称奇和击节的方面。在加西亚·戈麦斯版第 XXXII（32）号和弗兰克版第 48 号案例中曾分别体现了女子对男子的大胆邀约：

Ven ‘indi, habibi!（情哥哥快来呀！）
seyas sabitore：（你若撒谎逃避：）
tu huida samaya，（必遭电打雷击，）
Imsi，adunu-ni！（快快到我怀里！）

Sabes ya，mio amor，（你知道，我的爱，）
que catame el morire；（没有你，我会殁；）
Imsi，ya imsi，habibi：（我的爱，快来呀：）
non se sin te ver dormire.（不见你，我无眠。）

① Spitzer：“‘The Mozarabic Lyric and Theodor Frings' Theories”, *Comparative Literature*, 4（1952）, Duke University Press, p.10.

② Menéndez Pidal：“La primitiva lírica europea. Estado actual del problema”, *RFE*，43（1960）, Madrid, p.205.

③ Frenk：*Las jarchas mozarabes y los comienzos de la lírica románica*，p.118.

④ Ibid. p.119.

索拉－索勒提供的另外两个案例也非常说明问题：

Si si ven，ya sidi；（好啊，好啊，来吧主人；）
Cuando venis vos i（当你来到我的怀抱，）
La boquella hamra（我用小嘴将你亲吻，）
Sibarey ka－al－varsi.（它像赤鸽，如血般红。）

——第 20 号

在另一版本中，这首哈尔恰变成了：

Si os vais，ya sidi？（你要走吗，我的主人？）
Qu'ante besaros he（哪天再来，让我吻你：）
（la）boquella hamra（用我小嘴，将你亲吻；）
fermelia ka-l-warsi.（犹如姜黄，其色般红。）[①]

索拉－索勒的另一个案例是：

Tant'amare tant'amare！（爱入骨，爱入髓！）
habib，tant'amare！（情哥哥，我最爱！）
Enfermaron welios nidios（眼睛病得不轻，）
e dolen tan male.（心痛痛彻全身。）

——第 18 号

这是缀于公元 11 世纪安达卢斯犹太诗人约瑟夫·卡蒂布（Yosef al-Katib，生卒年不详）彩诗之后的哈尔恰。索拉－索勒和拉佩萨将“welios”直接译作“眼睛”，[②]但也有一些学者对此存疑。[③]类似问题在哈尔恰中并不少见，盖因杂糅的语言和不断的传抄使某些词语发生了变异。然而，也有一些哈尔恰给出了另一张面孔：熟悉化。譬如以下这首，竟出现在不同的彩诗当中：

Ya mamma mio a-habibi（哦，妈妈，我的亲亲）

① Frenk：*Las jarchas mozarabes y los comienzos de la lírica románica*，pp.120~121.
② Andrés Amorós（ed.）：*Antología comentada de la literatura española.Edad Media*，Barcelona：Editorial Castalia，2012，p.162.
③ Frenk：*Las jarchas mozarabes y los comienzos de la lírica románica*，p.120.

bay-se e no me tornade（他已离去，不再回来。）
gar ke fare yo ya mamma（哦，母亲，我当何如？）
in no mio'ina lesade.（我心好痛，无以安慰。）

——第 21 号

在弗兰克版本中，最后一行变成了“No un beyiello lesarade ？”（“叫我怎不心痛？”）

前面说过，哈尔恰不尽是爱的期待和倾诉，也有失望和拒绝。譬如以下两首：

Non quero yo un hillello（不要小白脸，）
illa l–samarello.（我要成熟男。）

——第 32 号

Vay，ya raqi，vay tu viya，（滚，不要脸的东西！）
que non me tenes ak–niya.（你对我不安好心。）

——第 19 号

哈尔恰长短不一，少则两行，多则八行，每行 2 至 12 音节不等。迄今为止，围绕哈尔恰的创作机制，学术界争论不休。其中，关于它的产生时间，人们的看法就不尽一致。有学者认为它产生于彩诗之前，是彩诗作者利用了罗曼司歌谣，而非相反；但大多数学者，包括伊本·巴萨姆在内，则倾向于将哈尔恰和彩诗联系在一起，即认为前者是后者的缀句。他在公元 12 世纪就曾谈到：彩诗作者利用了安达卢斯阿拉伯俗语或拉丁俗语的某些“لفظ”（表达）以作点缀。[①] 斯特恩和加西亚·戈麦斯在这一问题上高度一致，认为“لفظ”指“表达”或“抒发”，而赫格尔却将其解读为“词汇”。[②] 如果只是个别词汇或词语，那么彩诗在前、缀诗在后就毋庸置疑了。否则，孰先孰后有待考证。此外，埃及学者伊本·萨那（إبن صنعاء）也曾明确无误地表示，哈尔恰是彩诗作者有意为之，而非无心插柳，[③] 尽管这一论点还缺乏确凿有力的证据。反对这一观点的人大多从哈尔恰的“任意性”及其与彩诗内容及形式的“不协调性”为据，否认其与彩诗同源。

① García Gómez：“La lírica hispano–árabe y la aparición de la lírica románica”，*Al-Andalus*，21（1956），Madrid, p.312.

② Ibid. p.128.

③ Heger：*Die bisher veröffentlichten Hargas und ihre Deutungen*，1960；转引自 Frenk：*Las jarchas mozarabes y los comienzos de la lírica románica*，第 129 页。

譬如赫格尔有“援引”说，认为哈尔恰很可能是彩诗作者对罗曼司民歌的援引。而这些引文的由来则可能是当时流行的“民歌断章”。[①]这附议了梅嫩德斯·皮达尔的说法，后者视哈尔恰为流行歌谣，而那些重复（出现于不同彩诗）的案例恰好说明了这一点。[②]

但如前所述，在目前已经发现的600多首彩诗中，有近300首用古典阿拉伯语或阿拉伯安达卢斯方言写成，这些无疑是阿拉伯安达卢斯诗人的原创。或许由于受到当地方言及奔放的民俗风情的影响，其风格大体比传统阿拉伯诗歌更为热烈、狂放，但它受古典阿拉伯诗歌的影响也是显而易见的；并且在海达尔等人看来，这部分彩诗后的哈尔恰对西班牙诗歌的发轫乃至对普罗旺斯民歌或游吟诗歌的影响，都是无可否认的事实。而在二百多首用希伯来语写成的和五十多首用阿尔哈米亚语写成的哈尔恰中，更多地体现的则是犹太文化和罗曼司语文化的特质。这也印证了阿拉伯安达卢斯时期的文化多元性，尽管占主导地位的终究是阿拉伯文化，而犹太人和基督徒在撷取前者文化元素的同时，也反过来影响了前者。总之，一概否认哈尔恰与彩诗的从属关系，显然是不符合实际的。

第二节　俚谣及其影响

自公元10世纪彩诗产生以后，安达卢斯地区具有了自己崭新的文学形式。前面说过，彩诗采用多韵体形式，因而不同于一韵到底的阿拉伯传统长诗。同时，彩诗语言清新，富于生活气息；韵脚灵活多变，令人耳目一新。这种诗体在11至13世纪达到鼎盛。几与同时，还有一种新的诗歌形式在安达卢斯这片土地上怡然衍生，并于12世纪达到巅峰，这就是俚谣（الزجل，Zajal或Zejel）。俚谣与彩诗具有一定的相似性，二者皆为多韵、多节诗体，其中主韵反复出现，副韵不断变化[③]；诗节多少不限，诗人俯仰由己。但俚谣的不同之处在于：它不再延用古典阿拉伯语（尽管彩诗的缀句哈尔恰也撷取了安达卢斯拉丁俗语），而是以古典阿拉伯语及其变体，以及西班牙—阿拉伯本地方言、俗语，甚至拉丁俗语为主，这又恰好与缀诗哈尔恰殊途同归。因此，从某种意义上说，俚谣与哈尔恰同宗同源，尽管创作主体有所不同。鉴于此，曾有诗人、学者对其表示不屑。最早持否定意见的有安达卢斯时期最为著名的文学史家伊本·巴萨姆。他在代表作《半岛名人佳作撷珍》中断然剔除了用经典阿拉伯语创作的彩诗，理由是彩诗的格律有时会偏离古典阿拉伯诗歌传统，对彩诗尚且如此，遑论离经叛道的俚谣。另一

① 转引自Frenk：*Las jarchas mozarabes y los comienzos de la lírica románica*，第130页。
② Menéndez Pidal："La primitiva lírica europea. Estado actual del problema"，*RFE*，43（1960），p.302.
③ 仲跻昆：《阿拉伯文学通史》上卷，第499页。

位阿拉伯中世纪文学史家伊本·赛义德（Ibn Sa'īd al-Magharibī，？~1286）同样认为，俚谣采用安达卢斯下里巴人的语言，并且在结构、主旨和意趣方面乏善可陈。历史学家伊本·赫勒敦则赞同伊本·赛义德的观点，并在其《绪论》的末章中对俚谣给予了负面评价。阿拉伯学者阿卜杜·阿齐兹·艾哈瓦尼（'Abdu al-'Azīz al-Ahwānī）也在一篇题为《伊本·赛义德〈奇谈节选〉》（*al-Kitāb al-Mugtaṭat min Azhār al-Ṭarf l-Ibn Sa'aid*）的檄文中，通过对《绪论》和《奇谈节选》注疏中对二者有关彩诗和俚谣的评述进行了比照，认为伊本·赫勒敦所有关于俚谣和彩诗的评骘与伊本·赛义德的观点一脉相承[①]。巴勒斯坦当代学者伊赫桑·阿巴斯（Iḥsān 'Abbās，1920~2003）甚至断言，俚谣的语言就是彻头彻尾的大白话，“还不时夹杂着一些罗曼司词汇”[②]。总之，阿拉伯学者特别是中世纪阿拉伯学者皆以清教徒式的矜持或古板轻视俚谣，他们对任何通俗文学或标新立异皆漠然相向抑或不以为然。

一、俚谣的由来

西方学界视这一“道统”为圭臬的也大有人在。1933年，最早研究俚谣的德国学者尼克尔（Alois Richard Nykl，1885~1958）在《伊本·古兹曼〈歌谣集〉》（*Concionero* de *Ibn Guzman*）[③]中就曾援引科林（G. S. Colin）的话说，“俚谣就是彩诗，只不过它是以西班牙本地方言而非古典阿拉伯语创作的彩诗”[④]。此外，学者斯特恩于1951年撰文称俚谣为“类彩诗”，是“在将彩诗转化为阿拉伯安达卢斯方言的过程中形成的”。[⑤]加西亚·戈麦斯曾同样认为，俚谣与彩诗同宗同源，并重申“二者的不同之处在于，俚谣用阿拉伯俗语，而彩诗使用的是通俗阿拉伯语（I'rāb）”[⑥]。长期以来，学界几乎一概排斥“方言俚语”，进而视俚谣为不登大雅之堂的民间小曲。人们常常拿“伊本·宰敦（Ibn Zaidūn，1003~1071）的经典”来反衬伊本·古兹曼的俚谣，甚至通过一个词汇在俚谣中的使用频率，来判断它是否能被归为经典阿拉伯语。

但是，随着时间的推移，也有学者对上述陈见发出了质疑。在新版《伊斯兰百科》（*The Encyclopedia of Islam*）中，科林肯定了伊本·古兹曼的俚谣，理由

---

① 'Abdu al-'Azīz al-Ahwānī, *al-Kitāb al-Mugtaṭat min Azhār al-Ṭarf l-Ibn Sa'aid, Al-Andalus,* 1948, pp.19~33.

② Iḥsān 'Abbās, *Tārīkh al-Adab al-Andalusī – 'aṣr aṭ-Ṭawāyf wa al-Murābiṭin*, Dār ath-thagāfah, Beirut, 1962, p.264.

③ 也作“Ibn Quzmān”。

④ Abu-Haidar：*Hispano-Arabic Literature and the Early Provençial Lyrics*，Richmond：Curzon Press，2011，p.31.

⑤ Ibid. p.31.

⑥ García Gómez：“La lírica hispano-árabe y la aparición de la lírica románica”, *Al-Andalus*, xxi, p318.

是其主要词汇并未脱离古典阿拉伯语，充其量是其变体："阿拉伯语经岁月浸润、水土化合，其词汇已大为丰富，同时渐渐摆脱了古典阿拉伯语语法的束缚。"

加西亚·戈麦斯在其 1972 年出版的三卷本《古兹曼全集》（*Todo Ben Quzmān*）中，就俚谣的语言是否纯属安达卢斯方言这一问题表达了更为明确的态度，修订了他之前的观点。"事实上，"他说，"伊本·古兹曼无疑经常使用古典阿拉伯语。我们甚而可以大胆推说，使用古典阿拉伯语乃是一种惯性。反之，伊本·古兹曼的方言同样与生俱来、不可避免。"①

如今，学者们开始越来越重视俚谣的价值，有关研究方兴未艾。人们发现俚谣所使用的语言并非全然来自安达卢斯方言，它不可避免地包含许多古典阿拉伯语及其变体。俚谣大师则多为精通经典阿拉伯文学的饱学之士，他们不仅能背颂长篇累牍的古典韵律诗，而且艺术造诣较之任何同时代大师都毫不逊色。换言之，他们并不像传统所认为的那样，都是下里巴人。换一种角度看来，重视俚谣不仅有助于了解阿拉伯诗歌丰富多彩的发展脉络，而且有助于厘清它与西方早期诗歌形式的某些因缘。

首先必须承认的是，俚谣并非无根之萍。它与丰厚的东部阿拉伯文化有着千丝万缕的联系。公元 8 世纪，安达卢斯地区的阿卜杜·拉赫曼一世自立为艾米尔，在西班牙建立了阿拉伯后伍麦叶王朝。此时，以巴格达为中心的东部阿拉伯阿拔斯王朝进入鼎盛。西部后伍麦叶王朝一方面急于与东部抗衡，发展独具特色的政治、经济和文化体系；另一方面又不得不向东部学习，特别是继承其丰厚的文化资源。在此，首当其冲的便是借鉴阿拉伯诗歌传统，并加以改良。俚谣和彩诗就被众多阿拉伯文人视为东部诙谐文学的西方奇葩。

而早在彩诗和俚谣产生之前的公元 8~9 世纪，以艳情诗和各种打油诗为标志的诙谐文学（الأدب المجوني）就已兴盛于巴格达阿拔斯王朝。时人普遍认为文学作品必得趣味盎然，有娱乐功用，才有价值。因此，公元 11、12 世纪安达卢斯诙谐文学的出现并非无源之水。公元 9 世纪，文学巨擘伊本·古太白（Ibn Gutaibah，828~889）就曾在其《故事源》（*'Uyūn al-Akhbār*）序言中解析了诙谐文学的特点和价值，并一语道出了俚谣的本质。他固然不像先于自己的贾希兹（al-Jāḥiẓ，伊历 159~255/ 公元 775~868，公元 8~9 世纪伟大的阿拉伯文人，文风诙谐犀利）那样诙谐幽默、生性奔放，而是以严谨著称，却也认为作家可以采用轻松幽默的方式以吸引受众："辱骂和斥责人们的幽默，那才是非法和不道德的。所有这些（幽默）在法拉兹达格的诗中很少见到，但后者恰恰不敬女性。而我，决不允许你们

① García Gómez：*Todo Ben Guzmān*, vol. III. Madrid: Editorial Gredos, S.A. 1972, p19.

使用这类不严谨的语言，除非是讲述各类或长或短的故事。”①他认为，如果一个作家字字合规，就失去了自我和魅力，读者也会觉得索然寡味。

此外，早在彩诗和俚谣出现之前，《故事源》就在安达卢斯地区非常流行。伊本·拉比的《罕世璎珞》主要的素材和灵感来源即是《故事源》。《故事源》共四册，分十卷。每卷论述一个专题，是一本论述修身养性、齐家治国的巨著。其篇目依次为：君王篇（一译统治篇）、战争篇、政治篇，本性与卑劣篇、学问与阐述篇、修行篇、兄弟篇、需要篇、食品篇和妇女篇。在君王篇中，作者谈到了君王应有的举止、应行的策略。伊本·古太白在书中经常援引他人的言行以阐述自己的观点。开场白常常是：“我从某某书中读到过这样的话”/“我从一本印度书中读到过（这句开场白在书中尤为常见，说明《故事源》受到印度文学影响很大）……”/“我在《新约》中读过……”，等等，颇有佛经中“如是我闻”的意味。《故事源》一书是当时阿拉伯、印度、波斯、希腊—罗马等多元文化交融的产物。而《罕世璎珞》则将故事分为25个部分，并与《故事源》相同，将关于国家和战争置于首篇，而将食物和女性置于末篇。其次，在行文方式上，《罕世璎珞》也大抵效法《故事源》，但这是另一个话题，本书不再讨论。

回到东部诙谐文学，其主要代表文人除了以上提到的贾希兹、伊本·古太白之外，还有阿拔斯时期的酒诗人艾布·努瓦斯。艾布·努瓦斯据说曾创作一万两三千首联句“Bait”诗，且内容、题材各不相同，主要有颂诗、挽诗、情诗、讽刺诗、劝世诗等几大类。当然，最重要的还是其咏酒诗，这也为他赢得了“酒诗人”的美誉。其中最能体现诙谐、幽默的语言风格和谐趣意境的当属其艳情诗、讽刺诗和咏酒诗。西班牙伊斯兰时期，艾布·努瓦斯的诗歌受到安达卢斯诗人的推崇和追捧，人人都竞相效仿。谁的诗歌如果被指有艾布·努瓦斯之风，那便是平生得意之事。

此外，《一千零一夜》以及各种阿拉伯民间笑话和玛卡梅的广为流传，也对安达卢斯诙谐文学的发展产生了一定的影响。《一千零一夜》以及各种阿拉伯民间传说在安达卢斯时期尚未定型，其对俚谣的影响或在润物无声、潜移默化之中。而玛卡梅则比较特殊。公元10至12世纪，玛卡梅体小说经过近三个世纪的发展，其思想内容、创作方法和语言特征已臻完善，并开始产生变异。早在9世纪玛卡梅问世之时，其主要目的是教授阿拉伯语（可参见赫迈扎尼《玛卡梅集》），因此多选用趣味性强、幽默诙谐或颇具讽刺意味的故事。内容则以反映下层百姓生活为主，间或有讽刺统治者昏庸、世风凋敝的文字。但语言上，赫迈扎尼则竭

① Ibn Gutaībah ad-Dīnūrī, *‘uyūn al-Akhbār*, Cario, al-Muasasah al-Miṣrīyah al-‘Ammah at-Ta‘arīf wa at-Tarjamah wa aṭ-Ṭabā‘ah wa an-Nasharah,1963, p.XXIV.

尽雕琢之能事；在韵律、对仗方面也非常讲究。其旖旎的语言风格甚至颇有卖弄学识之嫌。而自哈里里开始，玛卡梅的故事情节变得更加生动有趣，故事内容也更加丰富、完整和饱满，也更利于反映底层生活。但总体说来，后者的语言仍略显艰深玄奥。公元 10 至 12 世纪，与彩诗相仿，安达卢斯的玛卡梅在继承中有所创新，但语言仍延续前人的创作风格，此时兴盛的彩诗也多采用古典阿拉伯语。在这种情形下，俚谣作者们便有意使用方言、土语，甚至某些粗俗鄙陋的语言以抗衡雕琢旖旎的文风，从而对传统写作形成一种“反动”。

在阿布·海达尔看来，迄今为止东西方学者都很少视俚谣为值得钻研的课题。自公元 16 世纪贾马里亚·巴别里（Giammaria Barbieri，1519~1574）以降，西方学者对彩诗和俚谣的所有兴趣几乎仅限于它们能为公元 12 世纪普罗旺斯民歌和阿基坦宫廷情诗（Aquitaine court poetry）提供哪些可能的注解。换言之，这两种诗歌形式之所以被研究界重视是因为它们或有的文学史价值：它们是近代西欧文学发轫的渊源与研究“基数”。[①]

西班牙—阿拉伯俚谣于公元 12 世纪达到顶峰。时值游吟诗人（Juglar 或 Trobador，后者据说直接源自阿拉伯语“طرب”和“دور”的组合，意为边歌边舞）成为诗歌、音乐乃至各种民间文艺的传播者。而且，他们不仅在民间，即或在宫廷之内也充当了时鲜艺人的角色。他们受到社会各阶的喜爱。上至王公贵胄，下到黎民百姓，无不对其馈赠津津乐道。梅嫩德斯·皮达尔有一部描写这些江湖艺人的著述，他将后者誉称为“诗艺传播者”。[②]简言之，游吟诗人以歌咏、音乐，抑或形形色色举止夸张的行为艺术如戏仿、舞蹈乃至杂耍取悦观众，同时为他们带来各色故事、新闻。学者弗朗西斯科·利西尼亚诺·萨埃斯（Fr. Liciniano Sáez）拿“游吟诗人”以指代“所有娱人逗乐”的表演者。[③]埃德蒙德·法拉尔（Edmond Faral）也持相同观点，认为游吟诗人“以娱乐众生为业”。[④]梅嫩德斯·皮达尔则以极其简练的语言给出了游吟诗人的行为本质，认为“消遣”（solaz）和“使开心”（solazar）才是游吟诗人娱乐众生的第一个关键词。[⑤]

海达尔断言，在西班牙基督徒王国，游吟诗人和俚谣作者是可以画等号的。这一观点来自他对伊本·古兹曼的了解。

---

① Abu Haidar：*Hispano-Arabic Literature and the Early Provençial Lyrics*，Richmond：Curzon Press，2011，p.33.

② Menéndaz Pidal：*Poesía juglaresca y juglares*：*aspectos de la historia literaria y cultural de España*，Madrid：Espasa-Calpe，1975，p.100.

③ Ibid. p.12.

④ Ibid.

⑤ Ibid.

二、俚谣的形式与内容

首先必须说明的是，本节之所以选择伊本·古兹曼的《歌谣集》，是因为他的作品无论就语言、内容，还是韵律、风格而言，均充分体现并代表了那个时代的俚谣。我们甚至可以说，他的《歌谣集》决定了同时期乃至后来俚谣的发展向度。

前面说过，伊本·古兹曼生于科尔多瓦，出生世家，被视为安达卢斯文学的代表作家和俚谣的巨擘。据说，他一生中的大部时间在塞维利亚度过，且地位显赫，但并非一帆风顺。文坛上，他一直追求标新立异、使自己不同凡响。因此，在众多文人竞相效法东部阿拉伯或大量创作彩诗之际，他却选择了俚谣，并且以安达卢斯方言进行创作。这也使得他一跃而成为俚谣泰斗，博得"俚谣教长"（Imām az-Zjālīn）的称号，同时为其奠定了在安达卢斯文坛的地位。如此，他的俚谣不仅在安达卢斯地区流布甚广，而且一直流传到东阿拉伯地区。他因此被视为可与东部艾布·努瓦斯遥相呼应的时代翘楚。

关于伊本·古兹曼的外貌，我们无从查考，只能根据他在一首俚谣中的自诩演绎推断：金发碧眼，体量伟岸，身材高挑，体格强健：

> 你且看我，身形挺拔，
> 双臂修长，金发碧眼，
> 神清目朗，……①

有学者故而猜测他是混血儿，并认为这或许可以解释他为何精通安达卢斯拉丁方言，但苦于没有证据，这只能流于猜度。伊本·古兹曼生活考究，衣必光鲜，居必广宇，食必丰美。对朋友他一诺千金，重情重义。这些特点，都可以在他的俚谣中窥见一二。

伊本·古兹曼俚谣韵律专家戈顿（T. G. Gorton）曾说："如果没有伊本·古兹曼的 193 首俚谣的发现，这种诗歌形式就只能是一个空洞的名词。"②1896 年，伊本·古兹曼《歌谣集》（或曰《俚谣集》）的 149 首俚谣手稿副本由德国学者大卫·德·古兹伯格（David de Gunzburg，1857~1910）在彼得堡发现，并付梓，从而逐渐引起学界的关注。但是，《歌谣集》始终没有得到学术界应有的重视，迄今仅有极少数西方学者视若珍宝。究其原因，大致有二：一是伊本·古兹曼的《歌谣集》大多以安达卢斯方言写成，这使得许多阿拉伯学者并不关心，甚至认为它

---

① Ibn Guzmān, *Dīwān Ibn Guzmān*, edited by Darīk Kūrnītī, Cario: al-Majālis al-A'ala l-thagāfah, 1995, p.70.

② Gorton: "The metre of Ibn Quzmān: A Classical Approach", *Journal of Arabic Literature* VI, 1975, p.1.

难登大雅之堂；二是在东方学者的脑海中，始终有这样一种观念，即俚谣和彩诗是东西方文化的混血儿，既不算东，也不算西，进而将其视为另类。不过，近年来情况正在改变，阿拉伯学者开始翻译、研究《歌谣集》。自1995年埃及首次出版伊本·古兹曼《歌谣集》全本之后，这部“阿拉伯世界的第一俚谣集”开始受到学界的重视。在西方，自1933年德国东方学者尼克尔出版《伊本·古兹曼〈歌谣集〉》一书以降，由他翻译注疏的《歌谣集》拉丁语版本——序言则保留了原来的语言——也相继出版。之后是1972年西班牙学者加西亚·戈麦斯的《伊本·古兹曼研究大全》。编者根据伊本·古兹曼俚谣的不同手抄本，将有关作品翻译成西班牙语。但由于年代久远，不少手抄本存在着诸多错误，致使戈麦斯的西班牙语译本也出现了以讹传讹的现象，给后来的解读和分析带来了一定的障碍。1980年，马德里西班牙阿拉伯学院教授韦德里科·库林特（Federico Corriente）出版了阿拉伯文的《伊本古兹曼〈歌谣集〉：文风、语言及韵律》（*Dīwān Ibn Guzmān: Naṣṣan wa Lughah wa ‘Arūḍan*），该书第一次从安达卢斯方言的角度分析了伊本·古兹曼的特点。2001年，阿拉伯裔美国学者艾布·海达尔出版了《西班牙阿拉伯文学与早期普罗旺斯诗歌》一书，并辟专章纠正了戈麦斯著述中的讹误，同时分析了伊本·古兹曼俚谣的语言风格，是推进俚谣研究的重要一步。

1896年发现的149首俚谣，加上后来的收集、整理，伊本·古兹曼流传至今的俚谣共有193首，均被收录在他的《歌谣集》中。这些都是研究安达卢斯通俗文学乃至社会、民风的重要资料。

首先，伊本·古兹曼的俚谣在主题上延续了阿拉伯古典诗歌的传统。自蒙昧时期起，赞颂即被视为阿拉伯古典诗歌的基本主题，或最重要的主题之一。因此，颂诗在阿拉伯传统诗歌中比比皆是。它们有利于记录、研究阿拉伯历史；记述统治者的功绩和宫廷生活；展示学者们的学识智慧。颂诗内容一般由两方面组成：第一类不外乎传统颂诗，其赞颂对象多为统治者或是王公贵胄，诗人歌颂他们的慷慨、仁慈、英勇和宽厚等高贵品质。诗人甚至以此为谋生之计，期待获得被赞颂者的赏赐。第二类则是矜夸类颂诗，或矜夸自己的风雅俊朗；或矜夸部族首领、同道的骁勇彪悍；以及描述争战场面的壮烈等等。彩诗在安达卢斯地区兴起后，基本延续了这个主题，俚谣也不例外。在《歌谣集》中，称颂统治者、执法者、王公贵族以及伊玛目等教长的颂诗就有近40首，占近四分之一的篇幅。在一首颂诗中，伊本·古兹曼写道：

世间王公，众人福祉
血统高贵，强健身体
尊贵荣耀，无人可比

倾其所有，何谈悦己
乐善好施，换来谢意
……[1]

第二类颂诗，即矜夸类颂诗，在《歌谣集》中也十分常见。伊本·古兹曼对自己的外貌赞赏有加，几乎达到了自恋的程度。前面所引其自诩俊朗的俚谣即是显证。关于性格，他也曾不无矜夸地写下了：

我恰似镰刀一把，
正直似利刃弯弯。[2]

伊本·古兹曼及同时代俚谣诗人大都放浪形骸，并以此为荣。他们甚至大肆渲染自己的放荡行为，丝毫不觉得羞赧。这几可谓俚谣诗人的共性特征。即使在俚谣的另一重要主题——挽歌当中，诗人也毫不掩其诙谐乃至略显轻浮的本性。例如，在其第 83 首俚谣第 14 节中，伊本·古兹曼是如此缅怀先君的：

自你走后，众人无依，
好似秃头，虱子戚戚。[3]

除了颂诗、挽歌之外，俚谣的另一个主题便是爱情。这在《歌谣集》中也有鲜明的体现。总体说来，《歌谣集》即是颂歌、挽歌和情歌的集合，几无例外。一首歌颂梦中情人的谣曲这样写道：

我的心上人呀，你伤透我的心。
我心已破碎呀，你是否会知情？
……
我的心上人呀，那日三生有幸，
得睹芳容若锦，胜于明月初升。

恰似春光满园，你是美丽化身，

---

① Ibn Guzmān, *Dīwān Ibn Guzmān*, p.241.
这首诗据说是为了称颂某位名叫阿布·伊斯哈格·本·穆瓦萨里的权贵。
② 转引自 Abu-Haidar: *Hispano-Arabic Literature and the Early Provençial Lyrics*, Richmond: Curzon Press, 2011, p.35。
③ Ibid.

鲜花权作地毯，在你脚下延伸，
……
美轮美奂之身，真主赋予卿卿，
姣妍无与伦比，而且永远白净。①

要之，俚谣的主题一方面延续了传统阿拉伯诗歌的主题，另一方面又明显加入了新的元素如语汇、旨趣和意境。也正是这种新的写作风格，使得俚谣独树一帜，成为阿拉伯诗坛玲珑璀璨的明珠。

这种新的写作风格的首要体现，便是其语言。德国学者维克多·克莱普勒（Victor Klemperer）在《第三帝国的语言》（*LTI Notizbuch eines Philologen*）中曾经说过：一个人有可能言不由衷，“但是在其语言风格中，他的本质会暴露无遗”。②虽然他说的是希特勒时期的纳粹式语言风格，但我们可以进行类似的推理：一个人使用的词汇可能会有变化，但整体风格却无法掩盖其性格特征，亦即人们常说的“风格即人”。

俚谣的第一个语言共性便是方言。有学者认为它是纯粹的安达卢斯俚语，夹杂了大量的罗曼司语元素；但越来越多的学者认为，俚谣的语言并非纯粹的罗曼司俗语，而是一种阿拉伯古典语言的变体。它灵活多变，不受古典阿拉伯语语法的束缚，更能体现幽默、诙谐的风格，也更适合表达安达卢斯普通民众的情感与心理诉求。

且看一句早期的匿名俚谣诗句：

شربربت بماخور　　على دف و طنبور
（我饮酒来船为皿，敲起鼓来拨动琴）③

此 شربربت 乃是古典阿拉伯语 شربت（我饮酒）的变体，作者如此挪用，是想通过一种随意拉长或缩短词汇的方式，来达到幽默、欢娱的艺术效果，让我们仿佛看到饮者酩酊大醉、口齿不清却又絮絮叨叨说个不停的滑稽场面。再看伊本·古兹曼在一首俚谣中写下的诗句：

① Ibn Guzmān, *Dīwān Ibn Guzmān*, p.177.
②［德］维克多·克莱普勒:《第三帝国的语言》，印芝虹译，北京：商务印书馆，2013 年，第 3 页。
③ Ḥāzim al–jarṭajānī, *Minhāj al-Balāghah wa as-sarāj al-Audabāa*, Tunis and Beirut: Dār al–Gharab al–Islāmī, 1966, p. 332.

لسّ عار عندك يا قطب المآثر
أن نكون وشاح و زجال و شاعر
……
（丰功伟绩的创造者啊，我们
这些彩诗作者、俚谣手和诗人
……不会有损你的威仪）①

此处的 لسّ 乃是古典阿拉伯语 ليس 的缩写。隐去（或谓省略）词汇中的某个字母，在俚谣中非常普遍。例如，伊本·古兹曼常常用“ه”来表示“他”（هو）；用“ل”来表示“له”（为他）；把“أنت”（你）写成“أت”；将“آيف”（怎样）写成“آف”；把“رأيت”（我看见）中的字母“أ”隐去，使之变成“ريت”，如此等等。俚谣诗人为实现某种艺术效果，或使诗句朗朗上口、易于流传而常常改变词汇、吞没尾音，甚至借方言口语、外来语（如柏柏尔语、罗曼司语）等强化效果。这颇有几分当今网络语言的特性，如“这样子 = 酱紫”、“不要 = 表”，等等。

也正因为如此，俚谣往往受到传统阿拉伯学者文人的诟病，被指韵律松散失规，语言简单粗俗。他们认为这样的作品实在难登大雅，从而将其从文学史中抹去。而事实上，许多作者如伊本·古兹曼，对古典阿拉伯语的精通程度当不亚于穆泰奈比或艾布·努瓦斯。他们语言之丰富、骈偶之旖旎、对仗之考究非同时代其他诗人可比。他们对古典阿拉伯诗文的娴熟则几乎到了可以信手拈来的地步。譬如，《歌谣集》序言便是一篇美轮美奂的阿拉伯骈文。而俚谣作者之所以乐于大量采用诙谐、幽默的方言俚语，则大抵是因为后者符合他们表达的旨趣。有诗为证：

这首俚谣多么鲁莽，
闻者听了如此癫狂，
最好还有乐器相伴，
来点儿当！当！当！②

此处且援引艾布·海达尔博士的一段引文，来表明俚谣作者大量采用方言俚语进行创作的初衷。这段引文出自摩洛哥拉巴特公共图书馆的第 D985 号手稿，作者据说是公元 13 世纪一位名叫阿布·雅赫耶·欧拜德拉·扎杰里（Abū Yahyā

① Federico Corriente, *Dīwān Ibn Guzmān: Naṣṣan wa Lughah wa ‘Arūḍan*, Madrid: al-Ma‘ahad al-Isbānī al-‘Arabī,1980, p.48.

② 穆德哈里（Mudghallīs）俚谣，转引自 Abu-Haidar：*Hispano-Arabic Literature and the Early Provençial Lyrics*，第 35 页。

‘Abīd allah al-Zajālī，？~1294）的文人。他在手稿中写道：

> 我将作品分为两部分，目的有二。第一部分我认为适宜颂扬先知（愿他平安）的传统。这是本书最有价值的部分，也会令读者获益匪浅。这部分我以经典阿拉伯语写成，语言优美，娓娓动听，并且引用大量的阿拉伯语格言、警句以及前朝大师们的精美演说。我选择它们，是因为其教化功用，且内容丰富、主题鲜明。其二，本书的第二部分使用下里巴人的俗言俚语和乡村野夫的恶言谩骂。它们尽是些通俗的、不合时宜的阿拉伯土语和滑稽笑话，是常年挂在人们嘴边的方言俚语，有些甚至尚未摆脱动物的粗野，其趣在于使听众开怀大笑。要是我用经典阿拉伯语来呈现后半部分的内容，那对我而言将更为轻松容易。但那样会使它失去原有的色彩和滋味。所以，我保留它们的原汁原味，以为不失其趣。它们足以帮助人们消解愁闷、转苦为乐，变他们的紧张和压力为轻松和愉悦。[①]

这段话道出了俚谣创作的初衷和本质，也写出了俚谣作者们的难言之隐和尴尬境地。

俚谣的另一个语言特点是大量使用指小名词。据统计，在伊本·古兹曼《歌谣集》中，指小名词的使用多达近二百次，其中许多指小名词的单个使用频率也在十次左右，例如 شويه（有“小事、一会儿”等意，竟出现了多达 10 次），شريبة（饮料的指小名词，可理解为“喝点小酒”“小酌两口”，出现了六次），الزجيل（“小俚谣”，出现了六次）等等。这些指小名词的频繁使用有亲昵（如前引诗中出现的 الزجيل）、调侃、打趣的意味。有学者甚至认为，伊本·古兹曼使用指小名词，是受到了西班牙本土拉丁俗语的影响，因为阿拉伯语在进入安达卢斯之前是没有指小名词的。而伊本·古兹曼作品中的相关指小名词在同时期及之前的安达卢斯阿拉伯文学作品中也很少出现，倒是在同时期的罗曼司语中一直大量存在。对于此观点正确与否，需要从专门的语言学角度，对安达卢斯之前的文学文本做大量考证来研究解决，这里只能点到为止。但无可否认的是，在伊本·古兹曼时期，指小名词的使用频率确实有了质的变化，且被赋予了更多的感情色彩。这在拉丁俗语西班牙语中至今体现得十分明显。

在古兹曼之后，阿拉伯语的指小名词与西班牙语中的指小名词相互交融，就很难确定孰先孰后了。例如，西班牙语中的指小名词“albufera”（滨海湖），就显然是阿拉伯语指小名词 البحيرة 的音译。类似例证还有很多。总之，指小名词的使

① Abu-Haidar：*Hispano-Arabic Literature and the Early Provençial Lyrics*，p.38.

用，成为了俚谣语言的又一大特征。如前所述，作者常借此表达亲昵、爱恋。且看伊本·古兹曼的小诗：

قد تممت **الزجيل** ، و هو من قلبي المقطوع [1]

（这首小小俚谣哦，出自我破碎的心）

说到俚谣，伊本·古兹曼几乎言必用“小俚谣”这个词，以表达他对俚谣不无自豪的爱恋，他甚至在第65首俚谣末尾说：“和这首诙谐小诗相比，所有诗歌都一无是处”。

除了指小名词（也作小化词，西班牙语中多表示亲昵），伊本·古兹曼还十分钟情于使用另外三个词汇：“رقاعة”（插诨打科或戏谑逗乐）、“خلاعة”（放浪形骸或风流成性）以及“عوج”（暗藏玄机或话中有话），这三个词几乎成了他的标志语。[2]“风格即人”，由此我们也能看出他自身放浪不羁的性格特征。

他反复强调，放弃放浪形骸的生活方式，就等于让他放弃他的艺术感觉。他甚至在这样的表述之前加上强调语气的经典阿拉伯语 إن，以及限制性小品词（同样是经典阿拉伯语“إنما”，意在强调其对放浪生活的重视）：

إن ترك الخلاعه عندى الجنون （第90首俚谣，第1节）

（倘疯狂赐予我放浪之路）

إنما الخلاع فهي اوكد اشغالى （第25首俚谣，第2节）

（忙忙碌碌皆为放浪形骸）[3]

更有甚者，海达尔在摩洛哥第D985号手稿中发现了这样的诗句，他认为这样的语言几近厚颜无耻，粗俗鄙陋：

المنحوس في بيض يعثر

（人若倒霉，下身都能将自己绊倒）[4]

而与之形成鲜明对比的，是手稿中出现的另一句谚语，其含义与上述诗句大同小异，而语言则显得典雅许多：

---

① Abu-Haidar：*Hispano-Arabic Literature and the Early Provençial Lyrics*，p.95.

② Ibid.

③ Ibid. p.36.

④ 这里的“下身”具有性指涉。

الفأر المنحوس يرى الجبن و لا يرى القط

（倒霉老鼠，只见奶酪，不见有猫）[①]

由此，可以看出，俚谣首先是一种“诙谐文学”（الأدب الهزلي），它以它的滑稽、通俗（有时甚至不乏粗俗），实现了“贵族与下里巴人的耦合”：借艺术之名“率性而为”。[②]

三、西班牙古典谣曲

生活化语汇的使用为伊本·古兹曼的俚谣奠定了诙谐、滑稽、放浪不羁的文风；而在俚谣格律方面，他不仅进一步改良了阿拉伯诗歌，也对日后西班牙谣曲，尤其是西班牙谣曲的韵律产生了决定性的影响。

先说内容。首先是作为彩诗衍生物的缀诗——哈尔恰，特别是罗曼司语哈尔恰，它完全具备了俚谣的世俗化特征，譬如以下几首：

一

依汝所愿，姐妹们哦！
我如何才能免灾祛难？
没有情哥我不活：
他的踪迹何处觅？

二

若是好男悦我，
亲吻两串珍珠，
在我樱桃嘴中。

三

情哥哥快来呀！
你若撒谎逃避：
必遭电打雷击，
快快到我怀里！

① 见D985号手稿，第235页。
② Menéndaz Pidal：*Poesía juglaresca y juglares*：*aspectos de la historia literaria y cultural de España*，p.101.

四

你知道，我的爱，
没有你，我会殁；
我的爱，快来呀：
不见你，我无眠。

五

珍珠口衔，
津似蜜甜，
来吻我吧！
入我怀抱，
和我一体，
恰如昨昔。[①]

这样大胆热辣的情感表达，在西哥特拉丁时期是难以想见的；即或坊间曾经有过，也早已被强大的宗教神学所淹没，或谓阉割了。迄今为止，我们尚未发现一首类似的西哥特拉丁情歌。这不能不说是一种怪异现象。

至于后来的罗曼司谣曲则更是充满了俚谣的世俗化特征。譬如葡萄牙—加利西亚的“情人谣”：

情哥哥，我该怎么办？
难道你不管我死活？
我爱你却无好结果。

我的爱饱受重创！
啊咿呀，愿主保佑！
他怎知我多爱他！
啊咿呀，愿主保佑！

母亲呀，我该怎么活？
我无眠，并将永无眠，
只因我的爱他在宫廷，

① Frenk：*Las jarchas mozarabes y los comienzos de la lírica románica*，p.112.

让我翘首等待多熬煎。

一天，情哥哥离开此地，
不再回来，我不得而见。
妈妈呀，我要呜呼哀哉。

而所谓的维良西科——卡斯蒂利亚村民谣或山民谣——则庶几是俚谣的罗曼司语翻版，故而也常常直接被称为俚谣。以其最初的表征为例，则几乎与哈尔恰并无二致：

哈尔恰	维良西科
一	一
妈妈呀，我当何如？ 情哥哥已在家门口。	我的妈，我不知 是否替他把门开。
二	二
我的心已经走了： 拉布，他还回来？ 亲亲让我心疼痛！ 我的心病何时愈？	我爱走了，母亲， 去了遥远的地方： 我却不能将他忘。 谁能唤他往回转？
三	三
汝若爱我， 好男人哦， 汝若爱我， 给我一个（把你给我）。	你若爱我， 我的夫人， 你若爱我， 我心好逑。[①]

以类别来看，西班牙古典谣曲主要内容可按题材分为：
（1）古代历史（即前西班牙历史）；
（2）西班牙（或葡萄牙）历史；

① 所不同只是哈尔恰多为女性口吻，而维良西科则是杂糅的。See Frenk：*Las jarchas mozarabes y los comienzos de la lírica románica*，p.144.

（3）骑士传说（如熙德、罗兰、特里斯当、兰斯罗特传奇）；

（4）歌颂历代国王或王后；

（5）爱情；

（6）虚构故事（如《女兵谣》“*La doncella guerrera*”、《夫记谣》“*Las señas del esposo*”等）；

（7）《圣经》故事；

（8）希腊罗马历史及其神话故事；

（9）宗教故事；

（10）“摩尔人”和“光复战争”。

再说形式。传统阿拉伯诗歌对格律的要求十分严格。悬诗以降，阿拉伯古诗便形成了大致十六种格律，如长律（八音步格律）、延律（六音步格律）等，而且基本采用一韵到底的形式。到安达卢斯时期，彩诗开始采用变韵的方式，形成灵活多变的多韵体诗。伊本·古兹曼更是在彩诗的基础上创造了多重格、多重韵。其中既有传统的8+8格，也有6+6格，甚至4+4格，押韵方式也更加自由。

西班牙谣曲所遵循的8+8格和6+6格、偶句押韵方式，固然有阿拉伯古典诗歌的印迹，但显然更加受惠于伊本·古兹曼这个“近亲”。公元19世纪，人们发现后者的手稿时终于恍然大悟：原来西班牙古典谣曲的所指“Cancionero”直接来源于他的同名诗集。当然，囿于政治、历史、文化和宗教等诸多原因，西班牙基督徒在“光复战争”期间就已启用“Romancero”这一词汇以取代“Cancionero”，尽管后者更具有生命力。因为“Romancero”源自罗曼司语（Romance），无法涵盖所有谣曲。而“Cancionero”则不仅是罗曼司语，而且指代所有歌谣。而伊本·古兹曼的《歌谣集》之所以被翻译成“*Cancionero de Ibn Guzmān*”，显然是因为最早翻译其谣曲的文人认为他的诗歌与西班牙早期谣曲有源流关系。

伊本·古兹曼早期俚谣有单句诗和联句诗两种，单句诗多为两节或三节，押韵方式为aaad，bbbd，cccd或aaaad，bbbd，ccccd。如他的一首歌颂是这样的：

像光芒面对纷扰（a）
太阳也格外明朗（a）
皓月为其添俊朗（a）
伊本·艾布拉什啊（a）
能消除所有困窘（d）

这姿容令人迷恋（b）

谈吐优雅让人念（b）
如你渴望甘甜水（b）
他会带你至泉涌（d）

话语似黄昏明日（c）
我等众人却沉默（c）
只因这仅是开始（c）
人们敌意来面对（c）
离去却成其朋友（d）[①]

他的联句诗则采用偶句押韵的形式，诗的末句换韵，如ab，cb，db，ef。而联句多诗节的作品，其押韵方式则为：ab，cb，db，ed；gf，hf，if，jd；kx，lx，mx，nd；……。众所周知，拉丁诗歌是有格（律）而无韵的，其格律由音节和重音搭配而成，恰似我国古典诗词中的平仄；而西班牙古典谣曲从一开始就既有格律又有韵脚，不啻是受了伊本丶古兹曼的影响，自然也是整个阿拉伯古典诗歌传统的赓续。我们来看看下面这首伊本·古兹曼的俚谣：

我对你夸拉比阿（a）皮肤洁白又粉润（b）
他乃众民之领袖（c）容貌清朗又英俊（b）
品性高雅且聪慧（d）见之犹如沐春风（b）
学识丰富且深邃（e）见了仇敌也慷慨（f）[②]

而一些罗曼司语情歌显然也具备了这样的格律形式，每行由（六加六）十二音节联句组成，偶句押韵。这正是中世纪晚期西班牙语谣曲的主要特征：

理性丧失殆尽，巨大声望所致；
觊觎伊人美貌，施展手段有技。

你是麦加之幸，我正为你而疾！
使出浑身解数，吟出无数颂诗。
你却离我而去，牵手欢愉已毕？

① Federico Corriente, *Dīwān Ibn Guzmān: Naṣṣan wa Lughah wa 'Arūḍan*, pp. 241~242.
② Federico Corriente, *Dīwān Ibn Guzmān: Naṣṣan wa Lughah wa 'Arūḍan*, p.188.

亲爱的人儿哦，我罪何至于此？

遥想昔年如昨，相逢何必相识，
亦歌亦舞尽兴，但见幸福无际。
我愿为伊而生，尽管身世卑微；
经过不懈努力，总能出人头地。

惜我青春年少，远别乡亲故里；
千里万里行程，朝着圣地迁移。
千难万难何惧！朝朝沐浴更衣，
夜夜美梦似真，痴心日复一日。

那是美妙时光，我心紧随我意，
今天爱上娇娥，明天还有更丽。
……①

另有一些十六音节以 8+8 形式出现，偶句押韵。如：

爱情分明似那重负，没人能够肩负长久！
英俊小伙奋勇向前，美名可用性命换取。

当知有否爱情秘诀，相爱之人眉目倾诉。
明眸难藏内心感悟，巴别通天之塔仿佛；
骄傲矜持逃遁一空，爱情来时理智全无。
绵绵乡思了无尽头，你可知道你心如缚？②

前面说过，由于在阿拉伯人进入伊比利亚半岛之前，拉丁诗人的作品有律无

① Francisco Reina：*Poesía Adalusí(ash-Sha'ar al-Andalusī)*，Alicante：Universidad de Alicante，2004, pp.503~504；其忠实的西班牙语译文或为：

Perdí la razón, teniendo gran honra;
Que obró a su sabor, por una coquta.
¡Ternera de Meca, por ti me muero!
De ti mi loor, toda hora renuevo.
¿Tu mano por qué soltóme tan pronto?
¿Qué hicieronse, di? Cariño y afecto.
…

② Ibid. pp.509~510.

韵，而西班牙早期谣曲既有律又有韵，正是受到了阿拉伯安达卢斯诗歌的影响，而作为个中桥梁的伊本·古兹曼理应受到人们的重视。遗憾的是，迄今为止仍罕有学者对其进行深入细致的探赜考究。因此，我的方法是择其与西班牙罗曼司谣曲的相同相似之处进行平行比较。

在西班牙，谣曲又被基督徒称为罗曼采，与罗曼司（Romance）本是同源同宗的并蒂莲。它们一而二，二而一，难分难解。随着"光复战争"的节节胜利，战争中流传的各种消息和传说成为行吟诗人的主要游唱内容。它顺应了人们对信息的渴望。同时，基督教王国的后方生活也为这些谣曲的传播者提供了想象的余地。他们迎合不同地域的信息诉求和审美需要，不断翻新内容，从而催生了大量的谣曲和更为众多的谣曲变体。

古典谣曲（Romances viejos），又称古罗曼采，是西班牙语文学的最早表征之一。它口口相传，变体众多，且极易散佚，因而发轫年代难以查考。也许它们与流行于公元 10 至 12 世纪的哈尔恰或 12、13 世纪的俚谣等抒情色彩浓郁的民歌民谣和同时期的英雄传说等有渊源关系。它们多以佚名散篇的形式通过行吟诗人的游唱在民间流传，不少篇什被巴埃纳（Baena）、埃尔南多·德尔·卡斯蒂略（Hernando del Castillo）收入《歌谣总集》（*Cancionero general* 1511~1540）[①]，1600 年又由路易斯·桑切斯（Luis Sánchez）汇编成册，谓《谣曲总集》（*Romancero general*）[②]。后者展示了西葡两国的古典谣曲及其主要变体，但规模不及前者。这些歌谣及其变体（或变奏）是西葡两国的文学宝藏，也是西葡罗曼司语的载体和表现。

在西班牙语中，罗曼采专指十六音节（少数为十二音节）谣曲。每句一分为二，押尾韵，但有时也有押中韵（即前半句同样押韵）的情况。而一般歌谣是比较自由的，音节和押韵方式各不相同。

多数谣曲都有一些变体，有些可谓变体众多。比如《女兵谣》，它表现了西班牙人民同仇敌忾、抗击摩尔侵略者的英勇气概，内容同我国的《木兰诗》如出一辙：

为抗击摩尔人入侵，国王他派人来征兵。
马科斯自叹年事高，膝下无子又添烦恼。
小女儿前去把名报，她替父从军志气高。
父亲嫌她是女儿装，她脱了红装换武装。

---

① 主要为公元 14 至 16 世纪署名诗人的作品，是谓"新谣曲"。
②《谣曲总集》除收录古典佚名作品外，还有一些公元 14 至 16 世纪署名诗人的作品。

父亲嫌她小辫儿长，她拿起剪到把发断。
姑娘举枪把战马跨，英姿飒爽要上前方。
临别她想起事一桩，要求父亲把名号换。
“就用马科斯你父名，英勇杀敌把功劳建。”
万马军中小马科斯，南征北战她名远扬。
有位王子爱上了她，怎么看她也不像男。
王后教他要细端详，以免出错太难收场。
“你把她带到大市场，试试她喜欢哪一样。
如果她真是女儿身，定会流连那花衣衫。”
马科斯不爱花衣衫，一心只要那销魂枪。①

以上西班牙谣曲是我从现有西班牙文学史料中攫取的。其中最后一首的不同变体多出现于女兵同王后及王子的机智周旋，反映了不同时期、不同地区对相同人物、类似故事的不同感受。由于它们的形态生动自由、风格简洁朴素，谣曲一直受到后世诗人和读者的喜爱。从公元 15 世纪的希尔·维森特（Gil Vicente，1465~1536）到 17 世纪的贡戈拉（Luis de Góngora，1561~1627）再到 20 世纪的加西亚·洛尔卡（Federico García Lorca，1898~1936），谣曲作为一种独特的诗体一直具有旺盛的生命力，在西班牙（和葡萄牙）文学史上可谓源远流长。

和上述古典谣曲同时流行的还有一些表达人之常情的民歌（Canción，也有人称之为抒情诗）。它们大都短小精悍，脍炙人口。比如有一首描写俘虏心境的歌谣，充满了艺术魅力，但韵律有异于上述谣曲，倒与伊本·古兹曼的某些情歌有异曲同工之妙：

五月呀五月，
天气热起来，
麦子正拔节，
花儿遍地开。
云雀唱得欢，
夜莺打擂台。
情人成双对，
相爱多自在。
不知白天去，

① 转引自陈众议：《西班牙文学“黄金世纪”研究》，北京：译林出版社，2007 年版，第 23~24 页。

凄苦我一人。
牢房独自捱；
不知黑夜来。
幸好有小鸟，
清早唱开怀。
箭手射杀它，
天理尚可待？[①]

这些歌谣或曰歌曲以及曾经提到的缀诗——哈尔恰和罗曼司谣曲共同缔造了西班牙语的早期文学。它们颇似我国古代《诗经》中的某些篇什，是罗曼司语系的早期文学表达。众所周知，古代谣曲大都产生于文字出现之前的人类蒙昧时期，而具有古希腊—罗马古典传统的一般西方基督徒在逐渐失去了高高在上的拉丁文之后，其对古典文学的疏虞也在全面的文化退化中使自己沦落到重新因循口口相传的歌谣传统的地步。这不能不说是一种历史的倒退。这种倒退在公元 11 至 14 世纪罗曼司谣曲中体现得尤其明显。而后，随着文艺复兴运动的高涨和罗曼司语的普遍生成，西班牙语文学在反弹中迅速崛起。

简而言之，在上述以题材划分的十类谣曲中，相当一部分（或谓绝大多数）属于边境谣。它们是基督徒和穆斯林长期争斗的结果，也是基督教文化和伊斯兰文化交融的结果。由于产生年代的相近性，格律的相似性，以及内容的相关性，我们不难看出伊本·古兹曼的《歌谣集》对西班牙古典谣曲的多方面的影响。然而，苦于年代久远，以及中世纪文学创作常采用匿名方式，对于其中的交互影响我们大多只能通过文本的平行比较方式来进行推导和论证，期待后续的研究能有进一步的发现和推进。

① 转引自董燕生：《西班牙文学》，北京：外语教学与研究出版社，1998 年版，第 14 页。

第三章　安达卢斯韵文与《真爱之书》

阿拉伯韵文和诗歌一样，具有悠久的历史。它始现于蒙昧时期，但早期发展速度却远不如诗歌，其内容则多为演讲词、卜辞等。及至阿拔斯时期，诗歌日渐繁盛；韵文随势跟上，有了长足的发展，内容大为丰富，押韵方式日趋自由，以至于最终放弃押韵、成为散文。许多文人以韵文敷衍故事，或指点江山，或言情抒感，甚或品诗评文、杂议闲谈，皆成旨趣。形式上，这一时期的阿拉伯韵文大抵遵从“亦文亦诗”的特点，从而与诗歌如影随形，不能截然区分。韵文作者兴之所至，在叙述中不断插入诗词，作“有诗为证”云云。即使散文部分也讲究骈偶对仗，追求韵律优美，颇似我国魏晋时期的骈体文，故称韵文。其诗歌部分更是风格绮丽，格律考究，充分体现了阿拉伯诗歌的华美。这也是韵文作者借以炫示文采的方式。阿拉伯人入侵伊比利亚后，安达卢斯的韵文也承袭了东部衣钵，并在此基础上继续发展。伊本·阿卜杜·拉比的《罕世瓔珞》、伊本·舒海德的《精灵与魔鬼》以及伊本·哈兹姆的《鹁鸽项圈》等等均是安达卢斯韵文杰作，进而对西班牙本土文学的发展产生了影响。本章以伊本·哈兹姆的《鹁鸽项圈》为例，试析其艺术特点和历史地位，并探讨它与胡安·鲁伊斯（Juan Ruiz，1283~1350）《真爱之书》（*Libro de Buen Amor*）的关联。

第一节　哈兹姆及其《鹁鸽项圈》

伊本·哈兹姆堪称安达卢斯最重要的文人，他的世俗化倾向集成和发展了安达卢斯的世俗文学，不少意象、思想和比喻完全游离于伊斯兰教教义。《鹁鸽项圈》是其著名的韵文代表作，亦诗亦叙，语言清新典雅，内容却十分通俗。

众所周知，伊斯兰教作为一种信仰体系，旨在通过笃尊唯一的真主达到规训人生的目的。它以信奉者个体（造化物）与真主（造物主）的关系为最高关系，据以确定人与他者、自然的关系。但哈兹姆的爱情哲学打破了这种关系，他的爱情观超越时空和宗教藩篱，至今仍未过时，故而不仅是系统论述世俗爱情的真正"爱经"，而且以较为中性，甚至特殊的女权倾向超越了奥维德。

一、哈兹姆《鸫鸽项圈》中的世俗情怀

有关哈兹姆的生平和《鸫鸽项圈》的主要内容及艺术手法，在本书第一编中已有详尽介绍，从中可以看出，《鸫鸽项圈》主要具备以下一些特点：

首先，它具有独特的爱情观、浓厚的世俗情怀。哈兹姆歌颂世俗爱恋，甚至认为爱情可以超越时间、空间和宗教的桎梏；他不仅重视现世生活中肉体层面的男欢女爱，而且强调精神层面的灵性之爱，并且认为只基于外在条件的爱恋是单薄而又脆弱的，必得有灵魂的吸引方能长久。例如前文所选的诗歌：

吾爱汝兮，只因爱汝；
爱不移兮，无何无如。
情诚笃兮，不多不少；
真主知兮，虔心永驻！

万物生兮，所以不灭，
因其本兮，如是者也；
倘质易兮，本乃不同，
其陨者兮，必其然也。

哈兹姆还认为，爱情具有排他性，没有人能同时爱上两个人，除非他（她）的爱不够深，不够纯。这在前文所引的诗中也有体现。

其次，哈兹姆在《鸫鸽项圈》中常以女性的口吻进行创作，善于描摹女性的内心，并为女性辩护，体现了诗人细腻、敏感的一面，据传这也和他失去挚爱的妻子努阿姆有关。《鸫鸽项圈》便是他在思念之余创作的，因而其中充满了对女性的理解和尊重。这在当时的主流诗坛并不多见。

总之，结合第一编中对作品的详述，我们可以看出，《鸫鸽项圈》是一部充满世俗情怀的韵散文集，它所体现的思想甚至与《古兰经》相悖，这虽与当时的诗歌主流创作背向而行，却也反映了安达卢斯地区开放和兼容并包的文化氛围，且对后来的西班牙早期世俗文学产生了深远影响，详见下文。

二、《鹁鸽项圈》的历史地位

如前所述，早在 1919 年，西班牙学者阿辛·帕拉西奥斯就在其著作中雄辩地阐释了但丁曾如何借鉴西班牙阿拉伯作家伊本·阿拉比（1165~1240）。但遗憾的是，西方中心主义并未使其产生应有的效应，有关成果几乎被封存于极少数研究者的书阁。和伊本·阿拉比一样，伊本·哈兹姆出生在西班牙，却并未像前者那样怀着朝圣的心灵游历祖先的东方并最终定居麦加、殁于大马士革。哈兹姆走的是另一条路，他热爱生于斯、长于斯的安达卢斯，其世俗化影响则为沉闷的中世纪打开了一扇面向生活之真、艺术之真的清新之窗。

哈兹姆的《鹁鸽项圈》创作于 1023 年。倘使我们对西班牙天主教诗人伊塔大司铎胡安·鲁伊斯的《真爱之书》有所关注，就会自然而然地想到二者的关联。对此，我们稍后再说。

回到《鹁鸽项圈》，诗人认为爱的本质或真谛只可意会，不可言传；同时认为爱不能只是单向的和单薄的。所谓单向是指单恋；而单薄“则是吸引一方或双方的优点”过于偏狭，一旦某个“优点”并不存在或时过境迁不再成其为优点，那么爱也就随之荡然不存了。后者常见于单纯的外貌吸引。

《鹁鸽项圈》的问世并非偶然。伊斯兰苏非神秘主义兴起之后，许多苏非文人借描述世俗之爱来隐喻或宣扬对真主的精神之恋。从伊本·哈兹姆在《鹁鸽项圈》序言中的所表述的内容看，《鹁鸽项圈》似乎也套用了这一模式。但无论就作品的内涵，还是当时安达卢斯开放的文风而言，作者的用心更像是借宗教真爱之名，写人间爱恋之实。这种复杂性是由他生活的环境造成的。

首先，哈兹姆生活优渥，家中有婢女，往来有名媛，这使得他从小惯看放浪形骸、声色犬马的世俗生活。同时，乃父对他的教育又十分严格，他自幼就能背诵《古兰经》，熟知伊斯兰教的各种教义，并耳濡目染。也许这正是他内心矛盾的原因之一。

其次，就社会环境而言，当时他生活的科尔多瓦是后伍麦叶王朝的经济、政治、文化中心，可谓美女如云、繁花似锦。当局对各种宗教、习俗持宽容态度；即或偶有倾轧，也大都取法刚柔并济，这使安达卢斯地区无论在政治，还是在文化上都形成了相当开放包容的格局。

再次，哈兹姆生活的时期，适值安达卢斯彩诗日臻成熟，并走向鼎盛。稍后出现的俚谣，也逐渐流行于当时的诗坛。这两种诗歌形式都带有浓厚的民间世俗色彩，语言质朴，内容大胆、放浪，有些甚至近乎色情。这些都对哈兹姆的创作产生了深刻影响。所以，诗人一方面宣称爱需要信仰，即对真主的虔诚；但另一方面，他继承了阿拉伯和安达卢斯世俗文学的某些传统，着重列举的却是安达卢斯历史上诸多的男欢女爱，甚至道听途说的世俗恋情。譬如，钟情痴心的例子有某某王子爱上花匠的女儿，某某国王爱上他的女奴，并谓遥远的埃及也是如此。当然，也有相反的例证：穆斯林达官贵人拈花惹草、娶妻纳妾，外加情人无数，等等。

正因为他详尽、细致，声情并茂地描写世俗之爱，他的作品完全可以被视为对中世纪拉丁文学的“反动”。前面说过，中世纪的拉丁文学基本上是宗教文学，偶有传奇出现，也大都指向天主教历史、教义或意象，譬如圣杯，譬如东方三博士，譬如十字军东征，等等。唯有少数后期抒情诗（或谣曲）开始摆脱禁欲主义的束缚、关注世俗情感。这些谣曲恰好是从安达卢斯世俗文学派生的，即作为彩诗缀诗的哈尔恰或俚谣。当然，应天时、地利、人和，西班牙叙事文学同样受到了阿拉伯和阿拉伯安达卢斯文学的影响，开始较早地摆脱天主教拉丁文学的禁欲主义传统。对此，哈兹姆及其所代表的安达卢斯世俗文学功不可没。

先说中世纪拉丁文学。如今的中世纪欧洲文学史淡化了宗教色彩，因此所记述的大都为传奇、谣曲及其所结合或演绎的英雄史诗之类。而事实上，宗教文学才是中世纪的主流文学。就西班牙而言，罗马帝国坍塌后建立的西哥特王国就曾致力于传承天主教文化，却对罗马古典时期的文学传统视而不见。因之，公元6世纪伊比利亚半岛最重要的“诗人”当非圣伊西多尔（San Isidoro，560~636）莫属。而这位号称时代泰斗的西哥特文人，本质上只不过是圣奥古斯丁的传人。公元8世纪初，随着阿拉伯人的入侵，伊比利亚半岛基本沦陷，但残存的西哥特王国依然奉行天主教精神，尤其是在法兰克王国施行政教合一之后。由是，随后的几个世纪，无论在逐渐崛起的卡斯蒂利亚、阿拉贡王国，还是在阿拉伯占领的安达卢斯基督教居民中，占主导地位的依然是天主教文学（对于后者，阿拉伯统治者给予了相当的宽容）。譬如西哥特拉丁诗歌，用学者波德隆（Bodelón）的话说，它除了宗教颂歌，几乎乏善可呈。[①] 又譬如《东方三博士》，它大抵是中世纪伊比利亚半岛最脍炙人口的一出宗教剧。其产生年代难以查考，但内容却是天主教徒们耳熟能详的：取材于《圣经》。之所以是“东方三博士”而非别的《新约》故事，则多少与阿拉伯人对伊比利亚的占领有关。在相当长的一个时期，西班牙各天主教王国同阿拉伯人保持着亦敌亦友的关系。这在《熙德之歌》（*El Mío Cid*）和许多“边境谣曲”、“摩尔谣曲”中表现得十分清晰。后者虽属“抵抗文学”，但其世俗情怀又明显受到了阿拉伯和安达卢斯文学的影响。

再说西班牙骑士传奇。恩格斯（Engels）在说到《罗兰之歌》（*Chanson de Roland*）等中世纪骑士传奇时说过，“那种中世纪的骑士之爱，就根本不是夫妻

---

① Bodelón：*Literatura latina de la Edad Media en España*，Madrid：Akal，1989，pp.51~56.

之爱。恰好相反……”[①] 但中世纪的西班牙骑士传奇却明显富于世俗情怀。这不能不说是拜阿拉伯人所赐。首先是阿拉伯人在伊比利亚半岛的长期存在，它是西班牙旷日持久的“光复战争”的因由，故而也是天主教徒们的关注焦点，而这本身所给出的现实维度不可能不成为文学的土壤。其次是阿拉伯文学和安达卢斯文学的影响，譬如形形色色的传奇故事。前面说过，阿拉伯文学不尽是伊斯兰神秘主义，它同时孕育了以哈兹姆为代表的世俗文人。后者的《鸦鸽项圈》直接影响了西班牙文学鼻祖伊塔大司铎胡安·鲁伊斯。这位僧侣（伊塔大司铎）的《真爱之书》素有欧洲第二《爱经》[②] 之称，本质上却是对《鸦鸽项圈》的一次大胆模仿，并且奠定了西班牙世俗文学的一个向度。有关这一点，下文将会有进一步论述。

第二节　《鸦鸽项圈》与《真爱之书》

一、《真爱之书》的世俗情怀

《真爱之书》大约成书于1330至1343年之间。有关胡安·鲁伊斯（Juan Ruíz, 1283~1350）的信息已然散佚殆尽，作品的归属是后人根据一首藏头诗及诗人的一些信笺推断的。据称，他出生于阿尔卡拉（两个半世纪后，它便是塞万提斯的故乡，阿尔卡拉亦是阿拉伯语“القلعة”一词的音译，意为“城堡”），青年时代就读于历史文化名城托莱多。而托莱多正是东西方文化的交汇处，“智者”阿尔丰索十世曾在此组织基督徒、穆斯林和犹太人发起了“新翻译运动”。鲁伊斯曾担任卡斯蒂利亚首都托莱多的教皇信使，后因遭人告发（涉嫌泄露机密）被革职判刑十三年。对此，《真爱之书》有所透露，因为诗人暗示此书是他在狱中创作的。他一生写过不少谣曲和颂歌，但流传至今的唯有《真爱之书》一部。在鲁伊斯创作该书之际，《鸦鸽项圈》等脍炙人口的“摩尔作品”早已在卡斯蒂利亚地区广为流传。西班牙著名学者阿美里科·卡斯特罗（Américo Castro）认为，《真爱之书》同伊本·哈兹姆的爱情自传形式和亦歌亦叙形式如出一辙。[③] 奥利维尔·阿辛（Oliver Asín）则通过姓名比较，发现修女加罗萨（Garoza）之名源自阿拉伯文情人或未婚妻（عروس）一词。[④] 此外，达马索·阿隆索（Dámaso Alonso）经过比照，也曾断言胡安·鲁易斯的理想爱人并非来源于欧洲传统，而是对阿拉伯文学意向的借鉴。[⑤]

而通过比照《真爱之书》与《鸦鸽项圈》，确实不难发现其中的种种类似与

---

①《马克思恩格斯选集》第4卷，北京：人民出版社，1995年版，第68页。
② “第一《爱经》”为古罗马诗人奥维德的《爱的艺术》（*Ars Amatoria*）。
③ 详见本著第一章。
④ 转引自 www.jaserrano.com/LBA/（西班牙学者何塞·安·塞拉诺专页）。
⑤ 同上。

模仿。

《真爱之书》是一部长诗，共1728节、7000多行。所谓真爱，是指圣爱，即对上帝的爱。与《鹁鸽项圈》相仿的是，作品也以说教的形式开始，但迅速转向世俗情爱。换言之，它也是以训诫和圣爱的名义表现世俗爱情的，和哈兹姆如出一辙。诗人一边宣扬空灵、纯粹的真爱（圣爱），一边细节毕露、津津乐道地描写男女之爱。譬如，作者在前言中写道："'我要教导你，指示你当行之路。我要定睛在你身上劝戒你。'先知大卫通过圣灵在《诗篇》第31篇第10节对我们每个人说了上面写的这番话。这一小节话我的理解有三点：有些哲学博士说，这三点都存在于心灵，完全属于心灵。它们是悟性、意志和记忆。我说，如果这三点都很好，那么灵魂就能得到安慰，躯体的生命得到延长，并能有效地得到荣誉和美名。因为有了良好的悟性，人就能认清善恶。所以，为了领会上帝的戒律，大卫对上帝的几个要求之一就是'求你赐我悟性'。因为人的悟性好，就能敬畏上帝，而这是全部智慧的开端，就像先知说的那样：'敬畏耶和华是智慧的开端。'凡是敬畏上帝的人都有良好的悟性。正因为如此，上述先知说：'凡遵行圣命的都有良好的悟性。'所罗门在他的《智慧书》中说：'敬畏上帝的人必然行为正确。'"①

而随后，作者对男主人公的十余次求爱遭遇进行了细致的描述，并随之引出肉欲先生和守节太太的寓言，详尽地展示了各种世俗之爱，其中还夹杂了大量东西方世俗观念和民间传说。这种多元倾向一方面反映了西班牙文化的多元混杂，另一方面也像是对哈兹姆的致敬。尤其是媒婆（Alcahueta，该词亦源自阿拉伯语 القوّاد，意为拉皮条者、龟奴）的出现，不能不让人联想到哈兹姆及其所代表的西班牙—阿拉伯文学。在毫不隐讳地描写世俗之爱时，作者甚至"放荡不羁"地写道：

亚里士多德说得在理，
世人为二事忙个不停：
第一孜孜矻矻为生存，
第二心心念念想异性。

……

智者所言，千真万确，
人兽禽畜，所有动物，

①［西班牙］胡安·鲁易斯：《真爱之书》，屠孟超译，北京：昆仑出版社，2000年版，第3~4页。引文稍有改动。下述《真爱之书》引文均出自该译本。

求偶寻欢，本性使然，
人类此性，表现更甚。（第 71 至 73 节）

二、《真爱之书》对《鹁鸽项圈》的其他借鉴

《真爱之书》不仅在主题与构思模式上与《鹁鸽项圈》相仿，在语言风格以及内容细节上，也与后者有诸多相似之处。《鹁鸽项圈》采取亦叙亦诗的形式，将诗歌融入散文，在叙述中穿插诗歌。其叙述部分，语言骈俪；诗歌部分，韵律灵活。《真爱之书》也是如此，堪称一篇朗朗上口的诗韵文，且其语言风格与前者相仿，押韵形式也呈一定规律的变化。而在主题和内容上，二者的相似之处就更为明显。谓予不信，我们不妨再拿《鹁鸽项圈》和《真爱之书》稍作比较：

《鹁鸽项圈》	《真爱之书》
阿布尔说过，“要让灵魂适当保持童贞，以便抵达真理”。	卡同说过，而且在理：“不能忘却白发的人，就无法成为圣人。”[1]
爱情使人盲信，即使对方妄言，你必信以为真。（第 2 章）	无论对方说啥，你皆信以为真。（第 164 页）
爱情使吝啬鬼慷慨，抑郁者展眉，怯懦者勇敢，粗鄙者温柔，愚钝者聪颖，邋遢者洁净，老者年轻，禁欲者享受……（第 2 章）	爱情使粗鄙者变得温柔，使沉默者开口，使懦弱者勇敢，使懒惰苍者勤劳，使苍老者年轻……（第 156~157 页）
最好找一个机敏强干、忠诚可靠的中间人……他们可以是你的仆人，或者令人信赖的老妪：手执拐杖，脖系念珠……哦，口若悬河，无恶不作！（第 11 章）	找一位能言善辩、机敏过人的拉纤女……她若是你的亲戚，那便是最佳人选，不然就叫那些老妪：天天祷告，脖系念珠……哦，她无恶不作！（第 436~439 页）
……	……

① 胡安·鲁伊斯：《真爱之书》，下同。

通过比照可以看出，二者对爱情本质的描述惊人的相似，均认为“爱情使怯懦者勇敢，粗鄙者温柔，苍老者年轻”，同时对于拉皮条者的描述和譬喻也大同小异。文中诸如此类的相似还有多处。

此外，《真爱之书》还中穿插了大量寓言，这恰恰又是阿拉伯作家的拿手好戏。这些寓言大都指向贪婪、嫉妒、虚伪、懒惰等。其中，有一则写到两个懒汉的故事。话说两个懒汉同时看中了一个姑娘，姑娘为了摆脱他们的纠缠，便机智地谎称自己喜欢懒惰的男人，让他们比谁更懒惰。甲因腿有伤，故称自己比乙懒惰，理由是有一天他在河边偷懒，口渴了想喝水，结果宁可渴得嗓子冒烟说不出话来，也不愿低下头去喝口河水。这还不算，他连走路都懒得挪两只脚，所以一只脚上楼，从楼梯上摔了下来，结果成了跛子。乙摇摇头，说自己才是世上最懒的人，有一天感冒了，鼻涕流下来他都懒得去擦拭一下；另一天，下着大雨，屋漏了，雨水正好滴到床上，他眼看着那水不断滴在眼睛上，结果眼睛受伤了，成了独眼龙。

作品更多的是动物寓言，但鉴于后文（《卢利及其影响》一节）将有涉及，此处不赘述。

从时间上看，《鹁鸽项圈》问世于公元 11 世纪初，并在安达卢斯地区广为流传。大约三个世纪之后，《真爱之书》问世。后者问世之时，阿拉伯人在安达卢斯地区的统治虽然已经日渐式微，但仍对南部格拉纳达等地保持控制权。此时，阿拉伯人在伊比利亚半岛上已经生活了六个多世纪，其生活方式、语言、文化等方方面面的影响与融合已润物无声地化入到地区文化的血脉之中。诗歌、散文、寓言以及玛卡梅等叙事文学不能不对西班牙本土文学产生巨大影响。诚如西班牙学者阿美里科·卡斯特罗所说的那样：“欲了解伊比利亚文学，必先了解西班牙—阿拉伯文学”。[①]

再说彼时鲁伊斯作为博览群书的教皇信使，很难想象他从未读过阿拉伯文学作品，从未接触过《鹁鸽项圈》。由于在中世纪的漫长岁月里，文学作品大多没有署名习惯，著者常常将所阅文学作品据为己有，采取“拿来主义”的态度，且从不标明出处，甚至以原创者、首创者自居。这种情形可谓司空见惯，因而给文学作品的影响研究带来了诸多困难。即便如此，通过比照作品的结构、内容、语言，以及作品的问世时间，并结合当时阿拉伯安达卢斯文学的兴盛与流布情况，我们仍不难看出《鹁鸽项圈》和《真爱之书》之间的种种关联。何况，在《真爱之书》之前，西班牙本土鲜有描述世俗之爱的作品问世。

---

① Américo Castro：*España en su historia; cristianos, moros y judíos*，Buenos Aires：Ed. Espasa，1948，p.417.

虽说奥维德（Ovidius）的《爱的艺术》（*Ars Amatoria*）也是关于爱情的，却与前二者有质的不同。《爱的艺术》侧重于技巧（即男人追求女人的“艺术”，故一度被罗马当局斥之为“诲淫”），而《鸰鸽项圈》和《真爱之书》才是真正描写爱情的：既有对爱情本质的探究，也有对爱情形态的刻画。至于来自《鸰鸽项圈》的幽默，卡斯特罗认为它多少帮助大司铎化解了原罪说和世俗之爱水火不容的矛盾冲突。[①] 而大司铎赖以解嘲和嘲讽的老虔婆，则是阿拉伯文学中经常出现的。这个老媒婆最终进入了《塞莱斯蒂娜》（*La Celestina*），从而为世界文学长廊平添了喜剧色彩。

① Américo Castro：*España en su historia; cristianos, moros y judíos*，pp. 387~392.

第四章　阿拉伯寓言与西班牙文学

阿拉伯人不仅能歌善舞，还具有悠久的叙事文学传统。进入伊比利亚半岛后，阿拉伯人很快就将源自古印度的《卡里来和笛木乃》和源自阿拉伯本土的玛卡梅体、《一千零一夜》、《安塔拉传奇》等叙事作品、叙事方式引入了安达卢斯文学，并发扬光大。著名学者梅嫩德斯·伊·佩拉约（Marcelino Menéndez y Pelayo）在其《小说的起源》（*Los orígenes de la novela*）中多次提到阿拉伯叙事文学，并对其褒奖有加。鉴于阿拉伯安达卢斯叙事文学种类较多，本章节拟集中探讨阿拉伯寓言故事及其在西班牙的变体，以及它们与西班牙小说的关系。

第一节　《卡里来和笛木乃》与《卢卡诺尔伯爵》

一、《卡里来和笛木乃》

《卡里来和笛木乃》是一部寓言故事集。主要故事原型最早来自于印度《五卷书》（*Panchatantra*），这已是不争的事实。在传播的过程中，它还杂糅了印度、波斯、阿拉伯等各种东方文化。五卷书的故事流传于公元前 6 世纪到公元 12 世纪，而最早的成书年代则据考为公元 5 世纪。公元 6 世纪，即波斯萨珊王朝的库思老一世（531~579）时期，《五卷书》被一名波斯医生翻译成巴列维语，但该译本已经散佚。公元 570 年前后，一位名叫“布德”（Bud）的教士再将其由巴列维语移译至古叙利亚文，为《卡里来卡和笛木乃卡》。这个译名更接近于巴列维语译本以及梵语原版，因为“狮子与公牛”在梵文中的原型是两只胡狼，分别为“迦罗吒迦”（Karataka）和“达摩那迦”（Damnaka）。巴列维文在翻译时保留了尾音“迦”。[1]公元750年，伊本·穆格法（Ibn al-Mugaffa'a，724~759）的《卡里来和笛木乃》阿拉伯语译本问世，后者主要依从巴列维文和古叙利亚文本《五卷书》，并且省略了尾音“迦”。虽然他在序言中开宗明义说“这本题名《卡里来和笛木乃》的书，是印度学者撰写的一部寓言故事集”[2]，但在翻译过程中，伊本·穆格法对故事原型进行了大量的加工和再创作，使故事内容比前两个译本大为丰富。

伊本·穆格法版本的《卡里来和笛木乃》描述的是印度哲学家白德巴为了规劝骄傲自大、飞扬跋扈的国王德卜舍利姆而讲述的一系列故事（“事例”）。全书共21篇（在原来《五卷书》12篇的基础上，加入波斯寓言3篇，阿拉伯寓言6篇，其中主体故事16篇），由大大小小50多个故事组成，均假托动物之口，传述作者嘉许的各色美德，涉及交友处世、君臣之道等诸多方面。其中比较经典的有《狮子与公牛》（讲述狮子与公牛最初交好，但在臣属的挑拨之下渐生嫌隙，终至两败俱伤的故事）、《猫头鹰与乌鸦》（讲述乌鸦如何通过反间计战胜了欺压它们的猫头鹰）等；流传较广且变体最多的有《老人与三个儿子》（讲述老人如何考验三个儿子的生存本领）、《修士与蜜罐》（想入非非的修士打翻了蜜罐，致使发财梦成为泡影），等等。伊本·穆格法对《五卷书》进行了丰富和改写，不少故事更显生动，有些则删繁就减，使之变得更为简单明了。但同时他又掺入了大段的说教，直陈观点，规劝君主要体恤民情、宽容慎怒、品行端正、赏罚分明。可以说，他的《卡里来和笛木乃》以优美典雅的语言，细致入微的描述，繁简相宜的故事，开启了阿拔斯时期清新质朴、雅俗共赏的文风，因而也备受文史学界的推崇。由其从出的译本可谓奕代继作、迭见不鲜，成为“借各种意图和语言文字流行、传播”的古老作品之一[3]。

20世纪初，美国语言学学者富兰克林·艾爵顿（Franklin Edgerton，1885~1963）出版了《重构的〈五卷书〉》（*The Panchatantra Reconstructed*）。该研究著作附有《五卷书》英译本。他在1915年另一位美国学者赫特尔的研究成果基础上，大体还原了《五卷书》的梵文原著（关于《五卷书》及《卡里来和笛木乃》翻译的详细流变见表1）。

① 参见余玉萍：《伊本·穆格法及其改革思想》，北京：中国商务出版社，2007年版，第32~33页。
② Ibn al-Mugaffa': *Kalīlah wa Dimunah*, al-Maktabatu al-Umawiyah, Damascus, 1963, p.16.
③ 伊本·穆格法：《卡里来和笛木乃》，李唯中译，天津：天津古籍出版社，2004年版，第354页。

表 1 《卡里来和笛木乃》译本汇总（至 19 世纪）

<table>
<tr><th colspan="2">版本</th><th>年代</th><th>内容及特点</th></tr>
<tr><td colspan="2">《五卷书》梵文原本</td><td>公元前 6 世纪—公元 6 世纪</td><td>共十二篇，主要内容见艾爵顿复原本</td></tr>
<tr><td colspan="2">藏文译本</td><td>时间不详，应早于公元 6 世纪</td><td>已散佚</td></tr>
<tr><td colspan="2">巴列维文译本</td><td>公元 6 世纪初</td><td>正式将此故事名为《卡里来卡和笛木乃卡》（据古叙利亚译本推测），已散佚</td></tr>
<tr><td colspan="2">古叙利亚译本</td><td>大约 570 年</td><td>取名《卡里来卡和笛木乃卡》</td></tr>
<tr><td colspan="2">阿拉伯语译本（伊本·穆格法）</td><td>750 年</td><td>据巴列维文译出，将内容由原来的 12 篇扩充到 21 篇</td></tr>
<tr><td rowspan="10">右侧均为据阿拉伯译本所直接翻译的版本</td><td>古叙利亚第二译本</td><td>公元 8—10 世纪</td><td>内容不详</td></tr>
<tr><td>希腊文译本</td><td>约 1080 年</td><td>后又被译为拉丁文（疑为犹太人佩德罗·阿尔丰索《教士的故事》一书，他将其带至英国）</td></tr>
<tr><td>波斯文新译本</td><td>约 1120 年</td><td>又被称为《安瓦尔·苏海里译本》</td></tr>
<tr><td rowspan="2">希伯来文译本（由此译本衍生出诸多新文字译本）</td><td>公元 12 世纪初</td><td>被一位叫罗比·哲尔的犹太人译为希伯来语，后被犹太教徒卡普瓦转译为拉丁文，由此又被译为多种欧洲现代文字</td></tr>
<tr><td>1227 年</td><td>雅各布·本·阿齐尔（《西夫尔·希沙里穆》的编者）的希伯来文译本，近乎全译本</td></tr>
<tr><td>古西班牙语译本</td><td>1251 年</td><td>由此又衍生出另一个拉丁语译本《雷蒙德译本》</td></tr>
<tr><td>拉丁文诗译本</td><td>公元 13 世纪</td><td>名为《勇敢的伊索普斯》，诗体文译本</td></tr>
<tr><td>土耳其文译本</td><td>公元 16 世纪</td><td>该译本因被译为法文（1724 年出版）和西班牙文（1652—1658 年出版）而出名</td></tr>
<tr><td>英文译本</td><td>1819 年</td><td>神父温德汉姆·纳什布勒翻译</td></tr>
<tr><td>俄文新译本</td><td>1889 年</td><td>译者为米哈伊尔·阿塔亚</td></tr>
</table>

注：此表相关内容参见李唯中译本《卡里来和笛木乃》（天津古籍出版社，2004 年版）

由此可见，自伊本·穆格法之后，仅由他的《卡里来和笛木乃》所从出的译本就有十多种，并且许多译本也与伊本·穆格法的做法类似，算不上忠实的译作，而是亦译亦改的品类，这些品类在流变过程中对欧洲各国文学产生了影响。西班牙文学则更是深受其惠。

二、《卢卡诺尔伯爵》的成书与内容

在进入《卢卡诺尔伯爵》（*El conde Lucanor*）之前，让我们先来看看他的作者胡安·马努埃尔（Juan Manuel，1282~1348），这对我们了解他作品的创作背景和创作缘由有一定帮助。他是智者阿尔丰索十世的侄子，真真正正的王亲国戚。因此，胡安·马努埃尔又被尊称为“堂”(Don)。他生长在宫廷，自幼习文练武，接受正统的骑士教育。据有关史料记载，他12岁就开始追随阿尔丰索十世，金戈铁马，驰骋疆场，参加“光复战争”。长大成人后，他不可避免地卷入宫廷争斗，其残酷程度在其《教子书》等作品中有所表露。所幸他吉人天相，总能逢凶化吉。阿尔丰索十世谢世后，他一度出任卡斯蒂利亚和莱昂联合王国的摄政王。但令人费解的是，这并未影响他与固守东南一隅(格拉纳达)的“摩尔”首领保持亦敌亦友的奇异关系。晚年，他急流勇退，在世袭领地上建造了一座修道院并从此专心写作，不问世事。

《卢卡诺尔伯爵》(全名《卢卡诺尔伯爵和帕特罗尼奥的故事》)是堂胡安·马努埃尔的代表作。它成书于1335年，比卜伽丘的《十日谈》早10多年，比乔叟的《坎特伯雷故事集》早50多年。因此，它是罗曼司欧洲的第一部短篇小说集，更是西班牙叙事文学的第一座丰碑。巧合的是，这三部作品，尤其是《卢卡诺尔伯爵》和《十日谈》，无论形式还是意境上都十分相似。《十日谈》是10个青年男女在10天中讲述的100个故事，《坎特伯雷故事集》是31名香客讲述的一系列故事，而《卢卡诺尔伯爵》则是由谋士帕特罗尼奥讲述的51个故事。这些故事作为谋士进言的“例证”(“Exemlum”)，几乎独立成篇。其主旨是阐释卢卡诺尔伯爵有关世道人心的一系列思考。①

除《卢卡诺尔伯爵》之外，胡安·马努埃尔的其他著作有《编年简史》《武器书》《教子书》《狩猎书》《歌集》《行吟规则》《骑士与盾矛手》《国家书》，等等。遗憾的是这些作品大多散佚，仅留下寥寥几种。

其中，《骑士与盾矛手》创作于1326年前后，是胡安·马努埃尔的另一部重要作品。此作具有早期骑士小说的韵味，同时又不失为一部劝世通言。作品凡51章，包括一个序言和一个引子，但第4至第16章散佚。它采用典型的骑士小说结构，讲述一名青年盾矛手应国王感召参加骑士团(一个类似于“圆桌会议”的组织)，最后被册封为骑士的故事。这在后文会有详述。

《国家书》是一部高扬人性大旗的哲理小说或哲学散文。作品对中世纪神学，尤其是宗教神秘主义采取了怀疑态度，尽管这种怀疑是以若隐若现的方式呈现的。此外，对人性及人类的乐观姿态使作品具有明显的人文主义色彩。全书以对话的形式展开，就国家制度和道德教育等问题进行了一次促膝长谈，借此倾诉自己的政治抱负和建国理念。其中的不少篇幅规定了国王和教皇、大臣和僧侣及普

① 参见陈众议：《西班牙文学“黄金世纪”研究》，第39~40页。

通市民的职责及行为规范，颇具指点江山、激扬文字的理想主义色彩。[①]

自阿尔丰索十世以降，卡斯蒂利亚用俗语编撰了《西班牙编年通史》《世界大通史》和《卡斯蒂利亚语语法》。此后，卡斯蒂利亚语便开始成为卡斯蒂利亚的官方语言，并逐渐擢升为西班牙通用语言。然而，拉丁文的强大惯性依然存在。据统计，在《卢卡诺尔伯爵》之前，只有少数歌谣和民间故事使用卡斯蒂利亚语，如阿尔丰索十世的《聪敏的悔过者》《长梦》《勇敢的主教》，贝尔塞奥的《无耻的司事》，佚名之作《猫之书》《训诫故事书》，以及一些翻译作品，如《伊索寓言》《卡里来和笛木乃》[②]，等等。

《卢卡诺尔伯爵》堪称西班牙第一部"俗语"小说。作品既有寓言故事，也有历史传说，可谓虚构与写实并重。小说由五部分组成：第一部分为五十一个事例，系作品主体；第二部分为《堂胡安因感谢赫里卡领主唐哈伊梅的厚爱而作的解释》，主要内容包括一百条谚语和警句；第三部分是《帕特罗尼奥向卢卡诺尔伯爵致歉》，即五十条谚语和警句；第四部分为《帕特罗尼奥向卢卡诺尔伯爵所作的解释》，是三十条谚语和警句；最后一部分为《关于圣体和其他道德方面的说明》，是关乎神学的说教或解脱"罪责"的辩护。与其他部分相比，第一部分不仅重要，而且具有相对的独立性，其内容丰富多彩，素为文史学界所推崇。本著所采用的便是2000年由昆仑出版社出版的刘玉树先生的译本。[③]

小说以卢卡诺尔伯爵与其谋士帕特罗尼奥对谈的方式展开，所摄事例五十一个，内容涉及为人处世、治国理政、道德伦理等诸多方面，是一部警世通言、醒世名言，可谓寓教于乐、开卷有益。譬如，事例一教人如何驱凶避祸；事例二是一则有名的寓言故事，即父子骑驴的笑话；事例五也是一则有名的寓言故事，即乌鸦与狐狸的故事；事例六劝人未雨绸缪；事例七写农妇梦想拿一罐蜂蜜发财的故事；事例十二教人怎样遇事不慌；事例十四是个不折不扣的苦肉计；事例十八是一则劝慰，类似于"失之东隅，收之桑榆"或者"塞翁失马，焉知非福"；事例三十二是《一位国王与谎称能指出奇妙布匹的骗子们之间的故事》，成就了安徒生的《皇帝的新装》。这是《卢卡诺尔伯爵》中最耀眼的一颗明珠，讲述三个骗子自告奋勇，要替国王织布，并称他们织出的布匹只有光荣的婚生子可以看见，而私生子是断然看不见的。而且，为了打消国王的疑虑，他们主动要求在完成工作之前受到监管。布匹织好后，国王为慎重起见，先命侍从前去打探。侍从听了三个骗子如此这般一番蛊惑，只能回说是那布如何的精美。当国王亲自驾临织坊

---

① 参见陈众议：《西班牙文学"黄金世纪"研究》，第39~40页。

② 关于其译本的流变参见198页表1。

③［西班牙］胡安·马努埃尔：《卢卡诺尔伯爵》，刘玉树译，北京：昆仑出版社，2000年版。此外，国内还有申宝楼译本，哈尔滨：黑龙江人民出版社，1996年版。

时，那三个人只顾摆弄。国王当然什么也没有看见，但慑于人言可畏，且生怕因“血统不纯”而丢了王位，只好硬着头皮赞美一番。大臣们听到国王的赞许，哪敢直言？他们一个个明哲保身，阿谀之情溢于言表。节日临近，三个骗子替国王量身定做的新装制成了。适值盛夏酷暑，国王穿上新装，骑马上街，好不惬意。市民早就听说看不见新装的是私生子，自然三缄其口。只有那个一无所有、傻里傻气的“黑人”(应该是“摩尔人”——引注)实话实说，大声对国王嚷嚷:“陛下，您是光着身子哪……”国王这才知道上当受骗。在安徒生那里，这个戳穿戏法的人变成了孩子，因而也就使这个故事具有了普遍意义。所谓童言无忌，这一改变不仅画龙点睛，而且消除了几多种族、文化偏见。

事例五十讲述的是某女子向苏丹提出一个问题：“什么是人的最佳品德和众善之母？”她说倘使后者答不出来，自己就决不委身于他。苏丹周游列国，找到了答案，却不得不放弃初衷，因为他找到的答案是“廉耻”。此外，事例中还有一个驯悍故事。话说某小伙娶了一个凶悍的女子。新婚之日，新郎杀鸡儆猴，最终驯服了远近闻名的悍妇。这个故事显然影响到了莎士比亚，为《驯悍记》之原型。其他作家如埃雷拉、科拉松·德·莱昂等后世作家也都或多或少对《卢卡诺尔伯爵》有所借鉴。

如此等等。这些故事大都采撷于民间，其中不少篇什明显受到阿拉伯文学尤其是《卡里来和笛木乃》及《一千零一夜》的影响，同时又受惠于《伊索寓言》。换句话说，就像《真爱之书》《卢卡诺尔伯爵》，也是西班牙文化多元混杂的显证。

三、《卢卡诺尔伯爵》对《卡里来和笛木乃》的借鉴与模仿

问世于 1335 年的《卢卡诺尔伯爵》对《卡里来和笛木乃》的借鉴与模仿是十分明显的。前者不仅直接攫取后者的故事，而且在叙事手法上有明显的传承关系。印度学者 D. P. 辛加尔（D. P. Singhal）曾在《印度与世界文明》(*India and World Civilization*)一书中指出，印度的《五卷书》对西方寓言故事产生了极大的影响，但它无疑是以《卡里来和笛木乃》为媒介的[①]。辛加尔的此话并非虚言。

通过上文表 1 可以看出，古西班牙（卡斯蒂利亚）语译本《卡里来和笛木乃》问世于 1251 年，且之前已有希伯来语的两种译本存在。彼时，安达卢斯处在多语言、多文化并存杂糅的非常时期，《卡里来和笛木乃》的许多故事早已在民间流传，为人们耳熟能详。堂胡安·马努埃尔在创作《卢卡诺尔伯爵》时，适值古西班牙语译本问世半个世纪之后（1335 年）。而他作为博览群书，又十分熟悉和关注安达卢斯的一代文豪，必然对其中的许多故事了熟于心。《卢卡诺尔伯爵》

①［印度］辛加尔:《印度与世界文明》，庄万友等译，北京：商务印书馆，2015 年版，第 232 页。

的许多事例便是明证。同样，为便于比较，此处特将艾爵顿版《五卷书》与《卡里来和笛木乃》和《卢卡诺尔伯爵》的部分故事内容（顺序有所调整）列表如下（表 2），以期探析三者的同源关系，特别是《卢卡诺尔伯爵》对《卡里来和笛木乃》的借鉴、模仿：

表 2 《五卷书》《卡里来和笛木乃》以及《卢卡诺尔伯爵》故事比较

<table>
<tr><td colspan="2">《五卷书》</td><td colspan="2">《卡里来和笛木乃》</td><td>《卢卡诺尔伯爵》（故事顺序有调整）</td><td>《卢卡诺尔伯爵》的借鉴</td></tr>
<tr><td colspan="2">第一卷 朋友的决裂（狮子与公牛）</td><td colspan="2">第一章 狮子与公牛（共 18 个故事）</td><td>共 51 个故事，摘录 37 个</td><td></td></tr>
<tr><td>一级故事</td><td>二级故事</td><td>一级故事</td><td>二级故事</td><td></td><td></td></tr>
<tr><td colspan="2">猴子与木匠</td><td>老人与三个儿子</td><td>人与恶狼的故事</td><td>老人和儿子骑驴</td><td>阿拉伯民间笑话</td></tr>
<tr><td colspan="2">胡狼与鼓</td><td colspan="2">猴子和木匠</td><td rowspan="3">英王理查德在对“摩尔人”作战中奋力一跳建奇功</td><td rowspan="3">书中唯一一个带有嵌套的故事</td></tr>
<tr><td rowspan="2">和尚与骗子</td><td>胡狼与公羊</td><td colspan="2" rowspan="2">狼与鼓的故事</td></tr>
<tr><td>织工与鸨母</td></tr>
<tr><td colspan="2">老鸦与黑蛇</td><td rowspan="2">老鸦与黑蛇</td><td rowspan="2">鸬鹚与螃蟹</td><td>狐狸与乌鸦</td><td>《伊索寓言》故事</td></tr>
<tr><td colspan="2">鸬鹚与螃蟹</td><td>燕子看见播种亚麻</td><td></td></tr>
<tr><td colspan="2">小兔与狮王</td><td colspan="2">小兔与狮王</td><td>两匹马与一头狮子</td><td></td></tr>
<tr><td colspan="2">虱子与跳蚤</td><td colspan="2">三尾鱼</td><td>清洗肝脏者的苦恼</td><td></td></tr>
<tr><td colspan="2">雄狮的随从与骆驼</td><td colspan="2">虱子与跳蚤</td><td>羽扇豆充饥的穷汉</td><td></td></tr>
<tr><td colspan="2">海鸥与海怪</td><td colspan="2">小故事鸭子与月影、蜂蜜与睡莲、苍蝇与象王</td><td>圣地亚哥教长与托莱多大魔法师</td><td></td></tr>
<tr><td colspan="2">野鸭与乌龟</td><td colspan="2">雄狮、乌鸦、狐狸和狼</td><td>狐狸与公鸡</td><td></td></tr>
<tr><td colspan="2">三尾鱼</td><td>海鸥与海怪</td><td>野鸭与乌龟</td><td>猎石鸡者的眼泪</td><td></td></tr>
<tr><td colspan="2">猴子、萤火虫与鸟</td><td colspan="2">猴子与萤火虫</td><td>圣徒多明各为死亡富豪祈祷</td><td></td></tr>
<tr><td colspan="2">骗子与傻子</td><td colspan="2">傻子与坏人</td><td rowspan="2">堂洛伦索·苏雷亚斯在保卫塞维利亚之战中立功</td><td></td></tr>
<tr><td colspan="2">白鹭、蛇与幼鼠</td><td colspan="2">吃铁的老鼠</td><td></td></tr>
<tr><td colspan="2">吃铁的老鼠</td><td colspan="2">第二章 笛木乃的审判</td><td rowspan="2">堂佩德罗·梅伦德斯·德·巴尔德斯因祸免灾（塞翁失马）</td><td></td></tr>
<tr><td colspan="2"></td><td colspan="2">商妻、画师、女仆</td><td></td></tr>
<tr><td colspan="2"></td><td colspan="2">冒充医师丧命记</td><td>国王被炼金术士欺骗</td><td></td></tr>
</table>

续表

<table>
<tr><th>《五卷书》</th><th colspan="4">《卡里来和笛木乃》</th><th>《卢卡诺尔伯爵》（故事顺序有调整）</th><th>《卢卡诺尔伯爵》的借鉴</th></tr>
<tr><td></td><td colspan="4">耕夫与其二妻（五十步笑百步）</td><td>哲人教育国王</td><td></td></tr>
<tr><td></td><td colspan="4">猎隼、鹦鹉和隼匠</td><td>狮子与公牛</td><td>《卡》中第一、二章的缩写</td></tr>
<tr><td>第二卷 朋友的获得（斑鸠）</td><td colspan="4">第三章 鸽子（每一列均为前列的嵌套故事）</td><td>蚂蚁的谋生之道辛苦劳作</td><td></td></tr>
<tr><td>老鼠与和尚</td><td rowspan="4">鸽子、老鼠、羚羊、乌鸦</td><td rowspan="4">老鼠、修士与客人</td><td rowspan="4">女人换芝麻</td><td rowspan="4">狼猎人、野猪与羚羊</td><td>国王考验三个儿子</td><td>《卡》中《老人与三个儿子》</td></tr>
<tr><td>换芝麻的故事</td><td>普罗文萨伯爵如何逃脱囚禁</td><td></td></tr>
<tr><td>贪心的胡狼</td><td>谎言是如何欺骗真理的</td><td></td></tr>
<tr><td>捕获鹿的故事</td><td>一只躺在路上装死的狐狸</td><td></td></tr>
<tr><td>第三卷 战争与和平（猫头鹰与乌鸦）</td><td colspan="4">第四章 猫头鹰和乌鸦（后一列均为前列同行的嵌套故事）</td><td>塞维利亚国王的故事（穆阿台米德与爱妃）</td><td></td></tr>
<tr><td>披着豹子皮的驴（该故事同样见诸于《伊索寓言》）</td><td rowspan="8">猫头鹰与乌鸦</td><td colspan="2" rowspan="2">白鹭与乌鸦</td><td>象王、兔王、月王</td><td>乌鸦的苦肉计</td><td>《卡》中猫头鹰与乌鸦故事的梗概</td></tr>
<tr><td>群鸟选王</td><td>野兔、黄莺与狸猫</td><td rowspan="2">一位国王与谎称能指出奇妙布匹的骗子们之间的故事</td><td rowspan="2">《皇帝的新装》原型</td></tr>
<tr><td>象王、小兔与月亮</td><td colspan="3">修士与骗子的故事</td></tr>
<tr><td>鹧鸪与小兔</td><td colspan="3">商人妻子与小偷</td><td>猎隼与老鹰和草鹭的故事</td><td></td></tr>
<tr><td>婆罗门与恶人们</td><td colspan="3">修士、盗贼与魔鬼</td><td>一个小伙子娶了一个凶悍女子</td><td>《悍妇记》原型</td></tr>
<tr><td>老人、年轻妻子与贼</td><td colspan="3">木匠与妻子</td><td>汉子身背宝石溺死河中</td><td></td></tr>
<tr><td>婆罗门、贼与食人妖</td><td colspan="3">雌鼠择夫</td><td>汉子与燕子、麻雀周旋</td><td></td></tr>
<tr><td>戴绿帽的木匠</td><td colspan="3">蟒蛇与蛙王</td><td>一个阴险女人</td><td></td></tr>
<tr><td>处女老鼠</td><td>猴子与雄龟</td><td colspan="3">雄狮与胡狼</td><td>善、恶，聪明人与疯子</td><td></td></tr>
</table>

续表

《五卷书》	《卡里来和笛木乃》			《卢卡诺尔伯爵》（故事顺序有调整）	《卢卡诺尔伯爵》的借鉴
黑蛇与青蛙王子	修士与黄鼬	修士与蜜罐		堂娜特鲁阿娜的空欢喜	《卡》中《修士与蜜罐》
第四卷 得而复失（猴子和雄龟）	老鼠与老猫	骑在象牙上的人		侠义三骑士侠义忠君	
缺心少耳的驴	国王与芳兹鸟			甘心听命于魔鬼的汉子 贪得无厌	
第五卷 不思而行（婆罗门与鼬鼠）	狮王与胡狼（信任）			一位哲人误入烟花巷	
建造空中楼阁的婆罗门	依拉泽、毕拉兹和王后	雌鸽屈死		考验朋友（真友谊难得）	
		猴子与扁豆		苏丹企图霸占臣属之妻	
杀害和尚的理发匠	母狮、猎人与胡狼			一个傲慢的国王	
	修士与来客	乌鸦学步			
	鼠王米赫拉伊兹	尼罗河国王	驴子与驯鹿		
	行者与银匠、蛇、猴子和老虎				
	王子与旅伴				
	鸽子、狐狸和苍鹭				

注：此表部分内容参考余玉萍对艾爵顿版《五卷书》与《卡里来和笛木乃》的比较研究（见《伊本·穆格法及其改革思想》，第116~117页）

通过表2的对比不难看出，《卢卡诺尔伯爵》至少有四个故事直接移植自《卡里来和笛木乃》。这四个故事分别是事例七《堂娜特鲁阿娜的空欢喜》（原型为《卡里来和笛木乃》中的《修士与蜜罐》的故事）、事例十九《乌鸦的苦肉计》（原型为《卡里来和笛木乃》中的《猫头鹰与乌鸦》的故事）、事例二十二《狮子与公牛》（原型为《卡里来和笛木乃》中的《狮子与公牛》的故事）、事例二十四《一位国王考验三个儿子》（原型为《卡里来和笛木乃》中的《老人与三个儿子》的故事）。这四个故事内容上完全一致，叙述形式也如出一辙，只不过《卢卡诺尔伯爵》更为简约，其所攫取的大抵是《卡里来和笛木乃》的故事精髓。本节不妨择其一二，以为例证：

在《乌鸦的苦肉计》中，帕特罗尼奥讲述了一群受猫头鹰欺诈的乌鸦，决定实施反间计，于是拔掉了一只乌鸦的大部分羽毛，使其仅可勉强飞行。他们借此迷惑猫头鹰，让后者失去警觉，误以为脱毛乌鸦是来投靠它们的。然而，一只足智多谋的猫头鹰识破了乌鸦的诡计，遗憾的是其他同类不仅不听从它的忠告，反而引发了内讧。最终，猫头鹰被歼灭，乌鸦大获全胜。

这个故事与《卡里来和笛木乃》中《猫头鹰与乌鸦》的故事完全相同，尽管叙述更加简明，全文不过 600 字。而在《卡里来和笛木乃》中，这个故事前后嵌入了 9 个小故事，全文洋洋洒洒，达 23000 余字，仅主干部分也多达有 5000 余字。

再看《狮子与公牛》。它同样照搬《卡里来和笛木乃》，讲述狮子与公牛如何反目成仇。受狐狸（在《卡里来和笛木乃》中，狐狸即笛木乃）的挑拨，狮子与公牛渐生罅隙，并最终兵戎相见、两败俱伤。《卢卡诺尔伯爵》中的这个故事比较简练，全文不过 1200 字，其规模较之《卡里来和笛木乃》相去甚远。后者嵌套的 18 个故事使主干内容大为扩展，节奏明显延宕。

还有《堂娜特鲁阿娜的一场空欢喜》亦复如此。故事的内容是：有个女人叫堂娜特鲁阿娜，家境相当贫穷寥落。一天，她头顶一罐蜂蜜去赶集。路上，她幻想卖了蜂蜜换鸡蛋，再用鸡蛋孵母鸡，如此鸡生蛋、蛋生鸡，她就能比所有邻居更富有了。然后，她想象着如何让子女结婚成家，如何子孙满堂。那样一来，她就会在众多女婿、儿媳的簇拥下大摇大摆地走上街头，享受人们羡慕的目光和无数的赞许。想到这里，她不禁开怀大笑，还在脑门上拍了一掌，结果蜜罐掉到地上碎个粉碎。这个故事，迄今已有多种变体，有版本将主人公称作婆罗门，有版本将主人公换作修士，在《卢卡诺尔伯爵》中主人公化身为一个家庭妇女。值得一提的是，此故事的篇幅与《卡里来和笛木乃》中的《教士与蜂蜜》基本相当。

除内容模仿之外，《卢卡诺尔伯爵》的叙事架构和文学灵感同样受惠于《卡里来和笛木乃》。美国俄勒冈大学罗曼司语系教授大卫·A·威克斯（David A. Wacks）在《伊比利亚框架叙事——中世纪西班牙玛卡梅和框架叙事》（*Framing Iberia-Maqāmāt and Framtale Narratives in Medieval Spain*）中用“框架叙事”这个概念指称受阿拉伯叙事影响的早期伊比利亚叙事方式，认为框架叙事自 14 世纪初始现于安达卢斯，并迅速影响了当地的叙事文学。[①] 英国作家、诺贝尔文学奖获得者多丽丝·莱辛（Doris Lessing，1919~2013）在谈到《卡里来和笛木乃》时也曾断言：这类“故事以其独特的方式——故事套故事，环环相扣——展开。在此之前，西方并没有这种叙事方式，薄伽丘和乔叟等几位正是受到了来自东方的影响，才创作出了相关作品。[②] 她甚至认为《伊索寓言》也是受到了作为《卡里来和笛木乃》故事原型的《五卷书》影响。[③] 然而，堂胡安·马努埃尔首当其冲，是最早受到阿拉伯安达卢斯叙事方法影响的西方文人，他的名字理应在“框架叙事”

---

① David A. Wacks：*Framing Iberia-Maqāmāt and Framtale Narratives in Medieval Spain*, Leiden &Boston：Brill, 2007, p. 41.

②［英］多丽丝·莱辛：《时光噬痕：观点与评论》，龙飞译，北京：作家出版社，2010 年版，第 54 页。

③ 同上，第 58 页。

中占有一席之地。而《卡里来和笛木乃》正是其作品所从出的主要源泉。

《卡里来和笛木乃》的故事主体部分（自第五篇以降），均以下列方式开启："国王德卜舍里姆对哲学家白德巴说：'请给我举一个例子，说明 ×× 情况吧。'"抑或"国王德卜舍里姆对哲学家白德巴说：'关于 ×× 情况，我已经知道了，如果方便，请给我举例谈谈吧。'"而在每篇故事的结尾，则会有"这便是关于 ×× 事件的例子"，甚或哲理性的总结如"对怀有敌意的那些人，无论他们的表现怎样友好、谦恭，也不应该受他们的骗、上他们的当"，如此云云。

在《卢卡诺尔伯爵》中，这种框架结构或叙事范式被完全承继下来。在作品序言中，胡安·马努埃尔就曾写道："序言到此结束，后面开始正文。本书以一位大领主与其谋士谈话的形式写就，这位领主名叫卢卡诺尔伯爵，谋士名叫帕特罗尼奥"。而正文的开篇恰似《卡里来和笛木乃》："有一次，卢卡诺尔伯爵与其谋士帕特罗尼奥密谈，伯爵对他说：'帕特罗尼奥，（陈述问题），我希望听取您对此事的意见，并给我出谋划策。'"或曰："一日，卢卡诺尔伯爵在密室中对其谋士帕特罗尼奥说了如下一番话。"诸如此类，与《卡里来和笛木乃》并无二致。更为重要的是，《卢卡诺尔伯爵》的每则事例恰恰是《卡里来和笛木乃》主体故事的呈现方式，而且每则事例皆由谋士进行总结，道出个中意蕴。卢卡诺尔伯爵听后便会感到心情舒畅，抑或对结果十分满意。而与《卡里来和笛木乃》不同的是，《卢卡诺尔伯爵》每篇结尾均有作者的评议，或"有诗为证"，如"舍己利人必有因，平白无故切勿信"、"莫管他人说短长，是非利弊自掂量"，等等；有时甚至引经据典，与我们通常所谓的子曰诗云颇有几分相似。

通过以上比较分析，或可得出如下结论：无论是从时间，还是从内容、结构布局看，问世于公元 14 世纪的《卢卡诺尔伯爵》对《卡里来和笛木乃》的借鉴是毋庸置疑的。但是，二者也有许多不同之处。大体上说，《卢卡诺尔伯爵》的故事比较简约。除直接源自《卡里来和笛木乃》的四个故事外，其他故事也大多短小精悍，有的甚至只有寥寥数语。长不过三千，短则仅有四五百字。而《卡里来和笛木乃》，特别是《一千零一夜》的嵌套叙事模式，则使得故事内容枝繁叶茂，作品甚至因此敷衍成卷帙浩繁的长篇小说（如《一千零一夜》）。其次，胡安·马努埃尔在《卢卡诺尔伯爵》中，对嵌套叙事模式几乎没有借鉴，仅有《英王理查德在对摩尔人作战中奋力一跳建奇功》这个故事运用了二级嵌套模式，但叙述仍然简约。这种差异的原因或许有二：一是当时罗曼司语短篇小说正在形成之初，《卢卡诺尔伯爵》作为西班牙乃至西方的第一部俗语短篇小说集，作者具有明显的尝试意识（这一点在其大量有关无关的谚语格言中可见一斑），故而有意回避嵌套叙事模式的"节外生枝"。当然，《卡里来和笛木乃》中的嵌套或套盒模式，较之于《一千零一夜》（后者定型于公元 15、16 世纪）的多层嵌套模式又显然简单了许多。这多少也印证了小说由简单明了到繁复丰富的发展轨迹。另一个可能的原因，或许也是最主要的原因，在于作者即使有意模仿《卡里来和笛木乃》，但毕竟目的有所不同。首先，作为皇亲国戚及曾经的摄政王，胡安·马努埃尔不仅要寓教于乐、规劝君王约束自己的行为、告诫臣子谨慎行事，还要兼济天下、守护语言，故而辑录大量格言谚语。其次，作者似乎并未凝心于叙事方法，而是采取不拘一格的信手拈来。因此，《卢卡诺尔伯爵》的故事并不以精彩示众，而是立足于内容精当、例证雄辩。正因为如此，构思布局和叙事方法似乎并没有成为作者的首要问题，重要的是事例背后的教育意义。它以饱含哲理的归纳总结阐明观点，这才是每篇故事的核心所在。

总之，《卢卡诺尔伯爵》作为西班牙和罗曼司俗语小说的开山之作，显然借鉴了《卡里来和笛木乃》，继而影响了西方文学的发展进程。这是东学西渐的一个显证，也是东西方文化交融、化合的重要一环，理应得到东西方学界的更大关注。

第二节　《卡里来和笛木乃》与塞万提斯的反讽

洛佩斯－巴拉尔特关于《堂吉诃德》的议论令人回味。她说塞万提斯以描写主人公的食谱开篇，谓堂吉诃德生活在一个痴迷于“污秽食物”的国度，这种痴迷会使人立刻意识到西班牙人（堂吉诃德）的闪族特征。塞万提斯也是这样告诉读者的：首先，堂吉诃德吃着煎腌肉摊鸡蛋（“duelos y quebrantos”字面意思为“悲苦与破碎”），暗喻堂吉诃德新近改宗，故而吃这道菜不啻为悲苦。其次，乡下人（老基督徒）桑丘·潘沙一遍又一遍地反复念叨着他的“七指厚肥膘”，以猪猡自嘲。这对改宗者而言，也是十分恶心的。最后，人物阿尔东莎·洛伦索的出现也意味深长：这位“摩尔人”翻译了哈梅特·贝南赫里的阿拉伯语手稿《堂吉诃德》，他在读到“这位杜尔西内娅·德·托波索是拉·曼却腌猪肉的第一把好手”时，不禁哈哈大笑。如果不是洛佩斯－巴拉尔特稍作解释，我们便不会觉得这有什么可笑之处。她使我们明白，杜尔西内娅乃是“摩尔镇的杜尔西内娅”，或“摩尔人杜尔西内娅”。这是隐藏在这个名字背后的信息。更妙的是，杜尔西内娅还会做腌猪肉，这是她竭力扮演基督徒以掩盖自己摩尔血统的有力证据。唯其如此，那个翻译了《堂吉诃德》的“摩尔人”（当然也是改宗了的，否则无法继续在西班牙安身立命），但他必得是隐藏得很深的穆斯林，否则不会精通阿拉伯语，也不会有能力将《堂吉诃德》从阿拉伯语译出。当时，这种语言已在西班牙遭禁达数十载之久。如此会心的大笑（或许还掺杂着些许苦涩），当是因为同病相怜。他一定是在杜尔西内娅的表演中看到了自己的处境。毋庸讳言，他一定也是在自嘲，同时嘲笑那个社会。当时，白色恐怖笼罩着西班牙，塞万提斯用最隐晦、最暧昧、嘴戏谑的方式掩饰了自己的敏锐和犀利。正因为如此，他的作品也就格外多义和深刻。

一、故事的流传

前面虽然对《五卷书》至《卡里来和笛木乃》的演变已有概括，在此不妨换一个角度，对文学流传学派代表人物本菲的《五卷书》西渐研究作一番回溯。后者至今没有引起塞学界的足够重视，更未有人将本菲及本菲之后的流传学思想运用到塞万提斯研究中来。这就势必造成塞万提斯与东方文学这一重要关系研究的学理性缺失或断裂。

刘魁立先生在描述本菲思想时，图解如下：

《益世嘉言集》
（古印度故事集）
↓
《五卷书》
（古印度故事集）
↓
↓ 《卡里来和笛木乃》（6 世纪波斯故事集）
↓ 《卡里来和笛木乃》（8 世纪阿拉伯故事集）

↓ 《卡里来和笛木乃》（6 世纪叙利亚文本）

↓
↓ 《卡里来和笛木乃》（1200 年左右希伯来文本）
↓ 《卡里来和笛木乃》（13 世纪西班牙文本）
↓ 《卡里来和笛木乃》（13~14 世纪拉丁文本）

↓ 《斯蒂凡尼托斯和伊赫尼拉托斯》（11 世纪希腊文本）
↓ 《斯蒂凡尼托和伊赫尼拉托》（12~13 世纪斯拉夫文本）
↓ 俄国民间故事等

↓
↓ 法文本
↓ 拉封丹[1]

↓ 德文本

↓ 意大利文本

[1] 刘魁立：《欧洲民间文学研究中的流传学派》，《民间文学论坛》，1983 年第 3 期。

马科斯·缪勒虽然是神话学派的标志性人物，但他并不排斥流传学派，尤其是对本菲有关《五卷书》西渐的观点表示了充分的包容与尊重。他的故事流动理论支持并且补充了本菲的观点，并拿《五卷书》中的一个故事为例，以验证它从一个民族到另一个民族的流传过程往往既是因袭，也是改造，从而使同一故事具备了不同的色彩。在他看来，这个故事是这样演变的：

（一）印度　有个婆罗门，他把乞讨来的一罐粥挂在木楔子上，下面置了张床。他躺在床上望着粥罐幻想起来：要是遇到荒年，这一罐粥可就值钱了，它至少能卖一百钱；用这一百钱能买两只羊，羊再生羊，就变成了一群羊；再用羊换水牛，用水牛换马，用马生马，卖掉之后能换多少金子啊！于是，有钱人家的闺女嫁给了他，还替他生了个儿子；儿子要他抱，他怕烦就躲到马棚里看书去了。但儿子找来了，他只好招呼太太来管教。太太没听见，他就站起来打儿子，结果一不小心打翻了粥罐。

（二）阿拉伯　故事中的婆罗门变成了修士。修士攒了一罐子油和蜜，幻想卖掉它们换来第一个第纳尔，用它去买十只母山羊，母山羊再生小羊，这样过不了几年，他就有几百只羊了。然后，他再用羊买牛，换地，继而盖豪宅，娶个如花似玉的美妻，生个儿子，儿子不听话，他就用拐杖打。想到这里，修士扬起拐杖，结果不小心打破了罐子。油和蜜撒了他一脸。

（三）希腊　有位国王问他的谋士：如果一个人想入非非，结果又会如何？谋士回答说：从前有对夫妇，有一次丈夫对妻子说，我想让你生个儿子，有了儿子，我们就更加幸福了。我们来想一想，看给他起个什么名字。妻子回说，你想的倒美，简直就像那个满脸奶油蜜糖却一口没吃到的人。听说从前有个乞丐，妻子接着说，床顶上挂着一罐奶油蜂蜜。一天，他幻想高价买了那罐奶油蜂蜜，以便用换来的钱买羊。羊生羊，五年之后就会有一大群羊，再用羊换牛。这样，用不了几年，他可就发财致富啦。于是他想到要建一栋房子，四面镶金嵌银，还要买好多奴隶，并且结婚生子。孩子将由他亲自教育，不勤俭的该打的打，该罚的罚。结果随手操起一根棍子来，不慎打碎了蜜罐，奶油蜂蜜撒了他一脸。

（四）德国　有一对夫妇，他们懒惰成性。为了不必每天外出放羊，他们拿仅有的两只山羊换了一箱蜜蜂。蜜蜂非常勤劳，替他们酿了很多蜜。他们把蜂蜜装在一只陶罐里，搁到柜顶上。为了防备小偷和老鼠，他们在床边放了一根木棍，以便躺在床上就可以驱赶小偷和老鼠。夫妇俩不到晌午是不起床的。有一天，丈夫躺在床上对妻子说，听说女人都贪吃，尤其爱吃甜食。我怕你偷吃蜂蜜，不如我们把它卖了换只鹅回来吧。鹅能下蛋，而且可以随便放养。妻子说，还是等我们有了孩子再说吧，叫孩子去放鹅……丈夫反诘说，你想的美，现在的孩子哪有这么听话。妻子于是说，他不听话我就用这棍子做家法。她挥舞着木棍，一不小心打碎了蜜罐。

（五）法国（拉封丹） 有个村妇叫贝莱特，她头顶一罐牛奶到集市上去卖，一路上想入非非，要用牛奶换来的钱置家业，家业日益扩大，使她过上了富裕生活。她高兴得手舞足蹈，结果头顶的奶罐掉下来摔了个粉碎。[①]

缪勒忽略了一个至关重要的环节：西班牙。由于其与阿拉伯文化的特殊关系，西班牙的拉丁文本应该是在希腊本之前出现的，尽管确切时间已无从考证。但毋庸置疑的是，拉丁文本与希腊文本的《卡里来和笛木乃》都是在安达卢斯地区问世的。及至公元12世纪，西班牙的拉丁文本出现了国王和谋士，并将其中的水牛变成了黄牛和奶牛，而且故事的人物和功能发生了改变：变成了妻子对丈夫的规劝。1251年左右，古西班牙语译本《卡里来和笛木乃》问世。各种证据表明，在此之前，其他语言的译本也早已在西班牙地区流传（这些亦可参见第一节表1）。很显然，希腊本依从的是西班牙本，或者两个版本均由安达卢斯文人先后或同时行印。

从内容上讲，这是一个类似于《南柯一梦》或《崂山道士》的寓言故事，其中的讽刺意味和戏谑精神不言自明。它从印度经阿拉伯人和希伯来人传至西班牙，从而在西方衍生出了诸如此类的变体。这一变体多少蕴含着西班牙文化对女性的态度。关于这种态度，后文将会有所涉及。奇怪的是迄今为止从未有人将《卡里来和笛木乃》同《堂吉诃德》联系在一起。

二、影响的由来

虽然学术界尚未形成共识，但西班牙和阿拉伯学者却一致认为，伊比利亚是文艺复兴运动的一个重要源头。首先，后者是东西方文化的重要节点。早在古罗马时期，伊比利亚便是犹太人的主要聚居地之一；公元8世纪之后，西班牙又因为阿拉伯人的入侵而成为东西方文化的桥梁。其次，作为西方穆斯林国家，前西班牙王国科尔多瓦等地早在中世纪中叶就开始大量译介古希腊罗马经典，是谓穆斯林“百年翻译运动”。公元12世纪以降，卡斯蒂利亚王国又在智者阿尔丰索十世等基督教新主的领导下重开翻译学校，并结集穆斯林和犹太学者参与古希腊罗马文献和阿拉伯经典著作的翻译工作，虽然所译多以医学、天文、数学等科技著作为主，但也有大量的哲学等人文著作，是谓“新翻译运动”。在此过程中，我

① 参见刘魁立：《欧洲民间文学研究中的流传学派》，《民间文学论坛》，1983年第3期。

国的“四大发明”相继由阿拉伯人和犹太人传入欧洲。西班牙则近水楼台先得月，并逐渐在“光复战争”后获得主动权。

如前所述，由于阿尔丰索十世时期雕版印刷术在卡斯蒂利亚风行一时；之后（约公元14世纪末）又引入了木活字印刷，从而加速了文艺复兴的律动。然而，由于种种原因，东方译者的劳作大都被岁月的烟尘埋没了。许多作品必得等到近现代才真正进入人们的视阈。也许正因为如此，长期以来，阿尔丰索十世时期未被多数文史学家视作文艺复兴运动的开端。

由于阿拉伯基因，在拉丁俗语文学中，西班牙文学最富有东方色彩。以现有资料看，最早的伊比利亚阿拉伯文学作品可能生成于公元8世纪前后。随着著名诗人、学者伊本·阿卜迪·拉比的西行，伊比利亚很快衍生出了影响深远的彩诗。这些作品一方面用盎然的诗意描绘了安达卢斯地区，使得东方的穆斯林心向往之；另一方面又通过对安达卢斯传神的描绘，传播了富有地方色彩和充满谐趣的新阿拉伯诗韵。这一诗体在公元12世纪初叶达到高峰，并反过来影响了北非的阿拉伯文学。与此同时，伊本·古太白的《故事源》和伊本·阿卜杜·拉比的《罕世璎珞》于公元9世纪先后进入伊比利亚半岛。其中《故事源》记录了不少逗笑故事，如《向穆罕默德献蜜》《戏盲人》《鱼吃爸爸》等都是脍炙人口、充满谐趣的说笑。而《罕世璎珞》则在讲述奇闻轶事的过程中穿插了不少笑话。据说这也是奉了真主的旨意。先知穆罕默德就曾告诫他的追随者，要尽量保持幽默并让自己及周围的人感到快乐。也许正因为如此，在阿拔斯王朝时期，讲笑话逐渐演变为一大职业，不少人以此为生。笑话集锦、幽默故事、诙谐段子比比皆是。这显然十分不同于西方传统。总体上说，幽默不是西方传统。荷马、维吉尔、但丁的作品中几乎找不到幽默的影子。古希腊时期，就连喜剧也颇受道统的轻视，在亚里士多德看来，悲剧表现崇高和美；而喜剧则表现丑陋，几乎是下里巴人的游戏。

此外，公元8至10世纪，入侵南欧的“摩尔人”在伍麦叶王子们的感召下，致力于把包括阿拉伯文学在内的东方经典翻译成拉丁语，其中就有《卡里来和笛木乃》。

以塞万提斯的涉猎之广泛，他不可能没有接触到这些作品，何况他年轻时曾在阿尔及尔生活多年。他表现这段生活经历（尽管痛苦）的《阿尔及尔的交易》和《阿尔及尔的囚徒》充满了戏剧倾向和对幽默的偏好。此外，塞万提斯在《〈训诫小说集〉序言》中写道：“我还明白，自己是第一个用西班牙语写小说的人。现在印出来的许多西班牙语小说都是从外语翻译过来的，而这些作品却是我自己创作的，既非模仿，也非剽窃……”[①] 言下之意，流浪汉小说不是原创小说，而更早

① 转引自《塞万提斯全集》中文版第五卷第5页。

的《卢卡诺尔伯爵》却是对别人的“模仿”。《卢卡诺尔伯爵》显然受到了《卡里来和笛木乃》的影响，这在前一节中已经作了分析。由此看来，塞万提斯的话不是无的放矢，它是有针对性的。

然而，塞万提斯自己就曾在《堂吉诃德》第一部第九章中突然改变叙事者，用第一人称戏言道：

> 有一天，我正在托莱都[①]的阿尔咖那市场。有个孩子跑来，拿着些旧抄本和旧手稿向一个丝绸商人兜售。我爱看书，连街上的破字纸都不放过。因此我从那孩子出卖的故纸堆里抽出一本看看，识出上面写的是阿拉伯文。我虽然认得出，却看不懂，所以想就近找个通晓西班牙文的“摩尔人”来替我译读。要找这种翻译并不困难，即使要翻译更好更古老的文字也找得到人。我可巧找到一个。我讲明自己的要求，把本子交给他。他从半中间翻开，读了一段就笑起来。我问他笑什么，他说：笑旁边加的一个批语。我叫他讲给我听；他一面笑一面说：书页边上有这么一句批语：据说，故事里市场提起的这个杜尔西内娅·台尔·托波索是腌猪肉的第一把手，村子里的女人没一个及得她。
>
> 我听他提起杜尔西内娅·台尔·托波索这个名字，不胜惊讶；立刻猜测到这些抄本里有堂吉诃德的故事。我心上这么想，就直催他把开头一段翻给我听。他依言把阿拉伯文随口译成西班牙文，说这是《堂吉诃德·台·拉·曼却传》，作者是阿拉伯历史家熙德·阿梅德·贝南黑利。我听到这个书名，真是十二分的乖觉才没把快活露在脸上。我从丝绸商人手里抢下这笔买卖，花半个瑞尔收买了那孩子的全部手稿和抄本。如果他是个机灵的小子，看透我多么急切，为这笔交易尽可以讨价六个瑞尔以上，稳稳的可以成交。我马上带着摩尔人走出市场，跑到大教堂的走廊里。我请他把抄本里讲到堂吉诃德的部分全翻成西班牙文……[②]

这不是很有趣吗？它印证了丹埃尔·雨埃在《小说起源》中所说的“小说源自东方”的观点，同时也间接地印证了笔者对于《堂吉诃德》和《卡里来和笛木乃》彼此关联的猜想。

更为重要的是，《卡里来和笛木乃》的讽刺意味和戏谑精神同《堂吉诃德》具有近乎“通感”的灵犀。当然，这种“通感”不是作为修辞格的“移觉”或“移

① 请注意，托莱多恰恰是中世纪阿拉伯、希伯来和西方文化的交汇地，其于公元 11 世纪创办的翻译学院闻名遐迩。

②［西班牙］塞万提斯：《堂吉诃德》，杨绛译，北京：人民文学出版社，2006 年版，第 53~54 页。

情”，而是作为叙事方法或风格的反讽。

倘使没有《卡里来和笛木乃》在西班牙的移译和流传，那么塞万提斯的讽刺和戏谑倒是“人同此心，心同此理”的最佳佐证了，但问题是在他之前，西班牙明明已经引进了这些东方故事。因此，说《堂吉诃德》受到了《卡里来和笛木乃》的影响，当非无稽之谈。虽然目前还没有直接的证据说明两者的关系，但阿拉伯文学中的讽刺意味和戏谑精神或可成为进一步探讨塞万提斯反讽的重要起点。何况在塞万提斯之前，没有哪一种西方作品具有如此强烈的反讽精神，而堂吉诃德与骑士小说的关系，恰恰建立在这种反讽之上。

毋庸讳言，有关《堂吉诃德》反讽精神的研究浩如烟海，但它们始终没有在其源头上提出令人信服的观点。那么，塞万提斯何以采用诸如此类的反讽方法而非别的?《卡里来和笛木乃》等东方文学或可为这方面的研究提供有力的证据。

西班牙塞学家梅嫩德斯·伊·佩拉约曾经写道：“在最近一个时期的某些奇谈怪论中，塞万提斯被顶礼膜拜。其中最可笑的，是有人对他进行所谓的实证研究，或任意或机械，或直白或隐晦，挖空心思地从科学或哲学的高度将种种奇特的思想赋予了塞万提斯，从而将《堂吉诃德》变成了最纯粹、最丰富、最牛皮的百科全书。而事实上，塞万提斯的思想，如果称得上科学，也只是一般意义上的姑妄言之，充其量不会超越公元16世纪西班牙文化的水平，甚至根本无法上升到（真正）科学的高度。塞万提斯已经名满全球，没有必要再为他涂金添彩。把他当作伟大的作家或伟大的诗人（这没什么差别）就足够了。再则，单纯的文学批评将丝毫不会减损塞万提斯的光辉。相反，那些隐喻的、象征的、神秘的探究对他却可能是一种丑化。”[①]“那些所谓的研究错就错在一味地要将塞万提斯的伟大归功于其他才学，而非艺术（也许在他们看来艺术是最不足道的）。他们拜塞万提斯为神学家、法学家、医学家、地理学家，谁知道还有什么家。他们确实拥有各种各样的才艺和技术，却无视美的存在。他们的阅读仿佛是强按牛头饮水。一生中或许从来没有真正欣赏过一部伟大而不朽的文学作品。他们对美视而不见，更无从感受审美的愉悦。他们迫于阅读所享受的普遍而崇高的声誉，勉强为之，却一辈子都不会真正去欣赏。于是，那些不朽的杰作被纳入了他们的理智。即便他们不那么骄傲，即便他们也会用人类惯有的品行和道理去加以评判，却永远无法理解的艺术作品赖以存在的唯一理由，那便是艺术作品的完美程度。于是，他们只好对此避而不谈。”[②]梅嫩德斯·伊·佩拉约认为，除了欣赏，相对科学、公允的研究必须建立在历史还原，即真正的实证的基础上。正因为如此，他的做法与

① Menéndez y Pelayo：*Historia de las ideas estéticas en España*，pp.742~743.

② Ibid. p.743.

流传学派不谋而合。

21世纪初，梅嫩德斯·伊·佩拉约开始了旷日持久的探源工作（见《塞万提斯研究》之《塞万提斯的文学渊源》），找到了塞万提斯的主要文学由来，包括桑丘的可能原型。然而，梅嫩德斯·伊·佩拉约的钩沉索隐仅仅局限于西方文学和西方传统，而且堂吉诃德的原型也仍然只是阿马狄斯等骑士类小说中的人物。至于塞万提斯何以用这种反讽的手法"模仿"骑士小说，梅嫩德斯·德·佩拉约同样也是讳莫如深。倒是惯于声东击西的博尔赫斯在《〈吉诃德〉的部分魔术》一文中写道："令人惊奇的是，第九章开头说《堂吉诃德》这部小说全然是从阿拉伯文翻译过来的，塞万提斯在托莱多的市场上买到手稿，并雇了个"摩尔人"将它翻译出来。他把"摩尔人"请到家里，住了一个半月，终于译完了手稿。这使我们想到了卡莱尔，他伪托《成衣匠的改制》是德国出版的迪奥金尼斯·丢弗斯德罗克博士同名作品的节译本。还有卡斯蒂利亚犹太教博士摩西·德·莱昂的《光明之书》也伪托是公元3世纪一位巴勒斯坦犹太教博士的作品。稀奇古怪的混淆游戏在第二部中达到了顶点。书中的主人公说他看过（《堂吉诃德》）第一部，于是《堂吉诃德》的主人公成了自己的读者……这不由得令人迁思《罗摩衍那》，即蚁蛭描写罗摩功绩及其同妖魔作战的史诗。史诗末篇写罗摩的两个儿子不知生父是谁，他们栖身森林，由一个苦行僧教会读书识字。奇怪的是，那位苦行僧即蚁蛭本人，而他教两个少年时所用的课本竟是《罗摩衍那》。一天，罗摩宰马设宴，蚁蛭带两位门徒前来，并让他们用琵琶伴奏演唱了《罗摩衍那》。罗摩听了自己的故事，认了自己的儿子，酬谢了诗人……《一千零一夜》中也有类似写法。这个神奇的故事集由一个中心故事衍生出许多小故事来，枝繁叶茂，令人眼花缭乱，但不是层层递进、主次分明，因而原本深刻的效果变成了波斯地毯似的浮光掠影……最令人困惑的是那个神奇的第六百零二夜的穿插。那夜，国王从王后嘴里听到了她自己的故事，他听到那个包括所有故事的故事之纲，还不可思议地听到了故事本身。读者是否已经清楚地觉察到这一穿插所蕴含的无穷的可能性和奇异的危险性？故事将周而复始，即王后不断讲下去，国王将永远听下去，而《一千零一夜》的故事将难有完结……《一千零一夜》中的一千零一夜何以令我们感到不安？堂吉诃德成为《堂吉诃德》又何以令我们不安呢？我觉得我已经有了答案：如果虚构作品中的人物成了读者或观众，那么作为读者或观众的我们就有可能成为虚构的人物。卡莱尔在1833年写道："世界历史是一部无限推延的神书，是由所有人共同写下的，同时它也写了所有人……"①

现代塞学家卡斯特罗等固然没有在《堂吉诃德》和阿拉伯文学之间架起桥梁，

① Borges：*Obras completas*，II，Buenos Aires：EMECE，1960，pp.46~48.

但其对公元 15 世纪意大利戏剧与阿拉伯幽默的关系的考辩多少证实了塞万提斯同阿拉伯寓言故事的某种间接关系。[①] 同样，虽然本土资源说一直是西方塞学的“主旋律”，但塞万提斯显然在戏仿中将东学西渐的某些历史元素引向了化境，成为其展开幻想翅膀的重要资源。

一如《红楼梦》是《西厢记》《牡丹亭》《娇红记》等中国古典文学的推延，《堂吉诃德》何尝不可以是《卡里来和笛木乃》及《阿马迪斯》等东西方古典文学的推延？塞万提斯的回答应该是肯定的，他写道：堂吉诃德闲来无事，读骑士小说入了迷，终于走火入魔，要效法骑士去行侠仗义……做骑士梦得堂吉诃德不是很像那个故事中做尽发财梦的印度婆罗门或阿拉伯教士吗？如果像西方演绎的多数情况那样，再把农夫（或教士）的棍子变成长矛，让他在梦中肆意挥舞，不就更像堂吉诃德了吗？而塞万提斯不正是假托阿拉伯人、为我们推延“神书”、给我们这些老老小小的做梦人讲做梦故事的那个谋士或妻子吗？

当然，反过来看，文学接受历史或他者影响的方式并不简单。因此，塞万提斯的戏说也曾被看作是他是在与阿拉伯文学划清界限。此外，巴赫金所谓的反史诗的“小说精神”也已在文艺复兴运动时期的大量喜剧和《巨人传》之类的作品中得到了彰显。

第三节　《卡里来和笛木乃》变体之一：《教士的故事》

《卡里来和笛木乃》在流传过程中，又相继对乔叟的《坎特伯雷故事集》、薄伽丘的《十日谈》产生了影响，但这种影响，或许并非直接的，而是通过其变体产生的间接影响。

《智慧宫》（*The House of Wisdom——How the Arabs Transformed Western Civilization*）里记述了犹太人佩德罗·阿尔丰索（原名摩西·西法底 Mosé Sefardí；拉丁文为 Petrus Alfonsi，分别取自基督大师徒和阿拉贡君主）约于公元 11 世纪在其改写的《教士的故事》（*Disciplina Clericalis*）中，将嵌套式框架叙述结构带到了英国[②]（佩德罗·阿尔丰索的译本或改写本当为据 1080 年前后的希腊文或拉丁文译本所改写的，参见第一节表 1）；拉封丹寓言、薄伽丘的《十日谈》则进一步从《卡里来和笛木乃》汲取营养，其更直接的媒介，则是《教士的故事》。尤其是《十日谈》，嵌套方式已臻圆熟，其内容也更为丰富。本节关注的重点则为《卡里来和笛木乃》的变体《教士的故事》及其与西班牙文学的关系。

---

① Américo Castro：*El pensamiento de Cervantes*，Barcelona：Noquer，1972，pp.271~273.

②［美］乔纳森·莱昂斯：《智慧宫——阿拉伯人如何改变了西方文明》，刘榜离等译，北京：新星出版社，2013 年版，第 192 页。

文学比较的目的并不完全在于鉴别孰高孰低、孰好孰坏，有时它还要关注其他方面，比如文学作品或具体文学意象、构思、风格所从出的源头，和文学体裁、题材等诸多方面的发展脉络及其规律性与复杂性。中世纪西班牙文坛阿拉伯文学、拉丁文学和犹太文学并存、杂烩，其所催生的繁复与璀璨无与伦比。而佩德罗·阿尔丰索作为这一杂糅文学的先驱理应得到重视，尽管事实并非如此。他的名字至今没有出现在维基百科等西方主流信息平台，甚至从未有文学史家将其纳入西班牙文学的版图。

一、《教士的故事》及其主要内容

佩德罗·阿尔丰索生于1060年，是位犹太改宗者，曾在安达卢斯接受过完备的阿拉伯文化的滋育，精通希伯来语、阿拉伯语和拉丁语。由于他的加入，西班牙的拉丁文学才真正有了起色。同时，他也是西班牙文学从一开始便杂色纷呈的有力见证之一。

弱冠之年，他被选为阿拉贡国王阿尔丰索一世的御用医生，故改信了天主教。1111年，佩德罗·阿尔丰索奉命前往英国，出任英王亨利一世的御用医生。1115年创作《天文学》，此书在英国引起极大反响。这两份手稿现分别藏于牛津大学图书馆和大英博物馆。作品吸收了西班牙穆斯林的最新研究成果，并努力将天文学与哲学联系起来。他的另一部重要著作是《反犹对话录》。此书客观地梳理了西方反犹、排犹史，一方面显示了他改宗的决心，另一方面又多少蕴藏着难以掩饰的酸楚。随着“光复战争”的节节胜利、“摩尔人”的节节败退，西班牙境内的排犹、反犹倾向也日渐明显。在基督徒眼里，作为异教徒的犹太人和穆斯林同属于“次等公民”，本质上并无分别。

然而，佩德罗·阿尔丰索以其过人才智和文学天赋，得到了同时代西班牙和英国文人的认可。尤其是对于天主教西班牙而言，佩德罗·阿尔丰索的作品无疑格外重要，它所蕴藏的“归化”信息和文学形态令时人耳目一新。其中，《教士的故事》[①]（或谓关于教规的《教士故事》）作为他的代表作，更是具有神学和文学的双重意义。它用寓言体写就，完全可以作为寓言故事或小说来阅读。

由于童年和少年时期在科尔多瓦度过，佩德罗·阿尔丰索耳濡目染，受到了阿拉伯文学的影响。其作品故而不乏《卡里来和笛木乃》《辛德巴》和玛卡梅体小说的影子，因此有西方学者认为它是对阿拉伯故事框架叙事结构的集中展示[②]。

① 乔纳森·莱昂斯在《智慧宫——阿拉伯人如何改变了西方文明》（*The House of Wisdom: How the Arabs Transformed Western Civilization*）中多次提到这部作品，刘榜离等译作《教士的故事》。《智慧宫——阿拉伯人如何改变了西方文明》，第192~193页。

② 乔纳森·莱昂斯：《智慧宫——阿拉伯人如何改变了西方文明》，第192页。

但他同时又对苏格拉底、柏拉图、亚里士多德、索福克勒斯、第欧根尼、泰伦提乌斯、伊索、西塞罗等古典作家有所借鉴。其作品当时即被译成了英语和多种拉丁俗语（如法语、卡斯蒂利亚语和加泰罗尼亚语等），并可能对胡安·鲁伊斯、胡安·马努埃尔、薄伽丘、乔叟、塞万提斯、克维多、拉封丹等欧洲作家产生了直接或间接的影响。《教士的故事》采用对话体，由三十四个寓言故事引出宗教和哲学话题，故而几乎是一部小说集。其作为立篇方式的范例（Exemplum）稍后被一些西班牙作家如胡安·马努埃尔、塞万提斯（短篇小说集《训诫小说集》）等直接借用。

作者用一个简短的“序言”表达了创作目的，引出人生处世的哲理。他认为凡事需要思考，而哲学让人变得智慧。之后，在“关于虚伪”一节中，作者援引苏格拉底对其弟子的话说，不可以同时既信上帝又怀疑他，因为那是一种虚伪。另一种虚伪是沽名钓誉，人前人后判若两人。在之后的篇章里，作者围绕他的处世哲理，列举了诸多范例。这些范例是一位阿拉伯老人对儿子的临终教诲。他首先要求儿子不要比蚂蚁愚蠢，因为蚂蚁为了安全过冬，还知道整日里忙于收罗和储藏食物；也不要比公鸡懒惰，因为后者每天早早起床，而且要照拂一群母鸡。这是一种类似于我国古训“闻鸡即起”，“未雨绸缪”的思想。在“关于友谊”的范例中，他问儿子有几个朋友；儿子想了想说，约有百余。老人教导儿子说，朋友一个足矣；交朋友不可只信其言，还要多观其行，真正的朋友并不容易结交。儿子对此不置可否。于是，老人教儿子杀一只羊装入麻袋，假托不慎杀人害命，并驮至朋友面前，逐一请求帮助。结果竟没有一人出手相助。于是，老人说，他有半个朋友，让儿子不妨前去一试。儿子依法请求帮助，老人的朋友果真将麻袋收下，并在家中挖洞将它埋藏起来。这个故事，在《卡里来和笛木乃》以及《一千零一夜》的某些来自波斯的早期故事中均可找到原型。

“关于智慧”，老人援引哲学家的话说，沉默是金，知而不言最是可贵。这让人想起老子的“大音希声”“大象无形”。老人还说最要不得的是言行不一和工于心计、猥琐小器。他以一个斤斤计较、满腹牢骚的潦倒诗人为例，表达了一种类似于“君子坦荡荡，小人长戚戚”的思想。

在“关于诗人”一章，作者进行了分门别类，想要突出的核心思想是真正的诗人不仅宅心仁厚、诚实可靠，而且虚怀若谷、善于藏拙。“关于狐狸和骡子”，老人的故事是，狐狸固然狡猾，却栽在了骡子手中。后者因为三不像，也就引人注目，并颇令狐狸纳闷，而骡子则轻描淡写地为其“释疑解惑”：“你只要知道我有个高贵的马叔叔就可以了。”在老人看来，人不能混同于狐狸和骡子，盖因高贵不在于出身，而要看是他（她）诚实守信与否。这在片面讲究血统的中世纪何啻是发聋振聩！而佩德罗·阿尔丰索之所以否定出身、强调德行，显然与他的犹太改宗身份有关。由是，老人援引某智慧国王的话说，诚实比聪敏更重要。后面引出一个嵌套故事，讲述一位诗人在众人面前坦然照拂自己卑微的父亲时，他就是高贵的，否则便是自私和虚荣的，而自私自利是最可鄙夷的。对人对事，莫非如此。

“关于人与蛇”，作者讲述了西班牙版《农夫与蛇》的故事：一个阿拉伯人救了一条受困的蛇，结果蛇恩将仇报，把阿拉伯人给缠住了。阿拉伯人问蛇为何恩将仇报，蛇说：“此乃吾之本性。”阿拉伯人情急之下向狐狸求救，狐狸说：“耳听为虚，眼见为实，我得从头看到你们的纠葛过程方能裁判。”于是，在狐狸的帮助下，阿拉伯人重新使蛇回到了受困状态。这时，狐狸对阿拉伯人说，“你要做的就是对它视而不见：走人”。这个故事最早可以追溯到伊索时代，而《伊索寓言》又可能受到了某些印度故事的启发。我国流传的《农夫与蛇》或许也与印度有一定渊源。

因此，《教士的故事》与其说是神学著作，毋宁说是寓言小说。作品囿于时代局限和个人偏见，明显具有厌女，甚至厌世倾向，对权、钱、色均给予了有力的揶揄。至于厌女，他说到一个年轻人翻阅了所有关于女性的著作，最后决定选娶一房妻室。为保险起见，他去咨询远近闻名的一位智者，智者给他的“忠告”是给新娘建一座监狱似的、牢不可破的房子，让她与世隔绝。年轻人果真这么做了，而且每日锁门关窗。但妻子穷极无聊，终究还是红杏出墙了。这个故事被塞万提斯改头换面，写进了他的幕间剧《妒夫》（*El viejo celoso*）和长篇小说《堂吉诃德》。当然，《教士的故事》的作者并未否定所有女性，他也曾谈到所罗门对好女人的赞赏。但在举凡好女人的范例方面，作者却又只看到了女人的本能，譬如几近诡计或狡黠的所谓“精明”。至于在“一般生命的无谓、无聊”这一点上，他多少接受了柏拉图思想。

总的说来，较之此前的神学著述，《教士的故事》已然世俗得近乎“异端邪说”。好在世俗化倾向已不仅是安达卢斯阿拉伯文学的一个重要侧面，说甚嚣尘上固可，谓其渐成主流亦不为过。盖因世俗化倾向符合西欧文化的发展方向：人文主义的发酵和萌生。受其影响，并受惠于阿拉伯安达卢斯文化，世俗文学正在基督教西班牙悄悄滋长、蔓延，文艺复兴运动曙光曦微、端倪初露。

二、《教士的故事》及其影响

《教士的故事》在内容上除了少数几个故事保留了《卡里来和笛木乃》的原型外，还大量加入了基督教文化元素；而在结构上，则采用了后者的框架叙事模式。大卫·A·威克斯在《伊比利亚框架叙事——中世纪西班牙的玛卡梅和框架叙事》中说：“安达卢斯以及后来的基督教伊比利亚地区的讲述模式有别于一般的流行叙事。例如《教士的故事》一书，它是框架叙事和玛卡梅两种风格的结合。”[①] 诚哉斯言。在佩德罗将其带到了英国后，这种叙事模式在英国落地生根，或许对后来的《坎特伯雷故事集》等作品产生了影响，并且反过来影响了西班牙文学，况且它本身就是西班牙文学的组成部分。至于《卢卡诺尔伯爵》是否直接或间接接触了《教士的故事》，尚不得而知。除了和《卡里来和笛木乃》内容相同的四个故事之外，《卢卡诺尔伯爵》中的许多基督教故事更像是来源于《教士的故事》。

文学的优质种子一旦发芽，便会开花结果，并蒲公英似的将自己播撒到四面八方。通过《卢卡诺尔伯爵》，不仅《卡里来和笛木乃》得到了传承，而且必将使佩德罗·阿尔丰索得到复活。同时，它们的故事回馈了所从出的文化土壤，不仅影响了包括塞万提斯、洛佩·德·维加、蒂尔索·德·莫利纳（Tirso de Molina，1579~1648）、卡尔德隆（Calderón de la Barca，1600~1681）等后来的西班牙作家，而且在安徒生（Andersen）的《皇帝的新装》（*The Emperor's New Clothes*）、莎士比亚（Shakespeare）的《驯悍记》（*The Taming of the Shrew*）、拉封丹（La Fontaine）的《寓言诗》（*Fables*）等作品中留下了鲜明的印记。

学者雷伊纳尔多·阿耶贝（Reinaldo Ayerbe）经过多年的钩沉探颐和潜心研究，基本厘清了多数欧洲小说—故事或范例（Exemplum）的由来——深受印度故事源影响的阿拉伯安达卢斯文学。[②] 然而，迄今为止，西班牙古典作家从来没有在其著述中明确承认这些由来。故而本节只能采取平行比较的方法，对彼此的内容、方法、结构、风格等方面进行相似性比照。因此，有关《卡里来和笛木乃》及其变体之一的《教士的故事》，究竟对欧洲（特别是英国）文学产生了何种影响，还需要进一步研究。需要说明的是，学界对佩德罗·阿尔丰索及其《教士的故事》几乎漠不关心，本书遂将其列为变体之一予以钩沉。但是，鉴于后者与本书关系不大，在此也只能点到为止。

第四节 《卡里来和笛木乃》变体之二：《动物寓言》

与简洁明快、朗朗上口的歌谣不同，西班牙叙事文学产生稍晚。它几乎要到14世纪才开始萌发。前文谈到过，《动物寓言》出版于14世纪初。该书原本只是《费利克斯或奇迹之书》的一部分，但后来经常独立行印，成为伊比利亚地区最早的原创性动物寓言之一，尽管是用阿拉伯语创作的。有趣的是，《动物寓言》

① David A. Wacks: *Framing Iberia-Maqāmāt and Frametale Narratives in Medieval Spain*, Brill, Leiden–Boston, 2007, p.16.

② Reinaldo Ayerbe Chaux：*El conde Lucanor-Materia tradicional y originalidad creadora*，Madrid：Editorial Turanzas，1975.

中众多故事均与《卡里来和笛木乃》雷同，甚至连寓言主人公的选择上，也与后者并无二致：都是狮子与公牛之间发生的种种纠纷，并穿插各种动物，使其如流水般登场。

一、《动物寓言》与《卡里来和笛木乃》中的动物形象比较

试以表3来看看《动物寓言》与《卡里来和笛木乃》中出现的动物异同。

表3 《卡里来和笛木乃》与《动物寓言》中出现的动物

《卡里来和笛木乃》的动物	二者中都出现的动物	《动物寓言》中的动物
猫头鹰、乌鸦、鸬鹚、螃蟹、鱼、跳蚤、骆驼、乌龟、野鸭、猴子、猎隼、鹦鹉、灰鹤、青蛙、黄鼬、苍鹭、鸽子、芳兹鸟	狮子、公牛、狐狸、蛇、老鼠、大象、虱子、兔子、羚羊	马、老虎、豹子、熊、蛇、鹿

据约略统计，《卡里来和笛木乃》中共出现了二十六种动物。《动物寓言》中共出现了十五种动物，其中有九种都与前者相同，且故事的引子也是公牛与狮子的矛盾。这种高度的相似性，不能不算是借鉴或模仿。

再则，《动物寓言》中的许多故事也许《卡里来和笛木乃》相同。试以两个故事为例：

一、《动物寓言》中讲述说有只小鹿为了避免成为狮子的盘中餐，引诱狮子看河中的倒影，结果狮子误以为是自己，跳水溺死。它与《卡里来和笛木乃》中《小兔与狮王》的故事相同。只是故事的主角由野兔变成了小鹿。而这个故事，在印度《五卷书》以及后来的佛教故事中也广为流传，由此也可以看出民间寓言故事的流变。

二、《动物寓言》中有只老鼠为了躲避灾难变成美女欲嫁与修士，经过修士种种试探，最终又被变回老鼠。这与《卡里来和笛木乃》中《雌鼠择夫》的故事大致相同。所不同的是前者是为了躲避灾难主动要求被变成美女，后者是修士祈求安拉将老鼠变成美女。

诸如此类的相似或耦合还有许多，不再一一类比。《动物寓言》中大大小小的寓言故事多达上百种，且相互关联，相映成趣，构成了庞大的"超现实"体系。首先，狐狸见多识广，不停地以人类的故事来做譬喻，宣讲他的道理；其次是公牛的哞哞声响彻云霄，吓得动物世界一片哆嗦，狮王派狐狸调查，于是公牛道出了许多肺腑之言，并断言世上最坏的就是人类；最后是狮王好奇，派大批使节出访人间各地，结果发现人类竟是如此不堪。不少细节都会令人联想到我国文史作

品中的一些名段。比如绅士娶了小老婆，而小老婆为了铲除异己，不是勾引继子，就是竭尽诬陷之能事；平民百姓笑贫不笑娼，以至于不少“良家妇女”自甘堕落；或者农夫因马和公牛发了财，决定用财产和女儿换取名位，结果赔了夫人又折财；再或国王看上了一位宫女，不仅宫女和家人没有反抗，就连王后也是敢怒而不敢言。倒是《动物寓言》中的豹子有勇，在得知母豹被狮王玷污后毅然决然地与之决斗，直到生命的最后一息。虽然它的厚彼薄此也许深得时人的赞同，却难为正统基督教神学所认可。但如此众多的寓言未获西班牙及西方文史学家的关注，这本身就足以说明近现代西方文人的取舍与好恶。

二、卢利寓言的影响

寓言与喜剧相仿，具有先抑后扬的特点，即从最初平民甚至奴隶对达官贵胄的揶揄逐渐演变为自嘲或对包括弱者和妇女在内的一切人等的讽喻。讽喻一切不仅在《动物寓言》中已有体现，在《真爱之书》和《卢卡诺尔伯爵》中体现得更为明确。

再说某些阿拉伯文学的厌女倾向在《动物寓言》中体现得淋漓尽致。当然，厌女倾向古来有之，即使是在西方。

法国学者布吕莱（Pierre Brule）在《古希腊人和他们的世界》（*Les Grecs et leur monde*）中曾有过这样的描述：“在构成古希腊社会的各种矛盾关系中，似乎男女之间的对立矛盾是一种普遍的存在。”[①] 这种情形可以追溯到希腊神话。普罗米修斯和潘多拉作为第一个男人和第一个女人就构成了一对矛盾。而前者的善和后者的恶则多少体现了男权社会对古来造人猜想的巨大影响。而由此生发的厌女思想不仅与父权制有关，而且本质上是私有制的产物。[②] 从某种意义上说，厌女思想的存在或复苏也是中世纪晚期西班牙封建社会，甚至资本原始积累时期意识形态的反映。

虽然《创始记》中亚当和夏娃的故事同样具有男尊女卑的色彩，但人人生而有罪的犹太—基督教思想一定程度上淡化了西方文化的厌女倾向。在基督教神学家看来，人人平等并不取决于世界秩序或人类社会的理性因素而是基于人与基督的关系。圣保罗曾写信给小亚细亚的凯尔特人，说所有受洗的基督徒在上帝面前完全平等，并没有民族、种族或“自主的、为奴的，男或女”之分。教会原则上或理论上坚守这一教义，它在早期吸收信徒的过程中起了重要作用，在之后的男

① [法]布吕莱:《古希腊人和他们的世界》，王美华译，南京：译林出版社，2006 年版，第 14 页。荷马史诗从海伦到克吕泰涅斯特拉的描写印证了这一点。

② 恩格斯在《家庭、私有制和国家的起源》中写道：“随着男子在家庭中的实际统治的确立，实行男子独裁的最后障碍便崩毁了。这种独裁，由于母权制的颠覆、父权制的实行、对偶婚制向一夫一妻制的逐步过度而被确定下来，并且永久化了。”《马克思恩格斯选集》第 4 卷，北京：人民出版社，1995 年版，第 162 页。

女关系上同样发挥了作用。因为依此原则，包括奴隶或女子在内的所有人都具有等同价值。与圣保罗相似的表述见诸圣格列高里一世所强调的人人生而平等。① 它不仅是中世纪西方男女平等的理论由来，也为卢梭等启蒙巨人提供了法理依据。

然而，由阿拉伯人带入的厌女思想一定意义上成了西方男尊女卑思想复苏的催化剂。且不说卢利用阿拉伯语创作的《动物寓言》，即使西班牙文艺复兴运动早期出现的《真爱之书》亦当是这方面的一个明证。作品以类似于《鹁鸽项圈》式的叙事方式展开，对社会各阶层男女关系进行了一次既大胆又矛盾的演绎。这一点，前文已有所论述。大概是因为过于大胆，且不无伤风化倾向，作者竟未敢署名。所谓胡安·鲁伊斯或伊塔大司铎乃是源于后人梅嫩德斯·伊·佩拉约在作品字里行间读出的“藏头诗”，孰真孰假还难有定论。作品以大祭司和老媒婆之间的肮脏交易为主线，引出作者或时人对爱情，尤其是女人的看法。在反复论述什么样的女子可爱、什么样的女子不可爱之后，大祭司通过媒婆结识了各种各样的女子，这其中既有修女，也有大家闺秀；既有村妇，也不乏不谙世事的少女。作品虽然表面上客观公允，并写两面（如圣洁之爱与世俗之爱，在世俗之爱中又有善爱与恶爱、大女人与小女人之分），但本质上却充满了厌女倾向。比如在“商人的妻子”一则中，商人为了预防太太红杏出墙，在她下身画了一只羔羊。商人离家后，太太与人鬼混，羔羊也就不复存在了。当得知老公将回，女人让情夫在原先的位置上重新画了只羊。商人回家一看，发现此羊已非彼羊，遂怒斥道：“我画的明明是只小羊羔，如何成了一只大公羊，还生出了一对犄角？”女人答道：“谁让你走了这许多日子，小羊自然长成大羊了。”又比如在“大祭司称心如意”一则中，媒婆凭借三寸不烂之舌巧设机关，让“最正经的女子”投入男人的怀抱。再比如在“媒婆说合祭司与修女”一则中，作品借媒婆之口说，找个修女最没话说，她不会要求结婚，且能守口如瓶，谈情说爱还很在行。② 诸如此类，不一而足。奇怪的是，大祭司唯一不能如愿的恰恰是面对摩尔女子。摩尔女子为了敷衍大祭司，提出了“唯一的要求”，那便是他必须证明自己的善良。结果可想而知，大祭司努力证明自己善良的经过恰恰成了他不能再染指对方的过程。这在《卢卡诺尔伯爵》中演化为摩尔女子对苏丹的机智抗拒。

这种厌女倾向一发而不可收，直至演变为尼采等现代西方哲人对女人的诸多不屑。而尼采的不屑正是《真爱之书》所隐含阐发的观点，比如“女人生来就有共同之处，你越是禁止，她就越发好奇”，或者“要让女儿变得正经、平静和安

① 转引自 Robin Lane Fox：*Pagans and Christians in the Mediterranean World from the Second Century AD to the Conversion of Constantine*, Harmondsworth：Penguin Press,1986，p.301。

②《真爱之书》，第 284~285 页。

宁，责备、鞭笞和辱骂是唯一的途径”，等等。[①]

以寓言性“事例”引出意义或教训的写法源自《卡里来和迪木乃》，却为西班牙早期作家所广泛采用。《费利克斯或奇迹之书》和《真爱之书》使用了这种方法，《卢卡诺尔伯爵》也不避讳。

再说前面已经论及的《卢卡诺尔伯爵》，它与卢利及阿拉伯文学的关系更是千丝万缕，难以尽述，而其中的厌女色彩更是一脉相承。在第七事例中，《卡里来和笛木乃》中的修士变成了胡安·马努埃尔笔下的贪婪妇人。她顶着一罐蜜去市场，一路上想入非非，于是蜜生钱，钱生鸡，鸡生蛋，蛋再生鸡，更多的鸡换更多的钱，这样无穷无尽地循环，她就成了方圆最富的人了。她这么想着，便手舞足蹈起来，一不小心打翻了蜜罐，美梦顿时成了泡影。这还不够，女人的任性也是《卢卡诺尔伯爵》刻意表现的。在事例第二十七则中，任性的王后自食苦果送了命；但在第三十则中，同样任性的女人却演绎了不折不扣的西方版“烽火戏诸侯”。此外，泼妇自然是作家所攻击的主要对象之一。在第三十五事例中，一位绅士娶了一名悍妇，她虽有钱有貌，却强悍无比、远近知名，新郎在大婚之日为她准备了三件礼物。第一件礼物是一条狗。新娘刚进门，新郎就命令那狗前去打洗手水，那狗只管摇头摆尾，新郎不由分说，一刀下去将狗劈死了。第二件礼物是一只猫。狗血溅厅堂，那猫如何知道个中凶险，不料新郎又大声命令它去打水。猫自然毫无动静，结果刀起头落，猫步了狗的后尘。第三件礼物是一匹马，其时正在门口吃草，新郎顿时朝它大声呵斥。见对方毫无反应，他便冲上去宰了那马。悍妇见状大惊失色，连忙跑去打洗手水，并从此对丈夫百依百顺。这个故事后来被莎士比亚借去成了《驯悍记》，当然，这是另一个话题。

同样，塞万提斯在其作品中也没有给女性留几份情面。首先，《堂吉诃德》中的疯癫骑士动辄将村妇、女仆当作公主就具有反讽意味。其次，他在短篇小说集《训诫小说集》和一些戏剧作品中对女性亦颇多偏见。譬如《妒夫》中的女主人公，虽然被关在牢笼似的高墙深院，却终不免红杏出墙。又譬如《吉卜赛女郎》称吉卜赛女人生来就为做贼，而唯一不愿做贼的“恰巧”是个贵族小姐。后者自幼与父母失散，被吉卜赛老妪收养，长大后能歌善舞，卖艺为生。在此，塞万提斯不仅有厌女倾向，而且多少表现出了种族偏见、种族歧视。众所周知，吉卜赛人是一个流浪的民族，他们来自印度北部，属于类高加索人。公元11世纪，他们迁至波斯，14至15世纪经安达卢斯抵达西南欧诸国，不久即在当地所有国家遭到歧视和驱逐，因而长期以来居无定所，足迹遍及世界各地。在西班牙，吉卜赛人人口众多，据不完全统计，公元15世纪最多时曾达数十万。后来，由于

①《真爱之书》，第114页。

宗族压迫和宗教迫害，相当一部分去了美洲，但仍有一些继续在西班牙及西南欧各国流浪，以卜筮、卖艺为生。在雨果的《巴黎圣母院》中，那个可爱的吉卜赛女郎——拉·埃斯梅拉达（La Esmeralda，意为祖母绿），不仅有着典型的西班牙人名，而且用的也是西班牙巴斯克小鼓。吉卜赛人与西班牙的渊源可见一斑。

与《真爱之书》《卢卡诺尔伯爵》和《堂吉诃德》一样，类似厌女倾向大抵有三大来源。一是东方文学，这其中除了东部阿拉伯文学，应当还包括阿拉伯安达卢斯作家的有关作品；二是两希文化传统及相关民间传说，这有“夏娃与蛇”“皇帝的新装”“浮士德”之类为证；三是生活，毕竟文学、宗教、法律等是一回事，日常生活是另一回事，不能完全等同，大男子主义在西方可谓源远流长[①]。

东方式厌女思想另当别论，但其与西班牙等西方国家的大男子主义传统关系却常被言及。譬如学者奥隆索（G.Oronzo）在《中世纪民间信仰》（*Religiosidad popular de la alta Edad Media*）中就曾反复引证“男尊女卑”的东方影响，认为在东方人看来，女人是祸水，天生向恶。[②] 这里虽有孔老夫子等古代东方哲人的偏见（《论语·阳货》），但本质上却是阶级社会意识形态的反映。同样，阿拉伯安达卢斯大诗人伊本·哈兹姆也曾在其著述中批评阿拉伯妇女，尤其是安达卢斯的穆斯林妇女，称她们“毫无精神追求，是受下半身支配的动物”。[③]

同样，中世纪末叶流传于西班牙的另一部“东方故事集”《辛德巴》认为，教育男孩的理想办法便是让他或他们尽早了解女人的骗术及其心智，甚至扬言“男人不应恭维女人”，“不怕男人的女人就不是好女人”，等等。[④] 如此云云。《卡里来和笛木乃》则强调女人的贪婪、善变与不忠，说女人是最糟的旅伴，因为女人和君王一样喜怒无常。[⑤]

当然，女人或母性动物在《卡里来和笛木乃》中有时也以正面形象出现。这与古印度及东方文化对女人的多重看法有关。再则，寓言与现实的关系好比阿拉伯及相关东方文学与西班牙寓言或寓言体文学的关系，其影响有时鲜明，有时却不尽然。这归功于寓言本身的多义性和隐喻性，同时也是由文学借鉴的多重性和多层次性所决定的，不能一概而论。而本节涉及的影响也罢，互文也罢，却大多是显性的，它们从一个侧面见证了中世纪晚期至文艺复兴运动初期的东西方文学和思想的交融。

---

① 美国学者詹达和哈梅尔明确指出，中世纪西方是女性的牢狱。她们的地位远不如希腊罗马时代。“男性是优越的，它是占统治地位的性别，女性不过是丈夫的附属品，是他的财产”。《人类性文化史》，张铭译，中国妇女出版社，1988 年版，第 39 页。即使是文艺复兴运动之后，实际情况也没有改变，以至于胡安娜·伊内斯修女（1651~1695）必得穷其所有以批判宗教界内外的性别歧视。

② G. Oronzo: *Religiosidad popular de la alta Edad Media*, Madrid：Gredos,1983，p.264.

③ 转引自 Sánchez: *Historia de España*,t.3,Madrid：Gredos, 1979，p.72.

④ *Sendebar*, Lacarra ed., Madrid：Cátedra, 1989，p.69.

⑤ *Calila y Dimna*, Cacho Blecua ed., Madrid：Castalia, 1984, pp.128~154.

第五章　阿拉伯叙事模式与西班牙文学

一般来说，小说以塑造人物形象为中心，通过特定的故事情节和生动的环境描写、反映社会生活。从这个意义上说，阿拉伯古代小说的出现可以追溯到公元10世纪前后。可以说，随着玛卡梅体的出现，小说的雏形也便产生了。同时，《卡里来和笛木乃》等源自印度和民间传说的寓言故事也属于小说范畴。如果说玛卡梅像我国宋朝时期的话本小说，那么《卡里来和笛木乃》称得上是成熟的寓言体小说集锦了。后者较之《伊索寓言》等已大为丰富，不仅情节比较生动、完整，叙事技巧也复杂了很多。其他阿拉伯叙事文学，如《安塔拉传奇》《一千零一夜》等，更以其引人入胜的故事情节和瑰丽多姿的叙事模式，对西班牙文学产生了影响。西方学者所谓的"框架小说"结构（也被称作"中国套盒"或"俄罗斯套娃"），指的就是自《卡里来和笛木乃》到《一千零一夜》的套盒式叙事模式。它们对早期西班牙叙事作品产生了影响，但迄今为止，仍有不少西方学者对此视而不见。

第一节　玛卡梅体与西班牙流浪汉小说

一、玛卡梅体

玛卡梅（al-Magāmāt）原意为"当众的演说或是训诫"，是兴起于阿拔斯朝后期的一种韵文故事体。

公元10世纪末，赫迈扎尼（Badī'a az-Zamān al-Hamadhānī，969~1007，Badī'a az-Zamān 又有"时代翘楚"之意）首先创作出40篇"玛卡梅"，加上其他几篇颂文，共有约52篇合而成为《玛卡梅集》。之后，"玛卡梅"逐渐成为这种文体的专有代名词。赫迈扎尼的玛卡梅内容丰富，涉及语言、文学、逸闻趣事等方方面面。故事由一位说书人（伊萨·本·西萨姆）娓娓道来，他四处游历，边经商边游吟诗人似的给人们讲故事。故事的主人公是位名叫艾布·法塔赫的乞丐，他以自己的口才、伎俩在各地骗取钱财。《玛卡梅集》便是主人公游历各地行骗过程中所见所闻的趣事集。每章篇名多以所到之处命名，如《巴格达篇》《巴士拉篇》；也有以动物或内容命名的，如《狮子篇》《训诫篇》《君王篇》，等等。虽然讲述的是游历所见所闻，但赫迈扎尼创作玛卡梅的本意却并不在斯，而是希望借此以警世、育人，尤其是进行语言教学。因此，他的语言讲究对仗、骈偶，语法和修辞。这也导致其作品语言旖旎，风格华美，甚至有佶屈聱牙之嫌。

除赫迈扎尼外，以玛卡梅体写作闻名于世的还有哈里里（al-Harīri，1054~1122）。他曾效法前者，写下了50篇玛卡梅故事。同样，哈里里的玛卡梅也有一位叙述者，叫哈里斯·本·海马姆，讲述乞丐艾布·宰德·赛鲁基的流浪生涯。其篇名也同样多以有关地方命名，如《亚历山大篇》《库法篇》《巴格达篇》《麦加篇》《大马士革篇》；也有其他篇名，如《欢迎篇》《平等篇》等。每篇均以“哈里斯·本·海马姆如是说”开篇，引出故事内容，它们多为乞丐赛鲁基的行骗经历。此人厚颜无耻，巧舌如簧，蛊惑人心，甚至以高雅、教化为名，行敛财、欺骗之实。譬如，他在《萨那篇》中说道：

真该死，追名逐利之人。
你一心迷恋红尘，
终日执迷不悟，
盖因利欲熏心。
倘能大彻大悟，
定会乐天知命，清心寡欲。①

在《亚历山大篇》中，艾布·宰德又是这样夸耀自己的：

你且听我把话说
我的话呀太离奇
让你哭来让你笑

① Yūsuf Bagā'i, *al-Magāmāh - Sharah Magāmāh al-Ḥarīrī*, Dār al-Kitāb al-Lubnānī, Beirut, 1981, p.22. 译文参考仲跻昆：《阿拉伯文学史》，第445~456页。

我乃品格端正一英豪
荣耀不容人猜疑
天生优渥，血统高贵
勤勉好学，慧海遨游
……[①]

然而，正是这样一位高谈阔论、冠冕堂皇的乞丐，在宣讲完回到自己的栖息之所后，却大快朵颐，食羊羔肉、饮葡萄酒，尔后继续周游诸城，招摇撞骗，丝毫不对这种表里不一的行为感到羞愧。

哈里里在他的《玛卡梅集》中通过许多生动、有趣，诙谐幽默的事例，塑造了这样的一位乞丐形象。通过他，我们也得以了解当时社会生活的方方面面：统治者醉生梦死，荒淫无度；百姓则生活在深入水深火热之中，衣不蔽体，食不果腹，甚至离乡背井、颠沛流离。

如果说，赫迈扎尼是首创玛卡梅的鼻祖，他的创作还仅只是一种尝试的话，那么，在哈里里笔下，这种文体就已然臻于成熟了。在后者的《玛卡梅集》中，故事内容更为丰富，描写更为生动、逼真，可读性和趣味性也有了明显的擢升。每篇故事几乎均可独立成章，不少堪称玛卡梅文体的代表作。

而在语言上，哈里里则在赫迈扎尼的基础上，更加极尽雕琢、夸饰之能事。他毫不掩饰自己的偏好，甚至刻意卖弄文采。例如，他的作品中有可顺读，亦可倒读的回文诗。有时就连叙述部分，他也会玩弄文字游戏，拿固定的字母来押韵。至于一般意义上的对仗、排比更是信手拈来。在其朗朗上口的韵文《萨那篇》中就有这么几句话，下划线字母为尾音（相同的字母）：

ثم إنّه لبّد عجاجتهِ، و غيض مجاجتهِ، واعتضد شكوتهِ، و تأبّط هراوتهِ، فلمّا رنت الجماعة إلى تحفّزه، ورأت تأهّبه لمزايلة مرآزه ، أدخل آلّ منهم يده في جيبه ......[②]

（大意为：随后，他停止叫嚷，口干舌燥，捧起水囊就喝，将行杖夹在腋窝；众人定睛凝望，见他起身要走，纷纷倾囊相赠……）

这种语言风格，延续了阿拔斯王朝以来的华丽炫彩文风，将雕饰推向了极致。正所谓物极必反，在安达卢斯的后伍麦叶王朝，众多文人开始摒弃这种文风，转而尝试质朴清新、灵活多变的行文风格，从而对阿拉伯本土的玛卡梅及浮

① Yūsuf Bagā‘i, *al-Magāmāh - Sharah Magāmāh al-Ḥarīrī*, p.22.
② Ibid.

夸矫饰的诗风施行“反动”。这颇似我国唐代诗文对魏晋南北朝末期旖旎文风的“反拨”。

类似情况在前面分析彩诗、俚谣的章节中已有涉及。

回到玛卡梅。仲跻昆先生在他的《阿拉伯文学通史》中总结说，阿拉伯玛卡梅有一定的程式，“它往往有一个‘传讲人’，讲述主人公的种种趣闻轶事，而主人公则往往是一个聪明机智、能诗善文、浪迹江湖的乞丐”。① 每一篇玛卡梅都是一次“如是我闻”式的传述。乞丐且行且叙，讲述他的所见所闻，以及他如何依靠三寸不烂之舌和种种诡计骗取钱财，从而形成一个个故事。而玛卡梅集便是这些故事的集合。它们因由同一主人公（叙述者）串联，所以既连贯，又有相对的独立性。由于玛卡梅产生于崇尚华丽辞藻的阿拔斯朝后期，大多具有竞华丽、炫文采的特点。它们甚至词不惊人死不休，故而旁征博引，将冷僻词语、大量典故及《古兰经》段落和古诗文词章嵌入其中。

从内容看，玛卡梅颇似我国古代的“话本”和近现代的“鼓词”、“评书”，又像某些韵文体小说。“它并不重视故事情节、悬念，也没有心理刻画”，“而把更多的注意力放在显示文字技巧、语法、修辞上。这是因为最初编写玛卡梅的目的是用以教学，故事形式只是为了使这种‘教材’生动有趣、引人入胜罢了。但作者通过贯穿全书的主人公流浪乞丐的种种趣闻轶事，往往有意无意地反映了当时社会的种种风情，揭露了某些社会弊端。因而，这种玛卡梅也就有了反映现实、批判现实的文学价值”。②

较之于赫迈扎尼，哈里里的《玛卡梅集》流传更久，影响也更为深广。除了问世时间较晚这个因素外，哈里里玛卡梅故事的完整性和趣味性也是其得以流布的一个重要原因。

二、玛卡梅西行

如上所述，最早的玛卡梅产生于公元 10 世纪末叶。据学者费尔南多·德·拉·格兰哈（Fernando de la Granja）考察，受赫迈扎尼特别是哈里里的影响，玛卡梅来到安达卢斯几乎也是在公元 10 世纪末或 11 世纪初。但贡萨莱斯·帕伦西亚（González Palencia，1889~1949）的观点与前者相左，他认为玛卡梅最早传入安达卢斯是在 1180 年。他给出的证据是，安达卢斯法学家兼文学家阿赫迈德·伊本·阿斯加尔（Aḥmad Ibn al-Aṣghar）于 1180 年模仿赫迈扎尼或哈里里，用拉丁文创作了一系列玛卡梅。他也因此成为第一位创作玛卡梅的安达卢斯文人。

① 仲跻昆：《阿拉伯文学通史》上卷，第 446 页。
② 同上。

有关此人的生平情况罕有确凿记载，但伊本·巴萨姆和伊本·萨义德这两位安达卢斯学者也均曾提到了他。费尔南多·德·拉·格兰哈遴选了他的两个玛卡梅体故事[①]，它们可谓安达卢斯地区最早的原创小说。贡萨莱斯·帕伦西亚据此认为之前的玛卡梅没有明确归属，因而也很难确定其从出时间。

稍后几年，艾布·塔希尔·穆罕默德·萨拉戈萨（Abu Tahir Mhammad Zaragosa，生卒年不详）用阿拉伯文创作了50篇玛卡梅。同时，为哈里里和赫迈扎尼注疏的安达卢斯阿拉伯文人有欧盖勒·本·阿蒂叶、阿赫迈德·萨里西等。尤为重要的是，阿赫迈德·萨里西被公认为是当时世界上最伟大的玛卡梅学家。[②]

约旦学者优素福·阿赖沃奈（Yūsuf ʻAlāwanah）在其著述《伊历5至9世纪的安达卢斯玛卡梅》（*al-Magamah al-Andalusiyah -- min al-Garni al-Khāmis ḥtta al-Garni at-Tāsiʻa al-Hijari*）中总结说，安达卢斯本地的玛卡梅较之赫迈扎尼和哈里里等东部地区的玛卡梅而言，其内容已经丰富了许多，尤其是评论的权重大为增加，其中包括各种注疏和文学研究；涉及社会生活，如安达卢斯各阶层的生存状况；涉及历史人物、英雄人物和统治者，或歌颂或揶揄；涉及某座城池的历史与现状，有疏朗的写意，也有精细的描写。一些玛卡梅有意放弃典雅传统，用普通人物的日常语言取而代之，从而难免出现粗粝，甚至污言秽语；有些描写爱情，则既有纯真的精神之爱，也有放浪不羁的艳情渲染，其语言往往大胆直接；而以说教、祈祷主旨的一些作品，却大量援引宗教经典，其中充斥祷文、劝解类内容。[③] 总之，安达卢斯的玛卡梅不仅内容丰富、题材广泛，而且形式上较阿拉伯本土也多有发展，从而具有了更为鲜明的散文特征。相形之下，其诗性特质有所减弱。在哈里里等东部玛卡梅中，歌颂爱情或描写人物时往往会采用诗歌来渲染。而在安达卢斯玛卡梅中，则基本上只用散文，直叙到底，故而有冗长化趋势。在有关安达卢斯玛卡梅文集中，不少长篇被一再删剪，最后仅留下数十页至数页不等。有的玛卡梅短小精悍，其篇幅甚至仅有一两页便可独立成篇。譬如《剑与笛》和《椰枣》（见下文）。

具体到叙述形式，安达卢斯玛卡梅也与东部地区有了新的发展。赫迈扎尼与哈里里的传统玛卡梅往往设有一个叙述者，经由讲述某位主人公的经历、见闻，而叙述者有时也会参与人物故事，或旁观，或品评，从而形成了间接第一人称叙事模式。而在安达卢斯玛卡梅中，往往会有两个叙述者，第一个叙述者并不参与人物故事，但经由引出第二个叙述者，后者才是故事敷衍的关键，即人物（主人

---

① Fernando de la Granja：*Maqamas y risalas andaluzas*，Madrid：Instituto Hispano-Arabe de Cultura，1976，pp.2~53.

② González Palencia：*Historia de la literatura arabico-española*，p.120.

③ Yūsuf ʻAlāwanah, *al-Magāmāh al-Andalusiyah -min al-Garni al-Khāmis ḥatta al-Garni at-Tāsiʻa al-hijarī*, published by the Ministry of Culture of Jordan, 2008, pp.261~287.

公）叙述者。例如，在艾布·塔希尔·穆罕默德·萨拉古斯蒂的玛卡梅中，开篇往往如此："曼扎尔·本·海马姆说：有一天，赛伊布·本·泰马姆（成为玛卡梅的第二叙述者主人公——笔者注）告诉我：某某人（故事的第一主人公，玛卡梅中的乞丐或流浪汉——笔者注）曾在"何时何地如何如何[①]。曼扎尔·本·海马姆在其中忠诚地扮演着"说书人"的角色，绝不参与人物故事，只有赛伊布·本·泰马姆（即作为第二叙述者）才既是叙述者，又是人物（故事的参与者）。而在赫迈扎尼和哈里里等东部作家的玛卡梅中，叙述者也即见证者，无须另一个叙述者的"引荐"。由于安达卢斯玛卡梅中存在着两个不同层次的叙述者，其套盒结构形式也就非常普遍了。这不能不说是一种流变，它更接近于后来《一千零一夜》的叙述之叙述、故事之故事。叙述者的"旁观者"身份和"参与者"身份相映成趣，同时增强了故事的客观性和读者的间离感。

本节以格兰哈所选编的伊本·阿斯加尔的两个玛卡梅体故事《剑与笛》和《椰枣》为例，来看看安达卢斯本土玛卡梅的写作特点。二者在原文中保留了玛卡梅的书信体形态，即以"Epístola"（رسالة）"书信"（也被意为"篇"）为每章节命名。其中，《剑与笛》写剑笛之争，也即文武之争。著名阿拉伯文学研究家加西亚·戈麦斯曾在《穆斯林五诗人》（Cinco poetas musulmanes）中援引阿拉伯本土诗人的名句：

当我远行归来，笛子这样诉说：
"光荣属于利剑，而非悠扬笛声"。[②]

斯宾格勒曾经用（"诗""矛"和"剑"）"三字经"[③]概括阿拉伯骑士。同样，格兰哈也在序言中援引了类似的诗行：

宝剑胜过美诗文，
其利可断霸王棕。[④]

由此可见，剑笛之争在阿拉伯世界源远流长。然而，伊本·阿斯加尔颠覆了上述观点。在他看来，笛子和利剑各有千秋。前者是人与人对话的介质，后者是战争的象征，但无论前者还是后者，归根结底都应是和平的使者。作品与其说是

---

① Yūsuf ʻAlāwanah, *al-Magāmāh al-Andalusiyah -min al-Garni al-Khāmis ḥatta al-Garni at-Tāsiʻa al-hijarī*, p.291.

② Emilio García Gómez：*Cinco poetas musulmanes*，Madrid：Editorial Espasa-Calpe，1944，p.47.

③ 斯宾格勒：《西方的没落》第二卷，第176页。

④ Granja，Fernando de la：*Maqamas y risales andaluzas*，p.19.

书信体，毋宁说是对话体。作品辞藻绚丽，妙语连珠，体现了这类作品所追求的文采与雄辩。

一如两名骑手在跑马场角逐，两株杨柳在同一片土地斗艳，两颗晨星在地平线闪烁，两支利箭同时离弦，两朵鲜花竞相开放，抑或两片云彩在黑夜撞出雷电……凡此种种，皆为妒嫉所至，值得夸耀，却必留后患。甲骑手一步之先夺得冠军，杨柳因一寸之长赢得对手，利箭总有偏差，星星有明暗之分，鲜花有贵贱之别，云彩的闪电也有强有弱。

落后者必伺机超越，勇气变成戾气，火药味儿由此产生，即便旁观者指指戳戳、议论纷纷，也难消妒嫉者的阴暗心理。

且说宝剑和笛子犹如漫漫长夜的两盏明灯，引导人们走向荣耀，甚至登上最崇高的天庭去摘取星星……[1]

如此这般，作者描写了二者如何在虚荣的驱使下相互诋毁、彼此伤害：

笛子说："哦，伟大的真主！……最好的语言莫过于理智，而诚信是最可宝贵的品质……"

利剑说："别跟我讲什么规律，别跟我讲自然法则，以及宗教和世道人心……我的雄辩是让强大的对手闭嘴，我的微笑建立在敌方的呜呼哀哉之上……"

笛子说："真主教我们看轻财物！炫耀不公（此处应为武力——引者注）是多么可悲！暴力玷污纯洁的友爱……使战争泛滥、欲望之箭穿梭……"

利剑说："你吃不到葡萄说葡萄酸，好比那乌云只打雷不下雨……"

笛子说："不会倾听的人总爱胡说八道……你的无礼说明了你的本质、你的阙如，同时恰好反证了我的价值。真金来自泥土，烈火采自顽石，人类不可或缺之水是最廉价元素。宝贵来自谦逊……就像珍珠来自贝壳，金枣来自棕榈，黎明来自长夜。难道不是这样吗？……"

利剑说："……眼睛是心灵的镜子，而你的眼神充满虚伪，你的身体羸弱无力，你的影子残缺不全[2]……你的眼泪像脏水[3]……"

笛子说："正所谓山外有山，天外有天；你是风，自有台风比你强。有道是，闪光的不一定是金子，你像冻结的水，拒人进入、无益旱地。你的热

---

① Granja，Fernando de la：*Maqamas y risales andaluzas*，pp.32~33；省略号系引者所加。下同。
② 意为残疾（缺胳膊少腿）。
③ 指多愁善感、容易落泪。

血之躯冷酷无情……睁开你的眼睛，承认你的无知，你会懂得自己是一柄没有灵魂的象牙剑把或一支镀金的木质利箭、插在雏菊丛中的一支水仙……”

……[①]

相形之下，《椰枣》更像小说。它是复数叙述者“我们”的所见所闻。“我们”遇到一个男孩，男孩搭讪说：“真主保佑你们远离晦气。我看你们不是迷路了，便是在寻找宝贵失物。也许我能帮助一二。俗话说，询问是打开了然之门的钥匙。”原来，“我们”（原文应为地主）为椰枣而来，但男孩谎称来者晚到一步，因为自家的枣全被鸟儿吃了个精光。于是，矛盾出现了。“我们”以雄辩的言辞循循善诱；男孩引经据典，有古诗文为证：

萨尔玛将我呵斥：
“你不能断我活路！”
我说椰枣本有限，
荒年此物更稀罕。
……

“我们”将信将疑，终不免软硬兼施，一会儿指真主起誓，一会儿拿诚信说事，逼迫男孩从实招来，无奈后者巧舌如簧、终不为“我们”所动。

除阿斯加尔外，公元12至13世纪，安达卢斯创作玛卡梅的文人还有许多。其中，伊本·舒海德的《精灵与魔鬼》被认为是类玛卡梅文体的骈体文，这主要是就其语言、韵律等行文方式而言。内容上，这本书描述的是一位名叫祖海尔·本·努迈尔的诗人的灵魂在飞往冥界的途中，与众多先辈文人的灵魂相遇，展开论战的经历。这与赫迈扎尼《玛卡梅集》中的《魔鬼篇》有些类似，但却与哈里里的玛卡梅相去甚远，且和后来愈来愈走向通俗的安达卢斯本地玛卡梅小说的发展可谓大相径庭。不过，但丁的《神曲》的构思倒是与它异曲同工。阿辛·帕拉西奥斯认为，《神曲》是受到了麦阿里《宽恕书》的影响。殊不知《精灵与魔鬼》的问世比《宽恕书》还早大约20年，[②]而《精灵与魔鬼》又极有可能是模仿赫迈扎尼的《玛卡梅集》，因此，但丁《神曲》的源头竟有可能是后者也未尝可知。当然，这是另外一个话题，不在本书的讨论范围之内。

① Granja，Fernando de la：*Maqamas y risales andaluzas*，pp.34~40.
② 参见艾哈迈德·艾敏：《阿拉伯—伊斯兰文化史》。

此外，还有学者认为许多安达卢斯文人如伊本·巴萨姆，伊本·哈彦等都曾创作过类玛卡梅文体的骈体散文，但在笔者看来，玛卡梅文体的语言固然是其独特之处，但并非讲求韵律的就是玛卡梅。它最重要、影响最深远的文学价值其实是在于叙事模式和故事情趣，所谓玛卡梅，意为“聚会时的演说或训诫”，正仿佛我国宋朝兴起的话本或是“听书”，讲述者更注重的是故事的生动、有趣和离奇，以吸引读者的关注。也正因为如此，赫迈扎尼和哈里里才会给他们旖旎、雕琢的语言配以诙谐讥讽和幽默的故事，这些推动了后来安达卢斯叙事文学的发展，乃至影响到西班牙以及欧洲叙事文学的模式。

无论上述这些安达卢斯文人创作的作品是否属于玛卡梅文体，但毋庸置疑的是，他们的其成就均远不及赫迈扎尼和哈里里，难望其项背。虽然如此，玛卡梅这种灵活多变、朗朗上口的行文方式，还是以其特有的魅力影响了后来的西班牙文学。

三、玛卡梅与流浪汉小说

本章第一部分已经介绍了玛卡梅文体的主要叙事方法及语言特征。美国学者希提（Philip Hitti，1886~1978）曾经说过：“自赫迈扎尼和哈里里的时代以来，玛卡梅文体已成为阿拉伯语中文学性和戏剧性最完美的表达方式。在这种语言里，从来没有产生过真正的喜剧。现实主义或以恶汉为题材的早期西班牙故事和意大利故事，显然与阿拉伯语的玛卡梅有明显的类似。”[①] 希提所指的“现实主义或以恶汉为题材的早期西班牙故事”，即指西班牙流浪汉小说。

流浪汉小说是公元 16 世纪中后期出现于西班牙的一种新型的叙事文体。它多以一个流浪汉为故事的主人公，讲述自己在浪迹天涯过程中的各种遭遇。主人公多性情狡黠、机制善变。他们的遭遇也大都坎坷多舛，起伏跌宕。有关流浪汉小说的研究资料如汗牛充栋，但归纳起来，大都属于社会历史批评。它们视社会环境为流浪汉小说的主要成因，同时就作者、版本、人物及其时间地点、作品内容及其表现形式等诸多问题进行了旷日持久的甄别与讨论。众所周知，公元 16 世纪中叶，穷兵黩武的西班牙一方面继续向美洲大量派遣军队，肆意掠夺印第安人，以满足上流社会的骄奢淫逸；另一方面，全国各地金融和商业的盛行在消耗黄金白银的同时，阻碍了人们曾经引以为荣的农业和手工业的发展。[②] 同时，社会

---

① [美] 菲利普·希提：《阿拉伯通史》，马坚译，北京：新世界出版社，2008 年版，第 365 页。

② 人们常把中世纪欧洲基督徒的重农轻商传统视作欧洲排犹主义的重要原因之一。其他重要原因牵涉到文化（包括宗教、政治信仰）传统和生活习俗等诸多方面，可谓错综复杂，但归根结底是经济方面的。一般认为基督徒仇视犹太人首先是由于他们的祖先出卖并杀害了基督。这显然也是简单化的说法，难以令人信服，因为基督本人终究也是犹太人。转引自陈众议《西班牙文学“黄金世纪”研究》，第 129 页。

风气和劳动力的匮乏以及残疾军人队伍的扩大，也是导致农业和手工业破败的重要原因。而这些都是产生流浪汉阶层的重要原因。

一般来说，西班牙流浪汉小说最为典型的代表作品是《小癞子》（*Lazarillo de Tormes*）、《古斯曼·德·阿尔法拉切》（*Vida del pícaro Guzmán de Alfarache*）以及《骗子外传》（*Historia de la vida del Buscón llamado don Pablos, ejemblo de vagabundos y espejo de tacaños*）这三部，而它们很大程度上都受到了阿拉伯玛卡梅文体的影响。早在 1928 年，西班牙人民阵线的贡萨莱斯·帕伦西亚就曾明确指出，西班牙流浪汉小说受到阿拉伯玛卡梅的影响，故而与后者有着“明显的相似之处”。[①]这后来成了西班牙左翼人士的共识。但世界在热战和冷战中飘摇，话题被搁置下来。直至 1968 年，受西方学潮和时代社会主义思想的影响，西班牙左翼作家胡安·贝尔内特在批判资本主义和西方中心主义的同时，旧事重提，认为玛卡梅“以其非凡的生命力先后在波斯、希伯来和西班牙文学中扎下根来”。[②]同样，英国东方学者哈米尔顿·拉斯金（Hamilton Ruskin）在《玛卡梅文学与西班牙流浪汉小说》一文中再次发表类似的观点：“阿拉伯玛卡梅显然在中世纪文学中留下了印记。”“前者对西班牙流浪汉小说的影响也是可以想见的。”[③]仲跻昆先生在《阿拉伯文学通史》中同样认为：“一般认为兴起于 16、17 世纪的西班牙的‘流浪汉小说’（Picaresca）是受阿拉伯‘玛卡梅’的影响产生的。”[④]

1998 年，摩洛哥学者穆罕默德·阿卡赖在其博士论文的基础上完成了《玛卡梅与流浪汉小说》一书，[⑤]从而使流浪汉小说这一“最具原创精神”的西班牙文学现象的原创性再次受到了质疑。当然，即或西班牙流浪汉小说借鉴了玛卡梅体小说，也并不影响前者在文学史上的地位，更何况迄今为止，人们仍无法考证许多流浪汉小说，譬如《小癞子》的作者究竟是谁：基督徒，还是穆斯林改宗者？

此类言论颇多，但它们终究未能阐明两者的源流关系。尽管阿卡赖等人在其著作中发现了西班牙流浪汉小说与阿拉伯玛卡梅的大量相似性，有些方面甚至如出一辙，但这种悬而未决的问题一直困惑着学术界。受其启发，我们以《小癞子》为代表，大致可以列出西班牙流浪汉小说与玛卡梅的以下雷同[⑥]：

---

① González Palencia：*Historia de la literatura arabico-española*，Barcelona：Ed. Labor，1928，p.20.

② Vernet：*Literatura árabe*，Barcelona：Ed. Labor，1968，p.96.

③ See ‘Adnān Haidār, *Adab al-Magāmāh wa ar-Riwāyāt at-Tashridīyah al-Isbānīyah*, Aufug ‘Arabī, Bagdad, 1980, p.58.

④ 仲跻昆：《阿拉伯文学通史》上卷，第 458 页。

⑤ Akalay：*Las Maqamat y la Picaresca*，Tanger：Ed. Tanger，1998，p.205.

⑥ 其中（一）和（二）是在阿卡赖平行比较的基础上敷衍而成的，特此说明。阿卡赖的最大贡献是对大量西班牙流浪汉小说和玛卡梅的平行研究，最大的缺憾是对后者进入西班牙的历史因由关注不够，甚至基本不予置评。

（一）出身卑微，浪迹天涯

1. 离乡背井。

阿拉伯作家哈里里的主人公和小癞子都是孤儿，即从小没有父亲。而他们的母亲在谈到他们的父亲时，大抵说后者的离世与战争有关。在《小癞子》中，战争还被明确定性为“捍卫正教”的正义行动，而且时间地点（就在赫尔韦斯）明确。赫尔韦斯隶属于安达卢斯，是西班牙“光复战争”的最后堡垒之一。关键在于，小癞子的继父被叙述者（而非母亲）描绘成一个“黑人”。这其中自有针对阿拉伯人（“摩尔人”）的寓意。此外，两位母亲虽时隔数个世纪，却几乎以同样的口吻告诫即将远去的幼小的孩子：靠你自己！①

所谓流浪汉，固然都是指离乡背井、乞讨为生，但《小癞子》与哈里里《玛卡梅集》的上述巧合不限于此。值得关注的是，作为先决条件，《古斯曼·德·阿尔法拉切》中的主人公小时候同样只有母亲，没有父亲，而他离开母亲，也是因为家里太穷。但话又说回来，不是孤儿、没有贫穷，何至于流浪？

2. 居无定所。

之所以流浪，必定是因为居无定所；但缘何离乡背井，却原因各不相同。赫迈扎尼在《玛卡梅集》第41篇中写道：

亚历山大是我老家，
正因为如此我必须流浪。
我晚上在萨那，
白天就到了伊拉克。②

自此，我们知道流浪汉因为生在亚历山大，故而必须流浪。

哈里里在《玛卡梅集》第50篇《巴士拉篇》中也有过类似的叙述，但却是因为流浪汉“长在马背上”：

我生在萨鲁伊，
长在马背上，
年纪轻轻就历尽坎坷。
我到处流浪，

① 转引自 Akalay：*Las Maqamat y la Picaresca*，pp.169~170；《小癞子》，《杨绛译文集》第三卷，北京：译林出版社，1994年版，第1613页。

② Akalay：*Las Maqamat y la Picaresca*，p.166.

惯看人间沧桑……[①]

此外，哈里里的主人公出生的地方在巴格达附近，那儿有一条河。如果这也是巧合，那就真的是无巧不成书了。

《小癞子》的主人公自述道：

我叫托美思河的癞子……有一晚，我妈偶然在磨房里，她肚子里正怀着我，忽然阵痛，当下就生产了，所以我说自己生在那条河里是千真万确的。我八岁那年……有个住店的瞎子看中我可以领他走路，问我妈要我。她就把我交托给瞎子……她求瞎子顾念我是孤儿，好好看待我。[②]

小癞子从此跟随瞎子浪迹天涯，后来又几易主人，历尽人间苦寒，但也习得了生存的本领。

另一部西班牙流浪汉小说《古斯曼·德·阿尔法拉切》中的主人公流离失所是因为出身贫寒，故而不得不四处流浪乞讨："我一路流浪，今天在这里，明天在那里，四处乞讨，任凭人们随意施舍。不瞒您说，意大利人最为慷慨，将我变得非常贪吃，以至于不忍放弃这乞讨的营生……"[③]

3. 饥肠辘辘。

无论是赫迈扎尼还是哈里里的《玛卡梅集》，都有大量篇幅用来描写流浪者的窘境。其中最让人过目不忘的是他们饥肠辘辘的样子。当然，既为乞丐，饥寒交迫是免不了的。问题是，无论阿拉伯玛卡梅，还是西班牙流浪汉小说，表现饥饿的方法如出一辙。

赫迈扎尼在《玛卡梅集》第22篇中有这么一段：一天，有位"好心人"请流浪汉吃饭。"好心人"滔滔不绝，直说得天花乱坠，而且越说越起劲，饿得流浪汉两眼发黑。最后不仅饭没吃成，害得流浪汉两天不想吃东西。

同样，小癞子的描写入木三分：

快两点了，我瞧他像私人似的没一点儿要吃饭的意思，立刻觉得征象不妙。我随后又注意到大门已经上锁……他坐了一会儿问我说："孩子，你吃饭了吗？"我说："没有呢，先生，我碰到您的时候，还没打八点。""那时候还早，可是我已经吃过早点。我告诉你，我早上吃了点儿东西就整天不吃

① Yūsuf Bagā'i, *al-Magāmāh - Sharah Magāmāh al-Ḥarīrī*, p.417.

②《小癞子》,《杨绛译文集》第三卷，第 1611~1613 页。

③ Alemán：*Guzmán de Alfarache* (T.I)，Madrid：Ediciones Cátedra，1984，p.376.

了……”您大人可以料想，我听了这话差点儿晕倒，不仅因为肚里空虚，实在是看到自己运气坏尽坏绝了……可是我尽力克制，脸上不露，只说：“先生，我谢天照应，不是个贪嘴孩子。我不是吹牛，我在年岁相仿的孩子里胃口最秀气，从前几个主人至今还为这个夸我呢。”他说：“你有这种美德，我就更喜欢你了。敞着肚子吃的是猪，上等人吃东西都有节制。”我暗想：“我还看不透你吗？我投奔的主子都把挨饿当作良药或美德，真是活见鬼！”[①]

（二）愤世嫉俗，冷嘲热讽

赫迈扎尼的《玛卡梅集》愤世嫉俗，有诗为证：

这时代是小人横行霸道，
穷成了君子的象征符号，
君子要向小人乞求哀告，
这标志着世界末日来到。

或者：

这个时代多灾难，
处处不公真凶残，
愚昧为美受称赞，
理智成丑被责难，
金钱好似幽灵般，
但总围着小人转。[②]

哈里里的玛卡梅没有如此直白的社会批判言论，但他们对上流社会的批判也可谓一针见血。譬如第九篇玛卡梅《亚历山大篇》，讲述了一位法官及其女儿的贪婪和愚蠢，简直令人捧腹。话说作品主人公（即海马姆口中的鲁赛基）以三寸不烂之舌说服大法官，让他相信自己有点石成金的本事，于是法官把女儿嫁给了他，却得知女婿的所谓点石成金其实是读书（而且是文学）和耍嘴皮子。这颇有几分古时中国书生的旨趣，所谓“书中自有黄金屋，书中自有颜如玉”是也。

另有第十篇玛卡梅《欢迎篇》，说的是市长大人有断袖之癖，故事主人公鲁

①《小癞子》，《杨绛译文集》第三卷，第1631~1632页。
② 转引自仲跻昆：《阿拉伯文学通史》上卷，第449~450页。

赛基为了骗取钱财，不惜“以身相许”，最后当然是“坏人”丢了“夫人”又折兵。其中的滑稽可想而知。

《小癞子》对社会的批判鞭辟入里。贫穷的瞎子是那个社会的边缘人物。都说当时的西班牙遍地黄金，但赤贫却瘟疫似的在其城乡蔓延。然而，就是瞎子这么一个边缘得再不能边缘的小人物，居然导演了让小癞子哭笑不得的一出出“好戏”。其中最令人难忘的要数“吃葡萄”一节。这里的幽默令人既觉心酸，又不禁捧腹。

且说瞎子“已经用膝盖顶了我好几下，又揍了我好几拳了。我们坐在一围栏上，他说：‘这回我让你放量吃。这串葡萄咱们俩各吃一半。你摘一颗，我摘一颗，这样平分。不过你得答应我，每次只摘一颗，不许多摘；我也一样，咱们就这么直吃到完，谁也不能作弊。’我们讲定就吃。可是那奸贼第二次摘的时候改变了注意，两颗一摘，料想我也那样。我瞧他说了话不当话，不甘落后，还要胜他一着；我只要吃得及，每次摘两颗、三颗，或者还不止。那串葡萄吃完，他还拿着光杆儿不放手，摇头说：‘癞子，你作弊了。我可以对天发誓，你是三颗三颗吃的。’我说：‘没的事啊，干吗疑心我三颗三颗吃的？’那乖觉透顶的瞎子答道：‘你知道我怎么瞧透你是三颗三颗吃的？我两颗两颗吃，你始终没嘀咕一声呀。’”[①] 结果自然不妙，以至于后来不得不离开瞎子，另择主人。

小癞子后来的主人中居然有一个侍从。他出身卑微，却活得比绅士（或者骑士）还要虚荣。他身为别人的侍从，吃了上顿没下顿，却要雇个廉价的小侍从（小癞子）陪他装模作样。有一天，他饥肠辘辘回到家里，但见孩子拿着乞来的面包：“哪儿来的？是干净手揉的面吗？”说罢，他就取过面包迫不及待地啃了起来。

（三）劣迹斑斑，只为生存

小偷小摸、坑蒙拐骗是流浪汉的生存法则。赫迈扎尼在《玛卡梅集》第三篇中描述主人公行骗的方式：他有时扮成瞎子，有时举着写满痛苦和不幸的字牌在市场上博取同情。他在字牌上说自己有一群嗷嗷待哺的孩子，或者再将自己装扮成失去劳动能力的重度残废。哈里里的主人公则能偷即偷，能骗即骗。这颇似古斯曼的作为。

小癞子的做法是“监守自盗”。他趁新主人不在家，请修锁匠复制了食品柜的钥匙。从此以后，“我等他一出门，马上开了我的面包乐园，捧起一个面包就咬，不到两遍信经的工夫，早就把它消灭得无影无踪，也没忘了重把柜子锁上”。但好景不长，“他屈指计算着日子，点数了好半天，说道：‘这柜子要不是好好儿

①《小癞子》，杨绛译，北京：人民文学出版社，1986 年版，第 12~13 页。

锁着，就该说面包有人偷了。以后我得记个数，免得不清不楚。这里还有九个面包和一块零头……’”[①] 这样一来，“我的肠胃预料又得照旧守斋，立刻感到饥饿的抽搐……前两天养粗了胃口，饿来越发难熬……上帝保佑苦人，瞧我这样困苦，就启示我一个不无小补的办法。我想：‘这只柜子旧了，又很大，还有些小小的窟窿，说不定老鼠钻进去吃残了面包。’……我主人回来吃饭，开柜看见面包破破残残……他把柜子周身细看，找到些窟窿，疑心钻进了老鼠去……找些小木片儿，把旧柜子上的窟窿一一修补。”主人刚补好窟窿，小癞子就用小刀在别的地方凿了洞。于是，主人只好买了老鼠夹和奶酪来捉老鼠，结果奶酪没了，老鼠没夹着。小癞子假惺惺地说，那可能不是老鼠惹的祸，而是因为家里有蛇。主人最怕这玩意儿，就嘱人请了捉蛇的。那天夜里，忙了一天，又没正经进食的小癞子饿得实在顶不住了，又故伎重演，结果被捉蛇的一棒下去打晕了，嘴里还衔着那把复制的钥匙。这下主人终于恍然大悟，将小癞子赶出门去。

（四）良心发现，弃旧图新

哈里里《玛卡梅集》第五十篇讲述了流浪汉的悔恨。为了生存，流浪者被迫留下不少劣迹。但是，他最后良心发现、追悔莫及。小癞子固然因为时来运转（且不知何故，小说必得匆匆结束），没有说出后悔的话来，倒是《古斯曼·德·阿尔法拉切》有一番“推心置腹”的忠告留给世人：“你想健康快乐、平安富有、无怨无悔地生活吗？请记住我的忠告：你必须像临终忏悔那样好好反省，同时遵守法律的规定……靠你勤劳生活，而不是游手好闲、贪念别人……”[②]

虽然存在着诸多相似性，但学术界终因缺乏西班牙作家现身说法的“铁证”而未能就玛卡梅对流浪汉小说的影响作出明确界定。[③] 然而，作家的话能全信吗？对文学资源三缄其口者有之，声东击西的也不乏其人。此外，塞万提斯曾自诩鼻祖，谓之前的小说不是模仿（别人），便是翻译。

文学体裁的演变或消长证明不同民族在类似生产力、社会发展状态下完全可能产生某些相似性。因此，倘使西班牙流浪汉小说是在与阿拉伯玛卡梅完全隔绝的情况下产生的，那么我们也许只能感喟“人同此心，心同此理”了。但是，玛卡梅确实早在《小癞子》产生之前就已进入西班牙并且引起了不小的关注。问题是，不仅《小癞子》及之后涌现的流浪汉小说只字不提玛卡梅，就连对阿拉伯文学的一般肯定在公元 16、17 世纪的西班牙文学中也是阙如的。[④] 再则，《小癞子》的佚名显然是作者有意为之，是谓匿名。这使他与玛卡梅的关系因此而变得更

---

①《小癞子》,《杨绛译文集》第三卷，第 1624 页。

② Alemán：*Guzmán de Alfarache* (T.I)，p.276.

③ Akalay：*Las Maqamat y la Picaresca*，pp.164~165.

④ 塞万提斯也许是个例外，但他（《堂吉诃德》）对阿拉伯文学历史的指称（调笑）在时人看来并非出于敬意，而是恰好相反。

加难以查考。退一步说，即使《小癞子》是署名作品，作者也会撇清他与玛卡梅及任何阿拉伯文学的关系，盖因当时正值西班牙反宗教改革运动高潮，西班牙天主教同时对一切异教采取零容忍态度。[①] 公元 16 世纪初至 17 世纪中，所有穆斯林或犹太人不是被强制改教，便是被驱逐出境。在这样的情势下，阿拉伯文学及整个穆斯林世界成了反面教材、讥嘲对象，所有基督徒对之不是噤若寒蝉，便是撇清关系犹恐不及。

诚然，不可否定的是西班牙严峻的社会问题无疑是《小癞子》赖以产生的土壤。公元 16 世纪中叶，穷兵黩武的西班牙一方面继续向美洲大量派遣军队，肆意掠夺印第安人，以满足上流社会的骄奢淫逸；另一方面，全国各地金融和商业的盛行在消耗黄金白银的同时，阻碍了人们曾经引以为荣的农业和手工业的发展。同时，社会风气和劳动力的匮乏以及残疾军人队伍的扩大，也是导致农业和手工业破败的重要原因。而这些都是产生流浪汉阶层的重要原因。同时，骑士小说被禁和一个英雄时代的结束，造成了大众读物的阙如，从而为新文学体裁的诞生提供了空间。学者阿美里科·卡斯特罗在分析流浪汉小说成因时就曾指出，“流浪汉是反英雄。流浪汉小说显然是一种反英雄冲动，随着骑士小说和神话史诗的终结而产生”。[②] 之后，著名学者里科此外又从发生学的角度提出了六大渊源：一、西班牙民间传说；二、《金驴记》；三、《塞莱斯蒂娜》；四、《教皇格列高利九世诏令》（“Decanum Dahir”，也即杨绛先生在伦敦看到的那本插图手抄稿[③]）；五、希尔·维森特的谐趣剧；六、弗朗西斯科·德利卡多的《安达卢斯女郎》（1528）。[④] 然而，鉴于《小癞子》问世不久即被宗教法庭打入另册，1571 年解禁时又是以删节作为前提的，因此《献辞》中“您大人”的姓名被有意隐略不是没有可能。

由是，我们或可引申出比较文学所面临的一大难题，即不同作家作品之间的某些相似性在缺乏作家、作品明确证说的情况下如何给出影响学意义上的界定和结论。首先，无论如何，《小癞子》及西班牙流浪汉小说与阿拉伯玛卡梅的关系是必须探讨的。（此外，《小癞子》被禁的原因或许不尽是它对西班牙的“不恭”，极可能还在于它延续了玛卡梅的传统：是西班牙的玛卡梅传统。）其次，尽管目前缺乏直接的“铁证”，但两者的关系之所以必须探讨，这是因为：一、赫迈扎尼和哈里里的玛卡梅早在几个世纪前就已进入西班牙读者的视阈；二、阿拉伯文

① García Fernández：“La inquisición y los conversos”，*Clio & Crimen*，No.2，Durango，2005，pp.207~236.

②［西班牙］阿美里科·卡斯特罗：《流浪汉小说探源》，转引自陈众议《西班牙文学黄金世纪研究》，第 130 页。

③ 杨绛先生因《路加福音》中有个叫拉撒路的癞皮化子，故而将《托美思河上的小拉撒路》译成了《小癞子》。“早在欧洲十三世纪的趣剧里就有个瞎眼化子的领路孩子；十四世纪的欧洲文献里，那个领路孩子有了名字，叫小拉撒路……”《杨绛文集》第八卷，第 226~227 页。

④［西班牙］里科：《西班牙流浪汉小说》，转引自陈众议《西班牙文学黄金世纪研究》，第 134 页。

学对同时期和之前之后西班牙其他文学体裁（如谣曲、骑士小说等）的影响也是印证了两者的亲缘关系的旁证。

最后要做说明的是，大卫·A·威克斯将玛卡梅和《卡里来和笛木乃》归为一类，认为它对西班牙文学的影响在于其框架式的叙事模式。但笔者认为，玛卡梅对流浪汉小说最主要的影响却并非在于框架叙事，而是在于诙谐、幽默，极具讽刺意味的情节，以及对人间百态、世态炎凉的精彩刻画。至于以“哈里斯·本·海马姆说”（以哈里里《玛卡梅集》为例）为开场，然后再由他以第一人称来讲述故事的叙述模式，虽然俨然已成为阿拉伯散文体故事的一种惯例——比如伊本·古太白的《故事源》、哈兹姆的《鹁鸽项圈》等，每章均以“某某某人说”开篇——但在这一方面，西班牙流浪汉小说则有所不同：它去掉了讲述者这个中介，多直接以第一人称为叙述主角，陈述自己的所见所感。正如陈平原在《中国小说叙事模式的转变》中所陈述的，“第三人称叙事者主要不是一个思考者和行动者，而是一个观察者和记录者。”[①]他将其称为第三人称限制性叙事模式。这种叙事方式更客观、更冷静，也更容易引起读者心中的间离感。他甚至认为，中国小说从传统单一的第三人称叙事（例如明清小说）向第一人称叙事的转变，是小说叙事方式的一种推进，增强了叙事者的主观、主体意识，更具有内倾型，更利于主体情感的表达，也更容易引起读者的情感认同。[②]这一点，同样适用于玛卡梅文体与流浪汉小说的差异。流浪汉小说采用第一人称叙事模式，使得读者对他们的生活经历和所见所闻更感同身受，减少了客观间离的距离和环节，因而读起来也感受也更生动、刻骨。当然，这并非意味着第一人称叙事一定优于第三人称或是间接叙事，它当然会因小说的取材、主旨的不同而有所差异。只是在西班牙小说形成的初期，流浪汉小说采用单一的第一人称叙事模式，确乎给读者带来了不同于玛卡梅文体“间接第一人称”叙事方式的感受，使得读者仿佛从“听说书”、“读话本”，又向舞台走进了一步，置身于小说的场景事件之中，增强了诙谐、嬉笑的心理反差。

其次，在语言上，流浪汉小说显然没有秉承玛卡梅的文风，其叙事风格通俗流畅，绝不采用骈体文对仗的方式，而是采用更符合人物性格的通俗语言，用洗练、浅白的口语，塑造出了一个个活灵活现的流浪汉形象。这也是流浪汉小说的一种改进，效法其（玛卡梅）的形式与内容主旨，而在语言上则摒弃旖旎雕琢的文风，形成自己独特、鲜明，与人物形象更为贴近的语言，从而为西班牙文学增添了灵动的一笔。这在上文中的文本对比中可见一二。

---

① 陈平原：《中国小说叙事模式的转变》，北京：北京大学出版社，2003年版，第92页。
② 参见陈平原：《中国小说叙事模式的转变》。

当然，无论是影响还是借鉴都不能、也不为说明往者与来者孰高孰低。《小癞子》作为西方流浪汉小说的奠基之作，自有其不可磨灭、不可或缺的历史地位。无论其佚名作者是基督徒还是穆斯林改宗者，它对西班牙乃至世界文学的贡献更是毋庸讳言。这就好比有学者探赜我国古人早在商殷时代就曾到达美洲一样，历史常常不以先后论英雄，而往往以“成败”论是非。西班牙古典文学的影响力也不仅仅是由文学本身奠定的，它必得加上西班牙帝国强盛时期的综合实力；一如19世纪的法、英帝国，或者20世纪的美国。世事如此，其法亘古不变。

此外，《小癞子》所呈现的生活情景充满了鲜活的细节，而且这些如数家珍又娓娓道来的细节无不体现了作者的洞察力和审美高度。比如小癞子和盲人主子吃葡萄一节，其讥诮方式绝非一般文学机巧可以媲美，其美学价值亦非一般文学想象可以比肩。再比如小癞子偷配吝啬主人储藏箱钥匙一节，其所给予读者的审美享受，堪称奇绝，但又完全符合生活逻辑，谁都能设身处地、如临其境。这些都是《小癞子》得以成为世界明著的重要元素，何况作品产生于西班牙帝国外强中干、宗教裁判所不可一世的非常时期，其价值自然不同凡响。而作品屡次被禁则反过来强化了它的影响力。

第二节　阿拉伯叙事文学对西班牙骑士文学的影响

骑士小说或传奇是在罗马帝国坍塌之后的欧洲逐渐产生的。亚瑟王和圆桌骑士的故事被认为是欧洲最早的骑士传说，大抵始现于公元12世纪。这显然与不列颠的战争和统一有关，或可说是不列颠民族的史诗。稍后发生的高卢骑士传奇则围绕特里斯坦（又作特里斯当）和查理大帝及其麾下战将罗兰展开，与之并行的有来自不列颠的亚瑟王、兰斯洛特、圣杯等传奇故事。同时期或稍晚的德国骑士传说也大致与这些故事有关，其中影响最为广泛的是兰斯洛特和特里斯坦传奇。

用中世纪文史学家乔治·狄克诺尔（George Ticknor，1791~1871）的话说，这些骑士传说的来源是战争，但真正成型却必得在战事消歇、社会安定时期。“和平时期，人们需要消遣，于是先辈的事迹成了传奇的元素，于是骑士小说也便随之产生了。”①

也许正因为西班牙一直处于针对阿拉伯人的“光复战争”中，骑士文学才姗姗来迟。但是，它后来居上，成了名副其实的骑士文学重镇，不仅产生了大量骑

① George Ticknor: *Historia de la literatura*,v.II,trans.Pascual Gayangos,Madrid:Publicidad,1851, pp.229~231.

士传说，而且催生了反骑士小说《堂吉诃德》。

阿拉伯人虽于公元 8 世纪占领了大半个伊比利亚，但卡斯蒂利亚、阿拉贡、莱昂等西哥特王国的“光复战争”一直没有停息。于是，大量的边境谣应运而生，它们大都来源于真人真事，诸如贝尔纳多公子、费尔南·贡萨莱斯伯爵、腊拉七王子、熙德（罗德里戈·迪亚斯）等英雄人物。这些谣曲形式上借鉴了阿拉伯安达卢斯彩诗。其中影响最大的要数《熙德之歌》，它讲述了卡斯蒂利亚人民反击阿拉伯入侵者的英雄事迹，而熙德（阿拉伯语 سيد 的音译，意曰“主人”或“老爷”)本人在瓦伦西亚过着“摩尔人”式的生活，并且十分痴迷穆斯林文学。此外，脍炙人口的《女兵谣》的部分变体和《夫记谣》《摩尔王之歌》等，无不是从充满传奇色彩的“光复战争”中衍生的。

另一方面，阿拉伯人在后伍麦叶和阿拔斯王朝的运筹下，适时地用东方文明和古希腊文化填补了罗马帝国覆没后留下的文化真空。以阿威罗伊为首的安达卢斯思想家、哲学家在这方面起到了关键作用。阿威罗伊曾仔细研究并解读了亚里士多德等古希腊哲学家的著作，而他的解读自公元 13 世纪起，便被陆续移译成拉丁文，成为中世纪欧洲研究亚里士多德思想的钥匙。有了这些大思想家，安达卢斯也一跃而成为欧洲学术中心，并为欧洲各王国吸纳古希腊文明铺路搭桥。①

此外，原生于伊比利亚半岛的阿拉伯文学，如彩诗以及俚谣（后者反过来影响了阿拉伯本土文学），对西班牙文学更是产生了深刻的影响：说催化剂固可，谓源头也未可为过。这些彩诗和俚谣兼容了叙事与抒情，十分契合史诗或传奇主题，当然也适用于爱情和其他主题。大量的伊比利亚谣曲与阿拉伯俚谣和彩诗的亲缘关系自不待言，而谣曲与骑士传说（英雄史诗）的关系同样不言而喻。

在进入正题之前，有一个细节不能不提，那便是胡安·马努埃尔的《骑士与盾矛手》(创作于 1326 年前后)。它几乎是卢利《骑士团之书》的翻版。此作品既具有早期骑士小说的韵味，同时又不失为是一部劝世之作。作品由五十一部分组成，其中包括一个序言和一个引子，但第四至第十六章散佚。(由于散佚和续补，《骑士与盾矛手》版本较多，目前比较权威的是布莱瓜根据西班牙国家图书馆 6376 号手稿编纂的格雷多斯 1981 年校订本。)作品以骑士小说的形式展开，讲述一名青年盾矛手受王国利益感召，来到一个类似于“圆桌会议”的骑士团，最后被封为骑士的故事。骑士团由一位理想的国王担任首领。故事至此中断（后人对其中的散佚部分进行了颇具想象力的“续补”),② 再往后便到了第十七章。这时，一位老骑士正在回答问题。这些问题显然是有人在前面几章提出来的。问题

---

① Dr. Jūdat ar-Rukābī, *fi al-Adab al-Andalusī*, Dār al-Ma'ārif, Cario, 1960, p. 36.

② Taylor: “Los capítulos perdidos del Libro del cavallero et del escudero y el Libro de la cavallería”, *Incipit*, México, 1984, IV, pp.51~69.

关涉骑士道、国家、社会及人生最大的悲苦和快乐。老骑士希望对方继续在军团服务，直至出人头地。多年以后，年轻人不负所望，成长为一名优秀的骑士。为了报答老骑士并继续聆听他的教诲，年轻的骑士来到后者隐修的处所。这时，老骑士没有答应年轻骑士的归隐请求，于是年轻的骑士只好回到自己的王国。未几，年轻的骑士实在无法抗拒求知的欲望，再一次找到老骑士隐修的地方。老骑士被他不懈的精神所感动，终于对他进行了百科全书式的教导。后来，老骑士寿终正寝，年轻的骑士也已不再年轻，但他已经接受了全方位的教育。最后，骑士重返故里。他此后的所作所为受到人们的称赞。作品至此结束。骑士作为中世纪后期西班牙各王国抗击“摩尔人”入侵的主力军，留下了许多可歌可泣的英雄事迹。因此，在西班牙，骑士阶层并没有像在法国或英国那样迅速衰微、变成单靠封地剥削农民的没落贵族。胡安·马努埃尔作为王亲国戚，从小跟随父亲马努埃尔亲王转战南北，有过辉煌的戎马生涯，只不过后来因为厌倦政治斗争而选择了隐修和写作。因此，他笔下的骑士道更多的是治国安邦之道和对人生、国家和社会的哲学思考，与塞万提斯竭力讥嘲的骑士道不可同日而语。作品中的老骑士相当程度上是“夫子自道”。而作者对于权力、金钱的淡漠，对于知识、德行的渴求则充分表现了他卓尔不群的人文主义精神，但创作形式方面却不由得让人联想卢利的《骑士团之书》。这些都是早期西班牙骑士文学的雏形。

一、西班牙骑士小说举隅

骑士这个称谓最早可以追溯到古罗马时代。顾名思义，骑在马上作战的谓骑士，但欧洲中世纪骑士阶层的产生却改变了古代骑士的涵义，也为骑士文学的出现提供了土壤。当然，文学从来不是对生活的简单复制，也不完全取决于社会生产力水平。文学从生发到演变都又有一定的内在规律和外在或然性，或谓必然性与偶然性。而阿拉伯文学的影响，无疑是伊比利亚骑士文学产生与繁盛的重要外在原因，同时一定程度上以其优越性决定了后者的价值取向和审美向度。

卡斯蒂利亚语最早的叙事文学据称是勇者桑丘时期的《训诫之书》（*El libro de exemplums*）。此书完成于1292年，是桑丘国王“按骑士的要求”用来教育王子费尔南多的。从文体学，甚至修辞的角度看，它明显受惠于哈兹姆的作品。譬如《鹁鸽项圈》，它总体上是一部集历史、传说、经验和寓言为一体的教科书或训诫之书，每讲一个道理必佐以“真人真事”或寓言故事。关联两书的一个重要事实不仅是《训诫之书》用事例（故事）阐释道理，而且关键还在其诞生前的一个世纪，《鹁鸽项圈》就被翻译成了拉丁文，并流行于阿尔丰索十世时期。此外，哈兹姆与伊本·巴哲基本为同时代人。后者于公元11世纪末出生在西班牙境内，具体说来是今天的萨拉戈萨。他曾于公元12世纪设堂教书，并率领其弟子用充满神秘色彩的伊斯兰美学为安达卢斯文学及文化注入新的审美方式。在他之后，又有阿威罗伊等阿拉伯哲学家为中世纪安达卢斯输入了“群灵不朽”之类的观点，认为即个体的灵魂难以不朽，唯有集体的灵魂或普遍的精神才是不朽的。他们有关美的是与不是、在与不在的似是而非、似非而是的玄妙界定[①]多少为后来的新柏拉图主义提供了反击亚里士多德主义的武器，尽管这种反击终究未能改变亚里士多德主义取代柏拉图主义的时代要求。

《训诫之书》——包括其后不久的《卢卡诺尔伯爵》——中的一些经典故事还直接源自《卡里来和笛木乃》。它们用充满哲理和道德说教的方式开场，然后引出作为例证的故事，无论叙事结构，故事内容，均不乏《卡里来和笛木乃》的影响。[②]诸如《卢卡诺尔伯爵》中的《一个名叫堂娜特鲁哈娜女人的故事》(与《卡里来和笛木乃》中因幻想而打翻了蜜罐的修士故事相同)、《乌鸦和雕鸮的故事》(即《卡里来和笛木乃》中《猫头鹰与乌鸦》的缩影)、《狮子与公牛的故事》(亦是《卡里来和笛木乃》中《狮子与黄牛篇》的删节与改编)，如此等等，这在前一章中已有详尽分析。而这两部著作，距《卡里来和笛木乃》古西班牙译本的问世，不过半个多世纪，其影响如新烤面包一般馨香缭绕。[③]在稍后兴起的骑士小说中，这样的叙事形式便逐渐显示出了巨大的影响力，并在《真爱之书》《卢卡尔诺尔伯爵》，乃至塞万提斯的《训诫小说集》等诸多作品中产生了回响。这里首先需要提到的是前面涉及的拉蒙·卢利。他的《骑士团之书》虽算不得真正的骑士小说，却是最早系统描写骑士道精神的一部作品。作品写老骑士暮年的生活：为了保持骑士的尊严，他退避三舍，选择了隐居，在一个类似于我们所谓的“世外桃源”过逍遥生活。他每日来到一棵大树脚下，坐在泉水边、花草中冥思苦想。他要参悟骑士道真谛，同时思索生死问题。一晃几年过去。一天，有个年轻人闯进了他的领地。年轻人一心想做游侠骑士，结果游荡多日无果，这天不小心趴在马背上睡着了，竟鬼使神差地来到林中。于是，老骑士将他收为徒弟，并把自己的心得和秘笈传授给了年轻人，教他如何从普通的长矛手变成真正的骑士，并叮嘱后生将骑士道精神发扬光大。小说凡七部分，第一次明确地将骑士道界定为忠诚和勇敢、正义和高尚，同时就武艺与武器、智谋与功绩等诸多方面进行了规定。[④]塞万提斯的《堂吉诃德》分明有《骑士团之书》的影子，譬如堂吉诃德有关骑士道精神的界定与那个隐居者的心得十分相似。

---

① Menéndez y Pelayo：*Historia de las ideas estéticas en España*，Madrid，CSIC，1974，p.343.

② *Libro de gentil y tres sabio*，Madrid，Biblioteca de Autores Cristianos，2007，pp.277~321.

③ 此处仅指古西班牙语《卡里来和笛木乃》译本。迄今所知，该译本首现于1251年，当为智者阿尔丰索十世组织大规模翻译运动时，自阿拉伯文直接译出。此前，其拉丁文或希腊文译本当已在安达鲁西亚地区广为流传。

④ Llull：*Libro de la orden de caballería*，Madrid：Alianza Editorial，2000，pp.15~47.

公元 14 世纪，方济各教士安塞尔莫·图尔梅达改宗（易名为艾布·穆罕默德·阿卜杜拉·塔拉米曼·马约齐，Abū-Muḥammad ḤAbd-Allāh b. al-Tarjumān al-Mayūrqī），这在西班牙掀起轩然大波。此公一不做二不休，还用这标准的穆斯林姓名和标准的阿拉伯语创作了《古利维之旅》。从此，他全身心地投入伊斯兰神秘主义世界，而骑士小说正是在这个时期逐渐流行起来的。

与此同时，西班牙语第一部骑士小说《西法尔骑士之书》（*El libro del caballero Cifar*）诞生了，作品由《上帝的骑士》和《门顿国王西法尔》两部分组成。[①]《西法尔骑士之书》对西班牙骑士小说贡献巨大。首先，它是用俗语完成的；其次，它奠定了西班牙骑士文学的一个重要规则：如何从普通盾矛手擢升为骑士。作品写到了西法尔历尽艰险、修成“正果”的全过程：从引救妻子、在魔塘历险（让人想起《堂吉诃德》的魔洞），到西法尔之子罗伯安在神秘岛登陆（《堂吉诃德》中公爵的“小岛”）等。当然，较之《堂吉诃德》《西法尔骑士之书》多了些逼真，少了些夸张，尽管很多地点和情境颇似《一千零一夜》中辛巴达航海记。重要的是，神奇与真实的交相辉映恰恰见证了它与阿拉伯传奇的某些微妙的亲缘关系。后者同时奠定了西班牙骑士小说的特殊风格。也许正因为它与阿拉伯骑士传奇剪不断、理还乱的关联，20 世纪 60 年代以前罕有西方文史学家重视《西法尔骑士之书》，及至 1965 年罗杰·沃克（Roger Walker）发表《〈西法尔骑士之书〉的有机构成》（“The Unity of El libro del Cavallero Zifar”）。罗杰·沃克在肯定小说的文学价值时认为，《西法尔骑士之书》的作者不仅开了西班牙骑士小说的先河，而且具有很高的艺术造诣。[②]

众所周知，西班牙骑士小说的繁盛期在公元 15、16 世纪。西班牙人钟情骑士小说达到了痴迷的地步。骑士小说的产量超过其他欧洲国家的总和，累计达百余部。这在当时无疑是个天文数字，足见骑士小说在西班牙的流行程度。考虑到后来宗教裁判所的禁毁，当时的实际产量可能远远超过这个数字。

从历史维度看，骑士小说之所以繁荣，一方面是因为西班牙赢得了“光复战争”的胜利，而骑士阶层作为“光复战争”的主力军立下了汗马功劳。另一方面，“光复战争”的胜利又使骑士阶层实际上完成了历史使命。这个阶层是抗击“摩尔人”统治的中坚力量，在长达近八个世纪的战斗中谱写了无数可歌可泣的篇章，因此直到今天，他们仍是许多西班牙人心目中的民族英雄。骑士小说则是这种心

① 参见西班牙权威文学史家阿尔博格的《西班牙文学史》第 1 卷（*Historia de literatura Española*，I，Madrid：Gredos，1975）及贝利尼的《新西班牙语文学史》（*Nueva historia de la literatura hispanoamericana*，Madrid：Castalia，1997），等等。

② Roger Walker：“The Unity of El libro del Cavallero Zifar”，*BHS*，XLII (1965)，NewYork，pp.149~159；另见《〈西法尔骑士之书〉中的传统与技巧》（*Tradition and technique in El libro del cavallero Zifar*，London：Tamesis Books，1974，XVI，p.252）。

态的反映。同时，火枪的发明终结了冷兵器时代，使战争和军队改变了形式。加之“光复战争”的胜利，大部分骑士都已被封王封侯，远离了铁马金戈，开始养尊处优。于是，过去的骑士生活被逐渐对象化、艺术化，称谓历史的幻影、现实的补充。比如，多数骑士小说的主人公都俊朗勇敢，是一手举剑、一手握笔，智慧、浪漫的冒险家和多情种。为了信仰、荣誉、爱情（或意中人）不惜赴汤蹈火、在所不辞；他们甚至经常孤军奋战、特立独行，因此具有鲜明的个人英雄主义色彩和神秘主义倾向（譬如智慧超群、武艺神授）。

《白骑士蒂朗》（*Tirante el Blanco*，又译《骑士蒂朗》，1490，几乎是对《骑士团之书》的亦步亦趋的推演）；《阿马狄斯》（*Amadis de Gaule*，又译《高卢的阿马狄斯》，1508）；《埃斯普兰迪安的英雄业绩》（*Las hazañas de Esprandian*，1510）；《希腊人堂利苏阿尔特》（*El griego don Lisuarte*，1514）和《帕尔梅林·德·奥利瓦》（*Parmelín de Oliva*，1511）是当时最为流行的骑士小说。它们拥有广泛的读者，后者对其主人公所拥有的崇高理想和精湛武功往往信以为真。同时，它们的主人公为了爱情、信仰和荣誉不惜冒险甚至牺牲生命的精神为人们营造了想象（或谓审美）的空间，填充了他们的某些情感的阙如。至于骑士们惩暴安良、见义勇为，而且总是单枪匹马、战无不胜，则更是为生活在社会底层的人们提供了某种精神慰藉（好比中国的武侠小说，有人甚至称中国文化是释、道、儒、侠四位一体）。然而，在众多西班牙骑士小说中，最著名的要数《阿马狄斯》和《白骑士蒂朗》，尽管近年来《西法尔骑士之书》的影响力在不断攀升。

《阿马狄斯》不仅在西班牙轰动一时，还曾在全欧广为流传，并对之后的骑士小说产生了不小的影响。有关小说作者和小说初版时间却至今众说纷纭，莫衷一是。譬如，有葡萄牙学者称小说的作者可能是儒安·瓦斯科·洛佩拉，但这种观点遭到了西班牙学者否定。盖因儒安是葡萄牙人。又譬如，根据西班牙学者的考证，作品是由巴利亚多利德一位名叫加尔西·罗德里格斯·德尔·蒙塔尔沃的人创作的，全书于1508年定稿，同年在萨拉戈萨出版。但问题在于加尔西·罗德里格斯·德尔·蒙塔尔沃不仅是一名碌碌无为的“地方长官”，而且在其版本的序言中称自己只是作品的“续写者”（亦可理解为修编者），尽管此类假托在当时乃风气使然（塞万提斯就曾模仿骑士小说作者，称自己是《堂吉诃德》的“编译者”）。这也可能与此前阿拉伯安达卢斯文学和某些东方传奇的流行有关，譬如《一千零一夜》就版本众多。而事实恰好证明了这一点，《阿马狄斯》问世后不久即有多种续本追随，其中的一个版本竟从四卷扩展到了十余卷。其次，主人公出生在高卢（故有《高卢的阿马狄斯》之称），又在苏格兰长大成人。具体说来，他是高卢王佩里翁的私生子，出生后被抛入大海，所幸命不该绝，被英王船队救起并带至英国。毋庸讳言，这几乎是对《安塔拉传奇》的模仿。《安塔拉传奇》的成书年代约在公元10世纪，但其主干故事早已在阿拉伯民间和安达卢斯广为流传。作品同样描写了一位部落头领的私生子，不招人待见，却依靠自己的勇敢机智和坚忍不拔，最终立下赫赫战功，既赢得了尊敬，也获得了爱情。这是另一个话题，但重要的是《阿马狄斯》对西班牙后世文学的贡献。除了推动骑士小说的发展并使之在西班牙风靡一时之外，它还间接影响了西班牙文学的发展向度。从某种意义上说，塞万提斯的《堂吉诃德》几乎是对《阿马狄斯》的一种“亦步亦趋”、“不折不扣”的戏仿（用现在的话说几可谓是“恶搞”）。

许多文史学家，尤其是西班牙文史学家认为阿马狄斯是骑士理想的化身，充满传奇色彩。他的身世有点像我国的玄奘，来历不凡，似有天佑。他呱呱坠地后不久就被弃于海上。童年时期便显示出非凡的天资。他能文能武，出类拔萃，弱冠之年擢升为骑士，并进入英国王宫成为宫廷卫士。由于爱上了美丽聪慧的奥里阿娜公主，阿马狄斯开始请缨征战，经历了无数惊心动魄的冒险。奇怪的是他居然参与了伊比利亚基督徒的“光复战争”，而且无意中得知了自己的非凡身世。当他凯旋回国，人们早已将他的英雄事迹口口相传。这时，他也便具备了向公主表白爱意的条件。然而，佞臣阿尔卡劳斯暗中作梗，他挑拨离间，使英王产生误解，认为阿马狄斯桀骜不驯、居心叵测，遂将他逐出宫门。公主对阿马狄斯却一往情深，而且痴情不渝。于是，英王恼羞成怒，将公主遣送罗马交由教廷管教。但是，途中阴差阳错，公主不幸落难。所谓无巧不成书，流亡中的阿马狄斯四海为家，奋不顾身拯救公主。最后，阿马狄斯和公主双双返回英国，一举粉碎了佞臣的篡位阴谋。国王自然对他大为赞赏。他亲自为阿马狄斯和公主主婚。这令人感动，但同时也使人难以置信的是，国王居然主动退位让贤、把王位交给了阿马狄斯（而非公主）。诚然，出于骑士理想，阿马狄斯早已将人生意义定格在精神追求。他要让骑士道得到升华，因而并未满足于完美的爱情、婚姻和权力。精神超越的渴望使他重新投入行侠仗义的冒险。对阿马狄斯而言，重要的是冒险（不断追求精神升华），而非完美的结果。于是，其荣誉感和爱情观与圆桌骑士寻找“圣杯”或德法传奇攻城夺地有了不同的指向。这种以精神追求为目的的骑士冒险，也许只有在《安塔拉传奇》之后的阿拉伯—波斯文学中才能找到相近的源头。至于它如何与西方古老的柏拉图主义殊途同归，则是另一个话题。需要说明的是，在以往的中世纪骑士谣曲（英雄史诗）中，这类爱情和精神描写是完全阙如的。

《白骑士蒂朗》也是塞万提斯在《堂吉诃德》中多次提到的骑士小说。它最初是在西班牙的瓦伦西亚出版的，而且用的是卡塔罗尼亚语（Catalonia，也称加泰罗尼亚语）。作者在献词中戏称小说只是一次类似于骑士冒险的移译，即由英文至葡萄牙文，再由葡萄牙文至加泰罗尼亚文。这种伪托引发了不少争论。迄今为止，有关作者及作品初版时间的争论仍在继续。一如《阿马狄斯》，《白骑士蒂朗》的伪托被塞万提斯所继承，并在《堂吉诃德》中发扬光大，成为地道的“元小说”。

一般认为《白骑士蒂朗》的作者是西班牙人儒亚诺·马托雷尔（Joanot Martorell）和马蒂·儒安·德·加尔巴（Marti Juan de Garba）。小说前半部分模仿了《骑士团之书》，主要内容为瓦洛亚克伯爵受命于英王，参加伊比利亚基督徒的“光复战争”。他足智多谋，英勇善战，轻而易举地击溃了“摩尔人”，然后归隐山林。同时，年轻的加泰罗尼亚骑士蒂朗（因身着白色盔甲而被尊称为白骑士，这自然令人联想到少年常山赵子龙或少年罗成）赴英国参加英王和法国公主的大婚典礼。蒂朗路经一片神秘山林，和卸甲归隐的瓦洛亚克不期相遇。二者相见恨晚，成为忘年交。瓦洛亚克像《骑士团之书》中的老者，使蒂朗得到了有关骑士道的真传。如此这般，蒂朗武艺精进，在后来的一系列骑士比武和行侠冒险中屡战屡胜，终被英王封为“骑士之花”。但他无意清享高官厚禄，毅然决定南下抗击伊斯兰军队，并在罗得岛大获全胜。与他并肩作战的是法国王子菲力普。他们率领麾下骑士不久收复西西里岛，受到了西西里人民的欢迎和爱戴。这时，蒂朗骑士和法国王子双双爱上了西西里公主。为了成人之美，蒂朗主动撮合菲力普王子和西西里公主，随后毅然返回罗得岛，把卷土重来的“摩尔人”驱逐出境。当他再次回到西西里岛时，还大义凛然地为菲力普王子和西西里公主主持了婚礼。后来，蒂朗继续冒险征战，行侠仗义，最后受命于君士坦丁堡皇帝，奋勇抗击土耳其军队，期间爱上了君士坦丁堡储君卡梅西娜公主。最后一部分为苏安所续写，意在描写蒂朗的新的冒险经历。譬如他在非洲海岸不慎遇险，并沦为俘虏。这些经历令人联想塞万提斯，后者也曾奉命在那不勒斯等地抗击土耳其军队，不幸负伤致残后又遭海盗袭击、被虏至非洲沦为奴隶。但骑士小说毕竟是想象的产物，蒂朗不仅没有遭受塞万提斯的屈辱，反而摇身一变、成了突尼斯王国的救星，受到突尼斯国王的赏识。最终，蒂朗骑士载誉与卡梅西娜公主订婚。但作者在此戛然而止：在骑士准备完婚并继承皇位之际，忽染重病，不治而亡。公主卡梅西娜殉情并与骑士葬于一墓。于是，蒂朗的冒险和爱情具备了更多的传奇色彩和诗性元素。为了不至于落入一般市民文学“完美结局”的窠臼，小说作者选择了“灵光一闪的”悲壮。

正因为“出其不意”，这些骑士小说迎合了一般读者的消遣和猎奇心态。虽然它们处理人物（身世）和情节（冒险、爱情）的方式不尽相同，但总体上却是程式化、脸谱化的；主要内容更是完全游离于当时的社会现实，譬如封建时期的阶级矛盾；也难以反映文艺复兴运动时期日益高涨的人文主义精神。由此可见，骑士小说基本上是落后于时代的，几可谓前文艺复兴运动时期的文学遗产，或者文艺复兴运动时期的一个理想主义（唯心主义）的插曲，一定程度上体现了封建时代中小贵族阶层的审美理想。

当然，为了追求可信度，骑士小说也不尽是毫无根据的奇思异想。它们甚至必须在荒诞的情节中格外重视细节逼真，否则就成了纯粹荒诞离奇的妄想。譬如，《阿马狄斯》的作者对其幻想的“真实性”充满自信，并不断为之注入历史细节，其中最浓重的背景是“光复战争”（多数骑士小说亦如此）。具体说来，《阿马狄斯》的开场就比较“写实”，几乎没有奇幻色彩。随着情节的展开，夸张和想象固然逐渐占据了主要地位，但“光复战争”始终如影随形。

同样，《白骑士蒂朗》以“写实”开始，故事似乎比《阿马狄斯》更加真实可信。就像作者在小说序言中所宣称的那样，“经验证明，人们的记性相当薄弱，不仅容易将遥远的过去遗忘，而且眼前的事情也经常难以记住。因此，用文字记叙古来英雄好汉的丰功伟绩是十分必要的……罗马著名演说家塔利奥就是这样说的。”作者于是列数古来英雄好汉，并说白骑士蒂朗是“其中尤为出众，非同一般”的一位。①

由此可见，和其他古典小说一样，逼真也曾是骑士小说追求的一个因素。这通常被学术界认为是亚里士多德主义取代柏拉图主义的结果。但事实恐怕没那么简单。骑士小说中理想主义和奇情异想比比皆是。唯有“反骑士小说”《堂吉诃德》才从一开始就打破逼真性，并自始至终都在“模仿之模仿”和“否定之否定”中徜徉。譬如，塞万提斯对想象或虚构进行了对象化表现，即将骑士小说的奇情异想作为表现对象。他单刀直入，在序言中否定骑士小说的真实性。小说本身更是充满了不确定性。他开篇写道：“不久以前，有位绅士住在拉曼恰的一个村上，村名我不想提了”。人物的真实姓名忽儿吉哈诺，忽儿吉哈达，似是而非，是非而是。他还杜撰或假托了一个“真正的作者”，即所谓的原作者（阿拉伯历史学家或文学家）。这其中充满了“元文学”意味和反逼真戏仿。阿拉伯人对伊比利亚半岛长达八个世纪的统治和同样时间的基督徒“光复战争”，使许多阿拉伯人和有关阿拉伯人的著述在一般西班牙人眼里成了“天方夜谭”的代名词。这一点，西班牙语学者洛佩斯－巴拉尔特亦曾引据前人研究，分析《堂吉诃德》在开篇中借由对杜尔西内娅身份的讽刺，揭露了当时犹太或是摩尔改宗者身份低微，极力掩饰其血统出身的可叹可怜处境，表达了对宗教法庭迫害改宗者的愤慨。②而《堂吉诃德》中的叙述者或我或他，则更是意味深长。其第九章这样写道：“这使我非常沮丧。依我看，这个趣味无穷的故事大部分是散失了。我想到散失的大部分无

①［西班牙］马托雷尔·伊·加尔巴：《骑士蒂朗》，王央乐译，北京：人民文学出版社，1993 年版，第 4 页。

② López-Baralt：*Huellas del Islam en la literature española*，p.37.

从寻觅，才读了那一小段反惹得心痒难搔。那样一位好骑士，却没个博学者负责把他的丰功伟绩记录下来，我认为事情和情理上都说不过去。凡是游侠骑士，所谓漫游冒险的人物，从来少不了有摇笔杆子的为他们写传作记。他们都有一两个好像专为他们用的博学大师，不仅把他们的功业记载下来，就连他们琐碎无聊的心思，不论多么隐秘，都会一一描绘。”①

这时，第三人称叙述者悄然退隐。第一人称“我”粉墨登场。“我”在一个托莱多集市上发现了“阿拉伯历史学家的手稿”，而它正是《堂吉诃德》。试想，一部由阿拉伯人（基督徒贬称其为“摩尔人”）撰写的卡斯蒂利亚骑士小说，且不论其可信度如何，时人所能联想到的恐怕首先是《一千零一夜》《卡里来和笛木乃》之类。

同时，骑士之美，美在骑士精神以及骑士风流倜傥、英武盖世的品格。而堂吉诃德却自始至终都是一个反骑士、反英雄形象。五十多岁的没落乡绅，闲来无事、痴迷于骑士小说，进而想入非非、要去行侠仗义。而事实上他骨瘦如柴的潦倒模样就足以解构故事的真实性了，遑论那些荒诞无稽的“大战风车”“大战羊群”。塞万提斯在序言中说得明白，“这部奇情异想的故事，不用精确的核实，不用天文学的观测，不用几何学的证明，不用修辞学的辩护，也不准备向谁说教，把文学和神学搅合在一起……你只消做到描写的时候模仿真实，模仿得愈亲切，作品就愈好”。② 塞万提斯甚至藉“友人”之口极而言之，谓即使有人“证明你写的是谎话，也不能剁掉你写下这句谎话的手啊”。③ 凡此种种，无疑道出了塞万提斯的虚构观。而这一虚构观也即他的真实观。

二、来自阿拉伯文学的影响

如果说塞万提斯取法的是戏谑，那么《骑士团之书》却是不折不扣地阿拉伯遗产。

蒙田说过：“强劲的想象可以产生事实。”④ 骑士小说恰恰是一种致使“美梦成真”的艺术想象。但究其原因，它一定程度上是对中世纪“真实生活”的否定，就像哥特式小说是对中世纪神学（修道院生活）的否定。而塞万提斯则取法否定之否定，并“以子之矛，攻子之盾”，拿骑士小说以否定骑士小说。其中的想象或幻想完全基于骑士小说，但又分明超乎骑士小说。这多少借用了阿拉伯传奇和安达卢斯寓言的某些元素。

---

①《堂吉诃德》，第 52 页。
② 同上，第 8 页。
③ 同上，第 6 页。
④《蒙田随笔》，梁宗岱等译，北京：人民文学出版社，2005 年版，第 69 页。

阿拉伯文学对于骑士道的奇思妙想深刻影响了西班牙文学。有关骑士道思想首先在《安塔拉传奇》中得到集中的体现。《安塔拉传奇》（以下简称《传奇》）是一部经过长期流传、整理而成的民间文学作品，其故事原型最早在阿拉伯贾希利叶时期就开始流传。安塔拉取名自贾希利叶时期一位悬诗诗人，他本人能诗能战，文武双全，并深爱自己的堂妹阿卜莱。这些在《传奇》中都被经过渲染，生动地再现。少年时代的他，虽还是奴隶的身份，便已勇武有谋，爱抑强扶弱，对部落忠心耿耿，为其南征北战。在征战过程中，他要面对部族奸佞的嫉恨与陷害，还要面对敌人的凶残和杀戮。但这些，最终都被他以智谋和勇敢而化险为夷，并以自己的骁勇善战为自己赢得自由之身，不再为奴。为了赢得堂妹阿卜莱的爱，他面对叔父的刁难，再次出征希拉和加萨尼王国，并屡建奇功，终于抱得美人归，与阿卜莱喜结良缘。后来，在一次征战途中，他不慎遭人暗算，在临死前仍然坚持护送所爱之人返乡。在他死后，其后人秉承了他的事业，并最终为他报仇。

《传奇》类似于我国的《三国演义》《西游记》《封神榜》[①]，并非神幻志怪小说类彻头彻尾的虚构和想象，它的基石终究还是社会现实。因而，在对于自然场景、社会情态和战争场景的描述上，它都在某种程度上反映出贾希利叶时期的阿拉伯部落与毗邻国家的现实，并传达了阿拉伯人强烈的民族感情。但《传奇》中的情节主要借助于虚构和想象，其夸张的人物描写、诡奇的情节与现实相去甚远，不过却每每令人拍案惊奇。例如，描写还在襁褓之中的安塔拉时，作者如是写道：

> 每当泽比白（安塔拉的祖母）不让儿子吃奶时，儿子便哼哼唧唧、高声怒喊，愁容满面，甚至像雄狮一样吼叫，两只眼睛变得像火炭那样红。[②]

而两岁多的安塔拉已经可以：

> 在帐篷之间玩耍，每每抓住帐篷桩，便能将之拔起。他常与狗逗着玩，抓住狗的尾巴，能把小狗掐死。……[③]

成年之后，安塔拉的勇武更是无人可敌，作者甚至几乎将其塑造为超人，千军万马之中如入无人之境，百万军中取上将首级如同探囊取物。他就是一头身穿

① 参见仲跻昆：《阿拉伯文学通史》上卷，第540页。
② 艾绥迈伊：《安塔拉传奇》第一册，李唯中译，湖南文艺出版社，2009年版，第8页。
③ 同上，第9页。

甲胄的雄狮。

这样的英雄描写显然影响了西班牙骑士小说的发展走向，并最终使之成为骑士小说的定式。由《传奇》的故事脉络和描写手法来看，它已经具备了后来西班牙骑士小说最重要的几个要素：勇猛的骑士征战四方——为所爱之人视死如归——尊严高于生命——血债血偿，坚持复仇。

这些都被西班牙骑士小说很好的继承并加以发展。例如，《骑士团之书》中的许多情景就与《安塔拉传奇》中的描写相仿。比如它关于骑士必须经过坚苦卓绝、千锤百炼、百折不挠的努力才能完成伟业，成为真正的骑士。这些怀想显然具有安塔拉的影子。再说无论是《骑士团之书》中的无名氏老者，还是《阿马狄斯》中的高卢人，均是西班牙骑士文学从"理论"到"实践"的过程和升华。它们不仅成就了西班牙骑士小说，而且催生了《堂吉诃德》，并一定程度上通过后者使自己获得了再生。在这些西班牙小说中，骑士的"现实目的"（譬如爱情，甚至王位）明显让位于精神追求。因此，欧洲其他骑士小说中光复领土、寻找圣杯等"实际"行为被西班牙骑士小说的那些相对空灵的精神目标所取代。爱情和冒险则扮演了重要介质。

诚然，如前所述，西班牙骑士小说大都以"光复战争"作为大背景。因此，抗击"摩尔人"或保卫基督教神圣教义为宗旨是西班牙骑士小说的重要内容，但阿拉伯"异教"文化（尤其是阿拉伯传奇）却润物无声地浸入了它们的字里行间和艺术想象。这就又在无意识中构成了对"真实性"的无情颠覆。骑士文学作者挖空心思营造的逼真情景写被各种非基督教神秘意境所笼罩，从而为西班牙骑士小说的"异想天开"或"天真烂漫"平添了多元性或多义性。

首先，阿拉伯语的"futuwwat"（فتوّة，意为青年）被西方史学家直接翻译成"骑士"或"精神骑士"。[①] 但是，在阿拉伯语中，这个词汇具有鲜明伊斯兰神秘色彩。具体说来，伊斯兰文化并不赋予"骑士"以超越本分的任何社会性，遑论现实色彩与工具理性。从某种意义上说，它是一种类似于阿威罗伊所谓的"纯粹形而上学"的精神之道，有时是"不可道之道"。法国伊斯兰文化学者亨利·科宾（Henry Corbin，1903~1978）在《人与天使：骑士道的开端》（*El hombre y su ángel: iniciación de la caballería espitritual*）一书中指出：在伊斯兰文化中，骑士这个词意味着一种生存方式[②]。"它和波斯语中'yavani'（意为青春）的涵义相近，一方面等同于拉丁语系的'青年'，指纯粹的生理年龄；另一方面，它又明显具有精神内涵，指涉无关乎生理年轮的心灵状态。而这种状态可以战胜生理局限。因此，

① Al-Sulami：*Futuwah. Tratado de caballerÌa sufi*，Barcelona：Paidós Orientalia，1991.

② Corbin，Henry：*El hombre y su ángel: iniciación de la caballería espitritual*，trad. María Tabuyo y Agustín López，Barcelosna：Destino，1995，p.37.

‘futuwwat’指涉特殊而年轻的精神状态。它常见于从普通青年‘sâlik’（سالك意为行动者）到骑士的升华阶段。”[①] 而“sâlik”这个词几可完全等同于拉丁语系的“朝圣者”或汉语中的“行者”。他在完成了一系列考验之后，逐渐从外部转向内心，从而达到升华：成为精神的人、真正的人“fatâ”（فتي 青年）。这个时候，虽然人在生理上已不再年轻，但留下了心理的、精神的永恒青春。然而，在此之前，无论是出于本能还世俗目的，这个年轻人只知道桀骜不驯地横冲直撞，甚至出言不逊、成为“亚伯拉罕”。而真正的“骑士”意味着心灵的无上崇高和精神的无比纯粹。他必须追求无尚的荣光，成为“sâlik”和“fatâ”之和。他需要勇敢、忠诚，坚毅和虔心地向着真主、为伊斯兰教义和理想而战。这其中自然既包括行侠仗义、锄强扶弱，也包括诵经祷告、潜心修炼。这在卢利的《骑士团之书》及后来的诸多西班牙骑士中表现出来，有时甚至非常明显。同时，这些精神一定程度上通过苏非思想在伊朗、叙利亚等穆斯林国家传承下来：譬如至今活跃于伊朗的青年运动社团（力量之家“zorjaneh”）便是这一传统的延续或变体。

其次，西班牙—阿拉伯文学研究家洛佩斯–巴拉尔特断言，西班牙的卡拉特拉瓦、圣地亚哥、阿尔康塔拉等骑士团，便是伊斯兰骑士思想与西方骑士精神的完美融合。[②] 法国的东方学者古斯塔夫·勒邦（Gustave Le Bon，1841~1931）也曾说：“是阿拉伯人首创了骑士小说。”[③] 从这个意义上说，也许同时代的萨拉丁传说较之《安塔拉传奇》更具影响力。他英勇抗击十字军的事迹，经由阿拉伯人和十字军传至西方，在西方国家，尤其是在阿拉伯统治地区引起巨大轰动，[④] 以至于到了 19 世纪仍有西方作家对之念念不忘。[⑤]

此外，玛利亚·维盖拉·莫林斯（María Viguela Morins）在其《阿拉伯安达卢斯与马》（*Arabe-Andalus y el caballo*）中诠释了骑士与马的关系。这一点连同伊斯兰意义上的骑士道，在《阿马狄斯》中得到了明确体现。[⑥] 其第一个层面前面已经提到，那便是所谓的逼真。这个层面是所有充满玄想的西班牙骑士小说必须有所关注的。但第二个层面就未必是西班牙骑士小说的共性了，唯在《阿马狄斯》和《白骑士蒂朗》等极少数作品中有所呈现。尤其是在《阿马狄斯》中，我们可以清楚地窥见骑士道的精神层面。与《白骑士蒂朗》相比，《阿马狄斯》的精神升华更

---

① Corbin，Henry：*El hombre y su ángel: iniciación de la caballería espitritual*，trad. María Tabuyo y Agustín López，Barcelosna：Destino，1995，p.37.

② López–Baralt：*Huellas del Islam en la literatura española*，p.30.

③ 转引自 http://forum.islamstory.com/41554–gustave–le–bon.html。

④ Maalouf：*Las cruzadas vistas por los árabes*，Madrid：Alianza Editorial，1989，pp.233~234；Sinclair：*Jerusalen: la lucha religiosa por la Ciudad Sagrada*，Madrid：Edaf，1997，pp.113~120.

⑤ 参见英国作家司各特的《艾凡赫》，又称《狮心王查理》（*Richard: The Lionheart*）。

⑥ 和《骑士蒂朗》等诸多骑士一样，阿马狄斯对君士坦丁堡及耶路撒冷耿耿于怀。只不过骑士蒂朗“实际”参与了东征，并立下了赫赫战功，而阿马狄斯却在东征途中陷入了一系列类似尤利西斯或辛巴达的险境。

符合逻辑，盖因与生俱来的不幸身世和坚忍不拔的英雄本质使人物成为真正的骑士（用我们古人的话说是“艰难困苦，玉汝于成”）。于是，和萨拉丁一样，阿马狄斯在艰难困苦中逐渐找到了自我，然后再因为信仰的力量逐渐赢得了尊严。这里隐约出现了一个类似于“图兰朵”或阿拉伯—波斯“圆形建筑”的多重门迷宫。作品借助于情节使骑士道与精神、骑士道与爱情等一系列“心灵的罗盘”快速运转。这个过程也是灵战胜肉、真爱战胜俗爱的过程。之后才是骑士成为真正的骑士，即在不畏艰险、屡建奇功的同时逐渐摒弃现实诉求。这样一来，他的战斗便不再是为了掠城夺地；其爱情也不是为了嫁娶和拥有。这样一来，他也便摆脱了世俗的羁绊，使身心擢升到理想的境界。与此同时，小说中出现了大量动物。这又会使人联想到安达卢斯寓言（当然还有《伊索寓言》）。它们为小说奠定了寓言基础。由于狼、蛇、鹿、牛、狮子等诸多动物的现身，小说拥有了寓言的功能，从而一定意义上丰富了西班牙骑士小说，甚至一定程度上改变了西班牙骑士小说的发展方向。众所周知，在大多数骑士小说中，格斗、阴谋、冒险、建功立业和世俗爱情是主要内容。而《阿马狄斯》却时不时回到寓言的传统。从某种意义上说，它的精神至上倾向是向着传统（包括伊斯兰文化传统）的一次回归，并借以反抗文艺复兴运动时期以轻喜剧为主要表现方式的市民文化。而这种“反动”被塞万提斯有意无意地继承并升华、放大。

洛佩斯－巴拉尔特在《西班牙文学中的伊斯兰元素》中明确指出，塞万提斯具有伊斯兰倾向。如此观点是否正确姑且不论，但《堂吉诃德》确实亦步亦趋地模仿（并借此反讽）了《阿马狄斯》，从而将骑士的精神之爱擢升到了空前的高度。盖因西班牙文学，尤其是骑士文学受阿拉伯影响实在太多，许多细节有待深入研究。

第六章 《一千零一夜》与西班牙古典文学

《一千零一夜》作为阿拉伯文学的瑰宝和最耀眼的明珠，可谓家喻户晓；其对世界文学的巨大影响也早已世所公认。但是，在西班牙，这个事实却一直被忽略，以至于20世纪以前鲜有学者提及这部作品，罔论它与有关作家作品的关联与瓜葛。20世纪20年代以降，情况发生了变化，尤其是20世纪50年代以后，西班牙学者对《一千零一夜》的关注与时俱增，后者与西班牙古典文学的渊源之谭也逐渐夺人眼球。如今，《一千零一夜》几成世界显学。而本章采取较为古板的平行比较方法，所要展示的也只不过是这部阿拉伯文学名著与西班牙古典文学渊源关系的冰山一角。

第一节 《一千零一夜》的由来和传播

《一千零一夜》的一些故事发轫于印度和波斯，公元8世纪后逐渐汇入阿拉伯传说，尤其是以巴格达为中心的阿拔斯王朝的民间故事。嗣后，《一千零一夜》再经与源自埃及麦马立克王朝的故事交融化合，形成了目前的规模。我国也曾将其译作《天方夜谭》。而这个“天方”正是我们古人心目中的阿拉伯世界。下面我们以两个表格来大致看看它的成书与翻译过程。

一、公元18至19世纪初《一千零一夜》印刷本及主要西方语种译本一览表

表4 公元18至19世纪初《一千零一夜》印刷本及主要西方语种译本一览表

序号	年代	语种	刊印地	特点
1	1704~1717	法语	法国	该版本为《一千零一夜》第一个印刷本，为法国的东方学者安托尼·加朗所译。版本主要依从叙利亚手稿。译文风格大胆灵活，对原文多有改动。其中《阿拉丁与神灯》和《阿里巴巴与四十大盗》并未存在于叙利亚本的手稿中。
2	1814~1818	阿拉伯语	印度加尔各答	主要由威廉堡学院（Fort William College）出版。亦称“加尔各答伯本”，其编者是该学院的一名阿拉伯文教授。该译本同样以叙利亚手稿为底本，并添加了不少“新故事”、“新传说”。
3	1823	德语	德国	脱胎于加朗版，由冯·汉莫–波格斯托（Von Hammer–Purgstall）翻译。
4	1824~1843	阿拉伯语	波兰布雷斯劳	该版本凡12册，主要依从叙利亚手稿和包含了大量近代叙事故事的埃及手稿。基本凑足了“一千零一夜”，但因版本来自两个不同手稿，风格参差不齐，传奇色彩也有所降低。
5	1835	阿拉伯语	埃及布拉克	此为第三个“足本”或曰“善本”。
6	1839~1842	阿拉伯语	加尔各答	主要依据埃及手稿，并参照之前的加尔各答本和布雷斯劳本，出版了第四版《一千零一夜》，也即通常所谓的“加尔各答仲本”。
7	1839~1841	英语	英国	爱德华·威廉·莱恩（Lane）于1840年根据“加尔各答仲本”从阿拉伯文原文直接翻译。
8	1888	德语	德国	此为费迪南德·凯勒（Keller）的插画本，文字内容于1823年的德语译本相差不大，但因插图和装帧赢得了好评。
9	1888~1890	阿拉伯语	黎巴嫩贝鲁特	是位天主教神父根据“布拉克再版本”行印了一个“洁本”。它剔除了色情故事和“不雅描写”，因而内容并不十分完整。
10	1884（翻译）	英语	英国	由英国著名东方学者伯顿爵士（Sir Burton,1821–1890）翻译，号称是全16册的“全译本”，主要参照“布拉克本”和“加尔各答仲本”，特点是突出了较为露骨的情色故事和冒险传奇，与当时英国的保守状况形成了强烈的反差。
11	1898~1904	法语	法国	由法国学者马尔迪鲁斯（Mardrus）翻译，共精装四册，并配有插图。该版本大大扩充了《一千零一夜》的内容，不仅所收故事数量远远超过加朗本，而且保留了所有情色故事，故也以“足译本”自诩。

二、我国《一千零一夜》主要翻译一览表

表 5　我国《一千零一夜》主要翻译一览表

<table>
<tr><th>序号</th><th>年代</th><th>译者</th><th>译作名称</th><th>出版社</th><th></th></tr>
<tr><td>1</td><td>1903</td><td>钱楷</td><td>《海上述奇》（据辛巴德航海故事而译）</td><td>文明书局出版</td><td rowspan="7">均为据英译本转译</td></tr>
<tr><td>2</td><td>1905</td><td>周作人</td><td>《侠女奴》（即《阿里巴巴与四十大盗》）</td><td>《女子世界》连载</td></tr>
<tr><td>3</td><td>1906</td><td>奚若</td><td>《天方夜谭》（4 册）</td><td>商务出版社，后于 1924/1930 年等多次再版</td></tr>
<tr><td>4</td><td>1917</td><td>严桢</td><td>《海客谈瀛录》（即《水手的巴德的故事》）</td><td>中华书局</td></tr>
<tr><td>5</td><td>1917</td><td>周越然</td><td>《天方夜谭》（英语本，附有汉语译文）</td><td>商务印书馆</td></tr>
<tr><td>6</td><td>1930</td><td>汪原放</td><td>《一千零一夜》</td><td>亚东图书馆出版</td></tr>
<tr><td>7</td><td>1948</td><td>季诺</td><td>《脚夫艳行记》和《神灯》</td><td>新潮出版社出版</td></tr>
<tr><td>8</td><td>1958</td><td>纳训</td><td>《一千零一夜》（5 册）</td><td>人民文学出版社，1994 年出单册本</td><td rowspan="6">阿拉伯文直译本</td></tr>
<tr><td>9</td><td>1997</td><td>葛铁英</td><td>《一千零一夜》（8 册）</td><td>河北少年儿童出版社</td></tr>
<tr><td>10</td><td>1998</td><td>李唯中</td><td>《一千零一夜》（8 册）</td><td>花山文艺出版社</td></tr>
<tr><td>11</td><td>2000</td><td>郅溥浩</td><td>《一千零一夜》</td><td>社会科学文献出版社</td></tr>
<tr><td>12</td><td>2002</td><td>朱凯</td><td>《一千零一夜》（6 册）①</td><td>《世界知识》出版社</td></tr>
<tr><td>13</td><td>2005</td><td>仲跻昆
刘光敏</td><td>《一千零一夜》</td><td>长江文艺出版社</td></tr>
<tr><td>14</td><td>1981</td><td>肖波伦</td><td>《天方夜谭》</td><td>河南人民出版社</td><td>英语</td></tr>
<tr><td>15</td><td>1982</td><td>丁岐江</td><td>《天方夜谭续编》</td><td>云南人民出版社</td><td>俄语</td></tr>
</table>

三、《一千零一夜》西传

迄今为止，西方学界一般认为《一千零一夜》的西传时间在公元 15 世纪末、16 世纪初，也即这部名著完全定型之际。这是因为他们有意无意地忽略了西班牙和意大利这两个特殊的存在。早在《一千零一夜》定型之前，它的一些故事便以不同形式率先进入了地中海西岸，并对西班牙和意大利早期叙事文学产生了影响。然而，从学术史的角度看，西班牙人和意大利人对《一千零一夜》的翻译和

① 据 1956~1957 年黎巴嫩贝鲁特天主教出版社的阿拉伯语版本，并参考 1958 年埃及新月出版社版本。

研究却是相当的滞后。受时间和语言等主客观因素所限，本节无法，也无意面面俱到。

目前流行的观点是：第一个印刷本《一千零一夜》是法文，而非阿拉伯原文。该版本是法国东方学家安托尼·加朗（Antoine Galland）于1704至1717年间陆续翻译出版的。加朗版主要依从叙利亚手稿，但他用林纾似的自由删改原文，以符合法国读者的文学口味与道德标准。加朗版甫一问世，便在欧洲引发了传播和翻译浪潮，各种转译和改写纷纷出台。由于加朗版较为完整地保留了《阿拉丁与神灯》和《阿里巴巴与四十大盗》这两个有名的故事，而它们在他所从出的叙利亚版本中却是阙如的，这就引起了一些学者的疑惑。后人根据加朗的说法，认定他是经由阿拉伯改宗者的口授才得以翻译整理的。加朗版问世后，有人声称发现了《阿拉丁与神灯》的原文手稿，但经后世专家检验，人们证实那是从加朗的法文“反译”至阿拉伯文的赝品。

在阿拉伯世界，《一千零一夜》一直口口相传。即令有不少手抄本产生，那也是各取所需、不尽相同。首个行印的阿拉伯文版《一千零一夜》（*Alf Layla wa Layla*）一直要到1814~1818年方才面世。它凡两册，由加尔各答的威廉堡学院（Fort William College）出版发行，故素有“加尔各答伯本”之称，其编者是该学院的一名阿拉伯文教授。后者以叙利亚手稿为底本，并添加了不少“新故事”、“新传说”。

1824年起，第二个版本在布雷斯劳，即今波兰弗罗茨瓦夫经年出版，凡12册。该版本一直到1843年才完全出齐。它不仅基于叙利亚手稿，而且将埃及手稿也吸纳其中。而埃及手稿包含了大量近代叙事。布雷斯劳本虽然凑足了“一千零一夜”，但因版本来自两个不同手稿，风格参差不齐自不待言，传奇色彩也有所降低。

在此基础上，1835年由埃及布拉克的一家出版社推出了第三个“足本”或“善本”。1839至1842年，又有人根据埃及手稿的一个抄本，并参照之前的加尔各答本和布雷斯劳本，在加尔各答出版了第四版《一千零一夜》，也即通常所谓的“加尔各答仲本”。

1888年至1890年，有位天主教神父在贝鲁特根据“布拉克再版本”行印了一个“洁本”。它剔除了色情故事和“不雅描写”。这个版本虽凑齐了一千零一夜，然内容并不完整，因为法国东方学者左登堡（Hermann Zotenberg）由巴格达的一个手抄本于1888年在巴黎发表的《阿拉丁与神灯》的故事和另一位东方学者麦克唐纳（D. B. Macdonald）据另一手抄本于1910年发表的《阿里巴巴与四十大盗》的故事均未包含在内。

由于“布拉克本”和“加尔各答仲本”所收的故事最多，百余年来世界各地的译家大都依从这两个版本。19 世纪较为著名的西方译本，如英国翻译家伯顿爵士（Sir Richard Francis Burton,1821~1890）的 16 册“全译本”（*The Arabian Nights*）便是依据上述两个版本移译的，尽管他所取法的大抵是夺人眼球，譬如突出了较为露骨的情色故事和冒险传奇，从而与当时英国的保守状况形成了强烈的反差（此人在印度生活过很长一段时间，并且多次去麦加旅游）。此外，爱德华·威廉·莱恩（Edward William Lane）于 1840 年秘密出版过一个简本，约翰·佩恩（John Payne）也于 1881 年出版过一个译本，但二者影响不大；就学术价值而论，则更与伯顿版相去甚远。此外，最早的英文版本可以追溯到 1706 年，是为《阿拉伯夜谭》（*The Arabian Nights' Entertainment*）。当然这只是个改写本。

19 世纪末、20 世纪初，在法国象征派诗人马拉美（Stéphane Mallarmé）的鼓励下，法国学者马尔迪鲁斯（Joseph Charles Mardrus）重新翻译《一千零一夜》，并于 1898 推出第一册、1904 年出齐，共精装四册，并配有插图。该版本大大扩充了《一千零一夜》的内容，不仅所收故事数量远远超过加朗本，而且保留了所有情色故事，故素以“足译本”自诩。

最早的德语版本脱胎于加朗版，由冯·汉莫－波格斯托（Von Hammer-Purgstall）于 1823 年出版。半个世纪之后又有费迪南德·凯勒（Ferdinand Keller）的插画本（1888）面世。后者虽然没有增加多少文字内容，但因插图和装帧赢得了好评。

西班牙和意大利在《一千零一夜》的翻译史上固然落后于英、法、德等国，但是凭借它们与阿拉伯世界的联系，早已近水楼台先得月。前者被阿拉伯人统治达近八个世纪之久，而后者的西西里岛也曾被阿拉伯人占领。有关学者已就薄伽丘（Giovani Boccaccio）的《十日谈》与《一千零一夜》的关系有过不少论述，大抵认为前者模仿了后者，描写 1348 年意大利的佛罗伦斯流传瘟疫病时 10 个青年男女逃至郊外躲避，他们除了唱歌跳舞之外，每人每天还要讲一个故事，而 10 天下来，他们一共讲了 100 个故事，故名《十日谈》。薄伽丘把这 100 个故事镶嵌在一起，使其既各自独立成篇，又互相连贯，无论内容还是形式似乎皆受惠于《一千零一夜》。[①] 这些故事以不同形式传入欧洲，其最早表现为公元 12 世纪左右始现于西班牙的《辛德巴》（原手稿为拉丁语。又名《骗术书》），故事取材于《一千零一夜》中的《国王、太子与妃子》，讲述的是国王手下有位哲学家，名为辛迪巴德，负责教导太子。而国王的一位妃子因爱慕太子不得，心生怨恨，恶人先告状陷害太子，国王不明就里，决定处死太子。为了劝国王取消命令，大臣们纷纷进谏，讲述各种不同故事。卡斯蒂利亚语的《辛德巴》，故事梗概与此基本相同，

① Irwin, Rober:*The Arabian Nights: A Companion*, New York: Tauris Parke Paperbacks,2003,pp.96~99.

书中穿插的种种骗术也与《一千零一夜》相仿，这充分说明，早在12世纪，一千零一夜的故事就已经在西班牙流传了。）等寓言、传奇和玛卡梅体小说。这样的比较同样见诸于阿辛·帕拉西奥斯的《但丁与伊斯兰》。至于西班牙，固然与阿拉伯世界有过剪不断理还乱的“亲缘”关系，却始终不能正视阿拉伯文学的影响，其对《一千零一夜》的翻译和研究自然也是姗姗来迟。

第二节 《一千零一夜》与西班牙古典文学

迄今为止，有关资料所能验证的最早西班牙语版本（这里指的是印刷本：*Las mil y una noches*）一直要到20世纪初（具体说来是1916年）方始出现，而且还是从马尔迪鲁斯版法译本（1898~1904）转译的，译者是著名作家布拉斯科·伊巴涅斯（Vicente Blasco Ibañez），正可谓千呼万唤始出来！所谓千呼万唤，首先在于此前已有不少学者提到这部文学名著；其次是指西班牙文学古来受惠于这部名著，而且可谓获益匪浅。后一点正是本节的重点所在。当然，囿于历史语境和资料所限，本节只能采取平行比较方法，难有西班牙作家“夫子自道”的所谓“真凭实据”。

一、翻译与评骘

先说早在1848年，西班牙学者帕斯瓜尔·德·加央戈斯就曾明确无误地提到了《一千零一夜》。他说：“迄今为止，在欧洲有关公共图书馆所见到的四个西班牙语版本[①]中，无论是印刷品还是手稿，没有两种是完全相同的。奇怪的是，即或阿拉伯手稿之间也相差甚远，风格不同，故事数量和结构方式也大相径庭。其原因是显而易见的:《一千零一夜》的形成方式非常复杂。它属于某个庞大的群体，来自大马士革和开罗、亚历山大和巴格达。那里人口众多，文化丰饶。而作品中的故事乃口口相传的产物，人们在街道、桌旁、广场和其他公共场所传讲故事。这样就难免催生各种各样的变体……”[②]

稍后，吉列尔莫·德·斯莱格（Augusto Guillermo Schlegel）也曾撰文评骘《一千零一夜》，认为它资源庞杂、内容丰富，既有古印度和古波斯之源，又有阿拉伯之流，实在是气象万千、包罗万象。[③]

---

① 然而，迄今为止笔者只查到了两个手抄本，其中一个在科尔多瓦哈里发图书馆，另一个在马德里国家图书馆（与法国国家图书馆抄本基本相同）。

② 转引自《梅嫩德斯·伊·佩拉约全集》第1卷（Menéndez y Pelayo: *Obras completas*, Vol.I, Santander: CSIC., 1940），第221页。据梅嫩德斯·伊·佩拉约称，当时加央戈斯正着手翻译《一千零一夜》，但终究未及完成，留下了无尽的遗憾。

③ 同上，第224~225页。

这其中自然少不了梅嫩德斯·伊·佩拉约、梅嫩德斯·佩拉埃斯（Jesús Menéndez Peláez）等文史学家的究诘，直到1916年布拉斯科·伊巴涅斯的译本面世。

1916年，西语版《一千零一夜》甫一面世，就引起了巨大轰动，那些既熟悉又陌生的故事令无数读者爱不释手。但此时学术界尚未注意到《一千零一夜》与西班牙文学的关联。即使到了1928年，西班牙学者安东尼奥·贡萨莱斯·帕伦西亚仍不无偏见地妄言："这些来自印度、波斯和希腊的故事……即所谓的《一千零一夜》太不可信。"[①] 他让人不由得想起中世纪末期宗教僧侣的有关酷评，譬如圣彼得·帕斯瓜尔（Saint Peter Pascual）大主教曾公开提醒基督徒对风靡一时的阿拉伯寓言和诸如此类的传说保持警惕："朋友们，别再把宝贵的时间浪费在这些劳什子上。难道你们真的相信这些胡说八道吗？什么女人有害啦，小鸟说话啦……小鸟现在不会说话，过去也从来不曾说过话……这些谎言有害身心啊！"[②]

于是，《一千零一夜》被当作"天方夜谭"般消遣读物在西班牙和西班牙语国家流传，直至西班牙内战前夕，随着一大批左翼作家登上历史舞台，阿拉伯文化开始得到正视。前面提到的梅嫩德斯·伊·佩拉约便是其中较为温和，却又相当睿智的一位。他一度计划遵循阿辛·帕拉西奥斯的衣钵，对《一千零一夜》与《堂吉诃德》展开一番研究，只可惜时不假年：西班牙内战惊醒了无数西班牙人的美梦。由于众所周知的原因，西班牙共和国面对德意法西斯军队和佛朗哥长枪党人几乎毫无还手之力，就连不惜慷慨赴死、誓与西班牙共和国共存亡的国际纵队也无济于事。

一晃几十年过去，当人们回首以往，《一千零一夜》依然受到读者欢迎，明证之一是仅西班牙就在2005至2008年先后推出了三个全译本，尽管它们都是从英语和法语本转译的；不同的是学术界的态度。近一个时期以来，有关《一千零一夜》与《辛德巴》等安达卢斯文学的关系研究被提上了议事日程。而本节所要展示的，只是《一千零一夜》与西班牙早期叙事文学关系的冰山一角。

二、影响和借鉴

在被称之为"黄金世纪"文学的公元15至17世纪西班牙文学当中，最重要的作品无疑是《塞莱斯蒂娜》（*La Celestina*）、《小癞子》（*Lazarillo de Tormes*）与《堂吉诃德》（*Don Quijote*）；而最重要的作家，则当非洛佩·德·维加和卡尔德

---

① Estepa Pinilla, Luis: "Sobre recientes publicaciones de *Las mil y una noches*", *Culturas Populares*, Revista Electrónica 7 (julio–diciembre 2008), p.5.

② 转引自西班牙学者何塞·阿莱马尼（Alemani, José）编译的《五卷书故事集：寓教于乐·序》（"Prólogo a *Hitopadesa o provechosa enseñanza: colección de fábulas, cuentos y apólogos*", traducida del sánscrito por José Alemany y Bolufer，Granada：Vda. Sabatel，1895），第4页。

隆·德·拉·巴尔卡（Calderón de la Barca）莫属。这是因为，19世纪以前，塞万提斯并未跻身于大作家的行列，而《堂吉诃德》竟只是一部“逗笑”之作。[①]同样，《塞莱斯蒂娜》和《小癞子》也是在后世被逐渐重视并花香墙外、率先在国外（尤其是德国）走红的。洛佩和卡尔德隆则不同，他们在有生之年就被戴满了光环。因此，他们的创作取向更能说明《一千零一夜》的影响与重要。

（一）《少女特奥多尔》与《一千零一夜》

《少女特奥多尔》（*La doncella Teodor*）是洛佩的一部重要作品。费利克斯·洛佩·德·维加·伊·卡尔皮奥于1562年11月25日生于马德里，是文艺复兴时期西班牙黄金世纪最重要的诗人和剧作家。有“西班牙民族戏剧之父”“天才中的凤凰”以及“大自然中的精灵”（出自塞万提斯）之称，他革新了西班牙戏剧的模式，在那一时期戏剧开始成为一种大众化的文化现象。直到今天，他的作品也一直在被搬上舞台，这些作品代表了西班牙文学和艺术的最高峰之一。就连塞万提斯也对其才华和成就表示羡慕，毕竟塞万提斯有生之年是穷困落魄的，而洛佩却在那时风头正盛，享誉文坛，不由得不让塞万提斯羡慕嫉妒恨啊。《少女特奥多尔》固然是一部剧作，但基础却是公元15世纪流传于西班牙的一个故事。故事来自《一千零一夜》第436至439夜，说的是有个名叫哈桑的老人晚来得子，去世后儿子小哈桑大尽孝道，但日子一久，终不免受人蛊惑，开始花天酒地、挥金如土。很快，父亲留给他的万贯家产被挥霍一空，唯有一名年轻女奴忠心耿耿地陪伴着她。那女奴窈窕美丽、聪颖过人。见少爷穷困潦倒、闷闷不乐，女奴遂建议道：“少爷，您何不将我卖给哈里发呢？您跟他要一万金。他若嫌贵，您就对他说：‘我这个婢女才貌双全，无人可及。她是最适合侍奉陛下的，陛下如若不信，可以请饱学之士当面验证。’”小哈桑于是依计行事。哈里发见女奴举止不凡、仪态大方，果真请来了宫中的饱学之士与她切磋学问，殊不知那女奴上知天文，下识地理，面对众学士的提问，竟应答如流。哈里发见小哈桑所言不虚，不仅重重地赏赐了他，而且答应了女奴随原主人小哈桑一同回家的请求。从此，哈桑和女奴结为夫妻，恩爱度日。这个故事在纳训译本中唤作《陶望督督和学者答辩的故事》（在李维中译本中名为《婢女泰沃杜德答学者问》，该故事洋洋洒洒有6万余字，主要借聪慧的婢女之口讲述了宗教礼仪的细节、正道信仰的方式以及有关医学、天文学、哲学、文学等方方面面的知识）。

虽然这个故事以不同的抄本（迄今为止至少发现了四个15世纪的抄本[②]）流传于西班牙，但大作家洛佩却并未完全照搬。在他的《少女特奥多尔》（1610~

---

① 参见陈众议：《塞万提斯学术史研究》，北京：译林出版社，2011年版，第3~41页。

② Ginés,Juan Vicente: *Las mil y una noches y su influenxia en la novelística medieval*, Barcelona: Real Academia de Buenas Letras, 1959, pp.5~29.

1612）中，他只是取了该故事的梗概，“女奴的故事”只占了三分之一左右的篇幅，并且女奴也不再是女奴，而是卡斯蒂利亚首都托莱多的一位美丽少女。这位少女颠沛流离，先到意大利，再到君士坦丁堡，可谓历尽艰险，最终因在波斯宫廷中舌战众学士并大获全胜而得到苏丹的犒赏和赐婚（与《夜》中的结局相同）。这样，她终于嫁给了一直帮助她、爱慕她的意中人，幸福地回到了托莱多。

洛佩笔下的美少女舌战“群儒”固然不像陶望督督那么精彩纷呈，但其中机巧如出一辙。即令洛佩没有照单全收，但《一千零一夜》的故事显然进入了他的视阈（或听阈）。

（二）《人生如梦》与《一千零一夜》

《人生如梦》（*La vida es sueño*）是卡尔德隆的代表作。卡尔德隆于1600年出生于马德里的官宦人家，大学时学习的是法律、宗教和神学，但个人喜爱文学创作。他的出名，始自于1635年洛佩去世，也正是这一年，他创作了戏剧《人生如梦》。①袍剑剧。著名的有《精灵夫人》《没有沉默这种事》等。②荣誉剧。著名的有《医生的荣誉》《秘密的伤害，秘密的报复》等。③历史剧。取材于圣经故事、外国历史或西班牙、葡萄牙历史。著名的有《空气的女儿》《英国的分裂》《坚贞不渝的王子》《萨拉梅亚的镇长》等。④宗教剧。著名的有《十字架的崇拜》《奇妙的魔术师》等。⑤哲理剧。著名的有《善与恶的知识》《人生是梦》等。⑥传奇与神话剧。著名的有《曼蒂布莱的桥》《普罗米修斯像》《最迷人的是爱情》《阿波罗的桂冠》等。卡尔德隆一生的主要成就即是戏剧创作。他的戏剧悲剧多于喜剧，内容多为世俗题材，其宫廷历史剧、反应战争的复仇剧、荣誉剧以及哲理剧等等都流传久远，为他赢得了西班牙黄金世纪最负盛名的剧作家之声誉。刚才说到的《人生如梦》创作于1635年。主人公是波兰王子西吉斯蒙达。因国王从天象中得知王子将是一个喜怒无常之人，故将他囚禁在边塞的一座古塔之中，过着半人半兽的生活。一天，国王将他麻醉后接回宫中，想看看天象是否灵验：等王子醒来，许以权力，试其如何自处。西吉斯蒙达醒来后果然“原形毕露”，开始咆哮宫廷、殴打朝臣。国王于是又命人将他麻醉，而后送回古塔。王子再次醒来，想起前事，认为那只不过是一场梦，人生也不过是一场梦，从此性情大变。不久，国内爆发动乱，义军攻入宫中，国王就擒，西吉斯蒙达被救出牢笼、登上宝座。但是，他一边施行仁政，一边又将王权还给了父亲。西吉斯蒙达自然是一个象征性的人物，作者借以表达世事无常、人生如梦。它的故事来自于《一千零一夜》第389夜中的“迷醉之人”，甚至可以说是对“迷醉之人”的一次更俱戏剧性的演绎。当然，类似的还有“两个人做梦的故事”（第351夜）等“天方夜谭”、似梦非梦的情节。说到“两个人做梦”的故事，直到20世纪竟还有作家将其“占为己有”，那便是博尔赫斯（《双梦记》，*Historia de los dos que soñaron*, 1935 年)[①] 和科埃略(《牧羊少年奇幻之旅》, *O Alquimista*, 故又译《炼金术士》, 1988 年)。前者几乎一字不差地奉行“拿来主义”;而后者也只是在细节上有所增加,主干基本相同。

(三)《堂吉诃德》与《一千零一夜》

如果说洛佩和卡尔德隆的上述剧本与《一千零一夜》或有巧合(鉴于后者早有抄本在西班牙流传,不可能毫无瓜葛),那么《堂吉诃德》的作者塞万提斯却是委婉地留下“夫子自道”。后者在《堂吉诃德》中曾以戏谑方式表达了他对阿拉伯文学的敬意:“作者是阿拉伯历史家熙德·阿梅德·贝南黑利。”这里他甚至还临时改用第一人称说:“有一天,我正在托雷都的阿尔咖那市场。有个孩子跑来,拿着些旧抄本和旧手稿向一个丝绸商人兜售。我爱看书,连街上的破字纸都不放过。因此我从那孩子出卖的故纸堆里抽一本看看,识出上面写的是阿拉伯文。我虽然认得出,却看不懂,所以想就近找个通晓西班牙文的摩尔人来替我译读。要找这种翻译并不困难,即使要翻译更好更古的文字也找得到人。我可巧找到一个。我讲明自己的要求,把本子交给他。他从半中间翻开,读了一段就笑起来。我问他笑什么,他说:笑旁边加的一个批语。我叫他讲给我听;他一面笑一面说:‘书页边上有这么一句批语:据说,故事里时常提起的这个杜尔西内娅·台尔·托波索是腌猪肉的一把手,村子里的女人没一个及得她。’我听他提起杜尔西内娅·台尔·托波索这个名字,不胜惊讶;立刻猜测到这些抄本里有堂吉诃德的故事。我心上这么想,就直猜他把开头一段翻给我听。他依言把阿拉伯文随口译成西班牙文,说这是《堂吉诃德·台·拉·曼却传》,作者是阿拉伯历史家熙德·阿梅德·贝南黑利。我听到这个书名,真是十二分的乖觉才没把快活露在脸上。我从丝绸商人手里抢下这笔买卖,花半个瑞尔收买了那孩子的全部手稿和抄本。如果他是个机灵的小子,看透我多么急切,为这笔交易尽可以讨价六个瑞尔以上,稳稳地可以成交。我马上带着摩尔人走出市场,跑到大教堂的走廊里。我请他把抄本里讲到堂吉诃德的部分全翻成西班牙文,不得增删;随他要多少代价我都愿意。他要两个阿罗巴[②]的葡萄干,两个法内加[③]的小麦,答应一定翻得又好、又忠实、又迅速。我为了工作方便,又要把这么名贵的稿本留在手边,就把他请到家里。一个半月后,他全部翻完。以下都是他的译文。”如此云云。[④]

此外,经再三比较,笔者不妨择取一二,以为例证。

首先是《堂吉诃德》中“无端”插入了两个故事,一个是第一部第三十三

① 此外,博尔赫斯的《存放雕像的房间》(*La cámara de las estatuas*, 1935) 也直接借用了《一千零一夜》,第 272 夜的故事。

② 一阿罗巴合 11.5 公斤。原译注。

③ 一法内加合 55.5 公斤。原译注。

④《堂吉诃德》第一部第九章,转引自杨绛译本,北京:人民文学出版社,1985 年版,第 49 页。

至三十四章的“无事生非的故事”，另一个是第一部第 39 至 41 章的“战俘的故事”。这两个故事几与《堂吉诃德》毫无关系，因此笔者认为它们很有可能是受了《一千零一夜》的影响。要说塞万提斯是剧作家出身，剧作最忌多线并列、齐头并进；而小说则不同，它可以是套盒式、多线条的。

其次是《堂吉诃德》中的那匹瘦马和有关公主（意中人）、魔法（魔法师）、冒险（遥远的城堡）和比武（决斗）等，皆与《一千零一夜》中第 357 至 371 夜中的“乌木马的故事”十分相似。

（四）《塞莱斯蒂娜》与《一千零一夜》

有关《塞莱斯蒂娜》的体裁属性，学术界一直争论不休。然而，无论是剧作，还是小说，《塞莱斯蒂娜》无疑是西班牙文学的瑰宝之一。作品说的是青年骑士卡利斯托在追寻猎鹰时偶然见到了贵族少女梅丽贝娅，便深深地爱上了她。无奈小姐身居闺阁，卡利斯托难与谋面。于是，在仆人的撺掇下，卡利斯托纡尊降贵，找到老媒婆塞莱斯蒂娜并许以重金，请她玉成。塞莱斯蒂娜果然巧妙周旋，将卡利斯托带进了梅家、见到了小姐。但是，塞莱斯蒂娜因贪恋金钱遭到卡利斯托仆人的杀害。塞莱斯蒂娜的女仆告发了正在梅丽贝娅闺房的卡利斯托，后者仓皇逃离时不慎坠梯而亡。梅利贝娅见情人已逝，也殉情而死。这部作品至少有几处难与《一千零一夜》撇清关系。

首先是塞莱斯蒂娜这个人物。媒婆在西班牙文学史上虽非首次出现，但得到如此“戏份”的却是头一回。在此之前，已有西班牙学者就老虔婆这一形象与阿拉伯安达卢斯的关系进行过探究，其中费尔南多·托罗 - 加兰特（Fernando Toro-Garland）的《〈塞莱斯蒂娜〉与〈一千零一夜〉》和路易斯·埃斯特帕的《论〈一千零一夜〉诸新译本》① 或多或少讨论了塞莱斯蒂娜与《一千零一夜》的关系。尤其是前者，除了回溯阿拉伯文学在西班牙的历史印迹，还着重就老虔婆（Trotaconvetos）这个形象进行了比较，认为她与《一千零一夜》中的一些人物颇有渊源。事实如此，在《一千零一夜》第 28 至 31 夜的故事中，也有一个老虔婆，她巧舌如簧，替一位公子哥儿说服一个大家闺秀。不同的是《一千零一夜》中出现了一名理发师，此人喋喋不休，还在关键时刻阻止了年轻人的幽会。结果公子哥儿不慎摔断了腿，而理发师却沾沾自喜，逢人便说是他救了那个年轻人。这其中，老虔婆的说辞异常精彩，她先是单刀直入、直截了当，见姑娘不从又大谈公子哥儿如何才貌双全、人品了得，又如何相思成疾、危在旦夕，可谓天花乱坠。

其次是《塞莱斯蒂娜》中的男女主人公的身世和经历也和《一千零一夜》里

① Toro-Garland: “*Celestina* en *Las mil y una noches*”, Atlas II(1965), pp.227~234; Estepa: “Sobre recientes publicaciones de Las Mil y una noches”, *Revista de Dialectología y Tradiciones Populares*, II (2008, vol. LXIII), pp. 267~274.

第 130 至 137 夜中的王子和公主相同。都是讲述大国王子对岛国公主心仪已久，而公主却完全不知王子的存在。在正式求婚失败之后，王子乔装改扮，千里迢迢，亲自来到公主所在的岛国，在那里开店经商，等待时机。故事的转折归功于公主的乳娘（一个热心的业余媒婆），她偶然在市场上见到了王子，便从中牵线搭桥，玉成了一桩好事。

（五）《小癞子》与《一千零一夜》

《小癞子》与玛卡梅小说的关系已有不少评述，但令人惊奇的是它同《一千零一夜》的关联却罕有人提起。其实，在《一千零一夜》中接连有三个关于流浪汉的故事，谓《第一个流浪汉的故事》、《第二个流浪汉的故事》和《第三个流浪汉的故事》，所不同的是这里的流浪汉均系落魄王子，而小癞子却出身寒门。从这个意义上说，《一千零一夜》要的是奇谲，《小癞子》则分明取法现实。正因为如此，后者在宗教裁判所白色恐怖笼罩下的西班牙几度遭禁自是在所难免。

以上是笔者粗略耙梳文献、阅读西班牙文学所得，恐怕只是西班牙早期文学与《一千零一夜》深厚渊源的冰山一角，但这冰山一角已足以说明西班牙语阿拉伯文学剪不断理还乱的千丝万缕的复杂关系。

主要参考书目

一、中文部分

1. 艾哈迈德·艾敏，《阿拉伯—伊斯兰文化史》，史希同、张洪仪译，北京：商务印书馆 2007 年版。

2. 安田朴，《中国文化西传欧洲史》，耿昇译，北京：商务印书馆，2013 年版。

3. 贝纳尔，《黑色雅典娜：古典文明的亚非之根》，郝田虎、程英译，长春：吉林出版集团，2011 年版。

4. 本内特和霍利斯特，《欧洲中世纪史》，杨宁、李韵译，上海：社会科学院出版社，2007 年版。

5. 布吕莱，《古希腊人和他们的世界》，王美华译，南京：译林出版社，2006 年版。

6. 陈众议，《西班牙文学“黄金世纪”研究》，南京：译林出版社，2007 年版。

7.《春秋公羊传·宣公十五年解话》、《礼记·乐记》，《十三经注疏》，北京：中华书局，1980 年版。

8. 但丁，《神曲》，田德望译，北京：人民文学出版社，2002 年版。

9. 董燕生，《西班牙文学》，北京：外语教学与研究出版社，1998 年版。

10. 菲利普·希提，《阿拉伯通史》，北京：新世界出版社，2008 年版。

11. 格兰特，《中世纪的物理科学思想》（剑桥科学史丛书），郝刘祥译，上海：复旦大学出版社，2000 年版。

12. 胡安·马努埃尔，《卢卡诺尔伯爵》，北京：昆仑出版社，2000 年版。

13. 霍布森，《西方文明的东方起源》，孙建党译，济南：山东画报出版社，2009 年版。

14.《古兰经》，马坚译，北京：中央社会科学出版社，2013年版。

15. 基佐，《西方文明史》，程洪逵、阮芷译，北京：商务印书馆，2005年版。

16. 莱昂斯，《智慧宫——阿拉伯人如何改变了西方文明》，刘榜离等译，北京：新星出版社，2013年版。

17. 多丽丝·莱辛，《时光噬痕：观点与评论》，龙飞译，北京：作家出版社，2010年版。

18. 路丝·洛佩斯－巴拉尔特，《西班牙文学中的伊斯兰元素——自中世纪至当代》，宗笑飞译，中国社会科学出版社，2014年版。

19.《鲁迅全集》，北京：人民文学出版社，1981年版。

20. 鲁伊斯，《真爱之书》，屠孟超译，北京：昆仑出版社，2000年版。

21.《马克思恩格斯选集》，北京：人民出版社，1992年版。

22. 马托雷尔·伊·加尔巴，《骑士蒂朗》，王央乐译，北京：人民文学出版社，1993年版。

23.《蒙田随笔》，梁宗岱等译，北京：人民文学出版社，2005年版。

24. 斯皮瓦格尔，《西方文明简史》，董仲瑜等译，北京：北京大学出版社，2010年版。

25. 斯宾格勒，《西方的没落》第二卷，吴琼译，上海：三联书店，2006年版。

26.《莎士比亚全集》，朱生豪等译，北京：人民文学出版社，1997年版。

27. 塞万提斯，《堂吉诃德》，杨绛译，北京：人民文学出版社，2006年版。

28.《塞万提斯全集》，董燕生、杨绛等译，北京：人民文学出版社，1996年版。

29.《小癞子》，杨绛译，北京：人民文学出版社，1986年版。

30. 辛加尔，《印度与世界文明》，庄万友等译，北京：商务印书馆，2015年版。

31. 徐善伟，《东学西渐与西方文化的复兴》，上海：上海人民出版社，2002年版。

32. 叶隽，《变创与渐常——侨易学的观念》，北京：北京大学出版社，2014年版。

33. 伊本·穆格法，《卡里来和笛木乃》，林兴华译，北京：人民文学出版社，1978年版。

34. 余玉萍，《伊本·穆格法及其改革思想》，北京：中国商务出版社，2007年版。

35. 仲跻昆，《阿拉伯文学通史》，南京：译林出版社，2010年版。

36. 朱光潜，《西方美学史》，北京：人民文学出版社，1979年版。

二、英文部分

1. Abu-Haidar, *Hispano-Arabic Literature and the Early Provençial Lyrics*, Richmond：Curzon Press, 2011;

2. A.F.L.Beeston, T.M.Johnstone, *Arabic Literature to the end of the Umayyad*

period, Cambridge University Press, 1983;

3. Aziz Al–Azmeh and Effie Fokas, *Islam in Europe*, Cambridge University Press, 2007;

4. David A. Wacks, *Framing Iberia-Maqāmāt and Framtale Narratives in Medieval Spain*, Leiden &Boston: Brill, 2007;

5. Harvey, *The Literary Culture of the Moriscos 1492~1609*, Oxford: Magdalen college, 1958; "Un manuscrito aljamiado de la Universidad de Cambridge" , *Al-Andalus*, XXIII（1958）, Madrid;

6. López–Baralt, *Islam in Spanish Literature - From the Middle Ages to the Present*, trans. By Hardcover, Leiden: Brill Academic Publishers Edition, 1997;

7. María Rosa Monecal, *The Literature of al-Andalus*, Cambridge University Press, 2006;

8. Nicola Clarke, *The Muslim Conquest of Iberia-Medieval Arabic narratives*, Routledge, London and New York, 2012;

9. Peter Adamson, *Arabic Philosophy*, Combridge University Press, 2004;

10. Reinhart Dozy, *Spanish Islam-a History of the Moslems in Spain*, Frank Cass: London, 1972;

11. Roger Walker, *Tradition and technique in El libro del cavallero Zifar*，London: Tamesis Books, 1974; "The Unity of El libro del Cavallero Zifar", *BHS*, XLII（1965）, New York;

12. Spitzer, " 'The Mozarabic Lyric and Theodor Frings' Theories" , *Comparative Literature*, 4（1952）, Duke: Duke University Press;

13. Vincent Barletta, *Aljamiado-Morisco Narrative as Qur'anic Amplification: The Alhadith sobre el sacrificio de Ismail, Mediterranean Studies*, Vol. 13,（2004）, pp. 57~75, Penn State University Press.

三、西语部分

1. Akalay, *Las Maqamat y la Picaresca*, Tanger, Ed. Tanger, 1998;

2. *Al Andalus*, Esuela de Estudios Arabes, Madrid–Granada, 1933~1978;

3. Alborg, *Historia de literatura Española*, I, Madrid: Gredos, 1975;

4. Alemán, *Guzmán de Alfarache*（T.I）, Madrid: Ediciones Cátedra, 1984;

5. Alfonso，*Disciplina Clericalis*，Madrid: Consejo Superior de Investigación Científica, 1948;

6. Al–Ḥarīrī, *Maqāmas*, Luisa María Arvide Cambra ed., Grupo Editorial

Universitario, S.L.,2009;

7. *Aljamía*, Universidad de Oviedo, Oviedo, 1989;

8. Al–Sulami, *Futuwah. Tratado de caballería sufi*, Barcelona: Paidós Orientalia, 1991;

9. Américo Castro: *España en su historia; cristianos, moros y judíos*, Buenos Aires: Ed. Espasa, 1948;

10. Amorós (ed.) , *Antología comentada de la literatura española.Edad Media*, Barcelona: Editorial Castalia, 2012;

11. Arévalo, *Tafcira*, ed. por Ribera, Julián y Asín Palacios, Biblioteca de la Junta, Madrid, Centro de Estudios Históricos, fol. 225;

12. Asín Palacios, *La escatología musulmanaen la Divina Comedia*, Madrid: Real Academia, 1919; *Dante y el Islam*, prólogo de Miguel Cruz Hernández, Pamplona y Navarra: Urgoiti Editores,2007;

13. Ayerbe Chaux, *El conde Lucanor-Materia tradicional y originalidad creadora*, Madridi: Editorial Turanzas, 1975;

14. Bellini, *Nueva historia de la literatura hispanoamericana*, Madrid: Castalia, 1997;

15. Bodelón, *Literatura latina de la Edad Media en España*, Madrid: Akal, 1989;

16. *Calila y Dimna*, Cacho Blecua ed., Madrid: Castalia, 1984;

17. Cardaillac, *Morisques et chretiens*, Paris: Klincksieck, 1977;

18. Cervantes, *Obras completas*, XVI, Madrid: Alianza Editorial, 1998;

19. Díaz y Díaz, *El ciego y sus coplas*, Madrid: Editorial Escuela Libre, 1996;

20. Fernando de la Granja, *Maqamas y risalas andaluzas*, Madrid: Instituto Hispano–Arabe de Cultura, 1976; *Estudios de historia de Al-Andalus*, Madrid: Real Academia de la Historia, 1999;

21. Fita y Colmé, *La España hebrea, datos históricos*, Madrid: Editorial Visor, 1898;

22. Fox, *Pagans and Christians in the Mediterranean World from the Second Century AD to the Conversion of Constantine*, Harmondsworth: Penguin Press, 1986;

23. Francisco Reina: *Poesía Adalusí* (الشعر الأندلسي) , Alicante: Universidad de Alicante, 2004;

24. Frenk, *Las jarchas mozarabes y los comienzos de la lírica románica*, México: Editorial de El Colegio de México, 1975;

25. Galmés de Fuentes, *Estudios sobre la literatura española aljamiado-morisca*,

Madrid: Fundación Ramón Menéndez Pidal, 2004;

26. García Bellido, *Los más remotos nombres de España*, Madrid: Editorial Arbor, 1947;

27. García Gómez, *Todo Ben Guzmān*, vol. III. Madrid: Editorial Gredos, S.A. 1972;

28. González Palencia: *Historia de la literatura arabico-española*, Barcelona: Ed. Labor, 1928;

29. G. Oronzo: *Religiosidad popular de la alta Edad Media*, Madrid: Gredos, 1983;

30. Ibn Hazm, *El collar de paloma*, García Gómez ed., Madrid: Alianza Editorial, 2012;

31. James Burke, "*The Libro de buan amor* and the medieval meditative sermon tradition", *La Crónica*, IX, Estremadura, 1980~1981; *La cultura popular en la Europa moderna*, trad. Antonio Feros, Madrid: Alianza Editorial, 1981;

32. Juan Manuel, *El conde Lucanor*, Alonso Sotelo (ed), Madrid: Ediciones Cátedra, 1984;

33. Llull, *Libro de la orden de caballería*, Madrid: Alianza Editorial, 2000;

34. Maalouf, *Las cruzadas vistas por los árabes*, Madrid: Alianza Editorial, 1989;

35. Menéndez y Pelayo, *Historia de las ideas estéticas en España*, Madrid, CSIC, 1974;

36. Menéndez Pidal, *Poesía juglaresca y juglares: aspectos de la historia literaria y cultural de España*, Madrid: Espasa-Calpe, 1975; Poesía árabe y poesía europea, Madrid: Editorial Espasa-Calpe, 1941;

37. Mercedes Sánchez Alvarez, *Historia de España*, t.3, Madrid: Gredos, 1979; *El manuscrito miscelaneo* 774 *de la Biblioteca Nacional de París*, Madrid, Editorial Gredos (CLEAM), 1982;

38. M.R. Lida de Malkiel: *Estudios de literatura española y conparada, Buenos Aires: Eudeba*, 1966;

39. Ruiz, *El libro de buen amor*, Madrid: Ediciones Cátedra, 1992;

40. Sánchez, *Historia de la Edad Media*, Lima: Librería Peruana, 1934;

41. *Sendebar*, Lacarra ed., Madrid: Cátedra, 1989;

42. Serafín Calderón, "El Mancebo de Ar é valo y la literatura aljamiada", Actas Del Coloquio Internacional Sobre *Literatura Aljamiada y Moriscas*, Madrid: Editorial Gredos, 1978;

43. Sinclair, *Jerusalen: la lucha religiosa por la Ciudad Sagrada*, Madrid: Edaf, 1997;

44. Sotelo (ed.) , *El conde Lucanor*, Madrid: Ediciones Cátedra, 1984;

45. Taylor, "Los capítulos perdidos del Libro del cavallero et del escudero y el Libro de la cavallería" , *Incipit, México*, 1984;

46. Ticknor, *Historia de la literatura*, v.II, trans. Pascual Gayangos, Madrid: Publicidad, 1851;

47. Valbuena Prat, *La literatura castellana*, I, Barcelona: Editorial Juventud, 1974;

48. Vernet, *Literatura árabe*, Barcelona: Ed. Labor, 1968.

四、阿拉伯文部分

1. ابن بسام: *الذخيرة في محاسن أهل الجزيرة*، صدر منه بإشراف لجنة من العلماء بالقاهرة، 1975م.

2. ابن حزم الأندلسي: *طوق الحمامة*، مكتبة عرفة بدمشق، 1930م.

3. ابن خلدون: *المقدمة* ، تحرير: علي عبد الواحد وافي، القاهرة: مكتبة الخانجي، 1973م.

4. ابن سينا الملك، *دار الطراز في عمل الموشحات*،

http://www.al-mostafa.info/data/arabic/depot/gap.php?file=001388-www.al-mostafa.com.pdf

5. ابن شاكر الكتبي: *فوات الوفيات*، دار صادر،بيروت، 1973م.

6. ابن قزمان : *ديوان ابن قزمان القرطبي*، تحرير: دريك كورنيتي ، المجلس الأعلى للثقافة ، مصر ، 1995م.

7. ابن قتيبة الدينوري : *عيون الأخبار*، المؤسسة المصرية العامة للتعريف و الترجمة و الطباعة و النشرة، القاهرة، 1963 م.

8. ابن المقفع: *كليلة و دمنة*، المكتبة الأموية بدمشق، 1963م.

9. أبو الحسن النباهي الأندلسي: *تاريخ قضاة الأندلس*، دار الكتب العلمية، بيروت، 1995م.

10. إحسان عباس: *تاريخ الأدب الأندلسي - عصر الطوائف والمرابطين*، دار الثقافة، بيروت ، 1962م

11. أحمد مختار العبادي: *دراسات في تاريخ المغرب والأندلس*، الإسكندرية:مؤسسة شباب الجامعة،1997م.

12. بطرس البستاني: *أدباء العرب في الأندلس و عصر الابتعاث*، دار عواد، بيروت، 1968م.

13. جودت الركابي : *في الأدب الأندلسي*، دار المعارف بمصر ، 1960 م

14. حازم القرطاجني: *منهاج البلغاء و سراج الأدباء*، دار الغرب الإسلامي، بيروت- تونس 1966م.

15. رحازم عبد الله خضر، *ابن شهيد الأندلسي –حياته و أدبه*، دائرة الشؤون الثقافية و النشر، 1984م.

16. زيغريد هونكه: *شمس العرب تسطع على الغرب*، دار الأفاق الجديدة بيروت،1993م.

17. سليم ريدان: *منابع الشعر في الزجل الأندلسي*، أوربيس للطباعة، 2001م.

18. صلاح الدين خليل بن أيبك الصفدي: *الوافي بالوفيات*، بيروت: دار الفكر، 2005م.

19. عبد الحميد إبراهيم، *الأدب المقارن من منظور الأدب العربي*، دار الشروق، القاهرة، 1968م.

20. عدنان هيدار: *أدب المقامات و الروايات التشردية الإسبانية*، أفق عربي، بغداد، 1980م.

21. علي الجارم: *قصّة العرب في إسبانيا*، دار المعارف بمصر، 1963م.

22. فيديريكو كورينتي : *ديوان ابن قزمان: نصا و لغة وعروضا*، مدريد: المعهد الإسباني العربي، 1980.

23. محمد رضوان الداية: *التريخ النقد الأدبي في الأندلس*، بيروت: مؤسسة الرحالة، 1981م.

24. محمد زكريا عناتي : *الموشحات الأندلسية*، الكويت: المجلس الوطني للثقافة والفنون والآداب، 1980م.

25. محيي الدين إبن عربي : *الفتوحات المكية*، دار الكتب العلمية، 2006م.

26. مصطفى الشكعة، *الأدب الأندلسي: موضوعاته و فنونه*، دار العلم للملايين ، بيروت، 1979م.

27. يوسف بقاعي: *المقامات – شرح مقامات الحريري*، دار الكتاب اللبناني، بيروت، 1981م

28. يوسف علاونه: *المقامات الأندلسية- من القرن الخامس حتي القرن التاسع الهجري*، طبع بدعم من وزارة الثقافة للمملكة الأردنية الهاشمية، 2008م.

附录：主要人名、作品

穆萨（Musah Ibn Nusair）
塔利格（Talig Qiad）
阿卜杜·拉赫曼一世（Abd al-Rahman I）
曼苏尔（Al-Mansur）
哈伦·拉希德（Harun al-Rashid）
麦蒙（Ma'mūn）
阿卜杜·拉赫曼三世（Abd al-Rahman III）
吉本（Edward Gibbon）
《古兰经》（*Koran*）
《圣经》（*Bible*）
格兰特（Edward Grande）
阿尔丰索十世（Alfonso X）
伊本·巴哲（Ibn Avempace）
伊本·鲁世德（Ibn Rushid，Averroes）
伊本·哈兹姆（Ibn Hazm）
《鹁鸽项圈》（*Tawq al-ḥamāmah*）
拉比（Ibn 'Abdi Rabbih）
《罕世璎珞》（*AL-'Igd al-farīd*）
洛佩兹·巴拉尔特（Luce López-Baralt）
《西班牙文学中的伊斯兰元素》（*Huellas del Islam en la literatura española*）
《一千零一夜》（*Alf laylah wa laylah*）
《安塔拉传奇》（*Sīrah 'Antarah bn Shaddād*）

《卡里来和笛木乃》（*Kalilah wa Dimnah*）
《拉封丹寓言》（*Fablis de La Fontaine*）
《坎特伯雷故事集》（*Canterbury Tales*）
《十日谈》（*Decameron*）
阿辛·帕拉西奥斯（Miguel Asín Palacios）
斯宾格勒（Oswald Spengler）
《西方的没落》（*The Decling of The West*）
斯皮瓦格尔（Jackson Spielvogel）
《西方文明简史》（*Western Civilization*）
奈克尔（A.R. Nykl）
《西班牙—阿拉伯诗歌及其与行省古老行吟诗人的关系》（*Hispano-Arabic Poetry and its Relationes with the Old Provencial Toubadours*）
阿布尔·马赫希（Abu-l-Majsi）
乌姆鲁勒·盖斯（Umru al-Qays）
安塔拉（Antarah bn Shaddad）
欧麦尔·本·艾比·赖比阿（Omar Abu Rabia）
盖斯·本·穆劳瓦哈（Qays bn al-Mulawwah）
哈萨娜·塔米米亚（Hassana at-Tamimiyya）
哈克木一世（Al-Hakam I，原名叶哈亚·本·哈克木 Yahya bn al-Hakm）
艾扎勒（Al-Gazal）
阿卜杜·拉赫曼二世（Abd al-Rahman II）
伊本·萨米尔（Ibn al-Samir）
穆塔（Mut'a）
齐尔雅布（Ziryab）
伊本·希玛（Ibn al-Simma）
里维埃拉·马塔（Ribiera Mata，María José）
《西班牙阿拉伯文学》（*Literatura hispanoárabe*）
伊本·纳希赫（Ibn Nasih）
伊本·阿卜迪·拉比（Ibn Abdi Rabbih）
萨伊德·伊本·约迪（Said Ibn Yodi）
卡玛尔（Qamar）
阿布·马迈德（Abu Mamad，本名库蒂亚 Kutiyya）
伊本·法拉伊（Ibn Faray）
伊本·哈尼（Ibn Hāni'）

希雅里亚（Al–Hiyariyya）

《花园之书》（*El libro de jardines*）

安萨丽（Al–Ansari）

萨里夫·塔利克（Al–Sarif al–Taliq，本名马尔万·伊本·阿尔曼·伊本·马尔万·伊本·阿巴德·阿尔曼·纳希尔·阿布·阿巴德·马利克 Marwan ibn Abd al–Arman ibn Marwan ibn Abd al–Arman al–Nasir Abu Abd al–Maliq）

阿尔–曼苏尔（Almanzor）

伊本·法拉迪（Ibn al–Faradi）

穆拉比特（Almorávid）

拉马迪（Al–Ramadi）

哈维娃·伊莎伊（Haviva Ishay）

本·拉布拉特（Ben Labrat）

什穆埃尔·哈纳吉德（Shmuer ha–Nagid）

艾布·泰玛姆·塔伊（Abu Tamam Altay）

《激情诗集》（*Diwan Alhamasa*）

约瑟夫·哈纳吉德（Yehoseph ha–Nagid）

伊本·阿巴德（Ibn Abad）

穆卡丹·伊本·穆阿里夫（Muqaddan Ibn Mu'arif）

穆罕默德·伊本·迈赫姆德（Muhammad Ibn Mahmud）

伊本·迈哈穆德（Ibn Mahmūd，又名卡布拉的盲人 El ciego de Cabra）

《鬼点子佩德罗》（*Pedro de Urdemalas*）

阿拜德·本·麦阿·赛迈阿（'Abādah bn māa allsmāa）

赫迈扎尼（Al–Hamadhani）

哈里里（Al–Hariri）

《玛卡梅集》（*Maqamas*）

格兰哈（Fernando de la Granja）

阿赫迈德·伊本·阿斯加尔（Ahmad ibn al–Asgar）

伊本·巴萨姆（Ibn Bassam）

伊本·雅康（Ibn Jakan）

伊本·萨义德（Ibn Said）

《剑与笛》（*Epístola de Espada y Cálamo*）

《椰枣》（*Epístola de la Palmera*）

加西亚·戈麦斯（Emilio García Gómez）

《穆斯林五诗人》（*Cinco poetas musulmanes*）

伊本·巴亚（Ibn Bayya）

伊本·巴齐（Ibn Baqi）

伊本·舒海德（Ibn Shuhayd）

阿布·穆希拉·伊本·哈兹姆（Abu l–Mugira Ibn Hazm）

伊本·哈兹姆（Ibn Hazm）

加萨尼亚（Al–Gassaniyya）

婉拉黛·穆斯泰克菲（Wallada Al–Mustakfi）

伊本·宰敦（Ibn Zaydun）

穆塔迪德（Al–Mutadid）

阿巴迪亚（Al–Abbadiyya）

所罗门·伊本·加比罗尔（Salomón Ibn Gabirol）

摩西·伊本·埃兹拉（Moseh Ibn Ezra）

伊本·阿玛尔（Ibn Ammar）

穆阿台米德（Al–Mu'tamid），等等。

伊本·巴萨姆（Ibn Bassam）

《半岛诗人佳作撷珍》（*Az-Zaḥīrah fi Muhāsin Ahli al-Jazīrah*）

《魔鬼与精灵》（*Risālha at-tawābi' wa az-zwabi'*）

伊本·阿卜杜斯（Ibn Abdus）

阿米里（Al–Amiri）

安萨里（Al–Ghazzali）

《喀巴拉》（*La Kabala*，又名《王国之冠》*La Corona del Reino*）

什穆埃尔·伊本·纳格里耶（Samuel Ibn Nagrila）

优素福·伊本·纳格里耶（Joseph Ibn Nagrila）

《璎珞之书》（*Book of the Necklace*）

奥尔特加·伊·加塞特（José Ortega y Gasset）

玛丽亚·罗莎·莫内加尔（María Rosa Monegal）

《剑桥阿拉伯文学史——安达卢斯文学》（*The Cambridge History of Arabic Literature—The Literature of Al-Andalus*）

努阿姆（Nuam）

阿尔丰索六世（Alfonso VI）

伊本·塔什芬（Ibn Tashfin）

伊阿蒂玛德（Itimad，本名鲁梅齐娅 Rumaykiyya）

维达德（Widad）

希赫尔（Sihr）

布阿蒂娜·穆阿台米德（Buatyna al-Mu'tamid）
阿伊莎·库尔图比亚（A'isa al-Qurtubiyya）
马拉齐亚（Al-Malaqiyya）
乌姆·凯莱姆（Umm al-Karam）
拉伊（Ar-Rayyi）
乌姆·巴尔巴里亚（Umm al-Barbariyya）
乌姆·舒玛迪（Umm SuMadih）
卡斯姆娜·雅乌迪（Qasmuna al-Yahudi）
伊本·哈姆迪斯（Ibn Hamdis）
伊本·阿卜顿（Ibn Abdun）
加萨尔（Al-Gazzar）
塔米娜·塔斯芬（Tamina Tasfin）
伊本·侯萨因（Ibn Husain）
西尔维娅（Silbiyya）
伊本·海法捷（Ibn Khafajah）
伊本·哈扬（Ibn Hayyan）
哈姆黛·宾特·齐亚德（Hamdah Bint Ziyad）
约苏夫·塔斯芬（Yusuf b. Tasifin）
阿里·约苏夫（Ali b. Yusuf）
艾布·穆塔里夫（Abu Mutarrif）
《关于时代诗人的玛卡梅》（*Maqama de los poetas de su tiempo*）
伊本·哈夫斯（Ibn Hafs）
伊本·萨义德（Ibn Said）
《致友人的信》（*Epístola a un amigo*）
伊本·祖赫尔（Ibn Zuhr）
《辛德巴》（*Sendebar*）
伊本·图非勒（Ibn Tufayl）
《哈伊·本·耶格赞的故事》（*Maqama de Hayyi bn Yagzan*）
图蒂利（Al-Tutili）
哈芙莎（Hafsah ar-Rakuniyah）
艾布·加法尔（Abu Yafar）
伊本·图迈尔特（Ibn Tumald）
哲米勒（Jamil bn Ma'mar）
扎伊娜·马利亚（Zayna al-Mariyya）

伊本·阿巴德·马利克（Ibn Abd al-Malik ）
阿斯玛·阿米里亚（Asma al-Amiriyya）
哈姆达·宾特·齐亚特（Hamda Bint Ziyad）
扎伊娜·宾特·齐亚特（Zaynab Bint Ziyad）
穆赫娅·萨义德（Muh Ya as-Said）
乌姆·萨义德（Umm as-Said）
扎伊娜·宾特·伊萨克（Zaynab Bint Ishaq）
巴利西娅（Al-Ballisiya）
阿玛特·阿西斯（Amat al-Asis）
伊本·宰嘎格（Ibn az-Zaqqaq）
穆罕穆德·本·萨义德（Muhammad Ben Said）
萨夫万·伊本·伊德里斯（Safwan Ibn Idris）
伊本·阿拉比（Ibn al-Arabi）
雅斯米娜（Yasmina）
法蒂玛（Fatima）
阿里·马肯丁（Ali Makin ad-Din）
尼扎姆（Nizam）
《情思集》（*Qasidas de amor*）
《圣爱集》（*Qasidas de Amor Divino*）
《麦加启示录》（*Reveraciones de La Meca*）
《穆斯林末世说与〈神曲〉》（*La escatología musulmana en la Divina Comedia*）
但丁（Dante）
《神曲》（*Divina Comedia*）
《夜行至仁慈真主》（*El viaje nocturno hacia la Majestad Generoso*）
《但丁与伊斯兰》（*Dante y el Islam*）
伊本·古兹曼（Ibn Quzman）
《歌集》（*Cancionero*）
《致傲慢女》（*A una desdeñosa*）
《致白女郎》（*A una bella blanca*）
穆罕默德·伊本·优素福·纳斯里德（Muhammad Ibn Yusuf Nasrid）
亚伯拉罕·莱昂·萨查尔（Abraham Leon Sachar）
以色列·辛贝格（Israel Zinberg）
米利亚斯·巴利克洛萨（Millás Ballicrosa）
达维德·贡萨罗·马埃索（David Gonzalo Maeso）

福瑞德兰德尔（M.Friendländer）

巴格布（Bargebuhr）

哈里兹（Al-Harīzī）

《玛卡梅之三》（*Tercer maqāma*）

《凯特玛库特》（《圣神王冠》，*Keter Malkut*）

路易斯·德·莱昂修士（Fray Luis de León）

贝尔塞奥（Berceo）

赫胡达·哈－莱维（Jehudá Ha-Leví）

《西奥尼达》（*Sionida*）

《我被迫来到这里》（*Vine forzado*）

摩西·迈蒙尼德（Moses Maimonides）

《解惑导言》（*Guide of the Perplexed*）

亚里士多德（Aristotle）

斯宾诺莎（Spinoza）

阿尔伯特（Albertus Magnus）

圣托马斯·阿奎那（St Thomas Aquinas）

摩西·德·莱昂（Moses de Leon）

《光明之书》（*Zohar*）

亚伯拉罕·伊本·埃兹拉（Abraham Ibn ʻEzra）

亚历山大·哈比卜·阿尔金（A. Ḥabib Arkin）

拉什（Rashī）

阿布尔贝卡·德·隆达（Abulbeca de Ronda）

《悼安达卢斯》（*Elegía a la caída de al-Andalus*）

《奴隶市场》（*El mercado de esclavos*）

易卜拉欣·伊本·萨希尔（Ibrahim Ibn Sahl）

苏斯塔里（Al-Sustari）

乌姆·萨义德（Umm as-Said）

伊本·穆拉比（Ibn al-Murabi）

穆罕默德四世（Allah Muhammad IV）

《节日玛卡梅》（*Maqama de la fiesta*）

《辛德巴：骗术或厌女之书》（*Sendebar: Libro de los engaños e los asayamientos de las mugeres*）

圣彼得·帕斯瓜尔（Saint Peter Pascual）

《动物之书》（*Libro de las bestias*）

《真爱之书》(*Libro de buen amor*)

《卢卡诺尔伯爵》(*El conde Lucanor*)

优素福四世(Yusuf IV)

穆罕默德五世(Muhammad V)

艾布·阿卜杜拉(Abu Abdulla)

卢利(Llull，Ramon)

约瑟夫·贝迪耶(Joseph–Bedier)

洛佩斯－巴拉特(Luce López–Baralt)

《西班牙文学的伊斯兰元素》(*Huellas del Islam en la literatura española*)

《圣胡安·德·拉·克鲁斯与伊斯兰》(*San Juan de la Cruz y el Islam*)

《费利克斯或奇迹之书》(*Félix o Libro de las maravillas*)

《骑士团之书》(*Libro del Orden de Caballería*)

基佐(F.P. Guizot)

马拉加的乌玛尔(Umar de Málaga)

穆罕默德九世(Muhammad IX)

《瘟疫》(*Maqama de la peste*)

伊本·阿西姆(Ibn ‘Asim)

《杂集》(*Libro de los jardines de flores acerca de bellas respuestas，chistes，sentencias，proverbios，cuentos y rarezas*)

伊本·贾蒂玛(Ibn Jatima)

伊本·贾蒂布(Ibn al–Jatib)

伊本·扎姆拉克(Ibn Zamrak)

伊本·卡伊西(Ibn Qaysi)

《为安达卢斯哭泣》(*Llanto por al-Andaluz*)

贝纳尔(Martin Bernal)

《黑色雅典娜》(*Black Athena：The Afroasiatic Roots of Classical Civilization*)

约翰·霍布森(John Atkinson Hobson)

伊萨贝尔一世(Isabel I)

费尔南多二世(斐迪南二世，Fernando Ⅱ)

阿辛·帕拉西奥斯(Miguel Asín Palacios)

霍布森(John Hobson)

《西方文明的东方起源》(*The Eastern Origins of Western Civilization*)

古迪(Jack Goody)

《西方中的东方》(*The East in the West*)

莱昂斯（Jonathan Lyons）

《智慧宫》（*The House of Wisdom—How the Arabs Transformed Western Civilization*）

雷姆塞（Williarm Mitchell Ramsay）

《希腊文明中的亚洲因素》（*Asianic Elements in Greek Civilisation*）

阿齐兹·艾兹迈赫·与艾菲·福卡斯（Aziz Al-Azmeh and Effie Fokas）

《伊斯兰在欧洲》（*Islam in Europe*）

莱因哈特·杜兹（Reinhart Dozy）

《西班牙的伊斯兰—西班牙穆斯林史》（*Spanish Islam-a History of the Moslems in Spain*）

《但丁与伊斯兰》（*Dante y el Islam*）

斯宾格勒（Oswald Spengler）

《西方的没落》（*The Decline of the West*）

埃利亚德（Mircea Eliade）

《伊斯兰神秘主义的灵魂居所及城堡图形与圣特雷莎》（*El símil de los caslillos y moradas del alma en la mística islámica y en Santa Teresa*）

《西班牙文学中的伊斯兰元素》（*Huellas del Islam en la literatura espaňla*）

《苏非与西班牙神秘主义》（*The Sufi Trobar Clus And Spanish Mysticism*）

《西班牙末代穆斯林的秘密文学》（*La literatura secreta de los últimos musulmanes de España*）

圣胡安·德·拉·克鲁斯（San Juan de la Cruz）

圣特雷莎（Santa Teresa de Jesús）

塞万提斯（Miguel de Cervantes）

洛佩·德·维加（Lópe de Vega）

《阿本赛拉赫》（*Abencerraje*）

《格拉纳达内战》（*La Guerra de Granada*）

哈维（Leonard P. Harvey）

埃斯特万内斯·卡尔德隆（Serafín Estébanez Calderón）

艾布·海达尔（J. A. Abu-Hardar）

《西班牙—阿拉伯文学与早期普罗旺斯诗歌》（*Hispano-Arabic Literature and the Early Provençal Lyrics*）

威克斯（David A. Wacks）

《伊比利亚框架叙事——中世纪西班牙玛卡梅和框架故事叙事》（*Framing Iberia-Maqāmāt and Frametale Narratives in Medieval Spain*）

乔叟（Chaucer）

薄伽丘（Boccacio）

穆罕默德·阿卡赖（Muhammad Akalay）

《玛卡梅与流浪汉小说》（*Las Maqamat y la Picaresca*）

海达尔（Haidar）

汉克（Hank）

《阿拉伯的太阳照亮西方》（*Allah's Sun Over the Occident*）

勒邦（Gustave Le Bon）

《伊斯兰文明》（*The World of Islamic Civilizaiton*）

埃德华多·萨维德拉（Eduardo Saavedra）

切恩（Anwar Cheyne）

维斯佩尔蒂诺·罗德里格斯（Antonio Verspertino Rodríguez）

洛佩斯 – 莫里亚斯（Consuelo López–Molilla）

《阿尔哈米亚》（*Aljamía*）

加尔梅斯·德·富恩特斯（Alvaro Galmés de Fuentes）

《西班牙摩尔人及阿尔哈米亚语文学选集》（*Colección de Literatura Española Aljamiada y Morisca*）

《〈阿尔哈米亚语 I〉文献目录手册》（*Indice de textos de Aljamiado I*）

《西班牙最后的穆斯林语言》（*La lengue des derniers musulmans de l'Espagne*）

曼塞沃·德·阿雷瓦罗（Mancebo de Arévalo）

巴勒塔（Vincent Barletta）

《安达卢斯》（*Al Andalus*）

亨廷顿（Samul P. Huntington）

《文明的冲突与世界秩序的重建》（*The Clash of Civlizations and the Remaking of World Order*）

斯特恩（Samuel Milkos Stern）

加西亚·戈麦斯（Emilio García Gómez）

梅嫩德斯·皮达尔（Menéndez Pidal）

赫格尔（Klaus Heger）

索拉 – 索勒（Sola–Solé）

达马索·阿隆索（Dámaso Alonso）

拉佩萨（Rafael Lapesa）

弗兰克（Marguit Frenk）

《阿拉伯文学中的罗曼司哈尔恰》（*Las jarchas romances en la serie árabe en su marco*）

伊本·萨那（Ibn Sana）

尼克尔（Alois Richard Nykl）

《伊本·古兹曼〈歌谣集〉》（*Concionero de Ibn Guzman*）

科林（G. S. Colin）

《伊斯兰百科》（*The Encyclopedia of Islam*）

《古兹曼全集》（*Todo Ben Quzmān*）

利西尼亚诺·萨埃斯（Fr. Liciniano Sáez）

戈顿（T. G. Gorton）

古兹伯格（David de Gunzburg）

克莱普勒（Victor Klemperer）

《第三帝国的语言》（*LTI Notizbuch eines Philologen*）

巴埃纳（Baena）

埃尔南多·德尔·卡斯蒂略（Hernando del Castillo）

《歌谣总集》（*Cancionero general 1511~1540*）

桑切斯（Luis Sánchez）

《谣曲总集》（*Romancero general*）

希尔·维森特（Gil Vicente）

贡戈拉（Luis de Góngora）

加西亚·洛尔卡（Federico García Lorca）

恩格斯（Engels）

《罗兰之歌》（*Chanson de Roland*）

胡安·鲁伊斯（Juan Ruíz）

卡斯特罗（Am é rico Castro）

阿辛（Oliver Asín）

奥维德（Ovidius）

《爱的艺术》（*Ars Amatoria*）

《塞莱斯蒂娜》（*La Celestina*）

梅嫩德斯·伊·佩拉约（Marcelino Menéndez y Pelayo）

《小说的起源》（*Los orígenes de la novella*）

《五卷书》（*Panchatantra*）

艾爵顿（Franklin Edgerton）

《重构的〈五卷书〉》（*The Panchatantra Reconstructed*）

辛加尔（D. P. Singhal）

《印度与世界文明》（*India and World Civilization*）

威克斯（David A. Wacks）

《伊比利亚框架叙事——中世纪西班牙玛卡梅和框架叙事》（*Framing Iberia-Maqāmāt and Framtale Narratives in Medieval Spain*）

莱辛（Doris Lessing）

《堂吉诃德》（*Don Quijote*）

《教士的故事》（*Disciplina Clericalis*）

蒂尔索·德·莫利纳（Tirso de Molina）

卡尔德隆（Calderón de la Barca）

安徒生（Andersen）

《皇帝的新装》（*The Emperor's New Clothes*）

莎士比亚（Shakespeare）

《驯悍记》（*The Taming of the Shrew*）

拉封丹（La Fontaine）

《寓言诗》（*Fables*）

阿耶贝（Reinaldo Ayerbe）

奥隆索（G.Oronzo）

《中世纪民间信仰》（*Religiosidad popular de la alta Edad Media*）

格兰哈（Fernando de la Granja）

贡萨莱斯·帕伦西亚（González Palencia）

《穆斯林五诗人》（*Cinco poetas musulmanes*）

希提（Philip Hitti）

《小癞子》（*Lazarillo de Tormes*）

《古斯曼·德·阿尔法拉切》（*Vida del pícaro Guzmán de Alfarache*）

《骗子外传》（*Historia de la vida del Buscón llamado don Pablos, ejemblo de vagabundos y espejo de tacaños*）

拉斯金（Hamilton Ruskin）

狄克诺尔（George Ticknor）

《训诫之书》（*El libro de exemplums*）

《西法尔骑士之书》（*El libro del caballero Cifar*）

沃克（Roger Walker）

《白骑士蒂朗》（《骑士蒂朗》，*Tirante el Blanco*）

《阿马狄斯》（《高卢的阿马狄斯》，*Amadis de Gaule*）

《埃斯普兰迪安的英雄业绩》（*Las hazañas de Esprandian*）

《希腊人堂利苏阿尔特》(*El griego don Lisuarte*)

《帕尔梅林·德·奥利瓦》(*Parmelín de Oliva*)

瓦斯科·洛佩拉(Juan Vasco Lopera)

罗德里格斯·德尔·蒙塔尔沃(Garci Rodr í guez del Motalvo)

马托雷尔(Joanot Martorell)

加尔巴(Marti Juan de Garba)

科宾(Henry Corbin)

《人与天使：骑士道的开端》(*El hombre y su ángel: iniciación de la caballería espitritual*)

勒邦(Gustave Le Bon)

维盖拉·莫林斯(María Viguela Morins)

《阿拉伯安达卢斯与马》(*Arabe-Andalus y el caballo*)

加朗(Antoine Galland)

麦克唐纳(D. B. Macdonald)

伯顿爵士(Sir Richard Francis Burton)

莱恩(Edward William Lane)

马拉美(Stéphane Mallarmé)

马尔迪鲁斯(Joseph Charles Mardrus)

冯·汉莫－波格斯托(Von Hammer–Purgstall)

凯勒(Ferdinand Keller)

布拉斯科·伊巴涅斯(Vicente Blasco Ibañez)

斯莱格(Augusto Guillermo Schlegel)

梅嫩德斯·佩拉埃斯(Jesús Menéndez Peláez)

圣彼得·帕斯瓜尔(Saint Peter Pascual)

《少女特奥多尔》(*La doncella Teodor*)

《人生如梦》(*La vida es sueño*)

《双梦记》(*Historia de los dos que soñaron*)

《牧羊少年奇幻之旅》(《炼金术士》，*O Alquimista*)

《堂吉诃德》(*Don Quijote*)

托罗－加兰特(Fernando Toro–Garland)

艾哈迈德·艾敏(Ahamad Amīn)

《阿拉伯—伊斯兰文化史》(*Ẓuhūr al-Yislāmī*)

《腊拉七王子》(*Los siete doncellos de Larra*)

后 记

一

埃及文人艾哈迈德·艾敏在《阿拉伯—伊斯兰文化史》中把安达卢斯地区比喻成一座广播电台，称“她既有接收装置，又有播音设备。她可以接收一切来自阿拉伯东方世界的信息”。[①] 同时，它又有两个对外广播的“波段”，“一是面向东方的‘波段’，播出的内容也许原本就是来自东方，但却已染上了安达卢斯的色彩；二是面向欧洲的‘波段’，播出的是一些文学作品，更多的是哲学，尤其是伊本·鲁世德的哲学，同时也播出了数学、几何学等自然科学。有人说，欧洲复兴的起步是站在阿拉伯人肩膀上的，这话说得不错”。[②] 诚然，是安达卢斯的阿拉伯人翻译了大量的古希腊—罗马哲学、天文学、医学书籍，并结合自己的智慧，建立了新的哲学体系；也是他们继承了东部阿拉伯诙谐的文风，并一改东部旖旎雕琢的语言，将诗歌与伊比利亚半岛的民间生活更紧密地结合起来，以清新、质朴、通俗的语汇，灵活多变的韵律，创立了新的诗歌形式，这种诗歌形式进而催生了西班牙本地诗歌的兴起。但艾敏或许没有意识到的是，阿拉伯文学对西班牙文学乃至欧洲文艺复兴运动的影响比他预料的深远得多，也远非他所认为的“更多的是哲学”那么简单[③]。除了诗歌之外，阿拉伯的众多文学作品，也直接或间接地被西班牙文人所吸收，比如胡安·鲁伊斯和堂胡安·马努埃尔，又比如《西法尔骑士之书》等一系列骑士小说，再比如塞万提斯。甚至今天仍不乏少数西班牙文

---

① 艾哈迈德·艾敏：《阿拉伯—伊斯兰文化史》，第 284 页。

② 同上，第 284~285 页。

③ 大概迄今为止阿拉伯—西班牙比较文学所聚焦的伊斯兰神秘主义也助他得出了这样的结论。

学家偶发“阿拉伯情结”，比如戈伊蒂索洛和博尔赫斯等。

但是，面对如此丰厚的影响，我们的研究却依然困难重重。就像莎士比亚（《驯悍记》）、拉封丹（《寓言诗》）、安徒生（《皇帝的新装》）等均未说明有关作品的从出一样，许多中世纪作家对自己是否借鉴了阿拉伯文学这一点讳莫如深。我们自然更不能指望中世纪末叶至“黄金世纪”的西班牙作家会标明他们曾经是如何师从异教徒穆斯林文人的。只消稍稍翻检、回溯一下那段惊人的历史，我们就不难得出这样的结论。这种讳莫如深的原因大致有二：第一个原因比较单纯，即中世纪的许多文人在创作作品时既不署名，更不会直言自己曾受到哪部作品的影响，甚至恰恰相反，“拿来”的东西常常被当作自己的原创，这仿佛是一种惯例。“版权所有”是后来的事情。第二个原因却要复杂得多。阿拉伯进入伊比利亚半岛伊始，基督徒的“光复战争”就随之展开，并延续了近八个世纪，直至 1492 年穆斯林的最后堡垒格拉纳达被攻陷。西班牙著名史诗《熙德之歌》、《腊拉七王子》（*Los siete doncellos de Larra*）等皆据此生成。伴随着“光复战争”的，是此起彼伏的种族迫害和种族屠杀。仅 15 世纪，随着“光复战争”的节节胜利，出现了多起大规模的种族迫害运动，其残酷程度当不亚于由来已久的排犹行动。特别是到了 15 世纪末叶，针对穆斯林和犹太人的大驱逐更是一浪高过一浪，许多未及逃离伊比利亚半岛的穆斯林被迫改宗或转入地下。有穆斯林（须知他们已经在这方土地生活了近八个世纪）甚至开始藉幻想聊以自慰。譬如，早在 1492 年之前（实际恐怕是之后），就有穆斯林冒充基督教先哲伊西多尔，写下了这样的预言诗：

悲哉西班牙穆斯林！
昔日雄居隆达山巅，
俯瞰直布罗陀海峡，
还有马拉加的美景，
……
厄运连连今何悲戚！
他们个个懊悔莫及，
他们不知逃往何处，
他们不知慰藉安在。[①]

① Sánchez Alvarez：*El manuscrito miscelaneo 774 de la Biblioteca Nacional de París*，Madrid：Editorial Gredos (CLEAM)，1982，pp. 248~249.

在西班牙，随着“天主教双王”攻克格拉纳达，滞留于斯的穆斯林遭受了灭顶之灾：他们被迫改宗。于是，多少有些自欺欺人的预言也应运而生。它们继承了西哥特时期某些基督教神学家或伊斯兰神秘主义者的蹩脚衣钵，开始以“先知预言”的形式炮制震古烁今的神话。时空赐予了这种可能性，譬如被迫改宗的安达卢斯穆斯林是这样伪托圣伊西多尔的：逆转将发生在“3 个 5 百年后的第 3 个 10 年”，[①] 也即 1530 年。这令人不免联想到《启示录》中的某些神谕，或者浪漫骑士传奇中的玄想，甚至某些西印度编年史。最终，被压迫的骑士“相信……真主会派法蒂玛人骑着绿色大马自天而降。因此，他们将得到保佑，而基督徒将死无葬身之地。正是这些法蒂玛人，在数世纪前，曾单枪匹马深入丛林，英勇搏杀英王的军队”，[②] 进而“在直布罗陀海峡，将会出现一座铜桥，摩尔人将会跨越大桥，重新征服整个西班牙，直至占领加利西亚”。[③]

这些幻想当然反映了穆斯林期待重新统治伊比利亚半岛的愿望，但从另一方面来说，它也反映了穆斯林在后期所受到的压迫有如何之大。即使是在“光复战争”初期，对于基督徒而言，伊斯兰教就被视为异端了，后者的作品或被焚毁，或被视为“禁忌”。及至 15 世纪，阿拉伯语被严令禁止使用，而穆斯林改宗者的阿尔哈米亚语文学（或文献）正是这种白色恐怖的最佳见证。在白色恐怖笼罩的西班牙，文人宣示自己作品的纯正性尚犹恐不及，岂敢承认自己曾受阿拉伯文学的影响。因此，即使他们曾获益于阿拉伯安达卢斯文学这一丰富的宝藏，也只能以隐晦的方式来表述，一如一代巨匠塞万提斯。后者借戏谑和反讽，十分委婉和隐晦地表示了自己对阿拉伯文学的敬意。更多的文人则干脆避而不谈，将重重疑团留给了后人。

即便如此，随着 20 世纪初第一批学者开始关注阿拉伯—西班牙文学关系，尤其是随着西方中心主义的日渐式微，越来越多的文人学者开始将目光投向这一被严重遮蔽的历史事实。然而，囿于年代久远和语言限制等因素，有关研究刚刚开始，许多问题亟待探讨。因此，作为结语，我只想强调以下几点：

一、本著仅仅是研究阿拉伯—西班牙世俗文学之交融的一个粗陋开端。有关资料浩如烟海，有关问题亟待破解，实非区区一篇博士论文或一部专著可以涵括，罔论穷尽！因此，我只能以恭谨之心攫取上述几个话题并对其进行力所能及的梳理。由于牵涉语种较多，且有关作家作品多属中古时期，阅读难度可想而知。过程的艰辛则如人饮水，冷暖自知。若无导师的帮助及诸位阿拉伯语和西班牙语研究界前辈的成果相佑，即使要完成眼前的工作也是不可能的。在此，我谨

①《史记·陈涉世家》：北京：中华书局 1982 年版，第 246 页。
② Cardaillac，Denise：*Morisques et chretiens*，Paris：Klincksieck，1977，p. 51.
③ Ibid.

向他们致以由衷的谢忱和崇高的敬意！

二、本著所遴选的话题固然关涉阿拉伯—西班牙文学之交的重要节点，但终究只能点到为止，或曰取其一瓢一粟、窥其一斑一点罢了，远未展示这近千年文学景观的全貌，充其量只是个轮廓或冰山一角，故恳请诸位方家同仁不吝赐教，以裨今后完善、拓展。

三、为避免简单套用现成理论，并考虑到对象本身的复杂性，本著采取文本细读和平行比较方法，重在摆事实，却不拘典章。至于深入呈现阿拉伯安达卢斯文学及其在西班牙文学发生过程中的影响和作用，则是日后准备为之奋斗的远大目标。

二

本著是在博士论文的基础上扩充而成的，其中自然镌刻着一些心得和感慨。

首先，我要感谢我的导师陈众议先生。他一丝不苟地指导我运用历史唯物主义方法。从阅读到翻译，他都严格要求、悉心帮助。没有他的指导和敦促，我不仅无法如期完成此书写作，就算阅读和翻译如此数量的文学文本和历史文献也是不可能的。我还要感谢我的另一位导师仲跻昆先生，自入他门下读研至今，他亦师亦父般的关心和指导，使我获益良多。早在十几年前，他就提醒我关注阿拉伯对西方文明的影响，认为这是一个乏人问津的宝库，亟待研究。和他的交往，是我许多灵感的来源。我的师友薛庆国先生、林丰民先生、余玉萍教授也在我问学和人生的不同时期给予了诸多帮助。西班牙语文学研究界的前辈朱景冬先生、胡真才先生和希伯来文学专家钟志清教授，也都曾对我的写作提出了指导性建议和良策，令我获益匪浅。在此我一并向他们表示诚挚的感谢！同时，我也谨向当代中国出版社和王延新女士对本书出版过程中给予的支持和帮助表示衷心的谢忱！

其次，自有文字记载的历史以来，人类文明已经绵延了几千年。可以说，没有哪一种文明是凭空出现或是独立存在的。那么，它们在漫长的历史长河中，又经历了哪些碰撞和化合。尤其是对不同文明的化合过程寻本溯源、追根究底，一直是我学术研究的兴趣所在。

东西方文明的交融是毋庸置疑的事实。其时间之广和程度之深远远超出我们的想象和迄今为止的所有记录。或可说，人类文明从源头起，便是一张由多元多彩多维的丝线千丝万缕编织的锦帛。它间或色彩艳丽、令人目眩，间或条例清晰、泾渭分明，但纯而又纯的“横空出世”几乎是不可能的，尤其是在航海大发现以后。

阿拉伯文学文化曾是我的主要研究对象。它更是一个多元复杂的存在，其所织出的锦缎色彩斑驳艳丽。由于特殊的地理位置和文化构成，自有《圣经》记载以来，甚至更早，它便是各种文化汇集交融的节点。特别是在阿拉伯帝国崛起之后，它的文化愈发细致绵密，并迅速向四周发散，取予并重。

大约自九年前，为更好地研究阿拉伯—西班牙文学，探寻它们之间长达近八个世纪的交融，我开始备考博士研究生，学习相关语言、阅览相关文献。在此期间，我发现了波多黎各大学资深教授路丝·洛佩斯 – 巴拉尔特的《西班牙文学的伊斯兰元素》。这是她在博士论文基础上修订出版的第一部专著。该著以平行比较方法雄辩地证明了伊斯兰文化对西班牙宗教文学的巨大影响，甫一出版便受到广泛好评，迄今已被译成多种文字、斩获多个奖项。受其启发，并感谢她授权由我将这部著作移译至中文（中国社会科学出版社 2014 年版），加之在导师的建议和引领下，结合自己的研究兴趣，我顺利地确立了本书的写作方向：阿拉伯安达卢斯文学烛照下的西班牙世俗文学。这样既可与洛佩斯 – 巴拉尔特形成呼应和互补，同时也符合导师和研究生院的要求。2013 年，我有幸前往西班牙访学，得以踏足这片中世纪之初文明交汇的沃土，感受它时至今日仍随处可见的多元文化杂糅的痕迹。在与众多学者交流之后，我进一步明晰了自己的研究思路，并收集了大量的文字和图片资料。

最后，由于客体年代久远，文献的获取和解读可谓困难重重；更因时间紧迫、水平所限，此书只能算是一个粗陋的开始。所谓“癞头儿女自己怜”，我交出的这份答卷是我多年心血的结晶，但未必入得诸位方家同行的法眼。唯愿各位多多指教，以裨今后改进。我将继续在这一领域探索、耕耘，不负前辈、师友、同行的鼓励和帮助。

宗笑飞

2017 年 3 月 5 日